CUMBRES BORRASCOSAS

ALMA POCKET ILUSTRADOS

CUMBRES BORRASCOSAS

Emily Brontë

Ilustraciones de
Sara Morante

Edición revisada y actualizada

Título original: *Wuthering Heights*

La presente edición se ha publicado con la autorización de Editorial EDAF, S. L. U.

Ilustraciones: Sara Morante

info@editorialalma.com
www.editorialalma.com

Diseño de la colección: lookatcia.com
Diseño de cubierta: lookatcia.com
Maquetación y revisión: LocTeam

ISBN: 978-84-18008-53-5
Depósito legal: B28115-2019

Impreso en España
Printed in Spain

El papel de este libro proviene de bosques gestionados de manera sostenible.

Índice

PRIMERA PARTE

SEGUNDA PARTE

PRIMERA PARTE

Capítulo I
1801

Vuelvo de hacerle una visita a mi casero, el único vecino que tendré que soportar. ¡Qué bella es esta comarca! Creo que no podría haber encontrado en toda Inglaterra otro lugar tan aislado del bullicio de la sociedad. Un paraíso perfecto para un misántropo, y el señor Heathcliff y yo formamos una buena pareja para repartirnos el yermo. ¡Qué gran persona! Poco se imaginaba la simpatía que despertó en mí cuando hundió de manera tan recelosa sus ojos negros bajo las cejas al llegar yo a caballo, y cuando hundió sus dedos aún más en el chaleco, con celo excesivo, al anunciar yo mi nombre.

—¿El señor Heathcliff? —pregunté.

Respondió con una inclinación de cabeza.

—El señor Lockwood, su nuevo inquilino, señor. Tengo el honor de venir a visitarlo con la mayor premura posible tras mi llegada, con el fin de expresarle mis deseos de no haberlo incomodado con mi insistencia al solicitarle el arrendamiento de la Granja de los Tordos. Oí decir ayer que usted había albergado algunos pensamientos...

—La Granja de los Tordos es de mi propiedad, señor mío —me interrumpió él, y torció el gesto—. Yo no consentiría que nadie me incomodara, estando en mi mano evitarlo. ¡Pase!

Pronunció ese «¡Pase!» con los dientes apretados, y más parecía un «Váyase al diablo». Ni el mismo portón en que se apoyaba él dio muestras de moverse en concordancia con aquella palabra, y creo que fue aquello lo que me decidió a aceptar la invitación. ¿Cómo no interesarse por un hombre que aparentaba ser aún más esquivo que yo?

Sí extendió la mano para soltar la cadena del portón cuando vio que mi caballo lo empujaba, tozudo, con el pecho. Malhumorado, me cedió el paso por el camino empedrado.

—Joseph —gritó cuando llegamos—, llévate el caballo del señor Lockwood y trae algo de vino.

«Supongo que ésta es toda su servidumbre —reflexioné al oír aquella orden múltiple—. No es de extrañar que la hierba crezca entre las losas, ni que el ganado sea el único que se ocupe de podar los setos.»

Joseph era un hombre entrado en años o, para ser más exactos, viejo. Pero, aunque fuese muy viejo, también era robusto y nervudo.

—¡El Señor nos asista! —rezongó, mientras se hacía cargo de mi caballo y me miraba a la cara con una acritud que, siendo generosos, hacía indicar que necesitaba de la ayuda divina para digerir su almuerzo y que aquella jaculatoria piadosa suya no aludía a mi llegada inesperada.

La residencia del señor Heathcliff se llama Cumbres Borrascosas.[1] Y eso es lo que parece: en efecto, allí deben de gozar siempre de una ventilación pura y salutífera. No hay más que ver la fuerza del viento del norte que sopla sobre la loma. Así lo indican la excesiva inclinación de unos pocos abetos atrofiados que hay al extremo de la casa y una hilera de espinos demacrados que tienden todas sus ramas en una misma dirección, como si le mendigaran una limosna al sol. Por suerte, el arquitecto tuvo la feliz precaución de erigirla con gran solidez. Las ventanas, estrechas, están muy hundidas en la pared, y las esquinas están protegidas por grandes piedras salientes.

Antes de atravesar el umbral, me detuve a admirar unas grotescas tallas que abarrotaban la fachada y, sobre todo, la puerta principal. Encima

1 En inglés, *Wuthering Heights*. Se suprimen unas palabras en que el narrador explica el localismo *Wuthering*, que se suele traducir por «Borrascosas». *(N. del T.)*

de ésta, entre una infinidad de hipogrifos deteriorados y de amorcillos desvergonzados, advertí la fecha, «1500», y el nombre, «Hareton Earnshaw». Me habría gustado hacer algunos comentarios y pedirle al hosco propietario una breve historia de la casa; pero la actitud de éste ante la puerta sólo me dejaba dos opciones: o bien entraba a toda prisa, o bien me iba de allí de inmediato. Y nada más lejos de mi intención que exacerbar su impaciencia antes de inspeccionar el penetral.

Con un solo paso llegamos al aposento de la familia, que no tenía ni zaguán ni galería. Aquí lo llaman «la casa», sin más. Ésta suele incluir cocina y sala, pero creo que en Cumbres Borrascosas la cocina no tiene más remedio que retirarse del todo a otra parte. Al menos, percibí un parloteo de lenguas y un tintineo de utensilios de cocina, muy al fondo, y no vi indicios de que en la enorme chimenea se estuviera asando, guisando o cociendo nada, ni brillo alguno de cazuelas de cobre ni de coladores de estaño en las paredes. Lo cierto era que a un lado se reflejaban espléndidamente tanto la luz como el calor en hileras de platos inmensos de peltre, entreverados de jarros y jarras de plata que se levantaban en hileras sucesivas sobre un amplio aparador de roble, hasta el techo mismo. Este último no tenía cubierta inferior de ninguna especie. Toda su anatomía quedaba a la vista del curioso, salvo donde lo ocultaba un armazón de madera cargado de tortas de avena y de racimos de jamones y de piernas de vaca y cordero. Sobre la chimenea había varias escopetas antiguas y ruines y un par de pistolas de arzón. Tres botes pintados de vivos colores estaban dispuestos por la repisa a modo de adorno. El suelo era de piedra pulida blanca; las sillas eran unas estructuras primitivas, de altos respaldos, pintadas de verde; había una o dos negras y pesadas agazapadas entre las sombras. Debajo del aparador, en un arco, reposaba una perra de muestra enorme, de color albazano, rodeada de un enjambre de cachorrillos chillones. Otros perros deambulaban de aquí para allá.

La estancia y su mobiliario no habrían tenido nada de extraordinario de haber pertenecido a un granjero sencillo del norte, de semblante terco y miembros robustos que destacasen más aún con sus calzas y polainas. En cinco o seis millas a la redonda se puede encontrar a algún personaje como el descrito, sentado en su sillón, con su jarra de cerveza espumosa sobre la mesa redonda que tiene delante, si se presenta uno en el momento adecuado, después del almuerzo. Pero el señor Heathcliff contrasta de modo singular con su vivienda y con su forma de vida. Tiene aspecto de gitano de piel morena. Su atuendo y sus modales son de caballero, a la manera en que lo son los hidalgos rurales. Está un poco abandonado, quizá, pero su descuido no le hace parecer mal, ya que tiene una figura firme y garbosa. De natural es más bien apático. Tal vez hubiera quien le achacase cierto grado de soberbia grosera. Siento cierta conformidad con él, que me dice que nada de eso es cierto. Sé por instinto que su reserva proviene de la aversión a las exhibiciones ostentosas de sentimientos, a las manifestaciones mutuas de benignidad. Ama y odia con disimulo, y le parecería una impertinencia que le devolvieran su amor o su odio. No, me precipito. No hago sino achacarle mis propios atributos. Tal vez las razones del señor Heathcliff sean por completo diferentes de las que me mueven para no tender la mano ante una persona a quien no se desea conocer. Quiero confiar en que mi constitución es casi singular. Mi querida madre aseveraba que yo no tendría jamás un hogar acogedor, y el mismo verano pasado demostré que soy absolutamente indigno de tenerlo.

Mientras disfrutaba de un mes de buen tiempo en la costa, me encontré en compañía de una criatura encantadora, una verdadera diosa a mis ojos, pero ella no se fijó en mí. Nunca «manifesté mi amor» con palabras, pero, si las miradas hablasen, hasta la idiota más redomada habría adivinado que yo estaba enamorado hasta la médula. Me entendió por fin y me correspondió con la mirada más dulce que se puede imaginar. ¿Y qué hice yo? Avergonzado, debo confesar que me recluí sobre mí mismo, como un caracol; a cada mirada suya me retiraba más, y me volvía más frío, hasta que, por fin, la pobre inocente llegó a dudar de sus sentimientos y, abrumada por el apuro que le producía su supuesto error, convenció a su madre de que las dos tomaran el portante. Esta curiosa inclinación mía me ha merecido fama de crueldad intencionada: sólo yo puedo apreciar lo injusto de esta fama.

Tomé asiento en el extremo de la lumbre opuesto a aquél hacia el que avanzaba mi casero, y traté de colmar el silencio acariciando a la madre de los perros, que había abandonado la camada y se deslizaba como una loba hacia mis pantorrillas, con el labio superior levantado y los dientes blancos llenos de babas, aguardando el momento de lanzar un bocado. Mi caricia provocó un gruñido largo y gutural.

—Más le vale dejar en paz a la perra —refunfuñó el señor Heathcliff al mismo tiempo, atajando con un pisotón una escalada de ferocidad—. No está acostumbrada a los halagos. No la criamos para ser una perrita faldera.

Después se acercó a una puerta lateral y volvió a gritar:

—¡Joseph!

Joseph murmuró algo ininteligible desde las profundidades de la bodega, pero no hizo ademán de subir, en vista de lo cual su amo bajó en su busca, y me dejó vis a vis con la perra malévola y con un par de perros pastores lanosos y aviesos que compartían con ella la misión de vigilar celosamente todos mis movimientos. Poco deseoso de entrar en contacto con sus colmillos, me quedé quieto en mi asiento. Pero, convencido de que aquellos tres ejemplares no me entenderían si los insultaba con la mímica, cometí la imprudencia de hacerles guiños y muecas. Algún gesto brusco por mi parte debió de irritar de tal modo a la señora que ésta montó en cólera de improviso y me saltó a las rodillas. La empujé hacia atrás y me apresuré a poner la mesa de por medio. Con ello no hice sino excitar a toda la jauría. Media docena de diablos de cuatro patas, de diversas edades y tamaños, salieron de guaridas ocultas hacia el centro común. Advertí que el objeto más marcado de sus ataques eran los talones y los faldones de la casaca. Defendiéndome como pude de los combatientes de mayor tamaño, me vi obligado a pedir, en voz alta y atizador en mano, que algún inquilino de la casa me ayudara a restablecer la paz.

El señor Heathcliff y su criado subieron desde de la bodega con una flema fastidiosa. Creo que no avivaron el paso ni para llegar un segundo antes de lo habitual, aunque el hogar era una tormenta de mordiscos y gañidos. Por suerte, una habitante de la cocina se mostró más diligente. Se trataba de una dama robusta, con el vestido remangado, los brazos desnudos y las mejillas encendidas. Se interpuso entre nosotros blandiendo una sartén, de la que se valió con tal destreza que la tormenta amainó como por arte de magia. Cuando el amo entró en escena, ella ya estaba sola, agitándose como el mar calmo después de un vendaval.

—¿Qué diablos pasa? —preguntó éste, mirándome de una manera poco menos que intolerable en vista de la falta de hospitalidad con que me habían tratado.

—¿Qué diablos? ¡Eso digo yo! —murmuré—. Esos animales suyos, señor mío, parecen poseídos por unos espíritus peores que los de la piara de cerdos del Evangelio. ¡Para el caso, bien podía dejar a un forastero con una manada de tigres!

—No se meten con quien no toca nada —observó él, mientras ponía la botella ante mí y colocaba la mesa en su sitio—. Los perros vigilan, y hacen bien. ¿Va a tomar un vaso de vino?

—No, gracias.

—No lo habrán mordido, ¿verdad?

—Si así fuera, habría dejado marcado mi sello en el mordedor.

El semblante de Heathcliff se relajó con una sonrisa.

—Vamos, vamos —dijo—, está usted agitado, señor Lockwood. Tenga, beba un poco de vino. En esta casa recibimos tan pocas visitas que estoy dispuesto a reconocer que mis perros y yo apenas sabemos recibirlas. ¡A su salud, señor!

Devolví el brindis haciendo una inclinación de cabeza, mientras empezaba a comprender que sería una necedad por mi parte quedarme sentado y resentido por la mala conducta de una manada de chuchos. Por otra parte, no albergaba el menor deseo de que aquel sujeto se divirtiese a mi costa, pues a eso apuntaba su sentido del humor. Tal vez movido por consideraciones de carácter económico (ofender a un buen arrendatario pondría en riesgo un negocio), alivió un poco el laconismo con que recortaba los pronombres y los verbos auxiliares y sacó a relucir un asunto que supuso me interesaría, una disertación sobre las ventajas y las desventajas del lugar donde yo había establecido mi retiro. Lo encontré muy entendido en las materias que tratamos. Antes de volver a mi casa me animé hasta el punto de ofrecerme a hacerle otra visita mañana. A todas luces, él no deseaba una nueva intromisión por mi parte. Con todo, iré. Es asombroso lo sociable que me siento en comparación con él.

Capítulo II

La tarde de ayer empezó con niebla y con frío. Estuve tentado de pasarla ante la lumbre de mi gabinete, en vez de abrirme camino hasta Cumbres Borrascosas entre brezales y lodazales. Sin embargo, cuando me dirigí al primer piso después de almorzar (debo advertir que almuerzo de doce a una, pues el ama de llaves, una señora con aire de matrona, a quien recibí como un mueble más de la casa, no pudo o no quiso comprender mis ruegos de que me sirvieran el almuerzo a las cinco), al subir las escaleras con un propósito tan indolente y entrar en la habitación, vi a una criada arrodillada en el suelo. La rodeaban cepillos y cubos de carbón, y levantaba una polvareda infernal al apagar las llamas con montones de cenizas. El espectáculo me hizo retirarme al punto. Tomé mi sombrero y, tras una caminata de cuatro millas, llegué al jardín de Heathcliff justo a tiempo de evitar los primeros copos plumosos de una nevada.

En aquella cumbre desolada, la tierra estaba helada y endurecida, y el aire hacía tiritar todos mis miembros. Incapaz de retirar la cadena, salté por encima del portón. Corrí por el camino enlosado, bordeado de grosellleros dispersos por aquí y por allá, y llamé a la puerta en vano hasta que los nudillos me escocieron y los perros aullaron.

«¡Desgraciados habitantes de esta casa! —exclamé para mis adentros—, os merecéis el aislamiento perpetuo del resto de vuestra especie debido a vuestra grosera falta de hospitalidad. Yo, por lo menos, no tendría las puertas cerradas de día. No me importa: ¡entraré!»

Decidido a ello, tomé la aldaba y la sacudí con vehemencia. Joseph, el de la cara avinagrada, asomó la cabeza por una ventana redonda del granero.

—¿A qué viene? —gritó—. El amo está en el redil. Si quiere hablar con él, rodee el granero.[2]

—¿No hay dentro nadie para abrirme la puerta? —grité yo a mi vez.

—Sólo está la señora. No le abrirá, aunque siga metiendo ese escándalo tremendo de aquí a la noche.

—¿Por qué? ¿No puedes decirle quién soy, Joseph?

—¡No, yo no! ¡A mí no me mezcles! —murmuró la cabeza, y desapareció.

La nieve empezaba a caer con fuerza. Agarré el picaporte para intentarlo otra vez, y entonces apareció en el patio, tras de mí, un joven sin casaca y que llevaba una horca al hombro. Me dijo en voz alta que lo siguiera. Después de atravesar un lavadero y una parte empedrada en la que había un cobertizo para el carbón, una bomba de agua y un palomar, llegamos por fin a la estancia enorme, cálida y alegre en la que me habían recibido la otra vez. Brillaba de manera deliciosa con el resplandor de un fuego inmenso, alimentado por una mezcla de carbón, turba y leña. Cerca de la mesa, donde estaba servida una cena abundante, tuve el agrado de ver a «la señora», un personaje cuya existencia yo no había sospechado hasta entonces. Hice una reverencia y esperé, convencido de que me invitaría a tomar asiento. Ella me miró, recostada en su silla, pero siguió muda e inmóvil.

—¡Mal tiempo! —observé—. Me temo, señora Heathcliff, que la puerta ha debido de sufrir las consecuencias de la tranquilidad con que me han atendido sus criados. ¡Me ha costado lo indecible hacerme oír por ellos!

Ella no abrió la boca. La miré. Me miró. Lo hizo de una manera fría y descuidada, enormemente embarazosa y desagradable.

---

2 Joseph, como algún otro personaje secundario de la novela, habla en dialecto del norte de Inglaterra, con fuerte influencia escocesa y nórdica, y a veces casi incomprensible para los hablantes de inglés ordinario. *(N. del T.)*

—Siéntese —dijo la joven con brusquedad—. Él llegará pronto.

Obedecí. Carraspeé y llamé a la villana Juno, quien, en esta segunda entrevista, se dignó mover el rabito, como muestra de haberme reconocido.

—¡Hermoso animal! —comencé de nuevo—. ¿Piensa deshacerse de los pequeños, señora?

—No son míos —respondió la amable anfitriona, y ni siquiera el propio Heathcliff podría haber sonado más cortante.

—¡Ah, sus favoritos se encontrarán entre éstos! —proseguí, mientras miraba un cojín oscuro, lleno de gatos, al parecer.

—¡Extraña elección de favoritos! —observó ella con desprecio.

Por desgracia, se trataba de un montón de conejos muertos. Carraspeé de nuevo y me acerqué más al hogar. Repetí mi comentario sobre lo inclemente de la tarde.

—No debería haber salido —me advirtió ella, y se levantó para tomar dos de los botes pintados de la repisa de la chimenea.

Hasta entonces había estado apartada de la luz. En ese momento vi claramente toda su figura y su rostro. Era esbelta y apenas aparentaba haber dejado atrás la niñez. Tenía unas formas admirables y la carita más exquisita que he tenido el placer de contemplar en mi vida: rasgos pequeños, muy hermosos; bucles rubios, o más bien dorados, que le colgaban sueltos en el cuello delicado; y unos ojos que, de haber sido agradable su expresión, habrían sido irresistibles. Por fortuna para mi corazón impresionable, el único sentimiento que manifestaban oscilaba entre el desdén y una especie de desesperación que era notablemente anormal detectar allí.

Apenas llegaba a los botes. Hice un movimiento como para ayudarla. Se revolvió contra mí como lo habría hecho un avaro con quien trata de ayudarlo a contar su oro.

—No necesito su ayuda —dijo con voz cortante—. Puedo alcanzarlos yo.

—Le ruego me perdone —me apresuré a responder.

—¿Lo invitaron a tomar el té? —me interrogó, atándose un delantal sobre su pulcro vestido negro y quedándose inmóvil mientras sostenía sobre la tetera una cucharada de té.

—Tendré mucho gusto en tomar una taza —respondí.

—¿Lo invitaron? —repitió.

—No —repliqué, con una media sonrisa—. Usted es la persona más adecuada para invitarme.

Ella volvió a echar el té en el bote, con cuchara y todo, y volvió a su silla, enfurruñada, con la frente arrugada y haciendo pucheros con el rojo labio inferior, como un niño a punto de llorar.

Mientras tanto, el joven se había enfundado una prenda raída a más no poder. Plantado ante la lumbre, me miraba de reojo con desprecio, como si hubiera entre nosotros unas rencillas mortales que clamasen venganza. Empecé a dudar de si era criado o no. La vestimenta y la manera de hablar eran rudas y carecían por completo de la superioridad que emanaba del señor y la señora Heathcliff. Los rizos, espesos y castaños, eran bastos y descuidados; los bigotes le invadían las mejillas, como si fuera un oso, y tenía las manos tan morenas como un bracero cualquiera. No obstante, tenía un porte libre, casi altanero, y no daba ninguna muestra del servilismo propio de un criado ante la señora de la casa. A falta de pruebas fehacientes de su posición, consideré lo más prudente no darme por enterado de su curiosa conducta. La llegada de Heathcliff, cinco minutos después, palió en parte tan incómoda situación.

—¡Como ve, señor mío, he venido, cumpliendo mi promesa! —exclamé, adoptando un tono jovial—. Me temo que el mal tiempo me obligará a quedarme aquí durante media hora, si es que usted me puede ofrecer albergue durante ese tiempo.

—¿Media hora? —preguntó él, sacudiéndose los copos blancos de la ropa—. Me extraña que haya elegido el peor momento de un temporal de nieve para pasear. ¿Sabe usted que corre el peligro de perderse en los pantanos? Incluso aquéllos que conocen estos páramos suelen perderse en tardes como ésta. Y, créame, de momento no cabe esperar que cambie el tiempo.

—Quizá pueda servirme de guía alguno de sus mozos, y éste podría quedarse en la Granja hasta mañana por la mañana. ¿Podría cederme uno?

—No, no podría.

—¡Ah, vaya! Bueno, entonces deberé confiar en mi propio tino.

—¡Hum!

—¿Vas a hacer el té? —preguntó el de la casaca raída, apartando de mí la mirada feroz para dirigirla a la joven dama.

—¿Hay que darle a ése? —preguntó ella, apelando a Heathcliff—. ¡Prepáralo de una vez!

Lo dijo de una manera tan brutal que me sobresalté. Su tono delataba el carácter propio de una auténtica mala persona. Heathcliff dejó a mis ojos de hacerse acreedor del apelativo de «gran sujeto».

—Ahora, señor mío, adelante su silla —me invitó, una vez concluidos los preparativos.

Y todos nos sentamos alrededor de la mesa, hasta el joven rústico. Reinó un silencio austero mientras consumíamos la comida.

Pensé que, si yo había causado esa sombra, era mi deber tratar de disiparla. No concebía que se sentaran todos los días a la mesa con talante tan severo y taciturno. Por malo que fuera su humor, era imposible que enarbolasen a diario esos gestos ceñudos.

—Es extraño —empecé a decir, después de apurar una taza de té y antes de recibir otra—, es extraño el modo en que la costumbre puede amoldar nuestros gustos y nuestras ideas. Para mucha gente sería inconcebible imaginar que pudiera existir la felicidad en una vida tan apartada del mundo como la que hace usted, señor Heathcliff. No obstante, me aventuraré a afirmar que, rodeado de su familia, y con su amable señora como genio que preside su hogar y su corazón...

—¡Mi amable señora! —me interrumpió, con un gesto de desprecio casi diabólico en el rostro—. ¿Dónde está mi amable señora?

—Me refiero a la señora Heathcliff, a su esposa.

—Bueno, sí... ¡Ah! Usted quiere dar a entender que su espíritu ha ocupado el puesto de ángel guardián y que cuida de la suerte de Cumbres Borrascosas aun después de faltar su cuerpo. ¿Es así?

Consciente de que había cometido un error, intenté corregirlo. Debería haber advertido que la enorme diferencia de edad entre las partes hacía poco probable que se tratase de marido y mujer. El uno tenía unos cuarenta años, época de vigor mental en que los hombres no solemos aceptar el engaño de que las muchachas se casan con nosotros por amor; ese sueño queda reservado para el solaz del ocaso de nuestra vida. La otra no aparentaba haber cumplido los diecisiete.

Entonces se me ocurrió: «El palurdo que está a mi lado, tomando el té en un tazón y comiéndose el pan con las manos sin lavar, bien podría ser el marido de ella. Heathcliff hijo, claro está. He aquí la consecuencia de enterrarse en vida: ¡se ha arrojado en brazos de ese gañán, por pura ignorancia de que existen personas mejores! Una lástima. Me guardaré de ser yo quien la haga arrepentirse de su elección».

Podría ésta parecer una reflexión presuntuosa, pero no lo era. Mi vecino de mesa me parecía casi repulsivo. Y la experiencia había demostrado que yo resultaba tolerablemente atractivo.

—La señora Heathcliff es mi nuera —dijo Heathcliff, corroborando mi suposición. Mientras decía esto, le dirigió una mirada peculiar. Yo la calificaría de mirada cargada de odio, a menos que sus músculos faciales no fuesen capaces de interpretar el lenguaje del alma como lo hace el resto de la gente.

—Ah, desde luego. Ya veo: usted es el feliz poseedor del hada benéfica —observé, volviéndome hacia mi vecino de mesa.

No hice sino empeorar las cosas. El joven se puso de color carmesí y cerró el puño, dando todas las muestras de querer agredirme. Pero pareció como si se contuviera. Ahogó la tormenta con una maldición brutal, dirigida a mí entre dientes, que, no obstante, me guardé de dar por oída.

—¡Qué conjetura tan desafortunada, señor! —observó mi anfitrión—. Ni él ni yo tenemos el privilegio de ser dueños de su hada buena. Su compañero ha muerto. He dicho que era mi nuera. Por lo tanto, debió de casarse con mi hijo.

—Y este joven es...

—¡Por cierto que no es hijo mío!

Heathcliff volvió a sonreír, como si el atribuirle la paternidad de aquel oso fuera una burla demasiado atrevida.

—Mi nombre es Hareton Earnshaw —gruñó el otro—, ¡y le aconsejo que lo respete!

—No le he faltado al respeto —fue mi respuesta, mientras me reía por dentro de la gravedad con que se presentaba a sí mismo.

Me clavó la mirada durante más tiempo del que yo estuve dispuesto a devolvérsela: me hallaba tentado de darle un sopapo o de reírme en alto. Empecé a sentirme claramente fuera de lugar en aquel agradable círculo familiar. El pésimo ambiente que se respiraba anulaba con creces las cálidas comodidades físicas que me rodeaban. Resolví, pues, pensármelo mejor antes de aventurarme por tercera vez bajo aquel techo.

Una vez concluida la comida, y en vista de que nadie estaba por la labor de entablar conversación, me acerqué a una ventana para examinar el cielo. Vi un espectáculo lamentable: la noche se cernía sobre nosotros antes de hora, con el cielo y las colinas confundidos en un torbellino glacial de viento y de nieve asfixiante.

—¡Juzgo imposible volver ahora a mi casa sin guía! —exclamé sin poderlo remediar—. Los caminos ya estarán cubiertos y, aunque estuvieran despejados, apenas podría distinguir nada a un par de palmos.

—Hareton, lleva esa docena de ovejas al alpendre del granero. Si se quedan en el redil toda la noche, acabarán cubiertas de nieve. Y ponles delante una talanquera.

—¿Qué debo hacer? —proseguí, cada vez más irritado.

No obtuve respuesta. Miré a mi alrededor. Sólo vi a Joseph, que traía un cubo de gachas para los perros. La señora Heathcliff estaba inclinada sobre la lumbre; se entretenía quemando un lío de teas que se habían caído de la repisa de la chimenea mientras guardaba el bote del té. El primero, después de dejar su carga, inspeccionó la estancia con ojo crítico y pronunció con voz chillona:

—Me extraña que seas capaz de estar ahí mano sobre mano, o haciendo algo peor, cuando todos han salido. Pero eres una inútil, y de nada sirve hablar. ¡Tus malos modos no tienen enmienda, y te irás derecha al infierno, como se fue tu madre!

Pensé por un momento que tan elocuente disertación se dirigía a mí. Bastante airado, me dirigí hacia el viejo bribón dispuesto a echarlo a patadas por la puerta. Pero la señora Heathcliff me hizo detenerme con su respuesta.

—¡Viejo hipócrita escandaloso! —respondió—. ¿Es que no temes que te lleve el demonio en cuerpo y alma cuando pronuncias su nombre? Te aconsejo que te abstengas de provocarme. De lo contrario, pediré como favor especial que te lleve. Espera, Joseph. Mira —prosiguió, y tomó de un estante un libro oscuro y alargado—, te voy a enseñar cuánto he progresado con la magia negra. Pronto seré capaz de despoblar la casa con ella. ¡La vaquilla no murió por casualidad y tu reumatismo mal se puede contar entre los dones de la providencia!

—¡Ay, malvada, malvada! —dijo el anciano con voz entrecortada—. ¡El Señor nos libre del mal!

—¡No, réprobo! Eres un precito. ¡Vete de aquí, o te haré mucho daño! Haré figuras de todos vosotros, de cera y de arcilla. Al primero que pase de los límites que yo marque, no voy a decir lo que le pasará... ¡pero ya lo veréis! ¡Vete, que te estoy mirando!

La brujilla simuló una mirada maligna con sus ojos hermosos y Joseph, temblando de pavor, salió a toda prisa, rezando y exclamando por el camino. Juzgué su conducta inspirada por alguna suerte de lúgubre sentido del humor. Una vez nos hubimos quedado a solas, me esforcé en transmitirle el apuro en que me hallaba.

—Señora Heathcliff —la interpelé, con sentimiento—, discúlpeme usted si la molesto. No me cabe la menor duda de que alguien dotado de un rostro como el suyo no podrá por menos que tener buen corazón. Hágame el favor de señalarme algunos hitos que me puedan indicar el camino de vuelta a mi casa. ¡No tengo mayor idea del modo de llegar allí que la que usted tendría del modo de llegar a Londres!

—Váyase por donde ha venido —respondió ella, arrellanada en una silla, con una vela y con el libro apaisado delante—. Es un consejo escueto, pero no puedo darle otro más consistente.

—Entonces, si se entera de que me han encontrado muerto en una ciénaga o en un hoyo lleno de nieve, ¿no le susurrará la voz de su conciencia que en parte fue culpa suya?

—¿Cómo podría serlo? Yo no puedo acompañarlo. No me consentirían llegar más allá del final del muro del jardín.

—¡Usted! Mucho me guardaría de pedirle que cruzara el umbral por mí, en una noche como ésta —exclamé—. Lo que quiero es que me indique el camino, no que me lo muestre. O, de no ser esto posible, que convenza al señor Heathcliff de que me ceda a un guía.

—¿A quién? Aquí sólo estamos Earnshaw, Zillah, Joseph, él y yo. ¿A cuál prefiere?

—¿No hay mozos en la granja?

—No. No hay más que ésos.

—En vista de lo cual, me veo obligado a quedarme.

—Eso podrá concertarlo con su anfitrión. Yo no tengo nada que ver con ello.

—Espero que esto le sirva de lección y no vuelva a emprender viajes imprudentes por estas colinas —exclamó la voz severa de Heathcliff desde la entrada de la cocina—. En cuanto a lo de quedarse aquí, no tengo acomodo para visitas. Si se queda, deberá compartir cama con Hareton, o con Joseph.

—Puedo dormir en un sillón, en esta sala —respondí.

—¡No, no! Un forastero siempre es un forastero, sea rico o pobre. ¡No me conviene dejar a nadie suelto por la casa mientras yo no vigilo! —replicó el muy grosero y miserable.

Con este insulto se me agotó la paciencia. Solté una expresión de desagrado, pasé precipitadamente por delante de él y salí al patio, donde, con las prisas, me tropecé con Earnshaw. Reinaba tal oscuridad que no fui capaz de ver la salida y, mientras yo vagaba por allí, oí otro ejemplo de los buenos modales con que se trataban entre ellos. Al principio, el joven pareció dispuesto a ponerse de mi parte.

—Lo acompañaré hasta el parque —se ofreció.

—¡Lo acompañarás al infierno! —exclamó su amo, o lo que quiera que fuese suyo—. ¿Y quién cuidará de los caballos? ¿Eh?

—Importa más la vida de un hombre que dejar descuidados a los caballos durante una noche —murmuró la señora Heathcliff, con mayor amabilidad de la que yo esperaba.

—¡Porque tú lo digas! —repuso Hareton—. Si te interesas por él, más te vale callar.

—¡Entonces, espero que te persiga su espíritu, y espero asimismo que el señor Heathcliff no vuelva a encontrar otro inquilino hasta que la Granja esté en ruinas! —respondió ella con voz cortante.

—¡Escuchad! ¡Escuchad! ¡Los está maldiciendo! —rezongó Joseph, hacia quien me dirigía yo.

Se sentaba éste a tiro de piedra, ordeñando las vacas a la luz de una linterna. Me hice con ella sin más miramientos y, asegurando en voz alta que la devolvería a la mañana siguiente, me dirigí a toda prisa al postigo más próximo.

—¡Amo, amo, que roba la linterna! —gritó el carcamal, tratando de cortarme la retirada—. ¡To, Colmilludo! ¡To, perro! ¡To, Lobo, a él, a él!

Al abrirse la puertecilla se me echaron al cuello dos monstruos peludos que me derribaron e hicieron que se apagara la luz. Heathcliff y Hareton se carcajearon a mandíbula batiente. Aquello no hizo sino exacerbar mi ira y mi sentimiento de humillación. Por fortuna, las fieras parecían más interesadas en estirar las zarpas, bostezar y agitar las colas que en devorarme vivo. Pero no me dejaban ponerme de pie. Así pues, me vi obligado a seguir tendido hasta que sus perversos amos tuvieron a bien liberarme. Entonces, sin sombrero y temblando de ira, les ordené a los bellacos que me dejaran salir y que no osaran retenerme ni un minuto más. Lo adobé todo con todo tipo de amenazas incoherentes de venganza, vaguedades tan imprecisas como virulentas que más bien parecían salidas de *El rey Lear*.

Fue tal mi vehemencia que empecé a sangrar copiosamente por la nariz. Heathcliff seguía riendo y yo, increpando. No sé cómo habría terminado la escena de no haber estado allí una persona algo más racional que yo mismo y más benévola que mi anfitrión: Zillah, la gruesa ama de llaves, quien, al cabo de un rato, salió a enterarse de la causa del escándalo. Creyó que alguien de la casa me había puesto la mano encima con violencia. Sin atreverse a atacar a su amo, dirigió su artillería vocal contra el canalla más joven.

—¡Bueno, señor Earnshaw! —exclamó—. ¡Con qué saldrá ahora! ¿Es que vamos a asesinar a la gente en el umbral mismo de nuestra puerta? Veo que esta casa no será nunca sitio para mí. Miren al pobre mozo: ¡se está ahogando! ¡Calle, calle! Así no puede estar. Entre, yo lo curaré. Ahora, estese quieto.

Dichas estas palabras, me arrojó por sorpresa a la cara una pinta de agua helada y me condujo a la cocina. El señor Heathcliff nos siguió, y su alegría circunstancial se apagó de inmediato para dar paso a su acostumbrado gesto taciturno.

Me hallaba tan mareado y débil que me vi obligado a aceptar un alojamiento bajo su techo. Le dijo a Zillah que me diera una copa de brandy y después pasó a la habitación interior, mientras la cocinera se dolía de mi situación lastimosa. Obedecí sus órdenes, gracias a lo cual me sentí algo fortalecido, y me acompañó hasta la cama.

Capítulo III

Mientras me precedía de camino al piso superior, me recomendó que ocultase la vela y que no hiciera ruido, pues su amo albergaba ideas raras acerca de la cámara donde ella iba a alojarme, y no le consentía a nadie pernoctar allí a sabiendas. Le pregunté la causa. Me respondió que no lo sabía. Ella sólo llevaba allí apenas un par de años, y pasaban tantas cosas raras entre aquella gente que ella no podía darse a la curiosidad.

Yo, demasiado atontado como para sentir curiosidad, le eché el pestillo a la puerta y busqué la cama con la mirada. Todo el mobiliario consistía en una silla, un armario ropero y un gran cajón de roble que tenía cerca de la parte superior unos orificios cuadrados semejantes a las ventanillas de una diligencia. Me asomé al interior. Había una cama anticuada y singular, diseñada de manera muy conveniente para obviar la necesidad de dedicar una habitación propia a cada miembro de la familia. De hecho, constituía una pequeña alcoba, y el alféizar de una ventana que se encontraba en su interior servía de mesa. Retiré los lados de paneles, entré con mi luz, volví a cerrarlos y me sentí a salvo de la vigilancia de Heathcliff y de los demás.

En un rincón de la repisa, donde dejé mi vela, había unos cuantos libros enmohecidos en un montón. La repisa misma estaba cubierta de palabras escritas a arañazos en la pintura. Las palabras, sin embargo, no eran más que un mismo nombre repetido con todo tipo de letras, grandes y pequeñas: *Catherine Earnshaw*, que variaba aquí y allá a *Catherine Heathcliff* y también a *Catherine Linton*.

Apoyé la cabeza en la ventana con languidez apática y seguí leyendo el nombre de Catherine Earnshaw-Heathcliff-Linton hasta que se me cerraron los ojos; pero apenas habían descansado cinco minutos cuando surgió de la oscuridad un resplandor de letras blancas, vívidas como espectros. El aire se llenó de Catherines. Despertándome para disipar el nombre que tanto me había importunado, descubrí que la mecha de mi vela estaba inclinada sobre uno de los volúmenes antiguos y perfumaba el lugar con un olor a pergamino achicharrado. Aparté la vela y, sintiéndome muy incómodo por la influencia del frío y de las náuseas que arrastraba, me senté en la cama y abrí sobre las rodillas el volumen que había sufrido el menoscabo. Era un Nuevo Testamento impreso en letra pequeña y que tenía un olor terrible a moho. Una de las guardas llevaba la inscripción «Este libro es de Catherine Earnshaw» y una fecha de cosa de un cuarto de siglo atrás. Lo cerré y tomé otro, y otro más, hasta que los hube examinado todos. La biblioteca de Catherine era selecta, y su deterioro demostraba que se le había dado mucho uso, aunque con finalidades no del todo legítimas: apenas había un solo capítulo que se hubiera librado de recibir los comentarios (o eso parecían) que cubrían todos los espacios que el impresor había dejado en blanco. Algunos eran frases sueltas; y otras partes adoptaban la forma de un diario regular, garrapateado con una letra infantil y poco formada. Me divirtió enormemente contemplar en la parte superior de una página en blanco (que bien podría haber sido todo un tesoro cuando se encontró por primera vez) una caricatura excelente de mi amigo Joseph, esbozada con rasgos toscos pero vigorosos. Se encendió de inmediato dentro de mí un interés por la desconocida Catherine, y acto seguido me puse a descifrar sus jeroglíficos desvanecidos.

«¡Un domingo atroz! —empezaba el párrafo que estaba bajo la caricatura—. Ojalá volviera mi padre. Hindley es un sustituto detestable. Trata a Heathcliff de un modo atroz. H. y yo vamos a rebelarnos. Esta tarde hemos dado el primer paso.

»Había llovido a cántaros todo el día. No podíamos ir a la iglesia. Así pues, Joseph reunió la congregación en la buhardilla (¡qué menos!). Mientras Hindley y su mujer se calentaban en el piso bajo ante un fuego acogedor (haciendo cualquier cosa menos leer sus biblias, doy fe de ello), a Heathcliff, al desdichado gañán y a mí nos mandaron tomar nuestros libros de oraciones y subir. Nos pusieron en fila, sobre un saco de trigo, gimiendo y tiritando, y esperando que Joseph arrancase también a tiritar para que nos acortara la homilía por su propia comodidad. ¡Todo fue en vano! El servicio religioso duró exactamente tres horas. Empero, mi hermano tuvo la cara de exclamar: "¿Cómo? ¿Ya habéis terminado?", cuando nos vio bajar. Antes nos dejaban jugar los domingos por la tarde si no hacíamos demasiado ruido. ¡Ahora basta con una simple risita para que nos manden al rincón!

»"No recordáis que aquí tenéis un amo —dijo el tirano—. ¡Al primero que me haga enfadar, lo aplasto! Exijo sobriedad y silencio totales. ¡Ah, muchacho! ¿Has sido tú? Frances, querida, tírale del pelo al pasar: le he oído chascar los dedos." Frances le tiró del pelo de buena gana, y luego se sentó en las rodillas de su marido. Y allí se quedaron, como dos niños de pecho, besándose y diciéndose bobadas durante horas enteras. Parloteos tontos que a nosotros mismos nos darían vergüenza. Nos acomodamos tanto como nos lo permitían nuestros medios bajo el arco del aparador. Apenas acababa de atar entre sí nuestros delantales y de colgarlos a modo de cortina cuando apareció Joseph, que venía de los establos a hacer un recado. Arranca mi obra, me da un sopapo y grazna:

»—¡El amo casi recién enterrado, y el día del Señor sin terminar, y vosotros, con el sonido del Evangelio todavía en los oídos, os atrevéis a jugar! ¡Vergüenza os debería dar! ¡Sentaos, niños malos! Hay bastantes libros buenos para que los leáis: ¡sentaos y pensad en vuestras almas!

»Dicho esto, nos obligó a colocarnos de tal modo que pudiésemos recibir de la lumbre distante un rayo apagado que nos mostrara el texto de los librotes que nos obligó a tomar. No pude soportar aquella tarea. Así por el lomo mi volumen descabalado y lo arrojé a la perrera, asegurando que odiaba los buenos libros. Heathcliff mandó el suyo al mismo sitio de una patada. ¡Entonces sí que se formó un alboroto!

»—¡Señor Hindley! —gritó nuestro capellán—. ¡Señor, venga aquí! La señorita Cathy le ha arrancado el lomo a *El yelmo de la salvación* y Heathcliff le ha dado un puntapié a la primera parte de *El camino ancho que conduce a la destrucción.* Es escandaloso que les consienta que se comporten así. ¡Agh! El viejo los habría vapuleado como es debido... ¡pero ya no está!

»Hindley se apresuró a volver de su paraíso junto al hogar. Nos tomó a uno del cuello y al otro del brazo, y nos arrojó a ambos a la cocina del fondo. Joseph afirmó que Pedro Botero se nos llevaría, tan seguro como que estábamos vivos. Consolados ante semejante idea, buscamos cada uno un rinconcito para esperar su llegada. Tomé del estante este libro y un tintero, y entorné la puerta de la casa para tener luz. He matado el rato escribiendo desde hace veinte minutos; pero mi compañero está impaciente y me propone que nos apoderemos del capote de la lechera y que salgamos a corretear por los páramos, cubiertos con ella. Es una propuesta apetecible. Así, si entra el viejo arisco, tal vez se crea que se ha cumplido su profecía. No es posible que estemos más mojados ni más fríos bajo la lluvia que lo que estamos aquí.»

Supongo que Catherine cumplió su proyecto, pues la frase siguiente abordaba otra cuestión: se ponía lacrimosa.

«¡Qué poco soñaba yo que Hindley podría hacerme llorar de esta manera! —escribió—. Me duele tanto la cabeza que no puedo apoyarla en la almohada; pero tampoco puedo ceder. ¡Pobre Heathcliff! Hindley dice que es un vagabundo y ya no le permite que se siente con nosotros ni que coma con nosotros. Sostiene que él y yo no debemos jugar juntos, y amenaza con echarlo de casa si lo desobedecemos. Ha culpado a nuestro padre (¿cómo se atreve?) de haber tratado a H. con demasiada generosidad y jura que lo pondrá en el sitio que le corresponde.»

Empecé a dar cabezadas soñolientas sobre la página mal iluminada. Desvié la mirada de lo manuscrito a lo impreso. Vi un título rojo y ornamentado: *Setenta veces siete, y el primero de los septuagésimo primeros. Disertación pía que pronunció el reverendo Jabes Branderham en la capilla de Gimmerden Sough.* Y mientras obligaba de manera casi automática a mi cerebro a esforzarse por adivinar cómo desarrollaría su tema Jabes Branderham, me recosté de nuevo en la cama y me quedé dormido. ¡Qué lamentables son los efectos del té malo y del mal humor! ¿Qué otra cosa puede explicar la noche tan terrible que pasé? Fue la peor que recuerdo desde que tengo la capacidad de padecer.

Empecé a soñar casi antes de dejar de ser consciente de mi entorno. Soñé que había amanecido y que yo había reanudado el camino de vuelta a mi casa, guiado por Joseph. Nuestro camino estaba cubierto por una capa de nieve de varias varas de espesor. Mientras avanzábamos, semihundidos, mi compañero me reprochaba hasta la extenuación que no me hubiera traído un bordón de peregrino. Aseguraba que no podría entrar en la casa sin él y blandía con orgullo un garrote de gruesa cabeza, o al menos así supuse que se denominaba. Pensé por un momento en cuán absurdo era que yo necesitase tal arma para acceder a mi residencia. Entonces se me ocurrió otra idea. Yo no iba allí: viajábamos para oír predicar al célebre Jabes Branderham, quien disertaría sobre el texto *Setenta veces siete.* Joseph, o el predicador, o tal vez yo habíamos cometido el «primero de los septuagésimo primeros», e iban a denunciarnos públicamente y a excomulgarnos.

Llegamos a la capilla. He pasado ante ella en la realidad, en el transcurso de mis paseos, apenas un par de veces. Está en una hondonada, entre dos colinas. La hondonada es un lugar elevado, próximo a una ciénaga, cuya turbera se dice que desprende una humedad con la que podrían embalsamarse los pocos cadáveres que acaban allí. El tejado se ha conservado entero hasta la fecha. Pero si tenemos en cuenta que el estipendio del clérigo apenas asciende a veinte libras al año y a una casa con dos habitaciones que amenazan fundirse en una a no mucho tardar, no hay clérigo dispuesto a acarrear con los deberes de pastor. Sería consciente, además, de que se dice que su grey preferiría dejarlo morir de hambre antes que aumentar la anata con un solo penique de sus bolsillos. No obstante, Jabes tenía en mi sueño una congregación numerosa y atenta. Y predicó, ¡Dios santo!,

¡qué sermón! ¡Estaba dividido en cuatrocientas noventa partes, cada una de ellas tan extensa como cualquier plática pronunciada desde el púlpito, y cada una de ellas dedicada a un pecado en concreto! No sé de dónde los sacaba. Interpretaba la frase a su peculiar manera, y parecía necesario que el hermano cometiera pecados distintos en cada ocasión. Los pecados eran muy curiosos: unas transgresiones extrañas que yo no me había imaginado hasta entonces.

Ay, cuánto me aburrí. ¡Cómo me revolvía, y bostezaba, y daba cabezadas, y volvía a despertarme! Cómo me daba pellizcos y pinchazos, y me frotaba los ojos, y me ponía de pie, y volvía a sentarme, y le daba codazos a Joseph pidiéndole que me avisara cuando aquello terminara, si es que lo hacía. Yo estaba condenado a oírlo todo: llegó por fin al «primero de los septuagésimo primeros». Apenas hubo llegado ese momento decisivo, me invadió una inspiración repentina. Me sentí impelido a levantarme para denunciar a Jabes Branderham por haber perpetrado el pecado que ningún cristiano está obligado a perdonar.

—Señor mío —exclamé—, sentado entre estas cuatro paredes he soportado y perdonado de una sentada las cuatrocientas noventa rúbricas de su disertación. Setenta veces siete he requerido mi sombrero y he estado en un tris de marcharme. Setenta veces siete me ha obligado usted ridículamente a volver a tomar asiento. La cuadringentésima nonagésima primera es excesiva. ¡Compañeros mártires, a él! ¡Bajadlo de ahí y hacedlo trizas, para que el lugar que lo conoce no lo conozca más!

—¡Tú eres el Hombre! —exclamó Jabes tras una pausa solemne, y se inclinó hacia delante apoyado en la almohadilla del antepecho—. Setenta veces siete has torcido tu rostro haciendo muecas. Setenta veces siete he seguido el consejo de mi alma. Ha llegado el Primero de los Septuagésimo Primeros. Hermanos, ejecutad en él la sentencia que está escrita. ¡Así tengan el mismo honor todos sus santos!

Tras estas palabras finales, todos los miembros de la asamblea se apiñaron a mi alrededor en masa, blandiendo sus bordones de peregrinos. Y yo, que no tenía arma que empuñar en defensa propia, me puse a forcejear con Joseph, que era el más próximo y el más feroz de mis asaltantes, para quitarle el suyo. En la agitación de la multitud se cruzaron varias porras. Algunos golpes que iban dirigidos a mí cayeron en otras testas. Al cabo, toda la capilla resonaba de porrazos y contraporrazos. Todos alzaban la mano contra su prójimo. Branderham, que no quiso quedarse ocioso, vertía su celo en una lluvia de golpes fuertes contra los tableros del púlpito. Éstos respondían con tal estruendo que, por fin, y con un alivio inexpresable por mi parte, me despertaron. Y ¿qué era lo que me había sugerido aquel tremendo tumulto? ¿Qué era lo que había representado el papel de Jabes en el alboroto? ¡No era más que la rama de un abeto que tocaba mi ventana de celosía al pasar gimiendo el viento y que repiqueteaba con sus piñas secas contra los paneles de vidrio! Escuché un momento, vacilante. Localicé al causante de la molestia y me volví en la cama, me adormecí y volví a soñar. Esta vez fue un sueño más desagradable, si cabe, que el anterior.

Recordé que estaba acostado en la alcoba de roble y que oía claramente el viento impetuoso y el caer de la nieve. Oí asimismo la rama de abeto repitiendo su ruido fastidioso, y le atribuí a éste su verdadera causa. Pero me molestaba hasta tal punto que tomé la decisión de acallarlo si era posible. Soñé que me levantaba e intentaba correr la falleba de la ventana. La varilla estaba soldada al anillo, circunstancia ésta que yo había observado durante la vigilia, pero que había olvidado. «¡Debo ponerle fin, a pesar de todo!», murmuré. Atravesé el vidrio con un golpe de los nudillos y estiré el brazo para asir la rama importuna. ¡Pero, en su lugar, mis dedos estrecharon los de una manita helada! Me invadió el horror intenso de la pesadilla. Intenté retirar el brazo, pero la mano se aferró a él, y una voz tristísima sollozó: «¡Déjame entrar! ¡Déjame entrar!».

—¿Quién eres? —pregunté, al tiempo que me debatía por liberarme.

—Catherine Linton —respondió la voz, temblorosa. ¿Por qué se me ocurriría el apellido Linton? Había leído el de Earnshaw veinte veces por cada Linton—. He vuelto a casa. ¡Me había perdido en el páramo!

Mientras hablaba la voz, discerní a duras penas la cara de una niña que miraba por la ventana. El terror me volvió cruel. Como me pareciese inútil tratar de soltarme de la criatura, tiré de su muñeca hacia el vidrio roto y la froté contra éste hasta que corrió la sangre, que empapó la ropa de cama.

Ella seguía gimiendo: «¡Déjame entrar!», y mantenía su presa tenaz. Yo estaba casi loco de miedo.

—¿Cómo voy a hacerlo? —pregunté al cabo—. ¡Si quieres que te deje entrar, suéltame tú primero!

Los dedos se aflojaron, retiré los míos por el agujero, amontoné a toda prisa sobre éste los libros en forma de pirámide y me tapé los oídos para cerrarle el paso a la súplica lastimera. Me pareció que los había tenido tapados más de un cuarto de hora. Pero, en cuanto volví a escuchar, ¡seguía el llanto quejumbroso!

—¡Vete! —grité—. ¡No te dejaré entrar ni aunque te pases veinte años suplicándolo!

—Son veinte años —se lamentó la voz—. Veinte años. ¡Hace veinte años que estoy abandonada!

Entonces empezó a sonar fuera un leve rasguido, y el montón de libros se movió como si lo empujaran. Traté de incorporarme de un salto, pero no pude mover un solo miembro. Así pues, proferí un fuerte grito, en un arrebato de miedo. Descubrí confuso que el grito no había sido imaginado: unos pasos apresurados se acercaron a la puerta de mi cámara. Alguien la abrió de un empujón, con mano vigorosa, y brilló una luz a través de los orificios cuadrados de encima de la cama. Yo estaba sentado, todavía temblando y secándome el sudor de la frente. El intruso dio muestras de titubear y murmuró para sus adentros. Dijo al fin en un medio susurro, evidentemente sin esperar respuesta:

—¿Hay alguien aquí?

Juzgué lo más apropiado confesar mi presencia, pues reconocí la voz de Heathcliff y me temí que quizá siguiera indagando si yo guardaba silencio. Movido por este propósito, me volví y abrí los paneles. Tardaré en olvidar el efecto que produjo mi acto.

Heathcliff estaba de pie cerca de la entrada, en camisa y pantalones. Una vela le goteaba en los dedos y tenía la cara tan blanca como la pared que había a su espalda. El primer crujido del roble lo sobresaltó como una descarga eléctrica. La luz le saltó de la mano a varios pasos, y tal era su agitación que apenas fue capaz de recuperarla.

—No es más que su huésped, señor —dije en voz alta, deseoso de ahorrarle la humillación de poner aún más de manifiesto su cobardía—. He tenido la desventura de gritar dormido, por una pesadilla espantosa. Lamento haberlo molestado.

—¡Oh, que Dios lo maldiga, señor Lockwood! Ojalá se fuera usted al **** —empezó a decir mi anfitrión, dejando la vela en una silla, pues le resultaba imposible sostenerla firme—. Y ¿quién lo ha traído a esta habitación? —prosiguió, mientras se clavaba las uñas en las palmas de las manos y apretaba los dientes para contener las convulsiones de su mandíbula—. ¿Quién ha sido? ¡Estoy tentado de echar de la casa en este mismo instante a quien haya sido!

—Ha sido su criada Zillah —respondí yo, saltando al suelo y vistiéndome a toda prisa—. Si la echa de casa, señor Heathcliff, no me dará lástima: se lo tiene bien merecido. Supongo que habrá querido hacer a mis expensas una nueva demostración de que la estancia estaba encantada. Pues bien, lo está: ¡hierve de fantasmas y de duendes! Hace bien usted en tenerla cerrada, se lo aseguro. ¡Nadie le agradecerá que lo aloje en un antro tal!

—¿Qué quiere decir usted? —me preguntó Heathcliff—. Pero ¿se puede saber qué hace usted? Ya que está aquí, acuéstese y termine de pasar la noche; pero, ¡en nombre del cielo!, no repita ese ruido terrible. ¡No tiene disculpa, a no ser que lo estén degollando!

—¡Si la diablilla hubiera entrado por la ventana, lo más probable es que me hubiera estrangulado! —repuse—. No estoy dispuesto a soportar más persecuciones de los antepasados hospitalarios de usted. ¿No sería pariente de usted, por parte de madre, el reverendo Jabes Branderham? Y esa fresca de Catherine Linton, o Earnshaw, o como se llamara..., las hadas debieron de cambiarla en la cuna al nacer. ¡Qué personajillo tan malvado! Me dijo que llevaba veinte años vagando por la tierra. ¡No me cabe duda de que es el justo castigo por sus pecados mortales!

No bien hube pronunciado estas palabras, recordé la asociación del nombre de Heathcliff con el de Catherine en el libro. Lo había olvidado por completo hasta el instante de mi brusco despertar. Me sonrojé por mi falta de consideración. Pero, sin dejar entrever que sabía de la ofensa cometida, me apresuré a añadir:

—La verdad, señor mío, es que dediqué la primera parte de la noche a... —En este punto hice una nueva pausa, pues a poco no digo: «a hojear esos viejos volúmenes». Pero en tal caso habría desvelado que conocía su contenido manuscrito, además del impreso. Por lo tanto, me enmendé y dije—: A leer el nombre que está grabado en ese alféizar. Una ocupación monótona, pensada para hacerme dormir, como el contar, o...

—¿Qué se propone hablando de ese modo? —tronó Heathcliff con una vehemencia salvaje—. ¿Cómo..., cómo se atreve, en mi casa? ¡Dios! ¡Si habla así, es porque está loco!

Y se dio un golpe en la frente, de rabia.

Yo no sabía si ofenderme porque me hablara así o si seguir adelante con mi explicación. Pero él parecía tan afectado que sentí lástima y proseguí con mis sueños. Afirmé que no había oído nunca hasta entonces el nombre de «Catherine Linton», pero que al leerlo tantas veces fraguó en mí una impresión que tomó forma cuando perdí el dominio de mi imaginación. Mientras yo hablaba, Heathcliff se alejaba poco a poco del refugio de la cama. Al fin se sentó casi oculto tras él. Supuse, no obstante, por su respiración irregular y dificultosa, que se esforzaba por vencer un acceso de ira violenta. Como no quería darle a entender que sabía de aquel debate interno, seguí vistiéndome con bastante ruido, miré mi reloj y comenté en voz alta lo larga que se hacía la noche:

—¡Todavía no son las tres! Habría jurado que ya eran las seis. Aquí se estanca el tiempo. ¡Sin duda, nos habremos retirado a las ocho!

—Siempre a las nueve en invierno, y siempre nos levantamos a las cuatro —respondió mi anfitrión, reprimiendo un quejido. Según me pareció, a juzgar por el movimiento de la sombra de su brazo, se enjugó una lágrima de los ojos—. Señor Lockwood —añadió—, puede pasar a mi habitación. Si desciende a la planta baja tan temprano, no hará más que estorbar. Y malditas las ganas de dormir que me han quedado después de su grito pueril.

—A mí me sucede lo mismo —respondí—. Me pasearé por el patio hasta el alba y me marcharé después. Y no tema que se repita mi intromisión. Ya estoy bien curado del deseo de buscar placer en la compañía, tanto en el campo como en la ciudad. Al hombre razonable debe bastarle con su propia compañía.

—¡Una compañía deliciosa! —murmuró Heathcliff—. Llévese la vela y vaya adonde quiera. Estaré con usted enseguida. Pero no salga al patio: los perros están sueltos. Y en cuanto a la casa..., allí monta guardia Juno, y... No, usted sólo podrá rondar por las escaleras y por los pasillos. Pero ¡váyase! ¡Yo iré dentro de dos minutos!

Obedecí hasta el punto de salir de la estancia. Después me quedé quieto, ya que no sabía adónde conducían los estrechos pasillos, y fui testigo involuntario de un acto supersticioso por parte de mi casero que creaba un extraño contraste con su buen sentido aparente. Se subió a la cama y abrió la ventana de celosías de un tirón, prorrumpiendo, mientras tiraba de ella, en una efusión de lágrimas incontrolable.

—¡Entra! ¡Entra! —sollozó—. ¡Ven, Cathy! ¡Ay, ven, una sola vez más! ¡Ay, querida de mi corazón! ¡Escúchame esta sola vez, Catherine, por fin!

El espectro fue tan caprichoso como suelen serlo los espectros. No dio muestras de su existencia; pero la nieve y el viento entraron con furia, llegaron hasta donde estaba yo y apagaron la luz.

El arrebato de dolor que acompañaba esos delirios contenía tal angustia que la compasión me llevó a pasar por alto la locura que los motivaba. Me aparté, casi molesto por haber escuchado siquiera, y avergonzado por haber relatado mi pesadilla ridícula, ya que había producido tal sufrimiento. Pero seguía sin comprender el porqué. Descendí con cautela a las regiones inferiores y aparecí en la cocina del fondo, donde unos rescoldos del hogar, que estaban bien amontonados, me permitieron encender la vela de nuevo. No había ningún movimiento, salvo el de un gato gris berrendo que salió despacio de junto a las cenizas y me saludó con un miau lastimero.

El hogar estaba rodeado casi por completo por dos escaños en forma de arcos de medio punto. Me tendí sobre uno, y Micifuz se subió al otro. Los dos ya dábamos cabezadas cuando apareció alguien que invadió nuestro retiro. Se trataba de Joseph, quien bajaba despacio por una escalera de mano de madera que se perdía en el techo por una trampilla. Debía de conducir a su escondrijo. Dirigió una mirada siniestra a la pequeña llama que yo había puesto a arder entre los morillos, expulsó al gato de su atalaya con un amago de manotazo y, colocándose en el lugar que éste había dejado libre, comenzó a cargar de tabaco una pipa de un palmo. A todas luces, tomaba mi presencia en sus dominios como una afrenta tan bochornosa que no merecía comentarios. Se llevó en silencio a los labios el tubo de la pipa, se cruzó de brazos y comenzó a fumar. Lo dejé disfrutar de su deleite sin molestarlo. Después de expulsar la última bocanada y de exhalar un hondo suspiro, se levantó y se marchó con la misma solemnidad con que había llegado.

Entraron a continuación unos pasos más elásticos. Abrí la boca para desear los buenos días; pero la volví a cerrar sin haber emitido el saludo, pues Hareton Earnshaw recitaba sus oraciones *sotto voce,* en forma de una serie de maldiciones dirigidas a todos los objetos que tocaba, mientras revolvía en un rincón en busca de una pala o de una laya para cavar. Echó una mirada por encima del respaldo del escaño, dilatando las ventanas de la nariz, y manifestó tan poca intención de intercambiar frases de cumplido conmigo como con el gato, mi compañero. En vista de sus preparativos, supuse que se permitía la salida. Dejé el duro diván, dispuesto a seguirlo. Lo advirtió y señaló una puerta interior con la punta de la laya. Con ello me daba a entender que allí debía ir si quería cambiar de sitio.

La puerta daba a la casa, donde las mujeres ya estaban en pie: Zillah, que hacía subir chispas por la chimenea con un fuelle colosal, y la señora Heathcliff, que estaba arrodillada sobre el hogar, leyendo un libro a la luz de la lumbre. Sostenía una mano entre el calor, propio de un horno, y sus ojos; parecía absorta en su ocupación, de la que sólo se apartaba para reñir a la criada por cubrirla de pavesas, o para apartar de vez en cuando de un empujón a un perro que le acercaba demasiado el morro a la cara. Me sorprendió ver allí también a Heathcliff. Estaba de pie junto al fuego. Me daba la espalda mientras ponía fin a una escena tormentosa dirigida a la pobre Zillah, la cual interrumpía de cuando en cuando su tarea para tomar la esquina de su delantal y soltar un quejido indignado.

—Y tú, **** inútil —empezó a proferir cuando entré yo, volviéndose hacia su nuera y aplicándole un epíteto tan inofensivo de por sí como los de «pata» u «oveja», pero que en general se representa con unas estrellas—, ¿ya estás con tus mañas de haragana? Los demás se ganan el pan que comen, y a ti te sustento de limosna. Deja esa porquería tuya y búscate algo que hacer. Tendrás que pagarme el suplicio de tenerte constantemente a la vista. ¿Me has oído, condenada pícara?

—Dejaré esta porquería mía porque puede usted quitármela a la fuerza si me niego —respondió la joven, cerrando el libro y arrojándolo sobre una silla—. ¡Pero no haré nada, salvo lo que me apetezca, aunque esté renegando hasta que se le gaste la lengua!

Heathcliff levantó la mano, y su interlocutora, que evidentemente conocía el peso de ésta, se apartó de un salto hasta una distancia más segura. Yo no quise gozar del espectáculo de una pelea entre un perro y una gata y me adelanté a buen paso, como si estuviera deseoso de participar del calor del hogar y como ignorante por completo de la disputa que había interrumpido. Cada uno de los dos tuvo el decoro suficiente como para suspender las hostilidades: Heathcliff se metió los puños en los bolsillos para evitar tentaciones y la señora Heathcliff hizo una mueca de desprecio y se encaminó hasta un asiento lejano, en el que cumplió su palabra representando el papel de estatua durante el resto de mi estancia. Ésta no se alargó. Rechacé su invitación a desayunar y, a la primera luz del alba, aproveché la oportunidad de huir al aire libre, que ahora estaba despejado y en calma, tan frío como hielo intangible.

Antes de que me diera tiempo de llegar al fondo del jardín, mi casero me dijo a voces que me detuviera y se ofreció a acompañarme por el páramo. En buena hora, pues toda la ladera de la colina era un mar blanco y encrespado, cuyas olas y concavidades no se correspondían con las elevaciones y las depresiones del terreno; al menos, había muchos hoyos que estaban llenos ras con ras e hileras completas de montículos, desechos de los acantilados, que habían desaparecido del mapa que memorizase tras mi paseo del día anterior. Había advertido a un lado del camino, a intervalos de seis o siete varas, una hilera de piedras erguidas que se extendían a lo largo de todo el yermo. Estaban colocadas y encaladas a propósito, para que sirvieran de guía a oscuras, y también cuando una nevada como la presente confundía las ciénagas de ambos lados con el camino más firme. Pero había desaparecido todo rastro de su existencia, a excepción de algún punto sucio que asomaba aquí y allá. Mi acompañante se vio obligado a indicarme con frecuencia que doblara a derecha o a izquierda cuando yo me imaginaba que seguía correctamente las revueltas del camino.

Apenas entablamos conversación. Se detuvo a la entrada del parque de los Tordos, pues aseguraba que desde allí ya no podía equivocarme. Nuestra despedida se redujo a una reverencia apresurada. Luego seguí adelante, confiando en mis propios recursos, pues la casa del guarda está desocupada de momento. La distancia desde el portón hasta la Granja es de dos millas. Creo que conseguí alargarla a cuatro, pues me perdí entre los árboles y me hundí en la nieve hasta el cuello. Sólo quienes se hayan visto en este aprieto sabrán valorarlo. En cualquier caso, fueran cuales fuesen mis rodeos, el reloj daba las doce cuando entré en la casa. Tocaba, pues, una hora por cada milla del camino habitual desde Cumbres Borrascosas.

Mi mueble humano y sus satélites salieron a toda prisa a darme la bienvenida, una algarabía que gritaba que me habían dado por muerto. Todos daban por hecho que yo había perecido la noche anterior, y se preguntaban cómo emprender la búsqueda de mis restos. Les mandé que guardaran silencio, en vista de que ya había vuelto. Calado hasta los huesos, me arrastré hasta el piso superior, donde me puse ropa seca y paseé de un lado a otro durante treinta o cuarenta minutos, para recobrar el calor animal. Luego me retiré a mi gabinete, débil como un gatito, hasta tal punto que casi no pude gozar del alegre fuego y del café humeante que la criada había preparado para reconfortarme.

Capítulo IV

¡Qué veletas tan presuntuosas somos! Yo, que estaba resuelto a mantenerme al margen de todo trato social, y que les había dado gracias a mis estrellas por haber llegado por fin a un lugar donde tal trato era casi impracticable, yo, débil infeliz, tras luchar hasta el anochecer con la melancolía y la soledad, me vi obligado por fin a arriar la bandera, y, so pretexto de enterarme de asuntos relacionados con las necesidades de mi casa, le pedí a la señora Dean, cuando ésta me llevó la cena, que se sentara mientras yo comía, con la esperanza sincera de que resultase ser una chismosa con todas las de la ley, y de que o bien me animara, o bien me adormeciera con su charla.

—Hace bastante tiempo que usted vive aquí —empecé a decir—. Me dijo que dieciséis años, ¿no es así?

—Dieciocho, señor. Vine cuando se casó la señora, en calidad de doncella suya. Cuando ella murió, el amo me puso de ama de llaves.

—Ya veo.

Luego sobrevino una pausa. Temí que no fuera chismosa, o que sólo lo fuera acerca de sus asuntos, que mal podían interesarme a mí. Pero tras un momento de reflexión, con un puño apoyado en cada rodilla, y con el rostro rojizo sumido en las nieblas de la meditación, exclamó:

—¡Ay, han cambiado mucho los tiempos desde entonces!

—Sí —observé yo—; supongo que habrá visto usted muchos cambios.

—Sí que los he visto; y muchos males también —respondió ella.

«¡Ah, llevaré la conversación hacia la familia de mi casero! —pensé para mí—. Buen tema de partida. Me gustaría conocer la historia de esa bonita muchacha viuda: si es natural del país o, lo que es más probable, si es una foránea a la que los hoscos indígenas no reconocen como uno de los suyos.»

Con esta intención, le pregunté a la señora Dean por qué había abandonado Heathcliff la Granja de los Tordos y había preferido una situación y una residencia tan inferiores a ella.

—¿Es que no es lo bastante rico para conservar la finca en buen estado? —pregunté.

—¡Rico, señor! —repuso ella—. Nadie sabe el dinero que tiene, y tiene más a cada año que pasa. Sí, sí, es lo bastante rico como para vivir en una casa mejor que aquélla; pero es tan... agarrado... Aunque hubiera albergado la intención de mudarse a la Granja de los Tordos, en cuanto se enterara de que se había presentado un buen arrendatario, no habría sido capaz de renunciar a la ocasión de ganarse unos centenares de libras más. ¡Qué raro es que la gente sea tan avariciosa cuando está sola en el mundo!

—Al parecer, tuvo un hijo, ¿no es así?

—Sí, tuvo uno, pero murió.

—¿Y esa joven dama, la señora Heathcliff, es la viuda de éste?

—Sí.

—¿De dónde procedía ella?

—Pues, señor, es la hija de mi difunto amo: su nombre de soltera era Catherine Linton. ¡Yo la crié a la pobrecita! Cuánto deseé que el señor Heathcliff se trasladara aquí, para que pudiésemos estar juntas otra vez.

—¡Cómo! ¿Catherine Linton? —exclamé, atónito. Pero, tras reflexionar un momento, me convencí de que no se trataba de mi Catherine espectral.

—Entonces —proseguí—, ¿el ocupante anterior de esta casa se llamaba Linton?

—Así se llamaba.

—¿Y quién es ese tal Earnshaw, Hareton Earnshaw, que vive con el señor Heathcliff? ¿Son parientes?

—No; es sobrino de la difunta señora Linton.

—¿Es primo de la joven señora, entonces?

—Sí. Y su marido era primo suyo también: uno por parte de madre y el otro por parte de padre. Heathcliff se casó con la hermana del señor Linton.

—He visto que encima de la puerta principal de la casa de Cumbres Borrascosas está grabado el apellido Earnshaw. ¿Es una familia antigua?

—Muy antigua, señor, y Hareton es el último de la familia, así como nuestra señorita Cathy es la última de la nuestra; quiero decir, de los Linton. ¿Ha estado usted en Cumbres Borrascosas? Dispense usted que se lo pregunte, pero me gustaría enterarme de cómo está ella.

—¿La señora Heathcliff? Tenía muy buen aspecto y estaba muy hermosa; pero creo que no es muy feliz.

—¡Ay de mí, no me extraña! Y ¿qué le pareció el amo?

—Es un sujeto más bien rudo, señora Dean. ¿No es ése su carácter?

—¡Rudo como los dientes de una sierra y duro como el pedernal! Cuanto menos trato tenga uno con él, mejor.

—Ha debido de sufrir varios varapalos de la vida para volverse tan grosero. ¿Sabe usted algo de su historia?

—Es la de un cuclillo, señor. Lo sé todo al respecto, salvo dónde nació y quiénes fueron sus padres, y cómo ganó su primer dinero. ¡Y a Hareton lo han expulsado del nido como a una curruca que no ha echado las plumas! Ese desventurado muchacho es el único de toda esta parroquia que no se figura cómo lo han defraudado.

—Pues bien, señora Dean, me hará una obra de caridad si me cuenta algo acerca de mis vecinos. Me parece que no descansaré si me acuesto. Así pues, le ruego tenga la bondad de sentarse y pasar una hora charlando.

—¡Ah, desde luego, señor! Permítame ir a traer unas labores y después me sentaré todo el rato que usted quiera. Pero tiene usted frío. Lo he visto tiritar. Debe tomarse unas gachas para quitárselo de encima.

La buena mujer se marchó deprisa y yo me acerqué a la lumbre. Sentía calor en la cabeza y frío en el resto del cuerpo. Además, tenía los nervios y el cerebro excitados casi hasta la locura. Por todo ello me sentía no tanto incómodo como temeroso (y aún lo estoy) de que los incidentes de ayer y de hoy me acarreasen consecuencias graves. La mujer regresó al poco tiempo con un cuenco humeante y una cesta con labores. Después de dejar el primero en la repisa de la chimenea, acercó el asiento a la lumbre, a todas luces complacida por encontrarme tan sociable, y comenzó la narración, sin esperarse a que yo la invitara.

Antes de venirme a vivir aquí, yo había estado casi siempre en Cumbres Borrascosas. Mi madre había criado al señor Hindley Earnshaw, que era el padre de Hareton, y yo me había acostumbrado a jugar con los niños. También hacía recados, ayudaba a segar el heno y estaba en la granja, dispuesta a satisfacer cualquier petición. Una bonita mañana de verano (recuerdo que era al principio de la cosecha), el señor Earnshaw, el amo viejo, bajó a la planta principal vestido de viaje. Después de impartirle a Joseph las instrucciones para el día, se dirigió hacia donde estábamos Hindley, Cathy y yo, que estaba sentada con ellos comiéndome mis gachas, y dijo, hablándole a su hijo:

—Venga, muchachito, hoy me voy a Liverpool. ¿Qué quieres que te traiga? Puedes pedir lo que quieras, pero que sea pequeño, pues iré y volveré a pie. ¡Sesenta millas de ida y otras tantas de vuelta! ¡El camino es largo!

Hindley le pidió un violín.

Después le preguntó lo mismo a la señorita Cathy. Ésta apenas tenía seis años, pero era capaz de montar cualquier caballo de la cuadra, y le pidió una fusta.

No se olvidó de mí, pues tenía buen corazón, aunque era bastante severo a veces. Me prometió traerme el bolsillo lleno de manzanas y de peras.

Después se despidió de sus hijos con sendos besos y se puso en camino.

Los tres días de su ausencia se nos hicieron muy largos a todos, y la pequeña Cathy solía preguntar cuándo volvería a casa. La señora Earnshaw lo esperaba para la hora de la cena de la tercera noche, y dejó la comida para más tarde, hora tras hora. Pero no había señales de su llegada, y al cabo los niños se cansaron de bajar corriendo al portón para mirar.

Anocheció por fin. Ella los habría mandado a acostar, pero los niños, tristes, le suplicaron que les permitiese quedarse levantados.

A eso de las once de la noche se levantó sin ruido el pestillo de la puerta y entró el amo. Se arrojó a una silla, riendo y gruñendo, y les mandó que no se acercaran a él, pues venía medio muerto. Decía que no volvería a dar tal caminata ni aunque le dieran los tres reinos.

—¡Y para llevarme un susto de muerte al final! —dijo, abriendo el capote, que llevaba en los brazos hecho un bulto—. ¡Mira, mujer! No me había llevado tal impresión en mi vida; pero debes aceptarlo como un don de Dios, aunque está casi tan negro como si viniera del demonio.

Hicimos un corro a su alrededor, y yo atisbé por encima de la cabeza de la señorita Cathy a un niño sucio, harapiento y de cabello negro, lo bastante grande como para andar y hablar. De hecho, su cara aparentaba más edad que la de Catherine. Pero cuando lo pusieron de pie, no hizo más que mirar a su alrededor y repetir una y otra vez una jerigonza que nadie entendió. Me asusté. La señora Earnshaw se dispuso a echarlo de casa y le preguntó a su marido cómo se le había ocurrido llevar a la casa a aquel pillo gitano, cuando tenían que dar de comer y mantener a sus propios hijos, y qué pensaba hacer con él, y si estaba loco. El amo intentó explicarse, pero era verdad que estaba medio muerto de fatiga, y lo único que pude entender yo, entre la regañina de ella, fue que lo había visto muerto de hambre, sin hogar y prácticamente mudo, en las calles de Liverpool. Allí se había hecho cargo de él y se había puesto a buscar a su dueño. Ni un alma sabía de quién era, contó. Como no disponía de tiempo ni de dinero en abundancia, prefirió llevárselo a casa enseguida que meterse allí en gastos inútiles, pues había resuelto no dejarlo donde lo había encontrado. Pues bien, todo acabó en que mi señora se tranquilizó a fuerza de gruñir; y el señor Earnshaw me mandó que lo lavara, le diera ropa limpia y lo pusiera a dormir con los niños.

Hindley y Cathy se limitaron a mirar y a escuchar hasta que volvió a hacerse la calma. Después, los dos se pusieron a buscar en los bolsillos de su padre los regalos que éste les había prometido. Hindley era un mocito de catorce años, pero cuando extrajo lo que había sido un violín, reducido a astillas en el capote, se puso a gimotear en voz alta. Cuando Cathy se enteró de que el

amo había perdido su fusta por atender al desconocido, manifestó su mal humor enseñándole los dientes al pequeño estúpido y escupiéndole. Ello la hizo acreedora de un buen golpe por parte de su padre, para que vigilara esos modales. Se negaron en redondo a compartir la cama con él, ni siquiera la habitación. Yo tampoco sentí mayores deseos de hacer otro tanto, de modo que lo dejé en el rellano de la escalera, con la esperanza de que hubiera desaparecido al día siguiente. Ya fuera por casualidad, o acaso atraído por la voz del señor Earnshaw, gateó hasta la puerta de éste, quien se lo encontró allí al salir de su cuarto. Se hicieron averiguaciones para descubrir cómo había llegado allí. Me vi obligada a confesar, y me echaron de la casa como castigo por mi cobardía y mi falta de humanidad.

Así fue como Heathcliff ingresó en la familia. Cuando regresé al cabo de unos días (pues no consideré que mi destierro fuera perpetuo), descubrí que lo habían bautizado con el nombre de Heathcliff: así se había llamado un hijo que había muerto en la infancia, y ese nombre le ha servido desde entonces de nombre de pila y de apellido. La señorita Cathy y él ya se llevaban muy bien; pero Hindley lo odiaba y, a decir verdad, yo también. Lo mortificábamos y lo perseguíamos de una manera vergonzosa, pues yo no tenía el uso de razón suficiente para darme cuenta de lo injusto de mi conducta. Por su parte, la señora no decía jamás una palabra en su defensa cuando veía que lo injuriaban.

Parecía ser un niño hosco, sufrido, curtido, quizá, por los malos tratos. Soportaba los golpes de Hindley sin pestañear ni derramar una lágrima, y mis pellizcos le hacían respirar hondo y abrir mucho los ojos, como si se hubiera hecho daño él solo, por accidente, sin que nadie tuviera la culpa. Esa paciencia sacaba de sus casillas al viejo Earnshaw cuando descubría a su hijo acosando al «pobre niño sin padre», como lo llamaba él. Le cobró un cariño extraño a Heathcliff: se creía todo lo que decía éste (y lo cierto es que decía bien poco, y en general decía la verdad) y lo mimaba mucho más que a Cathy, quien era demasiado traviesa y caprichosa como para ser la preferida.

Así pues, suscitó sentimientos hostiles en la casa desde el mismo principio. A la muerte de la señora Earnshaw, que sucedió menos de dos años después, el joven amo había aprendido a ver en su padre a un opresor, más que a un amigo, y en Heathcliff, a un usurpador del afecto de su padre y de sus propios privilegios, y se amargaba meditando sobre estos ultrajes. Compartí su postura durante cierto tiempo; pero cuando los niños contrajeron el sarampión y yo tuve que cuidar de ellos, asumiendo de pronto los deberes propios de una mujer, cambié de opinión. Heathcliff estaba enfermo de cuidado, y cuando yacía en lo peor de la enfermedad, no quería que me separase de su cabecera. Supongo que le parecía que yo hacía mucho por él, y no tenía el sentido suficiente para darse cuenta de que lo hacía por obligación. Pero sí diré una cosa: era el niño más callado a quien haya cuidado jamás una enfermera. La diferencia entre él y los otros me volvió un poco menos parcial. Cathy y su hermano me agobiaban sin cesar. Él, por su parte, se quejaba menos que un corderito. Si no molestaba se debía a que era duro, más que por ser delicado.

Superó la enfermedad. El doctor afirmó que había sido gracias a mí en buena medida y me alabó por mis cuidados. Me enorgullecieron los elogios y me ablandé hacia el ser que me había permitido ganármelos. Así fue como Hindley perdió a su último aliado. No obstante, yo seguía sin ser capaz de querer a Heathcliff, y me preguntaba muchas veces qué veía mi amo que fuera digno de tanta admiración en aquel muchacho hosco. Nunca respondía a su indulgencia, que yo recuerde, con ninguna muestra de agradecimiento. No es que fuera insolente con su benefactor; sencillamente, era insensible; aunque conocía a la perfección el ascendiente que tenía sobre su corazón, y era consciente de que le bastaba con hablar para que toda la casa se viera obligada a plegarse a sus deseos. Recuerdo, por ejemplo, que el señor Earnshaw compró una vez un par de potros en la feria de la parroquia y le dio uno a cada uno de los muchachos. Heathcliff se quedó con el más hermoso; pero éste se quedó cojo al poco tiempo y, cuando él lo descubrió, le dijo a Hindley:

—Debes cambiar de caballo conmigo. El mío no me gusta. Si no quieres, le hablaré a tu padre de las tres azotainas que me has dado esta semana, y le enseñaré el brazo, que lo tengo negro hasta el hombro.

Hindley le sacó la lengua y le dio un sopapo en la cara.

—Más te vale hacerlo ahora mismo —insistió él, huyendo al porche, pues estaban en la cuadra—: tendrás que hacerlo, y si hablo de estos golpes, los recibirás tú con intereses.

—¡Fuera, perro! —exclamó Hindley, amenazándolo con una pesa de hierro que servía para pesar patatas y heno.

—Si la tiras —replicó él, quedándose firme—, le contaré que te jactaste de que me echarías a la calle en cuanto muriera él; y ya veremos si no te echa de inmediato.

Hindley arrojó la pesa y le dio en el pecho, y él cayó, pero se levantó tambaleante enseguida, pálido y sin aliento. De no haberlo impedido yo, se habría presentado ante el amo tal como estaba y habría conseguido su venganza plena dejando que hablara por él su estado, con sólo indicar quién se lo había causado.

—¡Quédate con mi potro, pues, gitano! —cedió el joven Earnshaw—. Y le pido al cielo que te rompa el cuello. ¡Quédatelo, y maldito seas, mendigo intruso! Y saca a mi padre con engaños todo lo que tiene, con tal de que le muestres después lo que eres, trasgo de Satanás. Y ¡toma! ¡Ojalá te salte los sesos a coces!

Heathcliff había ido a soltar al animal y a trasladarlo a su propio pesebre. Pasaba por detrás de él cuando Hindley puso fin a sus palabras arrojándolo de un golpe bajo sus patas. Sin detenerse a examinar si se habían cumplido sus esperanzas, huyó corriendo tan deprisa como pudo. Me sorprendí al ver con cuánta tranquilidad se incorporaba el muchacho y seguía adelante con su propósito, intercambiaba las sillas y todo, y se sentaba después en una paca de heno para superar las náuseas que le había provocado el golpe violento antes de entrar en la casa. Lo convencí con facilidad de que me dejara achacar sus magulladuras al caballo: no le importaba gran cosa lo que se contase, ya que tenía lo que deseaba. De hecho, era tan raro que se quejara de revuelos como aquéllos que yo creí en verdad que no era vengativo. Me engañaba por completo, como oirá usted.

Capítulo V

Con el transcurso del tiempo, el señor Earnshaw empezó a flaquear. Antaño sano y activo, las fuerzas lo abandonaron de pronto. Al verse confinado al rincón de la chimenea, se le agrió el carácter. Daba lástima. Cualquier insignificancia lo disgustaba, y lo acometían ataques de ira cuando entendía que se socavaba su autoridad. Aquello quedaba bien patente si alguien trataba de imponerse a su favorito o dominarlo: ponía un celo extremado en que nadie le dijera una mala palabra. Al parecer, se le había metido en la cabeza que, como él quería a Heathcliff, todos los demás lo odiaban y pretendían infligirle daños. Aquello era contraproducente para el muchacho, pues los más amables de entre nosotros no queríamos contrariar al amo y le seguíamos la corriente en su favoritismo. Con ello no hacíamos sino alimentar el orgullo del muchacho y su mal humor. No obstante, se volvió necesario en cierto modo. En dos o tres ocasiones, las muestras de desprecio de que hacía gala Hindley cuando estaba cerca de su padre suscitaron la furia del anciano. Éste tomaba el bastón para pegarle y temblaba de rabia por no poder hacerlo.

Por aquel entonces teníamos un párroco que complementaba las rentas de su curato dando lecciones a los hijos de los Linton y los Earnshaw, y cultivando su sembrado. Recomendó que enviaran a la universidad al joven, y el señor Earnshaw accedió, aunque no lo hizo de buen grado, pues, en su opinión, Hindley no valía para nada, y jamás saldría adelante, fuese adonde fuese. Yo esperaba de todo corazón que la paz se impusiera a partir de entonces. Sufría al pensar que el amo tuviera que padecer a consecuencia de su propia buena acción. Me figuraba que el descontento propio de la edad y de la enfermedad era fruto de las discordias de su familia, como quería él; pero en realidad, ¿sabe usted, señor?, era por el deterioro de su cuerpo. A pesar de todo, nos podría haber ido tolerablemente bien de no haber sido por dos personas, la señorita Cathy y Joseph, el criado. Supongo que lo habrá visto allí arriba. Era, y lo más probable es que siga siendo, el fariseo más cansado y más hipócrita de cuantos hayan expoliado jamás una Biblia para atribuirse a sí mismos las promesas y arrojar sobre su prójimo las maldiciones. Consiguió impresionar mucho al señor Earnshaw con esa maña suya de soltar sermones y disertaciones pías. Cuanto más débil estaba el amo, mayor ascendiente adquiría él. No cejaba en el empeño de preocuparlo por la salud de su alma y por la necesidad de gobernar a sus hijos con rigidez. Lo animaba a que considerara a Hindley como a un réprobo, y todas las noches sin falta refunfuñaba una larga sarta de quejas contra Heathcliff y contra Catherine, procurando siempre halagar la debilidad de Earnshaw y achacarle las mayores culpas a la segunda.

Desde luego, Catherine tenía una conducta que yo no le había visto jamás a una niña, y nos hacía perder la paciencia a todos cincuenta veces y más al cabo del día; desde la hora en que bajaba las escaleras hasta la hora en que subía a acostarse, no pasaba un minuto sin que nos temiésemos que cometería alguna travesura. Siempre estaba rebosante de ánimo, siempre dándole a la lengua; cantando, riendo y fastidiando a todos los que no querían hacer lo mismo. Era una mozuela salvaje y mala; pero tenía los ojos más bonitos y la sonrisa más dulce y los pies más ligeros de la parroquia. Creo, además, que no tenía mala intención en el fondo, pues cada vez que te hacía llorar de verdad, casi siempre acudía después a hacerte compañía, forzándote a callar para consolarte. Quería a Heathcliff en demasía. El mayor castigo que podíamos inventar para ella era separarla de él; pero ella recibía más regañinas por él que ninguno de nosotros. En sus juegos le gustaba lo indecible hacer de amita, con las manos muy largas y mandando a sus compañeros de juego. Así se comportaba conmigo, pero yo no soportaba que me diera bofetadas ni que me mandara, y así se lo dije.

Pues bien, al señor Earnshaw no le hacían gracia las bromas de sus hijos. Siempre había sido estricto y serio con ellos, y Catherine, por su parte, no tenía ni idea de por qué debía estar su padre más enfadado ni de por qué debía tener menos paciencia estando enfermo que cuando gozaba de plena salud. Los reproches malhumorados de su padre la inspiraban para provocarlo. Nunca estaba tan contenta como cuando la reñíamos todos a una, mientras ella nos desafiaba con su mirada descarada e insolente y su palabra fácil, ridiculizando las maldiciones religiosas de Joseph, pinchándome a mí y haciendo lo que más sublevaba a su padre: demostrando que su insolencia fingida, que él tomaba por auténtica, ejercía sobre Heathcliff un poder mayor que la amabilidad de éste. De ese modo demostraba que el muchacho podría obedecerla en todo, mientras que ella sólo le obedecía cuando le convenía. A veces, después de pasarse el día entero portándose de la peor manera posible, se presentaba con arrumacos por la noche para arreglarlo todo.

—¡No, Cathy, no puedo quererte! —decía el viejo—. Eres peor que tu hermano. Ve a rezar tus oraciones, niña, y pídele perdón a Dios. ¡Creo que tu madre y yo habremos de arrepentimos de haberte criado!

Esto la hacía llorar al principio; aunque, después, los rechazos continuados la endurecieron, y se reía si yo le ordenaba que fuese a decir que se arrepentía de sus faltas y a pedir perdón.

Pero llegó por fin la hora que puso fin a las penas del señor Earnshaw en este mundo. Se murió en silencio en su sillón, una tarde de octubre, sentado ante la lumbre. Un fuerte viento bramaba alrededor de la casa y rugía en la chimenea. Su ruido era violento y tormentoso, aunque no hacía frío, y estábamos todos juntos. Yo, un poco apartada del hogar, ocupada con mi labor de punto, y Joseph, que leía su Biblia cerca de la mesa, pues en aquella época los criados solían sentarse en la casa cuando habían terminado sus tareas. La señorita Cathy no tenía más remedio que estarse quieta, pues convalecía de una enfermedad. Se apoyaba en la rodilla de su padre. Heathcliff yacía en el suelo con la cabeza en el regazo de ella. Recuerdo que el amo, antes de quedarse adormecido, le había acariciado el pelo, tan bonito (le agradaba lo indecible verla cuando se portaba bien), y le había dicho:

—¿Por qué no puedes ser siempre una buena muchacha, Cathy?

Y ella había levantado la cara hacia la de él y se había reído, y había respondido:

—¿Por qué no puede ser siempre usted un buen hombre, padre?

Pero en cuanto lo vio disgustado de nuevo, le besó la mano y le dijo que le cantaría para arrullarlo. Se puso a cantar en voz muy baja, hasta que a él se le cayeron los dedos de la mano de ella y hundió la cabeza en el pecho. Entonces le dije que callara y no revolviera, para no despertarlo. Todos pasamos hasta media hora tan mudos como los ratones, y podríamos haber pasado así más tiempo de no haber sido porque Joseph, que había terminado de leer su capítulo, se levantó y dijo que debía despertar al amo para que rezásemos las oraciones y nos fuésemos a la cama. Se adelantó, lo llamó por su nombre y le tocó el hombro; pero él no se movía, de manera que Joseph tomó la vela y lo miró. Me pareció que pasaba algo malo cuando volvió a dejar la vela. Tomando a cada niño por un brazo, les susurró:

—Id al piso alto y meted poco ruido. Esta noche podéis rezar solos, pues yo tengo que hacer una cosa.

—Antes daré las buenas noches a padre —dijo Catherine, echándole los brazos al cuello antes de que se lo impidiésemos. La pobrecilla descubrió enseguida su pérdida.

—¡Oh, está muerto, Heathcliff! ¡Está muerto! —gritó. Y los dos prorrumpieron en un llanto que partía el corazón.

Yo sumé al de ellos mi lamento, sonoro y amargo. Pero Joseph nos preguntó en qué estábamos pensando para vociferar de esa manera por un santo que estaba en el cielo. Me ordenó que me pusiera el capote y fuera corriendo a Gimmerton a buscar al médico y al párroco. No se me ocurrió para qué podía servir ya ninguno de los dos. Fui, no obstante, entre el viento y la lluvia, y me traje a uno, al médico; el otro dijo que iría a la mañana siguiente. Dejé que Joseph se encargara de dar explicaciones y subí corriendo al cuarto de los niños. Tenían la puerta entornada. Vi que no se habían acostado, aunque pasaba de la medianoche; pero estaban más tranquilos y no necesitaban de mis consuelos. Los pequeños se estaban dando ánimos mutuamente con unos pensamientos más elevados de los que se me podrían haber ocurrido a mí. Ningún párroco del mundo ha presentado jamás una imagen tan hermosa del cielo como la que describían ellos en su conversación inocente; y mientras yo sollozaba y los escuchaba, no pude menos de desear que estuviésemos allí todos juntos y a salvo.

Capítulo VI

El señor Hindley vino a casa para los funerales y, cosa que nos maravilló y dio que chismorrear a los vecinos a diestro y siniestro, se presentó con una esposa. Jamás nos dijo quién era ella ni de dónde venía. Lo más probable es que no tuviera ni dinero ni apellido que intercedieran por ella. De lo contrario, no le habría ocultado el enlace a su padre.

De haber dependido de él, no habría realizado ningún cambio en la casa. Desde el momento en que atravesó el umbral ella dio muestras de que le encantaba cada objeto que veía y todas las circunstancias que la rodeaban, a excepción de los preparativos para el entierro y de la presencia del duelo. A mí me pareció medio tonta, a tenor de su conducta mientras duró aquello. Corrió a su alcoba y me hizo pasar con ella, a pesar de que yo tenía que estar vistiendo a los niños; y se quedó allí sentada, retorciéndose las manos y preguntando una y otra vez: «¿Aún no se han ido?». Después se puso a describir con una emoción rayana en el histerismo el efecto que le producía ver el color negro. Se estremecía y tiritaba. Por último, se echó a llorar. Y cuando le pregunté qué le pasaba, me respondió que no lo sabía, pero que tenía mucho miedo de morirse. En mi opinión, corría tan poco peligro de morirse como yo misma. Era bastante delgada, pero joven y sana, y los ojos le brillaban como diamantes. Sí que había observado, en efecto, que se le aceleraba mucho la respiración cuando subía las escaleras, que temblaba de pies a cabeza ante el menor estruendo y que a veces tenía una tos muy mala. Pero yo no sabía nada de lo que anunciaban esos síntomas, y no me sentí impulsada a compadecerme de ella. Aquí no solemos apreciar a los forasteros, señor Lockwood, a no ser que ya nos apreciasen de antemano.

El joven Earnshaw había cambiado de manera considerable en sus tres años de ausencia. Se había vuelto más enjuto y había perdido el color. Además, hablaba y vestía de manera muy diferente. El mismo día de su regreso nos dijo a Joseph y a mí que tendríamos que hacer vida en la cocina del fondo y dejarle a él la casa. Hasta quiso alfombrar y empapelar un cuartucho abandonado, para convertirlo en salón; pero su esposa manifestó tal contento con el suelo blanco y la chimenea enorme y ardiente, con los platos de peltre, el aparador y la perrera, y con tanto espacio como había para moverse donde solían sentarse que él lo consideró innecesario para la comodidad de ella y renunció a su primera intención.

Ella expresó también su contento por encontrar a una hermana entre sus nuevos conocidos, y charlaba con Catherine, y la besaba, y se paseaba con ella, y le daba cantidad de regalos. Todo esto sucedió al principio. Pero su afecto se agotó enseguida y, cuando ella se volvió malhumorada, Hindley se volvió un tirano. Bastaron unas palabras por parte de ella, en las que expresó su desagrado hacia Heathcliff, para despertar en Hindley todo su antiguo odio hacia el muchacho. Lo expulsó de su compañía, confinado entre los criados. Lo privó asimismo de las enseñanzas del cura y lo obligó a trabajar al aire libre y a esforzarse tanto como cualquier otro mozo de la granja.

Al principio sobrellevó bien aquella degradación, porque Cathy le enseñaba lo que aprendía ella, y trabajaba o jugaba con él en el campo. Ambos resolvieron criarse con la rudeza de unos salvajes. El joven amo se desentendía por completo de su conducta y de sus actos, con tal de que lo dejaran en paz. Ni siquiera se habría ocupado de que asistieran a la iglesia los domingos de no haber sido porque Joseph y el cura lo reprendían por su negligencia cuando se ausentaban. Entonces se acordaba de mandar que le dieran una paliza a Heathcliff y que dejaran sin almuerzo o sin cena a Catherine. Pero uno de los pasatiempos predilectos de los dos era huir al páramo por la mañana y pasarse allí todo el día. Se acostumbraron a tomarse a risa el castigo subsiguiente. Ya podía mandar el cura todos los capítulos que quisiera para que Catherine se los aprendiera de memoria, y ya podía azotar Joseph a Heathcliff hasta que le doliera el brazo. Se olvidaban de todo en cuanto volvían a estar juntos o, por lo menos, en cuanto habían trazado algún plan malicioso de venganza. Cómo lloraba para mis adentros al verlos volverse más temerarios cada día, y sin atreverme a decir una sílaba por miedo a perder el poco ascendiente que conservaba sobre aquellas criaturas a quienes nadie había dado cariño. Un domingo por la tarde los expulsaron de la sala por haber hecho ruido, o por alguna otra transgresión leve. Cuando los llamé para cenar, no los encontré en ninguna parte. Registramos la casa de arriba abajo, el patio y los establos. No se los veía. Por fin, Hindley, presa de un arrebato, nos mandó cerrar las puertas con llave y juró que no consentiría que nadie les abriera la puerta aquella noche. Todos se fueron a la cama. Yo, que estaba demasiado inquieta como para acostarme, abrí mi ventana y asomé la cabeza para otear, a pesar de que llovía, decidida a dejarlos pasar si regresaban, aun en contra de la prohibición. Al cabo de un rato percibí unos pasos que se acercaban por el camino. La luz de una linterna brilló a través del portón. Me eché un chal a la cabeza y salí corriendo para evitar que despertaran al señor Earnshaw llamando a la puerta. Allí estaba Heathcliff. Él solo. Me llevé un susto al verlo sin compañía.

—¿Dónde está la señorita Catherine? —exclamé a bocajarro—. ¡Espero que no haya sufrido ningún accidente!

—En la Granja de los Tordos —respondió él—. Yo también debería estar allí, pero no tuvieron los modales de invitarme a que me quedara.

—¡Pues te la has ganado! —le dije—. No te quedarás a gusto hasta que te despidan. ¿Cómo es posible que llegaseis hasta la Granja de los Tordos en vuestros paseos?

—Espera que me quite la ropa mojada y te lo contaré todo, Nelly —respondió. Le recomendé que procurara no despertar al amo, y mientras él se desvestía y yo esperaba el momento de apagar la vela, me siguió contando—: Cathy y yo nos escapamos por el lavadero para vagar en libertad. Cuando atisbamos las luces de la Granja, pensamos en acercarnos por ahí, sólo para ver si los Linton se pasaban las tardes de los domingos tiritando de pie en los rincones, mientras su padre y su madre estaban sentados, comiendo y bebiendo, y cantando, y riendo, y quemándose los ojos ante la lumbre. ¿Crees tú que las pasan así? ¿O tal vez leyendo sermones, y recibiendo lecciones de doctrina de su criado, y teniendo que aprenderse una columna entera de nombres de las Escrituras si no responden como es debido?

—Lo más probable es que no —respondí—. Sin duda son niños buenos y no se merecen que los traten como os tratan a vosotros por vuestra mala conducta.

—¡Déjate de cuentos, Nelly! —replicó—. ¡Tonterías! Bajamos corriendo desde lo alto de las Cumbres hasta el parque, sin parar. Catherine quedó muy rezagada en la carrera, porque iba descalza. Mañana tendrás que buscar sus zapatos en la ciénaga. Pasamos a gatas por una brecha de un seto, subimos por el sendero a tientas y nos plantamos en un bancal de flores, bajo la ventana del salón. De ahí procedía la luz. No habían cerrado los postigos y las cortinas; sólo estaban medio corridas. Los dos pudimos asomarnos, levantándonos sobre el zócalo y asiéndonos del alféizar; y vimos... ¡Ah! ¡Qué bonito era! Vimos un lugar espléndido, alfombrado de carmesí, y con sillas y mesas tapizadas de carmesí, y un techo de blanco puro con una cenefa de oro. En el centro había una lluvia de gotas de vidrio que colgaban de cadenas de plata y que rutilaban a la luz de bujías pequeñas y suaves. Allí no estaban ni el viejo señor Linton ni su señora. Edgar y su hermana tenían toda la sala para ellos solos. ¿Acaso no deberían estar contentos? ¡Nosotros nos habríamos sentido en el cielo! Y, ahora, adivina lo que hacían esos niños tan buenos que decías. Isabella (creo que tiene once años, uno menos que Cathy) estaba al fondo de la sala, chillando como si unas brujas le estuvieran clavando agujas al rojo vivo. Edgar estaba ante el hogar, llorando en silencio, y en el centro de la mesa había un perrito que agitaba la pata y gañía. Las acusaciones mutuas que se cruzaban nos dieron a entender que habían estado a punto de partir el perro entre los dos. ¡Qué idiotas! ¡Así se divertían! Riñendo por cuál debía tener en brazos un montón de pelo caliente, y echándose a llorar porque, después de disputárselo a la fuerza, los dos se negaban a quedarse con él. Nos reímos sin disimulo de aquellos hijos de papá. ¡Cómo los despreciamos! ¿Cuándo me verás deseando apoderarme de algo que quiera tener Catherine? ¿Y cuándo nos encontrarás a solas, entreteniéndonos en chillar, en sollozar y en revolcarnos por el suelo, con toda la sala de por medio? Yo no cambiaría ni en mil vidas mi situación de aquí por la de Edgar Linton en la Granja de los Tordos; ¡ni aunque me concedieran el privilegio de tirar a Joseph del tejado más alto y de pintar la fachada principal con la sangre de Hindley!

—¡Calla! ¡Calla! —lo interrumpí—. Pero todavía no me has dicho, Heathcliff, cómo es que se ha quedado allí Catherine.

—Ya te he dicho que nos reímos —respondió—. Los Linton nos oyeron y, de común acuerdo, saltaron hacia la puerta como flechas. Sobrevino primero un silencio y, después, un llanto: «¡Ay, mamá, mamá! ¡Ay, papa! ¡Ay, mamá, ven aquí! ¡Ay, papá, ay!». De verdad que aullaron así. Hicimos unos ruidos terribles para aterrorizarlos todavía más y después nos dejamos caer del alféizar porque alguien descorría los pestillos y nos pareció más conveniente huir. Agarré a Cathy de la mano, y la animaba a correr, cuando de pronto se cayó.

»—¡Corre, Heathcliff, corre! —susurró ella—. ¡Han soltado al bulldog y me ha apresado!

»El demonio le había hecho presa en el tobillo, Nelly. Oí sus resuellos abominables. Ella no gritó. ¡No! Le habría parecido indigno gritar, aunque hubiera quedado ensartada en los cuernos de una vaca furiosa. Pero yo sí. Vociferé maldiciones suficientes para aniquilar a cualquier diablo de la cristiandad. Agarré una piedra y se la encajé entre las mandíbulas, e intenté con todas mis fuerzas metérsela a presión por la garganta. Apareció por fin una bestia de criado con una linterna, gritando:

»—¡Muerde, Acechador, muerde!

»Pero cambió de tercio cuando vio cómo le iba a Acechador. El perro estaba ahogado. De la boca le colgaba un palmo de lengua, enorme y morada, y le manaba baba sanguinolenta de los labios colgantes. El hombre tomó en brazos a Cathy. Ésta estaba enferma, pero estoy seguro de que no era de miedo, sino de dolor. La llevó adentro. Lo seguí, profiriendo maldiciones y amenazas.

»—¿Qué presa hemos encontrado, Robert? —preguntó Linton en voz alta desde la entrada.

»—¡Acechador ha atrapado a una niña, señor —respondió él—, y aquí hay un muchacho —añadió, asiéndome con la mano— que parece un forajido! Bien parece que los ladrones los iban a meter por la ventana, para que abrieran las puertas a la cuadrilla cuando todos durmiésemos, y poder asesinarnos a todos a su gusto. ¡Contén la lengua, tú, so ladrón malhablado! Esto te valdrá la horca. Señor Linton, no suelte usted la escopeta.

»—¡No, no, Robert! —dijo el viejo necio—. Los muy bribones sabían que ayer cobraba yo mis rentas; pensaron cazarme bien. Pasad. ¡Les daré un buen recibimiento! Así, John, echa la cadena. Da algo de agua a Acechador, Jenny. ¡Atreverse con un magistrado, en su domicilio, y además en domingo! ¿Hasta dónde llegará su insolencia? ¡Ay, Mary querida, mira esto! No tengas miedo. No es más que un niño; pero ¡cómo frunce el ceño el muy villano! ¿No le haríamos un beneficio a la nación si lo ahorcáramos de inmediato, antes de que manifieste su carácter no sólo con sus rasgos, sino también con obras?

»Me llevó bajo la lámpara. La señora Linton se caló los anteojos en la nariz y levantó las manos con horror. Los cobardes de los niños también se acercaron despacio, e Isabella exclamó, ceceando:

»—¡Qué cosa tan fea! Mételo en la bodega, papá. Es exactamente igual que el hijo de la echadora de la buenaventura, el que me robó el faisán manso. ¿Verdad que sí, Edgar?

»Cathy se había acercado mientras me examinaban. Oyó este último discurso y se echó a reír. Edgar Linton le echó una mirada inquisitiva y luego se serenó lo suficiente como para reconocerla. Nos ven en la iglesia, ¿sabes?, aunque rara vez nos los encontramos en ninguna otra parte.

»—¡Ésa es la señorita Earnshaw! —le susurró a su madre—. ¡Y mira cómo la ha mordido Acechador! ¡Cómo le sangra el pie!

»—¿La señorita Earnshaw? ¡Qué tontería! —exclamó la dama—. ¡La señorita Earnshaw, vagando por el campo con un gitano! Aunque, querido, la niña va de luto... Sí que lo es, sin duda... ¡Y puede que se quede coja de por vida!

»—¡Qué descuido tan reprensible por parte de su hermano! —exclamó el señor Linton, apartando la vista de mí para mirar a Catherine—. Shielders, el cura, señor, me dice que la deja criarse en un paganismo absoluto. Pero ¿quién es éste? ¿De dónde ha sacado a este compañero? ¡Ajá! Estoy seguro de que es esa adquisición extraña que hizo mi difunto vecino en su viaje a Liverpool, un pequeño láscar, o un náufrago americano o español.

»—¡Un niño malvado, en cualquier caso —observó la vieja señora—, completamente indigno de una casa decente! ¿Has reparado en las cosas que ha dicho, Linton? Cuánta desazón me causa que mis hijos las hayan oído.

»Maldije de nuevo (no te enfades, Nelly), en vista de lo cual mandaron a Robert que me echara. Me negué a irme sin Cathy. Él me arrastró al jardín, me puso la linterna en la mano a la fuerza y me aseguró que informarían de mi conducta al señor Earnshaw. Después me ordenó que me marchara de inmediato y volvió a cerrar la puerta con llave. Las cortinas seguían descorridas, y yo volví a ocupar mi puesto de espía. Si Catherine hubiera manifestado deseos de volver, yo estaba dispuesto a hacer saltar en un millón de pedazos sus grandes paneles de vidrio, a menos que la dejaran salir. Estaba sentada en silencio en el sofá. La señora Linton le quitó el capote azul de la lechera que habíamos tomado prestado para nuestra excursión, sacudiendo la cabeza y amonestándola, supongo. Era una señorita, y no la trataban como a mí. La criada llevó una palangana de agua caliente y le lavó los pies. El señor Linton preparó un vaso de vino caliente con azúcar, e Isabella le echó un plato de bollos en el regazo, mientras Edgar la miraba boquiabierto desde lejos. Luego le secaron y peinaron ese pelo tan hermoso, y le dieron un par de zapatillas enormes y la pusieron delante de la lumbre. La dejé tan contenta, repartiendo su comida entre el perrito y Acechador, a quien pellizcaba en el hocico mientras ella comía, y encendiendo una chispa de espíritu en los ojos azules inexpresivos de los Linton. Eran un reflejo apagado del propio rostro encantador de ella. Vi que estaban embargados por una admiración estúpida. ¡Es tan inmensamente superior a ellos..., a todo el mundo! ¿Verdad que lo es, Nelly?

—Este asunto acarreará más consecuencias de las que tú crees —respondí, arropándolo y apagando la luz—. Eres incorregible, Heathcliff, y el señor Hindley tendrá que tomar medidas extremas, ya lo verás.

Mis palabras se cumplieron con más exactitud de la que yo habría deseado. La malhadada aventura enfureció a Earnshaw. Y además, para terminar de arreglar las cosas, el señor Linton nos hizo una visita en persona al día siguiente, y le dictó al joven amo tal lección sobre el camino por el que llevaba a su familia que éste optó por el mayor de los comedimientos. Heathcliff no recibió una paliza, pero le aseguraron que lo despedirían en cuanto le dijera una sola palabra a la señorita Catherine. La señora Earnshaw se prestó a domeñar como era debido a su cuñada cuando ésta regresara a casa, pero no por la fuerza, cosa que habría sido imposible, sino valiéndose de la maña.

Capítulo VII

Cathy se quedó cinco semanas en la Granja de los Tordos, hasta la Navidad. Para entonces ya tenía curado del todo el tobillo y le habían mejorado mucho los modales. La señora la visitó con frecuencia en ese periodo e inició su plan de reforma, procurando fomentar su amor propio con ropa buena y adulaciones, que ella aceptaba de buen grado. Así, en lugar de una pequeña salvaje, alocada y sin sombrero que entraba corriendo en la casa para abrazarnos a todos hasta cortarnos la respiración, desmontó de un bonito poni negro una persona muy digna, con bucles castaños que le caían de la cabeza cubierta por un sombrero de plumas, y con un traje de amazona largo de paño que tenía que sostener con las dos manos para poder avanzar majestuosamente. Hindley la levantó en vilo de su montura.

—¡Vaya, Cathy, estás hecha toda una belleza! —exclamó, encantado—. Apenas te habría reconocido; ahora pareces una dama. Isabella Linton no tiene comparación con ella, ¿verdad, Frances?

—Isabella no tiene sus prendas naturales —respondió su esposa—, pero deberá procurar no volverse salvaje otra vez aquí. Ellen, ayuda a la señorita Catherine a llevar sus cosas… Espera, querida, te vas a desordenar los bucles… Déjame que te desate yo el sombrero.

Le quité el traje de amazona, y salieron a relucir debajo un vestido espléndido de seda de cuadros, unos calzones blancos y unos zapatos de charol. Si bien le brillaron los ojos de alegría cuando llegaron saltando los perros a darle la bienvenida, apenas se atrevió a tocarlos por miedo a que le pusieran las patas en su espléndida ropa. Me besó con delicadeza. Yo estaba toda enharinada de preparar la tarta de Navidad y no era cuestión de que me diera un abrazo. Después buscó con la mirada a Heathcliff. El señor y la señora Earnshaw observaron con inquietud el reencuentro de los dos y consideraron que les permitiría juzgar en cierta medida cuántas esperanzas podían albergar de separar a los dos amigos.

Al principio fue difícil encontrar a Heathcliff. Si antes de la ausencia de Catherine había estado abandonado y descuidado, durante aquélla lo había estado diez veces más. Sólo yo tenía la bondad de llamarle «niño sucio» y de hacerle que se lavara una vez a la semana. A los niños de su edad no les suelen agradar ni el jabón ni el agua. Por ello, la superficie de su cara y de sus manos lucía siempre oscurecida, y no digamos su ropa, que le había servido durante tres meses entre el fango y el polvo, o su cabello espeso y sin peinar. Con razón se escondió tras el escaño al ver que entraba en la casa una damisela tan radiante y tan grácil, en vez de una réplica suya desgreñada, como él había esperado.

—¿No está aquí Heathcliff? —preguntó ella, mientras se quitaba los guantes y exhibía unos dedos maravillosamente blanqueados de no hacer nada y de estar en la casa.

—Puedes salir, Heathcliff —dijo en voz alta el señor Hindley, quien gozaba de la incomodidad de éste y veía con agrado que no tuviese más remedio que presentarse como un joven bandido temible—. Puedes venir a darle la bienvenida a la señorita Catherine, como los demás criados.

Cathy atisbó a su amigo en su escondrijo y corrió a abrazarlo. Le depositó siete u ocho besos en la mejilla en un segundo, pero después se detuvo y, retrocediendo, se echó a reír y exclamó:

—¡Pero qué negro y qué enfadado pareces! ¡Y qué..., qué raro y qué ceñudo! Pero eso es porque estoy acostumbrada a Edgar y a Isabella Linton. Bueno, Heathcliff, ¿es que te has olvidado de mí?

No le faltaba razón para preguntarlo, pues la vergüenza y el orgullo habían arrojado un doble velo de melancolía sobre el rostro de él y lo tenían inmóvil.

—Dale la mano, Heathcliff —le ordenó el señor Earnshaw con condescendencia—. Eso se puede tolerar de cuando en cuando.

—No quiero —replicó el muchacho, quien había recobrado el habla por fin—. No quiero estar aquí para que se rían de mí. ¡No estoy dispuesto a tolerarlo!

Y se habría retirado del corro de no haberlo retenido la señorita Cathy.

—No he pretendido reírme de ti —repuso ella—. No he podido contenerme. ¡Dame la mano, Heathcliff, por lo menos! ¿Por qué estás tan arisco? Es que tenías un aspecto raro, nada más. Si te lavas la cara y te cepillas el pelo, estarás bien; pero ¡qué sucio estás!

Miró con preocupación los dedos oscuros que tenía entre los suyos, y se miró también el vestido, pues temía que el contacto con la ropa de él lo hubiese ensuciado.

—¡No tenías por qué haberme tocado! —respondió él, siguiéndole la mirada y retirando la mano de un tirón—. Estaré tan sucio como me plazca. Me gusta estar sucio. Quiero estar sucio.

Dicho esto, huyó de la sala con la cabeza por delante, entre las risas del amo y de la señora. Catherine, sumida en la inquietud, no conseguía comprender por qué habían producido sus comentarios tamaña manifestación de mal humor.

Después de hacer de doncella de la recién llegada, y de meter en el horno mis pasteles, y de alegrar la casa y la cocina con grandes fuegos, dignos de la Nochebuena, me dispuse a sentarme y entretenerme cantando villancicos yo sola, sin atender a los dictámenes de Joseph, quien afirmaba que las alegres melodías que yo elegía eran casi canciones profanas. Él se había retirado a su buhardilla a rezar a solas, y el señor y la señora Earnshaw se ganaban la atención de la señorita con todo tipo de baratijas alegres que le habían comprado para que se las regalara a los pequeños Linton, para agradecerles la amabilidad de que habían hecho gala. Los habían invitado a pasar el día siguiente en Cumbres Borrascosas, y ellos habían aceptado la invitación con una condición: la señora de Linton había suplicado que sus niños queridos se mantuviesen apartados de aquel «niño malo y blasfemo».

En tales circunstancias me quedé sola. Olí el rico aroma de las especias de los guisos y admiré los utensilios de cocina brillantes, el reloj bruñido, adornado de acebo, las jarras de plata colocadas en una bandeja, dispuestas para llenarse de cerveza caliente con especias, para la cena, y, sobre todo, la pureza impoluta de lo que más cuidaba yo: el suelo fregado y bien barrido. Celebré para mis adentros cada objeto como lo merecía. Recordé entonces que el viejo Earnshaw solía entrar cuando todo estaba ordenado y me decía que era una moza hacendosa y me ponía en la mano un chelín de aguinaldo. Después pensé en cómo apreciaba a Heathcliff y en cuánto temía que lo abandonaran cuando a él se lo hubiera llevado la muerte. Eso me llevó a pensar, como era natural, en la situación en que se hallaba el muchacho entonces. Se me quitaron las ganas de cantar; ahora no quería sino llorar. Pero al cabo caí en que sería más prudente esforzarme por reparar algunos de sus agravios que verter lágrimas por ellos. Me puse de pie y salí al patio a buscarlo. No estaba muy lejos. Lo encontré en el establo, almohazando el pelo brillante del poni nuevo y dándoles de comer a las demás caballerías, como acostumbraba.

—¡Apúrate, Heathcliff! En la cocina se está muy a gusto y Joseph está arriba. Apúrate y déjame que te vista bien antes de que salga la señorita Cathy. Así podréis sentaros los dos juntos, con todo el hogar para vosotros, y charlar largo y tendido hasta la hora de acostarse.

Él siguió con su tarea y ni siquiera se giró para mirarme.

—¡Vamos! ¿Vienes o no? —proseguí—. Hay un pastelito para cada uno, o casi, y tardarás media hora en arreglarte.

Esperé cinco minutos, transcurridos los cuales, al no haber obtenido respuesta, lo dejé... Catherine cenó con su hermano y con su cuñada, y Joseph y yo compartimos una cena mal avenida, sazonada con reproches por una parte y con insolencia por la otra. El pastel y el queso de Heathcliff se quedaron en la mesa toda la noche, para las hadas. Se las arregló para seguir trabajando hasta las nueve, y después se dirigió a su cámara, mudo y adusto. Cathy se quedó levantada hasta tarde, pues tenía que organizar un montón de cosas para recibir a sus nuevos amigos. Entró una vez en la cocina para hablar con su antiguo amigo, pero éste no estaba; se quedó el tiempo justo para preguntar qué le pasaba, y volvió a marcharse después. Heathcliff madrugó a la mañana siguiente y, como era día de fiesta, se llevó su mal humor al páramo y no volvió a aparecer hasta después de que la familia se marchase a la iglesia. Al parecer, el ayuno y la reflexión le habían mejorado el ánimo. Se pasó un rato rondando por mis alrededores y, armado ya de valor, exclamó de pronto:

—Nelly, ponme decente, voy a ser bueno.

—Ya era hora, Heathcliff —le dije yo—. Le has hecho pasar un mal rato a Catherine. ¡Yo diría que se arrepiente de haber vuelto a casa! Parece como si la envidiases porque la tratan con más consideración que a ti.

No comprendía el concepto de *envidiar a* Catherine, pero era plenamente consciente de haberle hecho pasar un mal rato.

—¿Ha dicho que ha pasado un mal rato? —me preguntó, poniéndose muy serio.

—Esta mañana, cuando le dije que te habías vuelto a marchar, lloró.

—Bueno, pues yo también lloré anoche —repuso él—, y tengo más motivos para llorar que ella.

—Sí, tenías el motivo de que te acostabas con orgullo en el corazón y el estómago vacío —aduje—. Los orgullosos se buscan penas. Pero escúchame. Si tanto te avergüenzas por haber sido tan quisquilloso, tendrás que pedirle perdón cuando entre. Tendrás que acercarte a ella, y ofrecerte a darle un beso, y decirle... Tú sabrás mejor lo que debes decirle. Pero sé cordial cuando lo hagas, no te portes como si ella se hubiera convertido en una desconocida por el hecho de vestir con ese porte señorial. Y ahora, aunque tengo que preparar la cena, sacaré tiempo para arreglarte de tal modo que Edgar Linton parecerá un pelele a tu lado, que de hecho es lo que parece. Eres más joven que él, pero también más alto y mucho más ancho de hombros. Créeme si te digo que podrías derribarlo en un abrir y cerrar de ojos. ¿No te parece?

A Heathcliff se le iluminó la cara un momento, pero volvió a oscurecérsele y suspiró.

—Pero, Nelly, aunque lo derribara veinte veces, no por ello sería él menos apuesto ni yo lo sería más. ¡Ojalá tuviera yo el pelo rubio y la piel clara, y tuviera ropa buena y buenos modales como él, y tuviera la oportunidad de ser tan rico como lo será él!

—¿Y llamar llorando a tu mamá a cada paso —añadí yo—, y temblar si un rústico te amenazara con el puño, y quedarte encerrado en casa todo el día por culpa de un chaparrón? ¡Ay, Heathcliff, qué poco ánimo estás mostrando! Ven al espejo y te enseñaré a lo que debes aspirar. ¿Ves esas dos líneas que tienes entre los ojos y esas cejas espesas que en vez de levantarse en arco están hundidas en el centro, y ese par de diablos negros, tan hundidos, que no abren nunca las ventanas con confianza, sino que quedan al acecho tras ellas, centelleando, como espías del demonio? Aspira y aprende a despejar las arrugas ceñudas, a levantar las cejas con franqueza y a convertir a los diablos en ángeles confiados y candorosos, que no sospechen ni desconfíen de nada y que siempre vean amigos donde no están seguros de ver enemigos. No tengas la expresión de un chucho resabiado que aparenta saber que se merece los puntapiés que recibe, y que odia por ello a todo el mundo tanto como odia al que le da el puntapié, y sufre por ese motivo.

—Dicho de otro modo, debo desear los grandes ojos azules de Edgar Linton y su frente tersa —respondió él—. Ya los deseo, y no por eso los alcanzaré.

—La cara hermosa se obtiene con buen corazón, muchacho —continué—, aunque fueras negro del todo. Si actúas con mal corazón, hasta la cara más hermosa se vuelve peor que fea. Y ahora que hemos terminado de lavar, de peinar y de estar de mal humor, dime si no es verdad que te consideras bastante apuesto. Déjame decirme que a mí sí me lo pareces. Pareces digno de ser un príncipe de incógnito. ¿Quién sabe si tu padre no era el emperador de la China, y tu madre una reina de la India, y cada uno de los dos se podían permitir comprar Cumbres Borrascosas y la Granja de los Tordos con las rentas que ganaban en una semana? Tal vez te raptaron unos marineros malvados y te trajeron a Inglaterra. ¡Yo en tu lugar tendría un concepto elevado de mi origen, y el hecho de pensar en lo que fui me daría el valor y la dignidad suficientes para soportar la opresión de un granjero insignificante!

Seguí charlando de esta guisa. Heathcliff perdió la expresión malhumorada y comenzó a adquirir un aspecto muy agradable. Un ruido de ruedas que avanzaban por la carretera y entraban en el patio interrumpió nuestra conversación. Él corrió a la ventana y yo a la puerta justo a tiempo de ver descender a los dos Linton del carruaje de su familia, ahogados de capotes y de pieles, y a los señores Earnshaw desmontar de sus caballos. Solían ir a la iglesia a caballo y en coche en invierno. Catherine tomó a los niños de la mano, los condujo al interior de la casa y los sentó ante la lumbre, con lo que sus caritas pálidas recobraron el color de inmediato.

Animé a mi compañero a apresurarse por dar muestras de su amabilidad. Obedeció de buena gana; pero quiso la mala suerte que en el punto en que él abrió por un lado la puerta de acceso de la cocina Hindley la abriera por el otro. Se encontraron. Y el amo, irritado al verlo limpio y alegre (o deseoso, tal vez, de cumplir la promesa que había hecho a la señora Linton), le propinó un empujón hacia atrás y le ordenó con enojo a Joseph:

—Llévate a este sujeto de la habitación. Mándalo a la buhardilla hasta que haya terminado la comida. Meterá los dedos en las tartas y robará la fruta si lo dejan a solas con ellas un instante.

—No, señor —no pude menos de replicar—, no tocará nada, vaya que no. Y supongo que podrá tomar su parte de las golosinas, igual que nosotros.

—Tomará su parte de mi mano si vuelvo a pillarlo abajo hasta que anochezca —exclamó Hindley—. ¡Fuera, vagabundo! Conque quieres dártelas de petimetre, ¿eh? Espera a que eche mano a esos rizos elegantes. ¡Verás cómo te los estiro un poco más!

—Ya son bastante largos de por sí —observó el señorito Linton, que atisbaba desde la puerta—. Me extraña que no le den dolor de cabeza. ¡Le cubren los ojos como la crin de un potro!

Lanzó este comentario sin ánimo de insultar, pero el carácter violento de Heathcliff no estaba dispuesto a tolerar una aparente impertinencia por parte de alguien a quien, al parecer, odiaba ya como a un rival. Tomó lo primero que le vino a las manos, una sopera llena de salsa de manzana caliente, y la estrelló de pleno en la cara y en el cuello del que había hablado. Éste se apresuró a lamentarse hasta el punto de que Isabella y Catherine hubieron de acudir a la carrera. El señor Earnshaw apresó al culpable en el acto y lo llevó a su cámara, donde le administró, sin duda, un severo correctivo para paliar su arrebato, pues se presentó después rojo y sin aliento. Tomé el paño de secar los platos y, con bastante malevolencia, le limpié la nariz y la boca a Edgar, mientras le reprochaba que le estaba bien empleado por entrometido. Su hermana se echó a llorar e insistió en que quería volverse a su casa. Cathy, a mi lado, estaba confusa y se sonrojaba por todo aquello.

—¡No deberías haberle hablado! —amonestó al señorito Linton—. Estaba de mal humor, y ahora has echado a perder vuestra visita, y a él le darán una paliza. ¡No me gusta nada que le den una paliza! No tengo ganas de comer. ¿Por qué le has hablado, Edgar?

—No le he hablado —sollozó el niño, quien huyó de mis manos y remató la limpieza con su pañuelo de cambray—. Le prometí a mamá que no le diría una sola palabra, y no se la he dicho.

—Bueno, no llores —replicó Catherine con gesto despectivo—. ¡Ni que te estuvieran matando! No hagas más daño. ¡Calla, que viene mi hermano! ¡Déjalo, Isabella! ¿Acaso te han hecho daño a ti?

—Vamos, vamos, niños. ¡A sentarse! —exclamó Hindley, quien irrumpió a buen paso—. Ese mozo tan bruto me ha servido de aperitivo. Señorito Edgar, la próxima vez tómese la justicia con sus propios puños, ¡así se le abrirá el apetito!

El pequeño grupo recobró la serenidad al ver el banquete opíparo. Habían llegado hambrientos tras su viaje a caballo y en coche, y se consolaron con facilidad, ya que no habían sufrido daños de consideración. El señor Earnshaw servía platos abundantes, y la señora los alegraba con su amena conversación. Yo los servía desde detrás de la silla de ésta, y me partió el corazón ver que Catherine, con los ojos secos y con aire de indiferencia, empezaba a cortar un ala de ganso que tenía delante. «¡Qué niña tan insensible! —pensé para mis adentros—. ¡Cuán a la ligera olvida las tribulaciones de su antiguo compañero de juegos! Nunca habría pensado que fuese tan egoísta.» Se llevó un bocado a los labios y volvió a dejarlo en el plato acto seguido. Se le sonrojaron las mejillas y le rodaron las lágrimas por ellas. Dejó caer el tenedor al suelo y se escabulló a toda prisa bajo el mantel para ocultar su emoción. Pronto dejé de considerarla insensible, pues advertí que llevaba todo el día como si estuviese en el purgatorio, y buscaba con denuedo la oportunidad de quedarse a solas o de hacerle una visita a Heathcliff, a quien el amo había encerrado, como descubrí cuando intenté llevarle en secreto unas cuantas viandas.

Por la noche tuvimos baile. Cathy suplicó entonces que lo liberaran, ya que Isabella Linton no tenía pareja. Sus súplicas fueron vanas, y me encomendaron que supliese la falta. Con la emoción del ejercicio nos quitamos de encima toda la pesadumbre, y nuestro placer aumentó con la llegada de la banda de Gimmerton, que constaba de quince miembros: un trompeta, un trombón, clarinetes, fagotes, trompas y un contrabajo, amén de los cantantes. Todas las Navidades recorren las casas respetables y reciben un aguinaldo por ello. Se nos antojaba una delicia oírlos. Después de cantar los villancicos habituales, les hicimos entonar canciones y tonadillas. Conscientes de que a la señora Earnshaw le encantaba aquella música, nos la ofrecieron en abundancia.

A Catherine también le encantaba; pero adujo que le sonaba mucho mejor desde el rellano de la escalera, así que subió a oscuras. La seguí. Cerraron la puerta de la casa. Nadie advirtió en modo alguno nuestra ausencia: así de concurrida estaba la casa. No se detuvo en el rellano de la escalera, sino que siguió subiendo hasta la buhardilla, donde estaba recluido Heathcliff, y lo llamó. Éste se empecinó en no responder durante un rato. Ella insistió, y por fin lo convenció para que se comunicase con ella entre las tablas. Dejé a los pobrecillos que conversaran en paz, hasta que supuse que las canciones tocaban a su fin y llegaba el momento de servirles algún refrigerio a los cantantes. Entonces subí deprisa por la escalera para avisarla. En vez de encontrarla fuera, oí su voz dentro. La chiquilla había salido por el tragaluz de una buhardilla y había gateado por el tejado hasta entrar por el tragaluz de la otra. Me costó Dios y ayuda hacerla salir. Heathcliff la acompañaba. Se empeñó en llevarlo a la cocina, ya

que mi compañero de servidumbre se había marchado a casa de un vecino para huir del sonido de nuestra «salmodia diabólica», como le gustaba llamarla. Les aseguré que no tenía la menor intención de apoyarlos en sus travesuras; pero que, teniendo en cuenta que el preso estaba en ayunas desde la cena del día anterior, haría la vista gorda ante su desobediencia al señor Hindley. Bajó; le puse un taburete ante la lumbre y le ofrecí cantidad de cosas buenas. Pero estaba enfermo y no pudo comer mucho, y mis intentos de alegrarlo fueron en vano. Apoyó ambos codos en las rodillas y la barbilla en las manos y se quedó absorto en una meditación muda. Cuando le pregunté en qué pensaba, me respondió con seriedad:

—Intento determinar cómo desquitarme de Hindley. No me importa cuánto tiempo tenga que esperar, con tal de conseguirlo al final. ¡Espero que no se muera antes!

—¡Qué vergüenza, Heathcliff! —le reproché—. Sólo a Dios le corresponde castigar a los malos. Nuestro deber es perdonar.

—No, Dios no impondrá la venganza que impondré yo —replicó—. ¡Si tan sólo supiera cuál es la mejor manera de conseguirlo! Déjame que lo discurra a solas. Mientras pienso en ello, no siento dolor.

—Pero, señor Lockwood, olvidaba que estos cuentos no pueden divertirlo. Me enfada haber osado charlar de esta manera; ¡y sus gachas estarán frías y usted dando cabezadas de sueño! Podría haberle contado la historia de Heathcliff, lo que a usted le bastaba oír de ella, con media docena de palabras.

Interrumpiéndose de este modo, el ama de llaves se levantó y dejó a un lado su labor de costura; pero yo me sentía incapaz de apartarme de la lumbre, y estaba muy lejos de dar cabezadas.

—¡Quédese sentada, señora Dean! —exclamé—. ¡Haga el favor de quedarse sentada otra media hora! Ha hecho muy bien en tomarse su tiempo para contar la historia. Su método me gusta. La emplazo a que la concluya con el mismo estilo. Me interesan en mayor o menor grado todos los personajes que ha citado usted.

—El reloj da las once, señor.

—No importa: no acostumbro acostarme antes de la medianoche. La una o las dos de la madrugada son una hora bastante temprana para el que duerme hasta las diez.

—No debería usted dormir hasta las diez. Mucho antes de esa hora ya ha pasado lo mejor de la mañana. El que no ha hecho a las diez la mitad de su trabajo del día se arriesga a dejar sin hacer la otra mitad.

—Con todo, señora Dean, vuelva a su silla; pues mañana pienso prolongar la noche hasta la tarde. Me pronostico un resfriado tenaz, por lo menos.

—Espero que no sea así, señor. Pues bien, deberá permitirme que dé un salto de unos tres años. En ese tiempo, la señora Earnshaw...

—¡No, no, eso sí que no se lo permito! ¿Conoce usted ese estado de ánimo en el que, si estuviera sentada a solas, mientras la gata lame a su minino en la alfombra, ante usted, contemplaría la operación con tal detenimiento que le pondría de muy mal humor observar que el animal se había dejado por lamer una oreja?

—Un estado de ánimo terriblemente perezoso, diría yo.

—Antes bien de actividad agotadora. Ése es el mío ahora mismo. Por eso le ruego que siga adelante con todo detalle. He advertido que las gentes de estas regiones valen tanto más que las gentes de las ciudades, como vale más la araña de una mazmorra que la de una casita de campo para los habitantes respectivos de éstas. Con todo, la mayor atracción no siempre deriva de la situación del espectador. Es verdad que viven más en serio, más en sí mismos, y menos en los cambios superficiales y en las cuestiones externas y frívolas. Me imagino que aquí casi es posible un amor para toda la vida, y eso que no era capaz de creer en ningún amor que hubiera cumplido el año. La primera situación se parece a la del hombre hambriento a quien le ponen delante un único plato, en el que puede concentrar todo su apetito y hacerle justicia. La segunda, la del mismo al que presentan una mesa servida por cocineros franceses, puede que obtenga el mismo placer del conjunto, pero cada una de sus partes no es más que una miseria en su consideración y en su recuerdo.

—¡Oh! Aquí somos iguales que en cualquier otra parte cuando se nos llega a conocer —observó la señora Dean, algo desconcertada por mi discurso.

—¡Dispense usted! —repuse—. Usted, amiga mía, es una prueba notable en contra de esa afirmación. Con la salvedad de algunos dejes provincianos casi irrelevantes, no muestra indicios de los modales que me he acostumbrado a considerar como propios de su clase. Estoy seguro de que usted ha pensado mucho más de lo que suelen pensar los criados en general. Se ha visto obligada a cultivar sus facultades reflexivas por falta de ocasiones de malgastar su vida en menudencias necias.

La señora Dean se rio.

—Es verdad que me considero persona serena y razonable —respondió—; no precisamente por haber vivido entre las colinas, viendo de año en año las mismas caras y los mismos actos, sino por haber estado sujeta a una disciplina estricta que me ha enseñado sabiduría. Y, además, he leído más de lo que usted podría imaginar, señor Lockwood. No podrá abrir usted un libro de esta biblioteca que yo no haya mirado y del que no haya aprendido algo. Claro está, salvo los de ese estante de libros en griego y en latín, o los de ese otro que están en francés: éstos, al menos, los distingo unos de otros. Es lo más que se puede esperar de la hija de un hombre pobre. No obstante, si voy proseguir con mi cuento como buena comadre, será mejor que continúe. En vez de saltarme tres años, me contentaré con pasar al verano siguiente, el verano de 1778, hace casi veintitrés años.

Capítulo VIII

En la mañana de un bonito día de junio nació la primera linda criatura que crie, y la última de la antigua familia de los Earnshaw. Estábamos ocupados con el heno en un campo recóndito cuando llegó corriendo, atravesando el prado y subiendo por el sendero, con una hora de adelanto, la muchacha que solía traernos el desayuno. Me llamaba por mi nombre mientras corría.

—¡Ay, qué gran rapaz! —dijo, jadeando—. ¡El mejor muchacho que ha visto el mundo! Pero el médico dice que la señora ha de salir de esta vida. Asegura que está tísica desde hace muchos meses. Oí que se lo decía al señor Hindley, y ahora ella ya no tiene nada por lo que vivir, y morirá antes del invierno. Debes venir a casa enseguida. Deberás criarlo tú, Nelly; darle leche y azúcar, y cuidarlo día y noche. ¡Quisiera estar en tu lugar, pues será todo tuyo cuando no esté la señora!

—Pero ¿está muy enferma? —pregunté, soltando el rastrillo y atándome las cintas del sombrero.

—Me figuro que lo está, pero parece animosa —respondió la muchacha—, y habla como si pensara vivir para verlo hecho hombre. Está fuera de sí de alegría. ¡Es tan hermoso...! Estoy segura de que, si yo estuviera en su lugar, no me moriría, a pesar de lo que dice Kenneth. ¡Qué rabia me dio! La señora Archer le bajó el querubín al amo, que estaba en la casa, y cuando al amo se le empezaba a alegrar la cara, se presenta el viejo gruñón y dice: «Earnshaw, es una bendición que su esposa haya vivido para dejarle a usted este hijo. Cuando llegó ella, tuve el convencimiento de que no estaría mucho tiempo con nosotros. Me considero en el deber de informarle de que lo más probable es que el invierno acabe con ella. Pero no se lo tome usted a pecho ni se angustie demasiado por ello: no se puede hacer nada. ¡Y, por otra parte, debería usted haber tenido mejor sentido y no elegir a esa moza, flaca como un junco!».

—¿Y qué respondió el amo? —pregunté yo.

—Creo que soltó un juramento; pero yo no le presté atención, pues me esforzaba por ver al rapaz —respondió, y prosiguió con su entusiasta descripción. Yo, tan ilusionada como ella, corrí a casa con impaciencia para admirarlo en persona, aunque sentía mucha lástima por Hindley. En el corazón de éste sólo había lugar para dos ídolos: su esposa y él mismo. Estaba sometido a ambos y adoraba a uno de ellos, y yo no me figuraba cómo sería capaz de sobrellevar la pérdida.

Cuando llegamos a Cumbres Borrascosas estaba ante la puerta principal. Al entrar pregunté cómo estaba el niño.

—¡Casi a punto de echar a correr, Nell! —respondió él, con una sonrisa alegre.

—¿Y la señora? —me atreví a preguntar—. El médico dice que está...

—¡Maldito sea el médico! —me interrumpió, rojo de ira—. Frances está muy bien, y estará perfectamente de aquí a una semana. ¿Subes? Haz el favor de decirle que subiré si promete no hablar. La dejé porque no era capaz de refrenar esa lengua, y debe... Dile que el señor Kenneth ha dicho que debe guardar silencio.

Le llevé este recado a la señora Earnshaw. Aparentaba un estado de ánimo ligero, y me respondió alborozada:

—Apenas he dicho una palabra, y él se ha marchado dos veces, dando voces. Bueno, pues dile que prometo que no hablaré..., ¡pero esa promesa no me impedirá reírme de él!

¡Pobrecilla! Ese corazón alegre que tenía no la abandonó hasta la última semana antes de su muerte, y su marido se empeñaba con obstinación, o más bien con furia, en afirmar que su salud mejoraba cada día. Cuando Kenneth le advirtió de que sus medicinas eran inútiles en esa fase de la enfermedad y que no era menester que lo obligara a incurrir en más gastos atendiéndola, él repuso:

—Ya sé que no es menester. ¡Está bien, y no necesita que usted la atienda más! Nunca ha estado tísica. Eran unas fiebres, y ya se le han pasado. Ahora tiene el pulso tan lento como el mío, y la cara tan fresca como la mía.

Le contó lo mismo a su esposa, y ella aparentó creerlo. Pero una noche en que ella se apoyaba en su hombro y le confesaba que no se creía capaz de levantarse al día siguiente, le dio un ligero ataque de tos. Él la tomó en sus brazos. Ella le echó los dos brazos al cuello, le cambió la cara, y murió.

Tal como había previsto la muchacha, el niño, Hareton, quedó por completo en mis manos. Al señor Earnshaw le bastaba con verlo sano y no oírlo llorar nunca. Quedó desconsolado; su pena era de ésas que no admiten lamentos. Ni lloraba ni rezaba. Maldecía e imprecaba, renegaba de Dios y de los hombres, y se entregó a una disipación temeraria. Los criados no soportaron mucho tiempo su conducta despótica y malvada. Tan sólo Joseph y yo decidimos quedarnos. No tuve corazón para abandonar a mi pupilo. Por otra parte, y como sabrá usted, yo era hermana de leche del señor Earnshaw y estaba más dispuesta a disculpar su conducta que si se tratase de un extraño. Joseph se quedó, para imperar sobre los aparceros y sobre los jornaleros, y porque su vocación era estar allí donde hubiera mucha maldad que él pudiera reprobar.

Las malas costumbres y las malas compañías del amo sirvieron de buen ejemplo para Catherine y Heathcliff. El trato que le daba a éste habría bastado para convertir en diablo a un santo. Y parecía, en verdad, como si el muchacho estuviera poseído, en efecto, por algo diabólico en aquella época. Se complacía en presenciar la degradación irremisible de Hindley, librado sin remedio a su hosquedad y su fiereza salvajes. No puedo expresar ni de manera aproximada el infierno en que se había convertido nuestra casa. El cura dejó de acudir, y acabó por no acercarse a nosotros ninguna persona decente, con las únicas excepciones de las visitas que Edgar Linton le hacía a la señorita Cathy. Ella era la reina de la comarca a los quince años. No tenía igual. ¡Y qué criatura tan altanera y testaruda salió! Confieso que dejé de apreciarla en cuanto hubo abandonado la niñez, y que solía fastidiarla procurando someter su arrogancia. Sin embargo, ella nunca me cobró antipatía. Les guardaba una fidelidad asombrosa a los viejos apegos. Hasta el propio Heathcliff conservaba inalterable su afecto. Al joven Linton, con todo lo superior que era, le resultaba difícil causarle una impresión tan profunda. Fue mi difunto amo. Ese retrato que está sobre la chimenea es suyo. Antes estaba colgado a un lado y el de su esposa, al otro; pero el de ella lo retiraron. De no ser así, usted podría ver algo de lo que ella fue. ¿Lo distingue?

La señora Dean levantó la vela, y yo vislumbré una cara de rasgos suaves, que se asemejaba en demasía a la de la joven dama de las Cumbres, pero de expresión más amable y pensativa. Constituía una imagen deliciosa. Sus cabellos, largos y claros, formaban leves rizos en las sienes, los ojos eran grandes y serios, y la figura era casi demasiado grácil. No me maravilló que Catherine Earnshaw fuera capaz de olvidar a su primer amigo por aquél. Pero sí me maravilló mucho que a éste, si su buen juicio se correspondía con su porte, le pudiera gustar Catherine Earnshaw, tal como yo me la imaginaba.

—Un retrato muy agradable —le comenté al ama de llaves—. ¿Se le parece?

—Sí —respondió ella—; pero tenía mejor aspecto cuando estaba animado. Ésa es su cara de todos los días. Por lo general, le faltaba espíritu.

Catherine había conservado el trato con los Linton desde su estancia de cinco semanas con ellos. Como no se sentía tentada de manifestar su rudeza en su compañía, y tenía el sentido común de avergonzarse por ésta cuando le dispensaban un trato tan cortés, captó de manera inadvertida la voluntad del señor y de la señora con su cordialidad ingeniosa. Se ganó la admiración de Isabella y el corazón y el alma del hermano de ésta. Estas conquistas la halagaron desde el primer momento, pues la movía la ambición. Todo ello la condujo a adoptar la doblez de carácter sin albergar la menor intención de engañar a nadie. En el mismo lugar donde había oído llamar a Heathcliff «joven bandolero vulgar» y «peor que una bestia», procuraba no comportarse como él, pero en su casa no se sentía inclinada a practicar una urbanidad que sólo serviría para que se rieran de ella, ni a domeñar su naturaleza revoltosa cuando aquello no le merecería ni prestigio ni alabanzas.

Rara vez se armaba el señor Edgar del valor necesario para visitar abiertamente Cumbres Borrascosas. La fama del señor Earnshaw le inspiraba un profundo pavor, y rehuía su presencia. Ello no obstante, siempre lo recibíamos con la mejor cortesía de la que éramos capaces. El amo evitaba ofenderlo, pues sabía el motivo de sus visitas. Si no era capaz de mostrarse amable, se quitaba de en medio. Creo, más bien, que sus apariciones allí desagradaban a Catherine. Ésta no era taimada, no se hacía nunca la coqueta, y era evidente que detestaba que sus dos amigos se vieran siquiera, pues cuando Heathcliff manifestaba su desprecio por Linton en presencia de éste, ella no podía coincidir con él, ni mucho menos, como lo hacía en ausencia de Linton; y cuando Linton daba muestras de la repugnancia y de la antipatía que sentía hacia Heathcliff, ella no osaba aparentar indiferencia ante los sentimientos de aquél, como si a ella apenas le importaran esos comentarios despectivos hacia su compañero de juegos. Mucho me he reído yo de sus perplejidades y de sus apuros inauditos, que ella pretendía ocultar en vano para que no fueran objeto de mis burlas. Tal vez le parezca una actitud malintencionada por mi parte, pero es que ella era tan orgullosa que resultaba en verdad imposible sentir lástima de sus congojas, que debían servirle de castigo para aprender algo de humildad. Por fin se avino a confesar y a tomarme como confidente. Aparte de mí, no había ni un alma a la que pudiera erigir en consejera suya.

Una tarde, el señor Hindley había salido de casa, en vista de lo cual Heathcliff se había atrevido a tomarse un rato de asueto. Ya debía de haber cumplido los dieciséis años. Sin ser de mala catadura ni carecer de intelecto, se las arreglaba para producir una impresión repulsiva por dentro y por fuera, de la que no queda rastro en su aspecto actual. En primer lugar, por entonces ya se habían esfumado los beneficios que le reportase su primera educación. El trabajo duro y continuo, de sol a sol, había agotado en él toda posible curiosidad por la búsqueda de conocimientos, todo amor por los libros o la cultura. Se había disipado el sentimiento de superioridad de su infancia, instilado por el viejo señor Earnshaw con su trato de favor. Se esforzó durante mucho tiempo por mantenerse a la altura de Catherine en materia de estudios, y se rindió con sentimiento profundo, aunque callado. Pero se rindió del todo, y no hubo manera de animarlo a dar ni un solo paso para subir cuando descubrió que debía descender, necesariamente, por debajo de la altura que había ocupado antes. Después, su aspecto personal se adecuó a su deterioro mental. Adoptó unos andares de hombros hundidos y una mirada innoble. Su carácter, reservado por naturaleza, se exacerbó hasta extremos indecibles y casi estúpidos de asociabilidad. Al parecer, se complacía de manera un tanto siniestra en suscitar la aversión, más que la estima, de las pocas personas con que trataba.

Catherine y él seguían siendo compañeros constantes en sus ratos de descanso. Pero él había dejado de expresar con palabras el afecto que sentía por ella, y rehuía con recelo airado sus caricias infantiles, como si fuera consciente de que esas muestras de afecto no podían contentarla en modo alguno. En la ocasión que había empezado a contar, Heathcliff entró en la casa para anunciar su intención de no hacer nada, mientras yo ayudaba a la señorita Cathy a arreglarse el vestido. Ella no había contado con que a él se le metería en la cabeza estar mano sobre mano y, creyendo que tendría toda la casa para sí, se las había arreglado para informar al señor Edgar de la ausencia de su hermano, y se estaba preparando para recibirlo.

—¿Estás ocupada esta tarde, Cathy? —le preguntó Heathcliff—. ¿Vas a alguna parte?

—No, está lloviendo —respondió ella.

—Entonces, ¿por qué te has puesto ese vestido de seda? —preguntó él—. No vendrá nadie, espero...

—Nadie, que yo sepa —balbució la señorita—; pero tú ya deberías estar en el campo, Heathcliff. Pasa una hora del almuerzo. Creí que ya te habrías marchado.

—No suele darse el caso de que Hindley nos libere de su presencia maldita —observó el muchacho—. Hoy no trabajaré más. Me quedaré contigo.

—Oh, pero Joseph lo contará —arguyó ella—. ¡Será mejor que vayas!

—Joseph está descargando cal al otro lado de la peña de Penistone. No regresará hasta que haya oscurecido. No se enterará.

Dicho esto, se acercó a la lumbre a paso tranquilo y se sentó. Catherine reflexionó durante un instante, frunciendo el ceño. Juzgó necesario preparar el terreno para la aparición de un intruso.

—Isabella y Edgar Linton hablaron de venir de visita esta tarde —dijo, al cabo de un minuto de silencio—. Como llueve, no los espero; pero puede que vengan. De hacerlo, te arriesgas a que te tachen de inútil.

—Manda a Ellen que les diga que estás ocupada, Cathy —insistió él—. ¡No me eches por esos amigos tuyos, penosos y tontos! A veces estoy por quejarme de que ellos... Pero no quiero...

—De que ellos, ¿qué? —exclamó Catherine, mirándolo con gesto atribulado—. ¡Ay, Nelly! —añadió con petulancia, apartando la cabeza de mis manos con un movimiento brusco—. ¡Me has quitado todos los rizos del pelo al peinarme! Basta; déjame. ¿De qué te ibas a quejar, Heathcliff?

—De nada... Pero mira el almanaque que está en esa pared —dijo, señalando una hoja enmarcada que colgaba cerca de la ventana—. Las cruces representan las tardes que has pasado con los Linton; los puntos, las que has pasado conmigo —prosiguió—. ¿Lo ves? He marcado todos los días.

—Sí... Qué tontería. ¡Como si yo me fijara! —replicó Catherine con tono malhumorado—. ¿Y qué sentido tiene eso?

—El de mostrar que yo sí que me fijo —respondió Heathcliff.

—¿Y debo estar siempre sentada contigo? —lo interrogó ella, cada vez más irritada—. ¿Qué gano yo con eso? ¿De qué hablas tú? ¡Para lo que dices para divertirme, o para lo que haces, podrías ser mudo, o un niño de pecho!

—¡Antes no me decías nunca que hablaba demasiado poco ni que te disgustase mi compañía, Cathy! —exclamó Heathcliff, muy agitado.

—No es ninguna compañía la de alguien que no sabe nada ni dice nada —murmuró ella.

Su compañero se puso de pie, pero no tuvo tiempo de dar rienda suelta a sus sentimientos, pues se oyeron los cascos de un caballo sobre las losas. Después de llamar con delicadeza a la puerta, entró el joven Linton. La cara le brillaba de placer por haber recibido aquella llamada inesperada. Sin duda alguna, Catherine advirtió la diferencia entre sus amigos cuando entró uno y salió el otro. El contraste era parecido al que se advierte al pasar de una región desolada, montañosa, de minas de carbón, a un valle hermoso y fértil. La voz y el saludo del recién llegado eran tan opuestos a los del otro como su apariencia. Hablaba de una manera dulce y en voz baja, y pronunciaba las palabras como las pronuncia usted, es decir, con menos brusquedad que como hablamos por aquí, y de manera más suave.

—No llego demasiado temprano, ¿verdad? —dijo, echándome una mirada a mí. Yo me había puesto a desempolvar los platos y a ordenar unos cajones al fondo del aparador.

—No —respondió Catherine—. ¿Qué haces ahí, Nelly?

—Mi trabajo, señorita —respondí.

(El señor Hindley me había ordenado que estuviera presente en cualquier visita privada que quisiera hacer Linton.)

Ella acudió hacia donde me hallaba yo y susurró enfadada:

—¡Vete de aquí con tus paños de quitar el polvo! ¡Cuando hay visitas en la casa, los criados no se ponen a fregar ni a limpiar en la sala donde están!

—Es buena ocasión, ahora que no está el amo —respondí yo en voz alta—. Le fastidia verme revolver con estas cosas en su presencia. Estoy segura de que el señor Edgar me dispensará.

—A mí me fastidia verte revolver en mi presencia —exclamó la joven dama con voz imperiosa, sin dar tiempo de hablar a su huésped. No había recobrado la serenidad tras la pequeña disputa que había tenido con Heathcliff.

—Lo lamento, señorita Catherine —fue mi respuesta, y seguí afanosamente con mi ocupación.

Ella, suponiendo que Edgar no podría verla, me arrancó el paño de la mano y me dio en el brazo un largo pellizco con mucha saña. Ya he dicho que yo no la quería y que, más bien, me agradaba mortificar su vanidad de cuando en cuando. Además, me había hecho muchísimo daño. Así pues, me incorporé, pues estaba de rodillas, y grité:

—¡Ay, señorita, qué cosa tan fea! No tiene derecho a pellizcarme, y no estoy dispuesta a soportarlo.

—¡No te he tocado, so mentirosa! —exclamó ella, mientras le temblaban los dedos de ansias por repetir su acto, y tenía las orejas rojas de rabia. Jamás fue capaz de disimular su rabia, que siempre le encendía todo el rostro.

—Entonces, ¿qué es esto? —repuse, presentando un elocuente testigo morado que refutó sus palabras.

Ella dio una patada en el suelo, dudó un instante, y después cedió al impulso irresistible del espíritu malo que tenía dentro. Me dio en la mejilla una bofetada que me escoció y me llenó de lágrimas los ojos.

—¡Catherine, amor! ¡Catherine! —intervino Linton, muy escandalizado por la falta doble, de falsedad y de violencia, que había cometido su ídolo.

—¡Vete de la sala, Ellen! —repitió ella, temblando de pies a cabeza.

El pequeño Hareton, que me seguía a todas partes y estaba sentado en el suelo, cerca de mí, rompió también a llorar y sollozó quejas contra «la mala de la tía Cathy», con lo cual la furia de ésta recayó sobre su desventurada cabeza. Lo asió de los hombros y lo sacudió hasta que el pobre niño se puso lívido. Edgar cometió la imprudencia de soltarle las manos para liberarlo. Una de ellas quedó suelta al cabo de un instante, y el joven, asombrado, la sintió aplicada en su oreja de una manera tal que no se podía confundir con una broma. Retrocedió, consternado. Tomé a Hareton en brazos y me marché a la cocina con él, dejando abierta la puerta que comunicaba las dos piezas, pues sentía la curiosidad de ver cómo arreglaban su disputa. El huésped insultado, pálido y tembloroso, se dirigió al lugar donde había dejado su sombrero.

—¡Haces bien! —dije para mis adentros—. ¡Toma nota y márchate! Te ha hecho un gran favor al dejarte atisbar su auténtico talante.

—¿Adónde vas? —le preguntó Catherine, que avanzaba hacia la puerta.

Él la esquivó e intentó pasar.

—¡No debes marcharte! —exclamó ella con energía.

—¡Debo marcharme, y me marcharé! —respondió él en voz baja.

—No —insistió ella, asiendo el tirador de la puerta—. Todavía no, Edgar Linton. Siéntate, no me abandonarás con ese estado de ánimo. ¡Me pasaría toda la noche sufriendo, y no estoy dispuesta a sufrir por ti!

—¿Acaso puedo quedarme después de que me hayas pegado? —preguntó Linton.

Catherine enmudeció.

—Me has hecho temerte y avergonzarme de ti. ¡No pienso volver aquí nunca!

A ella empezaron a brillarle los ojos y a temblarle los labios.

—¡Y dijiste una falsedad a sabiendas! —le reprochó.

—¡No es cierto! —exclamó ella, recobrando el habla—. No he hecho nada a sabiendas. Bueno, vete si quieres... ¡Fuera de aquí! Y ahora, lloraré... ¡Lloraré hasta enfermar!

Cayó de rodillas junto a una silla y se echó a llorar con gran estruendo. Edgar perseveró en su decisión hasta el patio, pero se detuvo al llegar allí. Resolví animarlo.

—La señorita es terriblemente rebelde, señor—le dije en voz alta—. Es tan mala como el peor niño malcriado. Más le vale a usted volver a casa en su caballo. De lo contrario, se pondrá enferma, sólo para hacernos sentir mal.

El muy pusilánime miró de reojo por la ventana. Era tan capaz de marcharse como lo es un gato de dejar a medio matar un ratón o a medio comer un pájaro. «Ay —pensé—, no tiene salvación. ¡Está perdido y vuela a arrojarse a su destino!» Y así fue. Se volvió con brusquedad, entró de nuevo en la casa a toda prisa, cerró la puerta a su espalda y cuando yo entré al cabo de un rato para informarles de que Earnshaw había llegado borracho perdido, dispuesto a poner la casa patas arriba (que era su propósito habitual cuando se hallaba en ese estado), percibí que la riña no había servido más que para estrechar la intimidad de ambos, que había derribado los baluartes de la timidez juvenil y les había permitido abandonar el disfraz de la amistad y confesarse que se amaban.

La noticia de la llegada del señor Hindley hizo que Linton buscara su caballo con premura extraordinaria, y que Catherine se encerrara en su alcoba. Yo fui a esconder al pequeño Hareton y a extraer la bala de la escopeta de caza del amo, que era aficionado a jugar con ella en su excitación demente, con peligro para la vida de cualquiera que lo provocara, o incluso que se hiciera notar demasiado. Por eso decidí extraerle las balas: para que no hiciera tanto mal si disparaba la escopeta.

Capítulo IX

Entró vociferando unas blasfemias terribles, y me encontró en el acto de guardar a su hijo en el armario de la cocina. Hareton había adquirido un sano temor a encontrarse tanto con su cariño de bestia fiera como con su ira de loco. Con el primero se arriesgaba a que lo matara a abrazos y a besos, y con la segunda, a que lo echara a la lumbre o lo aplastara contra la pared. El pobrecito se quedaba completamente callado allí donde yo lo dejara.

—¡Ya está! ¡Por fin lo he encontrado! —gritó Hindley, tirándome de la piel del cuello, como si fuera un perro, para apartarme—. ¡En nombre del cielo y del infierno, habéis jurado entre todos asesinar a este niño! Ahora entiendo que no lo encuentre nunca. ¡Pero voto a Satanás que te haré tragar el cuchillo de trinchar, Nelly! No te rías, pues acabo de tirar a Kenneth de cabeza en la marisma de Blackhorse, y me da igual dos que uno... ¡Y quiero matar a algunos de vosotros! ¡No hallaré descanso hasta entonces!

—Pero a mí no me gusta el cuchillo de trinchar, señor Hindley —respondí—. Ha estado cortando arenques rojos. Preferiría que me pegara un tiro, si tiene la bondad.

—¡Maldito sea lo que prefieras! —dijo él—. Y así acabarás. Ninguna ley de Inglaterra prohíbe que un hombre mantenga la decencia de su casa, ¡y la mía es abominable! ¡Abre la boca!

Tomó el cuchillo con la mano y me metió la punta entre los dientes; pero a mí, por mi parte, jamás me produjeron mucho miedo sus desvaríos. Escupí, y afirmé que tenía un sabor detestable y que no me lo comería de ninguna manera.

—¡Oh! —dijo él, soltándome—. Veo que ese pilluelo repugnante no es Hareton. Te ruego me disculpes, Nell. Si lo fuera, se merecería que lo desollaran vivo por no haber salido corriendo a darme la bienvenida, y por chillar como si yo fuera un diablo. ¡Ven aquí, cachorro desnaturalizado! Ya te enseñaré yo a embaucar a un padre engañado y de buen corazón. Ahora bien, ¿no te parece que el muchacho estaría más hermoso con las orejas recortadas? Así se vuelven más fieros los perros, y a mí me gustan los seres fieros (dame unas tijeras), ¡los seres fieros y aseados! Además, es una afectación infernal, es una vanidad diabólica, tener en tal estima nuestras orejas. Ya somos bastante asnos sin ellas. ¡Calla, niño, calla! ¡Bien, pero si es mi amorcito! ¡Shhh, sécate los ojos! ¡Bésame, corazón! ¡Cómo! ¿Que no quieres? ¡Bésame, Hareton! ¡Bésame, maldita sea! ¡Voto a Dios que no he de criar a tal monstruo! Como que estoy vivo que acogotaré a este mocoso.

El pobre Hareton berreaba y pataleaba con todas sus fuerzas en brazos de su padre. Redobló sus alaridos cuando éste se lo llevó al piso superior y lo sujetó por encima de la barandilla. Le grité que le iba a producir convulsiones de miedo al niño y corrí a rescatarlo. Cuando llegué junto a ellos, Hindley se asomaba, apoyándose en el antepecho para escuchar un ruido que sonaba abajo, casi olvidándose de lo que tenía en las manos.

—¿Quién es ése? —preguntó, oyendo que alguien se acercaba al pie de la escalera. Yo también me asomé, con el fin de indicarle por señas a Heathcliff, cuyo paso había reconocido, que no se acercara más. En el instante en que le quité la vista de encima a Hareton, éste dio un bote repentino, se zafó de la mano descuidada que lo sujetaba y cayó.

Apenas tuvimos tiempo de sentir un escalofrío de horror antes de ver que el pobrecillo estaba a salvo. Heathcliff llegó debajo en el momento decisivo. Movido por un impulso natural, frenó su caída y, después de ponerlo de pie, levantó la vista para descubrir al autor del accidente. El avaro que ha vendido por cinco chelines un billete de lotería premiado y descubre al día siguiente que ha perdido cinco mil libras en el trato no habría puesto una cara de mayor desconcierto que la que puso él al contemplar en lo alto la figura del señor Earnshaw. Manifestaba mejor que cualquier palabra la congoja más intensa por haber sido el instrumento que había frustrado su propia venganza. Me atrevería a decir que, si hubiésemos estado a oscuras, él habría intentado remediar el error aplastando el cráneo de Hareton en los escalones. Pero habíamos presenciado su salvación, y yo me encontré abajo al instante estrechando en mi corazón a mi pupilo precioso. Hindley bajó más despacio, tranquilo y abochornado.

—Es culpa tuya, Ellen —me reprochó—. ¡Tendrías que habérmelo apartado de la vista! ¡Tendrías que habérmelo quitado! ¿Tiene alguna herida?

—¡Herida! —exclamé yo airadamente—. ¡Si no se ha matado, quedará imbécil! ¡Oh! Me extraña que su madre no se levante de la tumba al ver cómo lo trata usted. Es usted peor que un pagano. ¡Tratar de esta manera a la carne de su carne y la sangre de su sangre!

Intentó tocar al niño, que se había calmado con mi presencia, sin dejar de sollozar. Pero en cuanto su padre le puso un dedo encima, volvió a chillar con más fuerza que antes, y se revolvió como si fueran a darle convulsiones.

—¡Ni se le ocurra toquetearlo! —proseguí—. ¡Ay, cómo lo odia...! Todos lo odian... ¡He aquí la verdad! ¡Qué familia tan feliz tiene usted, y a qué linda situación ha llegado!

—Todavía llegaré a otra aún más linda, Nelly —dijo entre risas aquel hombre descarriado, recobrando su dureza—. De momento, quítate y quítamelo de en medio. ¡Y tú, Heathcliff, atiende! Lárgate tú también, adonde no te alcance ni te oiga... Esta noche no quiero asesinarte; a no ser, quizá, que le pegue fuego a la casa. Pero eso será sólo si se me antoja.

Y, dicho esto, sacó del aparador una botella de brandy de una pinta y llenó un vaso.

—¡No, no lo haga! —le imploré—. Señor Hindley, escarmiente. ¡Tenga misericordia de este desventurado niño, aunque no se preocupe de sí mismo!

—Estará mejor con cualquiera que conmigo —respondió él.

—¡Tenga misericordia de su propia alma! —le advertí, tratando de arrancarle el vaso de la mano.

—¡No seré yo quien la tenga! Antes bien tendré mucho gusto en enviarla a la perdición, para castigar a su Hacedor —exclamó el blasfemo—. ¡A la salud de su condenación!

Bebió el licor y nos mandó con impaciencia que nos marchásemos, rematando su orden con una sarta de imprecaciones horribles, tan malas que no se pueden repetir ni traer a la memoria.

—Es una pena que no se pueda matar él solo de tanto beber —observó Heathcliff, murmurando a su vez un eco de maldiciones cuando se cerró la puerta—. Hace todo lo que puede, pero su constitución se le resiste. El señor Kenneth sostiene que se apostaría su yegua a que enterrará a cuantos hombres viven a este lado de Gimmerton, y a que se irá a la tumba hecho un pecador encanecido..., a no ser que le sobrevenga alguna circunstancia afortunada que se salga del curso común de los acontecimientos.

Entré en la cocina y me senté a arrullar a mi corderito. Creí que Heathcliff había pasado a la cuadra. Después resultó que sólo había llegado hasta el otro lado del escaño, y se había tendido sobre una banca junto a la pared, lejos de la lumbre, donde se había quedado en silencio.

Yo mecía a Hareton sobre mi rodilla y le canturreaba una canción que empezaba así:

En plena noche, los niños lloraban; allá, bajo tierra, la madre escuchaba...

Entonces asomó la cabeza la señorita Cathy, que había oído el alboroto desde su cuarto, y susurró:

—¿Estás sola, Nelly?

—Sí, señorita —respondí yo.

Ella entró y se acercó al hogar. Alcé la vista, convencida de que iba a decir algo. Su gesto parecía agitado y angustiado. Tenía los labios entreabiertos, como si quisiera hablar. Tomó aire; pero soltó un suspiro en vez de una frase. Retomé mi canción, pues no había olvidado su conducta reciente.

—¿Dónde está Heathcliff? —me interrumpió ella.

—Haciendo su trabajo en el establo —fue mi respuesta.

Él no me contradijo; quizá se hubiera quedado dormido. Sobrevino otra larga pausa, en el curso de la cual le vi caer a Catherine una o dos lágrimas que cayeron a las losas. No, nada podía inquietarla en absoluto, excepción hecha de sus propios intereses.

—¡Ay de mí! —exclamó por fin—. ¡Qué desdichada soy!

—Es una pena —observé yo—. Es usted de mal conformar. ¡Con tantos amigos y tan pocos cuidados, y no ser capaz de estar contenta!

—Nelly, ¿me puedes guardar un secreto? —prosiguió, arrodillándose a mi lado y volviendo hacia mi cara sus ojos hechiceros con una mirada de ésas que quitan el mal humor aun a quien tiene todo el derecho del mundo a sentirlo.

—¿Vale la pena guardarlo? —le pregunté, menos enfurruñada.

—¡Sí, y me inquieta, y debo soltarlo! Quiero saber qué debo hacer. Edgar Linton me ha pedido hoy que me case con él, y yo le he dado una respuesta. Ahora, antes de que te diga si ha sido afirmativa o negativa, dime tú cuál de las dos cosas debería haber sido.

—En verdad, señorita Catherine, ¿cómo quiere que lo sepa? —respondí—. Desde luego, teniendo en cuenta el espectáculo que ha dado usted esta tarde en su presencia, me atrevería a decir que sería prudente rechazarlo. En vista de que él le ha pedido la mano después de aquello, sólo puede ser un estúpido redomado o un tonto temerario.

—Si hablas así, ya no te cuento más —replicó ella, enfadada, y se puso de pie—. Le he dado el sí, Nelly. ¡Pronto, dime si he hecho mal!

—¡Le ha dado el sí! Entonces, ¿de qué sirve discutir la cuestión? Usted le ha dado palabra de matrimonio, y no puede volverse atrás.

—Pero dime si debería haberlo hecho así, ¡dímelo! —exclamó con tono irritado, frotándose las manos y frunciendo el ceño.

—Hay que considerar muchas cosas antes de dar la respuesta debida a esa pregunta —sentencié—. En primer lugar, ¿ama usted al señor Edgar?

—¿Quién podría dejar de amarlo? Claro está que sí —respondió ella.

Acto seguido, la examiné del catecismo siguiente, que no carecía de juicio para una moza de veintidós años.

—¿Por qué lo ama, señorita Cathy?

—Tonterías. Lo amo, y eso basta.

—Ni mucho menos. Debe usted responderme por qué.

—Pues bien, porque es apuesto, y su compañía es agradable.

—¡Malo! —comenté yo.

—Y porque es joven y alegre.

—Malo, también.

—Y porque él me ama a mí.

—Indiferente, en este lugar.

—Y será rico, y a mí me gustará ser la mujer más importante de la comarca, y estaré orgullosa de tener tal marido.

—Lo peor de todo. Y ahora, diga cómo lo ama.

—Como ama todo el mundo. Eres una boba, Nelly.

—En absoluto. Responda.

—Amo el suelo que pisa, y el aire que le cubre la cabeza, y todo lo que él toca, y toda palabra que pronuncia. Amo todas sus miradas, y todos sus actos, y lo amo a él, del todo y por entero. ¡Ya está!

—¿Y por qué?

—No. Te lo estás tomando a broma. ¡Es ésta una broma demasiado malintencionada! ¡Yo no me lo tomo a broma! —dijo la joven dama, torciendo el gesto y volviendo la cara hacia la lumbre.

—Estoy muy lejos de bromear, señorita Catherine —respondí—. Usted ama al señor Edgar porque es apuesto, y joven, y alegre, y rico, y la ama a usted. Sin embargo, esto último no vale nada. Usted lo amaría sin ello, probablemente; y no lo amaría con ello, a no ser que poseyera las cuatro primeras prendas.

—No, desde luego que no. Sólo me inspiraría lástima. Lo odiaría, quizá, si fuera feo y un patán.

—Pero en el mundo hay otros jóvenes apuestos y ricos. Puede que más apuestos y más ricos que él. ¿Qué le impediría a usted amarlos a ellos?

—Si los hay, no se han cruzado conmigo. No he visto a ninguno como Edgar.

—Puede que vea usted a algunos, y él no será siempre apuesto ni joven, y puede que no sea siempre rico.

—Lo es ahora; y yo sólo atiendo al presente. Quisiera que hablases de manera racional.

—Pues bien, no hay más que hablar. Si usted atiende sólo al presente, cásese con el señor Linton.

—No necesito que me des permiso para ello. Me casaré con él, en efecto. Pero todavía no me has dicho si hago bien.

—Perfectamente bien. Si hace bien la gente que se casa sólo por el presente. Y ahora oigamos por qué es usted desdichada. Su hermano estará contento... Creo que los señores padres de él no se opondrán. Usted huirá de una casa desordenada e incómoda a otra rica y respetable. Además, ama a Edgar, y Edgar la ama a usted. Todo parece terreno allanado y fácil. ¿Dónde está el obstáculo?

—¡Aquí! ¡Y aquí! —replicó Catherine, golpeándose la frente con una mano y el pecho con la otra—. Donde resida el alma, sea donde sea. ¡Dentro de mi alma y de mi corazón estoy convencida de que hago mal!

—¡Eso es muy extraño! No lo entiendo.

—Es un secreto mío. Pero te lo explicaré si no te burlas de mí. No puedo explicarlo con claridad, pero te puedo dar una idea de lo que siento.

Volvió a sentarse junto a mí. El rostro se le puso más triste y más grave, y las manos, que tenía unidas, le temblaban.

—Nelly, ¿no tienes nunca sueños raros? —dijo de pronto, después de varios minutos de reflexión.

—Sí, de cuando en cuando —respondí.

—Y yo también. En mi vida he tenido sueños que han seguido conmigo para siempre y que han cambiado mis ideas; me han empapado por completo, como el agua al vino, y han alterado el color de mi mente. Y éste es uno. Te lo voy a contar, pero ¡guárdate de sonreír en ningún momento!

—¡Oh! ¡No lo cuente, señorita Catherine! —exclamé—. Ya estamos bastante tristes sin tener que evocar fantasmas y visiones que nos confundan. Vamos, vamos, ¡alégrese y vuelva en su ser! ¡Fíjese en el pequeño Hareton! Él sí que no sueña con nada temible. ¡Con cuánta dulzura sonríe dormido!

—Sí, ¡y con cuánta dulzura blasfema su padre en su soledad! Yo diría que te acuerdas de él cuando era como este niño regordete, casi tan joven e inocente como él. Pero, Nelly, te obligaré a que lo escuches. No es largo; y esta noche no soy capaz de estar alegre.

—¡No quiero oírlo! ¡No quiero oírlo! —repetí de manera apresurada. Por aquel entonces les profesaba un respeto supersticioso a los sueños, tal como hago ahora. Además, Catherine tenía un aspecto melancólico poco habitual en ella, que me hizo temer algo de lo que yo pudiera deducir una profecía e inferir una catástrofe temible. Se enfadó, pero no siguió adelante. Volvió a hablar al poco rato, cambiando aparentemente de asunto.

—Si estuviera en el cielo, Nelly, sería muy desgraciada.

—Porque usted no es digna de ir allí —respondí—. Todos los pecadores serían desgraciados en el cielo.

—Pero no es por eso. Una vez soñé que estaba allí.

—¡Ya le he dicho que no voy a escuchar sus sueños, señorita Catherine! —repuse, interrumpiéndola de nuevo—. Me voy a la cama.

Ella se rio y me sujetó, pues yo hice ademán de levantarme de mi silla.

—Esto no es nada —exclamó—. Sólo iba a decir que el cielo no parecía mi hogar, y que se me partía el corazón de tanto llorar cuando volví a la tierra. Los ángeles estaban tan enfadados que me expulsaron, y me arrojaron en el centro del brezal de lo alto de Cumbres Borrascosas. Allí me desperté sollozando de alegría. Esto bastará para explicar mi secreto, así como el otro. No tengo más derecho a casarme con Edgar Linton que a estar en el cielo. Si ese hombre malvado que está allí dentro no hubiera rebajado tanto a Heathcliff, yo no habría pensado en ello. Ahora sería degradante para mí casarme con Heathcliff. De manera que él no sabrá nunca cuánto lo amo. Y ello, Nelly, no porque sea apuesto, sino porque tiene de mí más que yo misma. No sé de qué están hechas nuestras almas, pero la suya y la mía son una misma cosa; y la de Linton es tan diferente como un rayo de luna de una centella, o la escarcha del fuego.

Antes de que hubiera concluido este discurso, percibí la presencia de Heathcliff. Habiendo notado un leve movimiento, volví la cabeza y lo vi levantarse de la banca y escabullirse sin hacer ruido. Había escuchado hasta el punto en que le había oído decir a Catherine que sería degradante para ella casarse con él, y no se había quedado a oír más. El respaldo del escaño le había impedido a mi compañera, que estaba sentada en el suelo, advertir su presencia y su marcha. Pero di un respingo y le pedí que callara.

—¿Por qué? —preguntó ella, mirando nerviosa a su alrededor.

—Ha llegado Joseph —respondí yo, percibiendo oportunamente el ruido de las ruedas de su carro en el camino—, y Heathcliff vendrá con él. No sé si estará en la puerta ahora mismo.

—¡Oh, no me habrá podido oír desde la puerta! —dijo ella—. Déjame a Hareton mientras preparas la cena, y avísame cuando esté dispuesta, para que cene con vosotros. Quiero engañar a mi conciencia intranquila y convencerme de que Heathcliff no tiene idea de esas cosas. No la tiene, ¿verdad? ¿Verdad que no sabrá lo que es estar enamorado?

—No veo motivo por el que no lo pueda saber igual que usted —repliqué—. ¡Y si él la ha elegido a usted, entonces será el ser más desventurado que jamás haya nacido! ¡En cuanto usted sea señora de Linton, él perderá a su amiga y a su amor, todo junto! ¿Ha valorado usted cómo llevarán la separación, y cómo llevará el hecho de quedarse abandonado por todos en el mundo? Porque, señorita Catherine...

—¡Él, abandonado por todos! ¡Nosotros, separados! —exclamó ella, con tono indignado—. ¿Quién ha de separarnos? ¡Dime! ¡El que lo intente sufrirá la suerte de Milón! No, Ellen, mientras yo viva, ningún mortal nos hará separarnos. Todos los Linton que hay en la faz de la tierra pueden disiparse y desaparecer antes de que yo consienta en olvidar a Heathcliff. ¡Oh! ¡No es eso lo que pretendo, no es ésa mi intención! ¡No quisiera pagar tal precio por ser la señora Linton! Él valdrá tanto para mí como lo ha valido toda la vida. Edgar deberá desprenderse de sus antipatías y tolerarlo, cuando menos. Ya lo hará cuando se entere de cuáles son mis verdaderos sentimientos hacia él. Nelly, ahora veo que me consideras una egoísta miserable; pero ¿no se te ha ocurrido nunca que, si Heathcliff y yo nos casásemos, seríamos unos

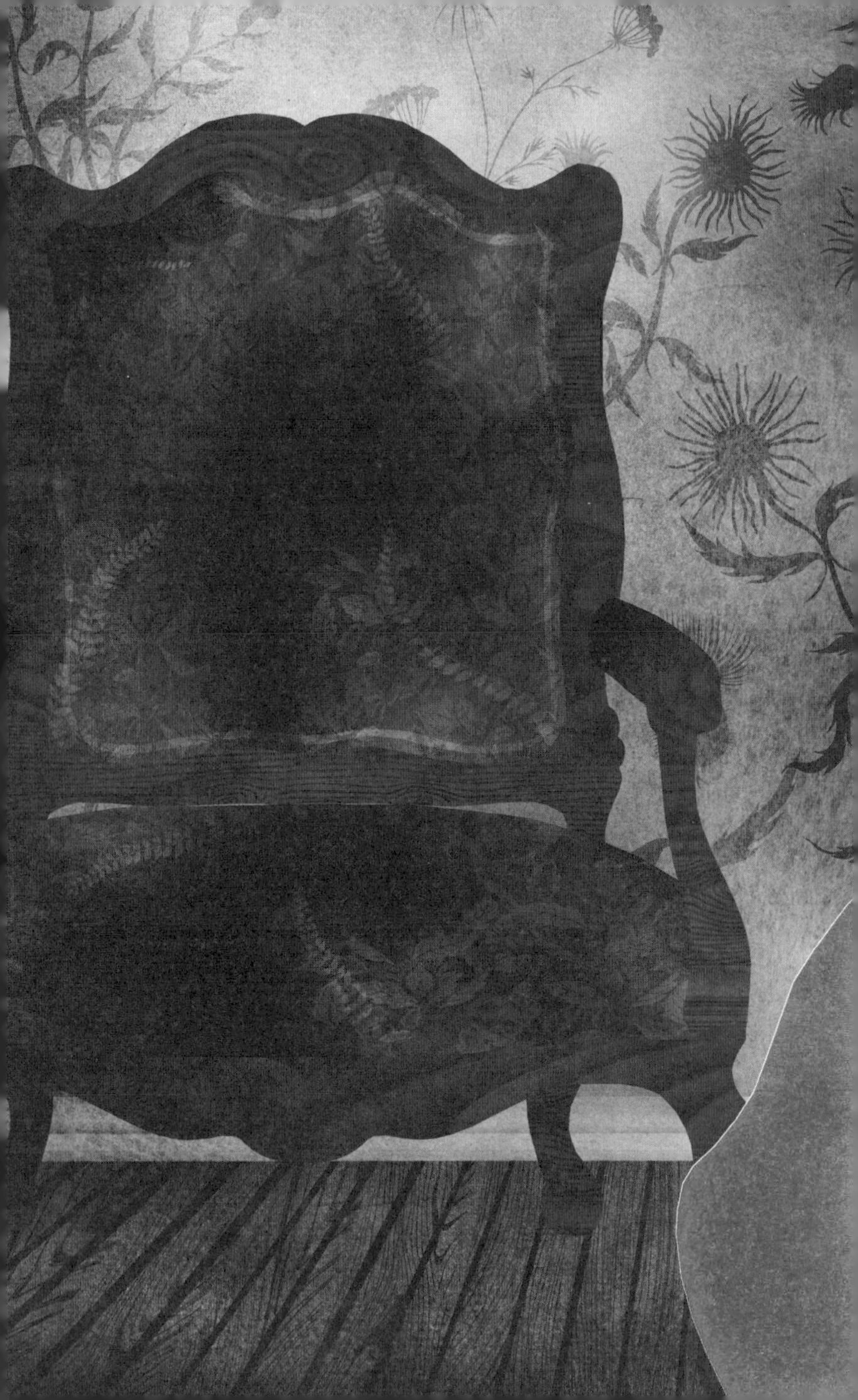

mendigos? Mientras que si me caso con Linton, podré ayudar a Heathcliff a subir, y sacarlo de las garras de mi hermano.

—¿Con el dinero de su marido, señorita Catherine? —le pregunté—. Lo hallará menos dócil de lo que usted se figura, y, aunque yo no soy quién para juzgarlo, creo que éste es el peor de los motivos que usted ha alegado hasta ahora para ser la esposa del joven Linton.

—¡No lo es! —repuso ella—. ¡Es el mejor de todos! Los demás no eran más que la satisfacción de mis caprichos, y también por Edgar, para satisfacerlo a él. Éste es por uno que alberga en su persona mis sentimientos hacia Edgar y hacia mí misma. No soy capaz de expresarlo, pero, sin duda, tú tienes, como todo el mundo, la noción de que hay o debe haber una existencia tuya que está más allá de ti. ¿De qué serviría mi creación si yo estuviera contenida por entero aquí? Mis grandes sufrimientos en este mundo han sido los sufrimientos de Heathcliff, los he contemplado y sentido todos desde el principio. Mi pensamiento máximo en la vida es él. Si pereciera todo lo demás y quedase él, yo seguiría existiendo. Y si quedase todo lo demás y él fuera aniquilado, el universo se convertiría en un gran desconocido. No creería yo formar parte de él. Mi amor por Linton es como el follaje de los bosques. El tiempo lo cambiará, bien lo sé, como el invierno cambia los árboles. Mi amor por Heathcliff es como la roca viva eterna sobre la que se levanta todo. No produce gran deleite visible, pero es necesaria. ¡Yo soy Heathcliff, Nelly! ¡Está siempre en mi mente, siempre! No como un deleite, como yo tampoco me deleito en mí misma siempre, sino como mi propio ser. De manera que no vuelvas a hablar de nuestra separación: es irrealizable y...

Se detuvo, y ocultó la cara entre los pliegues de mi vestido. Pero yo se la aparté a la fuerza. ¡Había perdido la paciencia con sus locuras!

—Si saco algo en limpio de sus disparates, señorita —le dije—, sólo me sirve para convencerme, o bien de que usted ignora los deberes a los que se compromete al casarse, o bien de que es una muchacha malvada y carente de principios. Pero no me cargue usted con más secretos. No le prometo guardarlos.

—¿Guardarás éste? —me preguntó con efusión.

—No, no se lo prometo —repetí.

Ella se disponía a insistir, pero la entrada de Joseph puso fin a nuestra conversación. Catherine se trasladó a un rincón y sostuvo a Hareton en brazos mientras yo preparaba la cena. Cuando ésta estuvo guisada, mi compañero de servidumbre y yo comenzamos a discutir sobre cuál de los dos debía servírsela al señor Hindley. No lo decidimos hasta que todo estaba casi frío. Entonces resolvimos esperar a que la pidiera, suponiendo que quisiera cenar, pues nos aterrorizaba de manera especial presentarnos ante él cuando llevaba algún tiempo a solas.

—¿Y cómo es que ése no ha venido del campo a la hora que es? ¿Qué andará haciendo el muy holgazán? —preguntó el viejo, buscando a Heathcliff con la mirada.

—Iré a llamarlo —respondí—. Estará en el establo, sin duda.

Salí, y lo llamé; pero no recibí respuesta. Cuando volví, le susurré a Catherine que estaba segura de que Heathcliff había oído una buena parte de lo que había dicho ella, y le dije que lo había visto salir de la cocina en el instante en que ella se quejaba de la conducta de su hermano para con él. Ella se levantó de un salto, muy asustada, dejó bruscamente a Hareton en el escaño y salió corriendo a buscar a su amigo, sin parar mientes en considerar por qué estaba tan agitada, o cómo podían haberle afectado a él sus palabras. Se ausentó durante tanto tiempo que Joseph propuso que dejásemos de esperar. Conjeturó con astucia que se ausentaban para no tener que escuchar su prolija bendición de la mesa. Afirmó que no tenían más que malos modales. Y antepuso una oración especial dedicada a ellos a la habitual de un cuarto de hora de antes de comer. Y habría añadido otra al final de la bendición de no haber irrumpido la joven ama con la orden de que saliera corriendo al camino y buscase a Heathcliff, dondequiera que hubiera ido éste, y lo obligase a entrar de inmediato.

—Quiero hablar con él, y debo hacerlo antes de subir a mi alcoba. Y el portón está abierto; esté donde esté, no nos oye, pues no ha querido responderme, aunque he gritado con todas mis fuerzas desde lo alto del redil.

Joseph puso reparos al principio; no obstante, ella hablaba demasiado en serio como para consentir contradicciones. Al fin, Joseph se puso el sombrero y salió, gruñendo. Mientras tanto, Catherine se paseaba por la habitación, exclamando:

—¿Dónde estará? ¿Dónde podrá estar? ¿Qué he dicho, Nelly? Lo he olvidado. ¿Se habrá enfadado por mi mal humor de esta tarde? ¡Ay de mí! ¡Dime qué he dicho que le haya podido ofender! Cuánto deseo que vuelva. ¡Cuánto lo deseo!

—¡Cuánto ruido por nada! —exclamé, aunque no las tenía todas conmigo—. ¡Por qué pequeñez se asusta usted! Sin duda no es motivo de alarma que Heathcliff se dé un paseo por el páramo a la luz de la luna, o incluso que se haya metido en el pajar y esté tan enfurruñado que no quiera hablar con nosotros. Apostaré a que está allí escondido. ¡Ya verá cómo lo saco!

Salí dispuesta a retomar la búsqueda. Ésta fue infructuosa, y la salida de Joseph tuvo el mismo resultado.

—¡Ese mozo va de mal en peor! —observó éste al entrar—. ¡Ha dejado el portón abierto de par en par, y el poni de la señorita ha pisoteado dos hileras de trigo, y ha huido hasta entrar en el mismo prado! Ya lo veréis. El amo se pondrá como un demonio mañana, y hará bien. Es la paciencia personificada con estas criaturas descuidadas e inútiles; ¡la paciencia personificada! Pero no lo será siempre, ¡ya lo veréis, todos! ¡Os costará caro haberlo sacado de quicio!

—¿Has encontrado a Heathcliff, so asno? —lo interrumpió Catherine—. ¿Lo has buscado como te mandé?

—Más me valdría haber buscado al caballo —replicó él—. Sería una petición más razonable. Pero no puedo buscar ni a caballo ni a persona alguna en una noche como ésta, negra como el tizón. Y Heathcliff no es el tipo de hombre que acude a mi silbido. ¡Me parece que sería menos duro de oído con usted!

En efecto, era una noche muy oscura para ser de verano. Las nubes parecían amenazar tormenta. Dije que sería más conveniente que nos sentásemos todos. La lluvia inminente lo haría volver a casa, con toda seguridad y sin más molestias por nuestra parte. Pero Catherine no se dejaba tranquilizar. Iba y volvía de un lado para otro, del portón a la puerta, en un estado de agitación que no consentía reposo. Al cabo, halló acomodo a un lado del muro, cerca del camino, donde se quedó, sin atender a mis reconvenciones, ni al rumor de los truenos, ni a los grandes goterones que empezaban a salpicar a su alrededor, y desde allí gritaba a intervalos, y después escuchaba, y después se echaba a llorar abiertamente. Era capaz de superar a Hareton o a cualquier niño en un buen ataque de llanto colérico.

Hacia la medianoche, mientras seguíamos en pie, llegó la tormenta tamborileando con toda su furia sobre las Cumbres. Sobrevino un viento feroz, acompañado por una batería de truenos, y uno y otros hendieron un árbol en la esquina del edificio. Cayó sobre el tejado una rama enorme que derribó una parte de la chimenea del este e hizo caer con estrépito una porción de piedras y de hollín en la lumbre de la cocina. Creímos que había caído un rayo entre nosotros, y Joseph se hincó de rodillas y le suplicó al Señor que recordase a los patriarcas Noé y Lot, y que perdonase a los justos, aunque derribara a los impíos, tal como había hecho en otros tiempos. Yo también sentí en cierto modo que aquello debía de ser un castigo divino que había recaído sobre nosotros. Con arreglo a mi parecer, Jonás era el señor Earnshaw. Sacudí la manija de la guarida de éste para asegurarme de que seguía vivo. Respondió de manera harto audible, de un modo tal que impulsó a mi compañero a pedir a voces, de manera más sonora que antes, que se distinguiera claramente a los santos, como él, de los pecadores como su amo. Pero el alboroto pasó al cabo de veinte minutos y nos dejó ilesos a todos..., salvo a Cathy, quien se había empapado de pies a cabeza con su empeño de no guarecerse y de estar sin sombrero y sin chal para absorber toda el agua posible con el pelo y con la ropa. Entró y se tendió en el escaño, empapada como estaba, volviendo la cara hacia el respaldo y con las manos por delante.

—¡Vaya, señorita! —exclamé, mientras le tocaba el hombro—. ¿No se habrá propuesto atrapar un resfriado de muerte, verdad? ¿Sabe usted qué hora es? Las doce y media. ¡Vamos, vamos a la cama! Es inútil esperar más tiempo a ese muchacho necio. Se habrá ido a Gimmerton, y ahora se alojará allí. Supone que no lo esperaremos levantados tan tarde. Al menos, supone que sólo estará levantado el señor Hindley, y prefiere evitar que el amo le abra la puerta.

—¡No, no, no está en Gimmerton! —objetó Joseph—. No me extrañaría que estuviera en el fondo de un lodazal. Esta señal no ha sido en balde. Le ruego que se ande con ojo, señorita, no vaya usted a ser la siguiente. ¡Démosle gracias al Cielo por todo! ¡Todo es por el bien de los escogidos, y de los levantados de entre el polvo! Ya saben lo que dicen las Escrituras...

Y se puso a citar diversos pasajes, indicándonos el capítulo y el versículo donde podíamos encontrarlos.

Después de haber suplicado en vano a la terca muchacha que se levantara y se quitara las prendas mojadas, los dejé, a él predicando y a ella temblando, y me retiré a la cama llevándome al pequeño Hareton, cuyo sueño era tan profundo que parecía como si todos los que lo rodeaban durmieran también. Oí que Joseph seguía leyendo en voz alta; después percibí sus pasos lentos por la escalera de mano, y me quedé dormida.

Cuando bajé, un poco más tarde de lo habitual, vi a la luz de los rayos de sol que se colaban entre las rendijas de las contraventanas que la señorita Catherine seguía sentada cerca de la chimenea. Además, estaba entornada la puerta de la casa. La luz entraba por las ventanas de ésta, que tenían las contraventanas abiertas. Hindley había salido y estaba de pie ante el hogar de la cocina, ojeroso y soñoliento.

—¿Qué tienes, Cathy? —decía cuando entré yo—. Tienes peor aspecto que un cachorro ahogado. ¿Por qué estás tan húmeda y tan pálida, niña?

—Me mojé —respondió ella, a disgusto—, y tengo frío, eso es todo.

—¡Ay, qué traviesa es! —exclamé, advirtiendo que el amo estaba tolerablemente sereno—. Se empapó con el chaparrón de anoche, y se ha pasado toda la noche ahí sentada. Y yo no pude conseguir que se apartara de ahí.

El señor Earnshaw nos miró a las dos con sorpresa.

—Toda la noche —repitió—. ¿Por qué no se acostó? Por miedo a la tormenta no ha podido ser, desde luego. Ya hace horas que pasó.

Ninguna de las dos quisimos mencionar la ausencia de Heathcliff mientras pudiésemos ocultarla. Así pues, respondí que no sabía por qué se le había metido en la cabeza quedarse levantada. Por su parte, ella no dijo nada. Hacía una mañana fresca y despejada. Abrí la ventana y la pieza se llenó de los aromas dulces del jardín; pero Catherine me dijo en voz alta, malhumorada:

—Ellen, cierra la ventana. ¡Me muero de frío!

Y le castañetearon los dientes, y se refugió más cerca de las brasas, casi apagadas.

—Está enferma —observó Hindley, asiéndola de la muñeca—. Supongo que por ese motivo no quería acostarse. ¡Maldita sea! No pienso soportar más enfermedades en esta casa. ¿A qué saliste con la lluvia?

—¡A correr tras los mozos, como de costumbre! —graznó Joseph, aprovechando la oportunidad que le dieron nuestros titubeos para meter la lengua maligna—. Si yo estuviera en el lugar de usted, amo, les daría con las puertas en las narices a todos, fueran hidalgos o fueran villanos. No pasa día sin que aparezca a hurtadillas por aquí ese gato de Linton. ¡Y la señorita Nelly, qué buena moza es! Se sienta en la cocina, vigilando por si viene usted. En cuanto entra usted por una puerta, él sale por la otra. ¡Y entonces nuestra gran dama sale a cortejar por otro lado! ¡Bonita conducta, rondando por los campos, pasadas las doce de la noche, con ese sucio desvergonzado, con ese demonio de gitano de Heathcliff! A mí me toman por ciego, pero no lo soy, ¡nada de eso! He visto al joven Linton ir y venir, y te he visto *a ti* —dijo, dirigiéndose a mí—, bruja inútil y desastrada, dar un salto y entrar corriendo en la casa en cuanto oyes los cascos del caballo del amo en el camino.

—¡Silencio, fisgón! —exclamó Catherine—. ¡No consiento tus insolencias ante mí! Edgar Linton vino ayer por casualidad, Hindley, y fui yo quien lo despedí, porque sabía que no te gustaría tener que verte con él tal como estabas.

—¡Mientes, Cathy, sin duda —respondió su hermano—, y eres tonta de remate! Pero dejemos a Linton de momento; dime, ¿no estuviste con Heathcliff anoche? Ahora, dime la verdad. No temas hacerle daño; aunque lo odio tanto como siempre, me ha hecho hace poco un favor que no me permitirá, en conciencia, partirle el cuello. Para evitarlo, lo despediré esta misma mañana para que sea libre; y os recomiendo a todos que os andéis con ojo cuando se haya marchado; entonces me quedará libre más mal humor para gastarlo en vosotros.

—No vi a Heathcliff anoche —respondió Catherine, rompiendo en sollozos amargos—. Si lo echas de la casa, me iré con él. Pero quizá no tengas la ocasión. Quizá se haya marchado.

Dicho esto, rompió en un llanto incontrolable, y ya no pudo articular más palabras.

Hindley derramó sobre ella un torrente de insultos desdeñosos y la mandó retirarse de inmediato a su cuarto, so pena de darle motivos para hacerla llorar. La obligué a obedecer, y no olvidaré jamás la escena que montó cuando llegamos a su alcoba. Me aterrorizó. Creí que se estaba volviendo loca, y le supliqué a Joseph que corriera a llamar al médico. Resultó ser un principio de delirio. En cuanto la vio el señor Kenneth, declaró que estaba enferma de consideración. Tenía fiebre. La sangró, y me dijo que la alimentara a base de suero y de gachas aguadas, y que cuidara que no se tirara por las escaleras ni por la ventana; y, dicho esto, se marchó, pues tenía bastante que hacer en la parroquia, donde cada casa solía estar a dos o tres millas de distancia de la casa vecina.

Aunque no puedo decir que yo fuera una enfermera delicada, y Joseph y el amo no eran mejores que yo, y aunque nuestra paciente era todo lo pesada y cabezota que puede ser una paciente, ésta salió adelante. La anciana señora Linton nos hizo varias visitas, claro está, y ordenaba las cosas y nos reñía y nos mandaba a todos. Cuando Catherine convalecía, se empeñó en trasladarla a la Granja de los Tordos. Agradecimos mucho vernos libres de ella. Pero la pobre dama tuvo motivos para arrepentirse de su amabilidad; tanto su marido como ella contrajeron las fiebres y murieron con pocos días de diferencia.

Nuestra joven dama volvió con nosotros, más descarada, más apasionada y más altiva que nunca. Nada se había sabido de Heathcliff desde la noche de la tormenta. Cierto día en que ella me había provocado a conciencia, tuve la desventura de achacarle a ella la culpa de su desaparición. Bien sabía que, en efecto, la tenía. A partir de ese momento, y durante varios meses, dejó de comunicarse conmigo, salvo para asuntos relacionados con mi condición de criada.

También Joseph quedó sometido a un interdicto. Él decía lo que pensaba, de manera ineludible, y la sermoneaba lo mismo que si fuera una niña pequeña. Ella se tenía por mujer y por ama nuestra, y opinaba que su enfermedad reciente le otorgaba el derecho a que la trataran con consideración.

Por otra parte, el médico había dicho que no le vendría bien que la contrariaran mucho. Tenía que salirse con la suya, y cuando alguien osaba levantar la cabeza y contradecirla, en su mirada podían leerse francas intenciones asesinas. Guardaba las distancias con el señor Earnshaw y los compañeros de éste. Su hermano, adoctrinado por Kenneth y por las serias amenazas de un ataque de convulsiones que solían presentarse en los arrebatos de ira de ella, le consentía todo lo que le venía en gana exigir, y evitaba en general exacerbar su carácter ardiente. Él le concedía sus caprichos con *demasiada* indulgencia, no movido por el afecto, sino por el orgullo; tenía vivos deseos de verla honrar la familia con un enlace con los Linton; y mientras a él lo dejara en paz, no le importaba que nos pisoteara a nosotros como a esclavos. Edgar Linton estaba ciego por el amor, como lo han estado miles de personas antes de él, y como lo estarán otras después, y se consideró el hombre más feliz del mundo el día en que la llevó a la capilla de Gimmerton, tres años después de la muerte del padre de él.

Me convencieron, muy a mi pesar, para que dejara Cumbres Borrascosas y me viniese aquí a acompañarla. El pequeño Hareton tenía casi cinco años y yo acababa de empezar a enseñarle las letras. Nuestra despedida fue triste, pero las lágrimas de Catherine fueron más recias que las nuestras. Cuando me negué a marchar, y ella descubrió que sus ruegos no me conmovían, fue a lamentarse a su marido y a su hermano. El primero me ofreció un sueldo espléndido y el segundo me mandó hacer las maletas, pues decía que ya no quería mujeres en la casa, ahora que no había señora; y que de Hareton ya se ocuparía el cura andando el tiempo.

Así pues, sólo me quedó una opción: hacer lo que me mandaban. Le dije al amo que se había quitado de encima a todas las personas decentes sólo para precipitarse un poco más aprisa en la perdición; le di un beso de despedida a Hareton y, desde entonces, éste ha sido un extraño para mí. Y, aunque se hace muy raro el pensarlo, ¡no me cabe duda de que se ha olvidado por completo de Ellen Dean, por más que él lo fuera todo en el mundo para ella, y ella para él!

Una vez hubo llegado el ama de llaves a este punto de su relato, le echó por casualidad una mirada al reloj que estaba sobre la chimenea, y se asombró al ver que la saeta del minutero marcaba la una y media. No consintió quedarse un segundo más. La verdad es que yo mismo me sentía dispuesto a dejar para más adelante la continuación de su narración. Y ahora que ella se ha retirado a descansar y que he pasado otra hora o dos meditando, también yo me armaré de valor para retirarme, a pesar de este cansancio doloroso que siento en la cabeza y en las extremidades.

Capítulo X

¡Una introducción encantadora a la vida eremítica! ¡Cuatro semanas de tormentos, de dar vueltas en la cama y de enfermedad! ¡Ay, estos vientos fríos y estos cielos rigurosos del norte, y estos caminos intransitables, y estos médicos rurales premiosos! ¡Y, ay, esta carencia de la fisonomía humana! ¡Y, lo peor de todo, la advertencia terrible de Kenneth de que no cuente con salir de casa hasta la primavera!

El señor Heathcliff acaba de honrarme con una visita. Hace cosa de una semana me envió un par de urogallos, los últimos de la temporada. ¡Canalla! No es del todo inocente por esta enfermedad mía, y estuve muy tentado de decírselo. Pero, ¡ay!, ¿cómo ofender a un hombre que tuvo la caridad suficiente como para sentarse una buena hora junto a mi lecho y hablarme de alguna otra materia que no fueran las píldoras y las pociones, los vesicantes y las sanguijuelas? Estoy pasando un rato bastante descansado. No tengo fuerzas para leer; pero siento que podría disfrutar de algo interesante. ¿Por qué no decirle a la señora Dean que suba a terminar su historia? Recuerdo a grandes rasgos lo que llegó a contarme. Sí; recuerdo que el protagonista había huido sin que se supiera de él durante tres años, y que la protagonista se había casado. Haré sonar la campanilla para llamarla. Le encantará verme capaz de hablar con alegría.

La señora Dean llegó.

—Faltan veinte minutos para tomar la medicina, señor —empezó a decir.

—¡Olvídese, olvídese de ella! —repliqué—. Lo que quiero es...

—El médico dijo que debe usted dejar de tomar los polvos.

—¡Con sumo placer! No me interrumpa usted. Venga y siéntese aquí. No acerque los dedos a esos frascos que forman en amarga columna. Sáquese del bolsillo la labor de punto..., así..., y ahora prosiga usted con la historia del señor Heathcliff, desde donde la dejó hasta el día de hoy. ¿Terminó de educarse en el continente, y volvió hecho un caballero? ¿Se ganó una beca en la universidad? ¿Acaso huyó a América y ganó honores derramando la sangre de su patria adoptiva? ¿O tal vez hizo fortuna de una manera más rápida, como salteador de caminos en Inglaterra?

—Puede que haya ejercido cada una de estas ocupaciones, señor Lockwood; pero yo no podría asegurárselo. Ya le dije que no sabía cómo hizo para ganar dinero, ni tampoco conozco los medios de que se valió para alzar su intelecto de la ignorancia supina en que estaba hundida. Pero, si usted me lo permite, seguiré contando a mi manera, si cree que eso lo va a entretener y si no lo agoto. ¿Se encuentra mejor esta mañana?

—Mucho mejor.

—Ésa es una buena noticia.

La señorita Catherine y yo llegamos a la Granja de los Tordos, y, con una desilusión que no obstante me satisfizo, ella se comportó infinitamente mejor de lo que cabría esperar. Casi parecía demasiado cariñosa con el señor Linton, y le profesaba pruebas de afecto incluso a la hermana de éste. Desde luego, ambos se preocupaban mucho por su bienestar. No era un espino que se inclinara con el peso de las madreselvas, sino unas madreselvas que abrazaban al espino. No existían concesiones mutuas. Éste se alzaba firme, y aquellas cedían; ¿y quién puede tener mal carácter y mal humor cuando no encuentra ni oposición ni indiferencia? Observé que el señor Edgar sentía un hondo pavor a enojarla. A ella se lo ocultaba; pero si alguna vez me oía a mí darle una réplica brusca, o si veía que algún otro criado se amoscaba por alguna orden imperiosa de ella, manifestaba su inquietud con un ceño fruncido al que jamás recurría si el ofendido era él. Muchas veces me riñó con severidad por mis impertinencias. Según él, ni siquiera una puñalada podría causarle mayor dolor que ver enfadada a su señora esposa. Aprendí a aplacar mis suspicacias para no afligir a un amo amable, y la pólvora pasó medio año tan inofensiva como la arena, porque no se le acercaba ninguna llama para prenderla. Catherine sufría de vez en cuando temporadas de tristeza y silencio. Su esposo las respetaba con silencio comprensivo, y las achacaba a alteraciones de su constitución, producidas por la grave enfermedad que había sufrido, dado que ella no había padecido nunca depresiones del espíritu. Cuando volvía a brillar el sol, era recibido con más sol por parte de él. Creo poder afirmar que poseían, en efecto, una felicidad profunda y creciente.

Aquello terminó. Pues bien, todos debemos atender a nuestros propios intereses, a la larga. La gente buena y generosa también es egoísta, como la dominante, aunque también más justa. Aquello terminó cuando las circunstancias les hicieron sentir que sus propios intereses no eran prioritarios para el otro. Una tarde suave de septiembre, yo volvía del huerto con una cesta pesada de manzanas que había estado recolectando. Todo estaba en sombras, y la luna se asomaba sobre el muro alto del patio. Las sombras acechaban confusas en los rincones de los muchos salientes del edificio. Dejé mi carga en los escalones de entrada, junto a la puerta de la cocina, y me detuve a descansar. Tomé algunas bocanadas más del aire suave y dulce. Tenía los ojos puestos en la luna y le daba la espalda a la entrada. Entonces oí tras de mí una voz que decía:

—¿Eres tú, Nelly?

Era una voz grave y de tono extranjero. Sin embargo, el modo de pronunciar mi nombre me resultó familiar. Me volví para descubrir al que había hablado, temerosa, pues las puertas estaban cerradas y yo no había visto a nadie al acercarme a los escalones. Algo se agitó en el porche. Al acercarme, distinguí a un hombre alto vestido con ropa oscura, de cara y pelo oscuros. Se apoyaba sobre la jamba y tenía los dedos puestos sobre el pestillo como si se propusiera abrir la puerta.

«¿Quién podrá ser? —pensé—. ¿El señor Earnshaw? ¡Oh, no! La voz no se parece a la suya.»

—Llevo aquí una hora esperando —prosiguió. Yo no le quitaba ojo—, y en todo ese tiempo ha habido aquí una quietud de muerte. No me he atrevido a entrar. ¿No me conoces? ¡Mira, no soy un forastero!

Cayó un rayo de luna sobre sus rasgos. Tenía las mejillas cetrinas y medio cubiertas por unos bigotes negros; las cejas, bajas; los ojos, hundidos y singulares. Recordé aquellos ojos.

—¡Cómo! —exclamé, sin estar segura de que el visitante fuera de este mundo. Alcé las manos con asombro—. ¡Cómo! ¿Has vuelto? ¿Eres tú de verdad? ¿Lo eres?

—Sí, soy Heathcliff —respondió él, rehuyéndome la mirada para depositarla en las ventanas, que reflejaban una veintena de lunas relucientes aunque no se viera ninguna luz del interior—. ¿Están en casa? ¿Dónde está ella? ¡Nelly, no te alegras! No debes inquietarte tanto. ¿Está ella aquí? ¡Habla! Quiero tener unas palabras con ella, con tu señora. Ve y dile que alguien de Gimmerton desea verla.

—¿Cómo se lo tomará? —exclamé—. ¿Qué hará? Si la sorpresa me ha desconcertado a mí, ¡a ella le hará perder el seso! ¿Y eres Heathcliff, en efecto? ¡Pero has cambiado! No, esto no hay quien lo entienda. ¿Te metiste a soldado?

—Ve a dar mi recado —me interrumpió, impaciente—. ¡Estaré en ascuas hasta que vuelvas!

Levantó el pestillo. Entré; pero, cuando llegué al salón donde estaban el señor y la señora Linton, no me atreví a entrar. Al cabo, me resolví a preguntar, como excusa, si querían que les encendieran las velas, y entonces abrí la puerta.

Se sentaban juntos ante una ventana abierta, con la hoja contra la pared, y que dejaba ver, más allá de los árboles del huerto y del verdor silvestre del parque, el valle de Gimmerton, con una larga línea de bruma que ascendía casi hasta lo alto; pues, como quizás haya advertido usted, muy poco después de pasar la capilla, el arroyuelo que sale de los pantanos se junta con un arroyo que sigue el recodo de la cañada. Cumbres Borrascosas se alzaba por encima de aquel vapor plateado; pero nuestra antigua casa estaba invisible, pues cae más bien del otro lado. Tanto la estancia como sus ocupantes, así como la escena que contemplaban, transmitían una sensación maravillosa de paz. Vacilé, sin animarme a dar el recado. Me marché sin transmitirlo después de preguntar por las velas, pero entonces comprendí mi locura y me vi obligada a regresar y murmurar:

—Alguien de Gimmerton desea verla, señora.

—¿Qué quiere? —preguntó la señora de Linton.

—No se lo he preguntado —respondí.

—Está bien. Cierra las cortinas, Nelly —dijo ella—, y sube el té. Enseguida subo.

Salió de la estancia. El señor Edgar me preguntó, sin gran interés, de quién se trataba.

—Alguien a quien la señora no espera —respondí—. Ese Heathcliff, ya lo recordará usted, señor, que vivía en casa del señor Earnshaw.

—¿Cómo? ¿El gitano? ¿El gañán? —exclamó—. ¿Por qué no se lo dijiste a Catherine?

—¡Shhh! No debe usted llamarlo así, amo —le reproché—. A ella le causaría gran desazón si lo oyera. Estuvo a punto de partírsele el alma cuando él huyó. Supongo que su regreso la llenará de júbilo.

El señor Linton se acercó a una ventana que estaba al otro lado de la habitación y que dominaba el patio. La abrió y se asomó. Debían de estar abajo, pues él exclamó acto seguido:

—¡No te quedes ahí, amor! Hazlo pasar, si es alguien de importancia.

Antes de que pasara mucho rato oí el chasquido del pestillo, y Catherine subió volando las escaleras, desenfrenada y sin aliento, demasiado emocionada como para mostrar alegría. De hecho, al verle la cara, cabría figurarse que le había pasado una calamidad terrible.

—¡Ay, Edgar, Edgar! —jadeó, echándole los brazos al cuello—. ¡Ay, Edgar, cariño! ¡Ha vuelto Heathcliff! ¡Ha vuelto!

Y convirtió su abrazo en un verdadero apretón.

—¡Bueno, bueno! —exclamó su marido, molesto—. ¡No tienes por qué estrangularme por eso! Nunca me pareció un tesoro tan maravilloso. ¡No hay por qué ponerse frenéticos!

—Ya sé que no lo apreciabas —respondió ella, conteniendo un poco su intenso deleite—. Pero ahora deberéis ser amigos, por mí. ¿Le digo que suba ya?

—¿Aquí? —preguntó él—. ¿Al salón?

—¿Adónde, si no? —preguntó ella.

Se mostró consternado y propuso la cocina como lugar más adecuado para él. La señora Linton lo miró con una expresión graciosa, en parte enfadada por los melindres de él, en parte riéndose de ellos.

—No —añadió ella, al cabo de unos momentos—. No puedo sentarme en la cocina. Prepara aquí dos mesas, Ellen: una para tu amo y para la señorita Isabella, que son hidalgos, la otra para Heathcliff y para mí, que somos de clase baja. ¿Te agradará eso, querido? ¿O debo mandar que enciendan lumbre en otra parte? En tal caso, ordénalo tú. Yo bajaré corriendo a retener a mi huésped. ¡Me temo que sea una alegría demasiado grande para ser cierta!

Estaba a punto de marcharse de nuevo a toda prisa, pero Edgar la detuvo.

—Tú le pedirás que suba —me dijo a mí—. Y Catherine, ¡procura alegrarte sin llegar a estos extremos absurdos! La casa entera no tiene por qué presenciar el espectáculo que das al recibir a un criado fugitivo como si fuera un hermano.

Bajé y me encontré a Heathcliff que aguardaba bajo el porche y a todas luces esperaba que lo invitasen a entrar. Siguió escatimándome en palabras, y yo lo conduje a la presencia del amo y la señora, cuyas mejillas enrojecidas daban muestras de que habían cruzado palabras con calor. Pero fue otro sentimiento el que enrojeció las mejillas de la dama cuando apareció su amigo en la puerta. Se adelantó de un salto, le asió las dos manos y lo condujo hasta Linton. Después tomó los dedos huidizos de éste y los apretó dentro de los del otro. Me maravillé más que nunca al contemplar la transformación que había sufrido Heathcliff, quien entonces se me manifestó del todo a la luz del fuego y de las velas. Se había convertido en un hombre alto, atlético y bien formado. A su lado, mi amo parecía un jovenzuelo enjuto. Su porte erguido daba a entender que había militado en el ejército. El gesto y sus rasgos decididos lo hacían mucho más maduro que el señor

Linton. Parecía inteligente, y no conservaba vestigios de su degradación anterior. Aún le acechaba una fiereza semicivilizada en las cejas hundidas y en los ojos llenos de fuego negro, pero estaba contenida. Los modales eran hasta dignos, libres de rudeza, aunque demasiado severos como para considerarse elegantes. La sorpresa de mi amo igualó la mía o la superó. Desconcertado por un instante, no sabía cómo dirigirse al gañán, como lo había llamado. Heathcliff le soltó la mano delgada y se quedó mirándolo con frialdad hasta que se decidió a hablar.

—Siéntese, señor —dijo por fin—. La señora Linton desea que yo lo reciba a usted cordialmente, en recuerdo de tiempos pasados. Como es natural, me llena de satisfacción cualquier cosa que le agrade a ella.

—Y a mí también —respondió Heathcliff—; sobre todo si yo participo de ella. Me quedaré de buena gana un par de horas.

Tomó asiento enfrente de Catherine, quien tenía clavada la mirada en él como si éste fuera a desaparecer si la apartaba. Él no la miró apenas; le bastaba con algún vistazo rápido de cuando en cuando. Pero ella devolvía, cada vez más confiada, el placer sincero que obtenía él buscándola con la mirada. Estaban demasiado sumidos en esa alegría compartida como para consentir que los incomodaran. No le sucedía lo mismo al señor Edgar. Éste se puso pálido de puro enojo, que alcanzó el paroxismo cuando se puso de pie su señora y, después de cruzar la alfombra, volvió a tomarle las manos a Heathcliff y a reírse como una enajenada.

—¡Mañana me parecerá que ha sido un sueño! —exclamó—. No podré creerme que te he visto, y te he tocado, y he hablado contigo una vez más. Pero ¡no te mereces esta bienvenida, cruel Heathcliff! ¡Pasarte tres años ausente y en silencio, sin pensar nunca en mí!

—Poco más de lo que has pensado tú en mí —murmuró él—. Me enteré de tu matrimonio, Cathy, hace poco tiempo. Mientras esperaba abajo, en el patio, discurrí este plan: ver sólo un atisbo de tu cara, una mirada de sorpresa, quizás, y de agrado fingido; acto seguido, arreglar mis cuentas con Hindley, y, después, adelantarme a la justicia ejecutándome a mí mismo. Tu bienvenida me ha quitado estas ideas de la cabeza, pero ¡guárdate de recibirme con otro aspecto la próxima vez! No, no volverás a hacerme huir nunca. De verdad te inspiré lástima, ¿eh? Pues lo hacías con motivo. He peleado para abrirme camino en una vida dura desde la última vez que oí tu voz; ¡y debes perdonarme, pues si he luchado ha sido sólo por ti!

—Catherine, haz el favor de venir a la mesa, si no quieres que nos tomemos el té frío —lo interrumpió Linton, quien se esforzaba por no alzar la voz y conservar cierto grado de cortesía—. Al señor Heathcliff lo espera una larga caminata, dondequiera que se aloje esta noche, y yo tengo sed.

Ella ocupó su puesto ante la tetera y llegó la señorita Isabella, llamada por la campanilla. Acto seguido les coloqué las sillas y me retiré de la habitación. La comida apenas duró diez minutos. Catherine no llegó a llenar su taza; no era capaz de comer ni de beber. Edgar había derramado el té en el platillo de la suya, y apenas había comido bocado. Su huésped no prolongó la estancia más de una hora. Cuando se marchó, le pregunté si iba a Gimmerton.

—No, a Cumbres Borrascosas —respondió él—. El señor Earnshaw me invitó cuando lo visité esta mañana.

¡El señor Earnshaw, invitarlo a él! ¡Y él, visitar al señor Earnshaw! Reflexioné con detenimiento sobre esas palabras después de que él hubiera partido. «¿Habrá resultado ser algo hipócrita —pensé—, y habrá venido a la región a hacer el mal solapadamente?» Tuve el presentimiento, en el fondo de mi corazón, de que habría sido mejor que no hubiera venido.

Hacia la mitad de la noche me despertó de mi primer sueño la señora Linton, que había entrado en silencio en mi alcoba, había tomado asiento junto a mi cama y me tiraba del pelo para despertarme.

—No puedo descansar, Ellen —dijo, a modo de disculpa—. ¡Y quiero que alguna criatura viva me acompañe en mi felicidad! Edgar está enfurruñado porque yo me alegro de una cosa que a él no le interesa. Se niega a abrir la boca, si no es para proferir discursitos tontos. Me llamó cruel y egoísta porque quería hablar cuando él estaba tan enfermo y tenía tanto sueño. ¡Siempre se las arregla para ponerse enfermo ante la menor contrariedad! Proferí algunos elogios para ensalzar a Heathcliff, y él, o bien por el dolor de cabeza, o bien por las punzadas de envidia, se echó a llorar. Así pues, lo he dejado y me he levantado.

—¿Qué gana usted con ensalzar a Heathcliff delante de él? —respondí—. De muchachos sentían aversión el uno por el otro, y a Heathcliff le molestaría igualmente oír que ensalzaban al otro. Así es la naturaleza humana. No moleste usted al señor Linton con las cosas de Heathcliff, a no ser que desee que los dos riñan abiertamente.

—Pero ¿no es muestra de una gran debilidad? —insistió ella—. Yo no soy celosa; nunca me duele ver el brillo de los cabellos rubios de Isabella ni la blancura de su piel; ni su elegancia refinada, ni el afecto que le profesa toda la familia. Tú misma, Nelly, cuando disputamos a veces, te pones enseguida de parte de Isabella, y yo cedo como si fuera una madre tonta, la llamo «querida» y la adulo hasta que recupera el buen humor. A su hermano le agrada ver que nos tratamos con cordialidad, y eso me agrada a mí. Pero los dos son muy semejantes: son unos niños mimados, y se figuran que el mundo se hizo para su comodidad. En cuanto a mí, aunque les sigo la corriente a ambos, creo que podrían enmendarse con unos azotes bien dados.

—Se equivoca usted, señora Linton —repuse—. Son ellos quienes le siguen la corriente a usted. Sé que lo lamentaríamos de no obrar ellos así. Bien puede usted permitirse seguir los caprichos pasajeros de ellos mientras se esfuerzan por anticipar todos los deseos de usted. Sin embargo, bien podrían disputar sobre algo que ambas partes consideren igualmente relevante, y en tal caso quienes usted califica de débiles bien podrían obrar con tanta obstinación como usted.

—Y entonces lucharemos hasta matarnos, ¿verdad, Nelly? —replicó ella, riéndose—. ¡No! Te lo digo: tengo tal fe en el amor de Linton que creo que podría matarlo sin que él quisiera vengarse.

Le recomendé que lo valorara mejor en virtud de su afecto.

—Claro que lo valoro —respondió ella—; pero no tiene por qué lloriquear por menudencias. Eso es una niñería. En vez de deshacerse en lágrimas porque dije que Heathcliff ya era digno de la consideración de cualquiera, y que sería un honor para el primer caballero de la comarca ser amigo suyo, debió haber sido él quien me lo dijera a mí, y haberse sentido encantado porque lo estaba yo. Deberá acostumbrarse a él, y más le vale apreciarlo. ¡Teniendo en cuenta los posibles reparos que albergue Heathcliff en su contra, estoy segura de que se ha comportado como es debido!

—¿Qué le parece a usted que haya ido a Cumbres Borrascosas? —le pregunté—. Al parecer, se ha reformado en todos los sentidos, está muy cristiano. ¡Les ofrece la diestra de la amistad a todos sus enemigos!

—Lo explicó —fue su respuesta—. A mí me extrañó tanto como a ti. Dijo que había visitado la casa para que lo informases acerca de mí, pues suponía que aún vivías allí, y Joseph se lo dijo a Hindley, quien salió y se puso a interrogarlo sobre lo que había hecho y qué vida había llevado. Por fin, lo invitó a pasar. Había una partida de naipes. Heathcliff se sumó a ella. Le ganó algún dinero a mi hermano, y éste, al verlo provisto en abundancia, le pidió que regresara por la noche, cosa a la que accedió. Hindley es tan descuidado que no elige con prudencia a la gente con la que trata, no se molesta en reflexionar sobre sus motivos para desconfiar de aquél a quien ha injuriado de manera tan vil. Pero Heathcliff afirma que su motivación principal para reanudar el trato con su antiguo perseguidor es su deseo de instalarse en una residencia desde la que pueda venir a la Granja a pie, así como su apego a la casa donde vivimos juntos los dos, además de la esperanza de que así tendré más ocasiones de verlo que las que tendría de haberse alojado en Gimmerton. Piensa ofrecer un pago generoso por alojarse en las Cumbres, y no cabe duda de que la avaricia de mi hermano le hará aceptar el trato. Siempre ha sido codicioso, aunque lo que agarra con una mano lo tira con la otra.

—¡Bonito lugar para que un hombre joven fije en él su residencia! —exclamé—. ¿No teme usted las consecuencias, señora Linton?

—Por mi amigo, no —respondió—. Su buena cabeza lo protegerá de peligros. Temo un poco por Hindley; pero éste ya no puede caer más bajo en el plano moral. En cuanto a los daños físicos, yo lo protegeré de ellos. ¡El suceso de esta noche me ha reconciliado con Dios y con la humanidad! Me había rebelado iracunda contra la Providencia. ¡Ay, Nelly, he soportado una tristeza muy amarga! Si esa criatura supiera cuán amarga ha sido, se avergonzaría de ensombrecer su fin con una petulancia estéril. La he soportado sola por bondad para con él. De haber expresado yo el tormento que solía acometerme, él habría aprendido a anhelar su alivio con tanto ardor como yo. Pero ya pasó, y no buscaré venganza de su locura. ¡Ya puedo aguantar lo que sea a partir de ahora! Si el ser más bajo de cuantos viven me diera una bofetada en la mejilla, yo no sólo ofrecería la otra, sino que además le pediría perdón por haberlo provocado. Como prueba de ello, iré a hacer las paces con Edgar al instante. ¡Buenas noches! ¡Soy un ángel!

Y de este modo se marchó, pagada de sí misma y convencida de ello. A la mañana siguiente quedó patente el éxito de aquella decisión suya. El señor Linton no sólo había abjurado de su mal humor (aunque todavía parecía que tenía el ánimo oscurecido por la vivacidad exuberante de Catherine), sino que no presentó objeción alguna a la propuesta de que ésta fuera por la tarde a Cumbres Borrascosas llevándose a Isabella; y ella lo premió, a cambio, con un verano de dulzura y de afecto tales que la casa fue un paraíso durante varios días, y tanto el amo como los criados disfrutaron de la luz perpetua del sol.

Heathcliff (o tal vez deba llamarlo «el señor Heathcliff» en lo sucesivo) se manejó con prudencia a la hora de visitar la Granja de los Tordos; al menos, al principio. Parecía sondear hasta qué punto toleraría su intrusión el propietario de la casa. Catherine fue asimismo tan juiciosa como para moderar sus muestras de placer al recibirlo, y él estableció de manera gradual el derecho a que esperaran sus visitas. Conservaba en buena medida ese carácter reservado por el que tanto destacaba de niño. Gracias a ello reprimía toda demostración palpable de sentimientos. La intranquilidad de mi amo amainó, sustituida por otras nuevas durante cierto tiempo.

Su nueva causa de inquietud resultó de un contratiempo inesperado. Isabella Linton manifestaba una atracción repentina e irresistible hacia aquel huésped cuyas visitas se toleraban. En aquel tiempo era una joven dama encantadora de dieciocho años; de maneras infantiles, aunque estaba dotada de ingenio vivo, de sentimientos vivos, y también de un genio vivo si la irritaban. Su hermano, que la quería con ternura, se quedó horrorizado por aquella inclinación fantasiosa. Aparte de la degradación que suponía un enlace con un hombre sin apellido, y de la posibilidad de que los bienes de él pudieran pasar a su poder, a falta de herederos varones, tenía el sentido suficiente como para comprender la disposición de

Heathcliff; para saber que, aunque se hubiera modificado su apariencia exterior, su espíritu no había cambiado ni podía cambiar. Y él temía aquel espíritu. Le repugnaba. Le producía aversión la idea de dejarlo a cargo de Isabella. Se habría sentido más asqueado aún de haber sabido que el afecto de ella había surgido sin ser solicitado, y que ella se lo otorgaba a cambio de nada, pues sus sentimientos no eran correspondidos. En cuanto él descubrió su existencia, lo achacó a una maquinación deliberada por parte de Heathcliff.

Todos notábamos desde hacía algún tiempo que la señorita Linton rabiaba y suspiraba por algo. Se había vuelto áspera y desabrida; replicaba a Catherine y la provocaba de manera constante, con lo que corría siempre el riesgo inminente de agotar la paciencia limitada de ésta. La disculpábamos en cierto grado, atendiendo a su mala salud: enflaquecía y se consumía a ojos vistas. Aquel día había estado particularmente rebelde. Había rechazado el desayuno, y se había quejado de que los criados no hacían lo que ella les mandaba; de que la señora consentía que ella no fuera nadie en la casa, y de que Edgar no le prestaba atención; de que se había resfriado porque se habían dejado las puertas abiertas y habíamos permitido que se apagara la lumbre de la sala a propósito para fastidiarla, amén de otras cien acusaciones todavía más frívolas que éstas. La señora Linton le ordenó de manera tajante que se fuera a acostar y, después de reñirla a conciencia, amenazó con llamar al médico. En cuanto se nombró a Kenneth, ella exclamó al instante que gozaba de perfecta salud, y que si era infeliz era sólo por la brusquedad de Catherine.

—¿Cómo puedes decir que soy severa, niña mimada y traviesa? —exclamó la señora, sorprendida por aquella afirmación tan poco razonable—. Sin duda estás perdiendo el juicio. ¿Cuándo he sido brusca? ¡Dímelo!

—Ayer —sollozó Isabella—, ¡y ahora!

—¡Ayer! —dijo su cuñada—. ¿En qué ocasión?

—En el paseo que dimos por el páramo. ¡Me dijiste que anduviera por donde quisiera, mientras tú paseabas con el señor Heathcliff!

—¿Y eso es lo que entiendes por brusquedad? —se mofó Catherine—. No quise dar a entender con ello que estuvieras de más. No nos importaba si seguías con nosotros o no. Sólo que pensé que la conversación de Heathcliff no tendría por qué resultarte interesante.

—¡Oh, no! —gimoteó la joven dama—. ¡Quisiste que me marchara, porque sabías que me gustaba estar allí!

—¿Está en su sano juicio? —me preguntó la señora Linton, señalándola—. Repetiré nuestra conversación, palabra por palabra, Isabella. Señala tú cualquier cosa que pudiera haber tenido interés para ti.

—La conversación no me importa —respondió ella—. Yo quería estar con...

—¿Y bien? —dijo Catherine, percibiendo que Isabella no se atrevía a completar la frase.

—Con él, ¡y no consentiré que me despidan siempre! —prosiguió, encendiéndose—. ¡Eres el perro del hortelano, Cathy, y no quieres que amen a nadie más que a ti!

—¡Eres una chiquilla impertinente! —exclamó la señora Linton, sorprendida—. Pero ¡esta estupidez me parece increíble! ¡Es imposible que puedas desear la admiración de Heathcliff, que puedas tenerlo por una persona agradable! Espero haberte entendido mal, Isabella...

—¡No, no me has entendido mal! —dijo la muchacha enamoriscada—. Lo amo más que amaste tú jamás a Edgar; ¡y él puede amarme a mí, si tú se lo consientes!

—¡En tal caso, no quisiera estar en tu lugar ni aunque me dieran un reino! —declaró Catherine con énfasis. En aquel momento parecía sincera—. Nelly, ayúdame a convencerla de su locura. Dile lo que es Heathcliff: una criatura bravía, sin refinamientos, inculta; un desierto estéril de aulagas y piedra berroqueña. ¡Antes dejaría a ese pequeño canario en el parque, un día de invierno, que recomendarte que depositaras en él tu corazón! Si se te han metido esos sueños en la cabeza, ha sido porque, por desgracia, no sabes nada de su carácter, niña, y nada más. ¡Te ruego que no imagines que oculta un ser benevolente y afectuoso bajo un exterior severo! No es ningún diamante en bruto, ni un rústico como una ostra que encierra una perla. Es un hombre feroz, despiadado, lobuno. Yo no le digo jamás: «Deja en paz a tal o cual enemigo, porque sería una ruindad o una crueldad hacerle daño».

Le digo: «Déjalo en paz, porque *a mí* me molestaría que lo agraviaras». Y a ti, Isabella, te aplastaría como a un huevo de gorrión si le resultases un engorro. Sé que no podría amar a una Linton. Cierto, sería muy capaz de casarse contigo por tu fortuna y por lo que esperas heredar. El pecado de la avaricia lo está dominando. Éste es el cuadro que te pinto de él, siendo como soy amiga suya, y lo soy hasta tal punto que, si él se hubiera planteado en serio la posibilidad de atraparte, quizá me habría mordido yo la lengua para dejar que cayeras en su trampa.

La señorita Linton miró con indignación a su cuñada.

—¡Qué vergüenza! ¡Qué vergüenza! —repitió, airada—. ¡Eres peor que veinte enemigos, amiga envenenada!

—¡Ah! ¿Es que no me crees? —replicó Catherine—. ¿Es que crees que mis palabras son producto de un egoísmo maligno?

—Estoy segura de que así es —replicó Isabella—; ¡y me estremezco de verte!

—¡Bien! —exclamó la otra—. Haz la prueba tú misma, si se te antoja. Yo he dicho lo que debía decir, y me doy por vencida ante tu insolencia descarada.

—¡Y yo debo sufrir ante la egolatría de ella! —sollozó Isabella cuando hubo salido de la habitación la señora Linton—. Todo, todo está en contra de mí. Ha marchitado mi único consuelo. Pero ha dicho falsedades, ¿no es verdad? El señor Heathcliff no es un demonio, tiene el alma honrada y leal. ¿Cómo podría acordarse de ella, si no?

—Destiérrelo de sus pensamientos, señorita —le sugerí—. Es pájaro de mal agüero. No es compañero para usted. Aunque la señora Linton se ha manifestado en términos muy fuertes, no soy quién para contradecirla. Ella conoce el corazón de él mejor que yo, y mejor que nadie; y jamás lo presentaría peor de lo que es. Las personas honradas no ocultan sus obras. ¿Cómo ha vivido? ¿Cómo se ha hecho rico? ¿Por qué se aloja en Cumbres Borrascosas, en la casa de un hombre al que aborrece? Dicen que el señor Earnshaw está cada vez peor desde que él llegó. Pasan siempre la noche en vela los dos juntos. Hindley ha pedido dinero a crédito, e hipotecado sus tierras, y no hace más que jugar y beber. Me lo contaron hace sólo una semana. Me lo dijo Joseph, con quien me encontré en Gimmerton. «Nelly —me dijo—, de aquí a poco tendrá que venir el juez a levantar un cadáver de alguien de nuestra casa. Uno casi se cortó un dedo de cuajo al impedir que el otro se matara como un ternero. Es el amo, ¿sabes?, que está empeñado en subir a juicio. No le tiene el menor miedo al tribunal, ni a san Pablo, ni a san Pedro, ni a san Juan, ni a san Mateo, ni a ninguno de los demás. ¡Ése sí que no tiene miedo! ¡Es como si ardiese de impaciencia por ponerles delante la cara desvergonzada! ¡Y ese muchacho tan hermoso, Heathcliff, es una buena pieza, atención! Es capaz de reírse como el que más de una burla diabólica. ¿No dice nunca nada de la buena vida que hace entre nosotros, cuando va a la Granja? Pues hela aquí: levantarse cuando se pone el sol, dados, brandy, contraventanas cerradas y velas encendidas hasta el día siguiente a mediodía. Después, sucias turbas que se reúnen en su alcoba y retozan, haciendo que las gentes decentes se tapen los dedos con los oídos de pura vergüenza. Y el pícaro, vaya, no puede contar el dinero que tiene, y come, y duerme, y se marcha a casa de su vecino para charlar con la esposa de éste. ¿Y le dirá a la señora Catherine que el oro de su padre corre a la faltriquera de él, y que el hijo de su padre galopa por el camino ancho, mientras él vuela por delante para franquearle las puertas?» Ahora bien, señorita Linton, Joseph es un viejo bribón, pero no es mentiroso. Y si es verdad lo que cuenta de la conducta de Heathcliff, usted no pensaría jamás en desear tal marido, ¿no es verdad?

—¡Estás confabulada con los demás, Ellen! —respondió ella—. No voy a escuchar tus calumnias. ¡Cuánta malevolencia debes de albergar para querer convencerme de que en el mundo no existe la felicidad!

No puedo saber si ella, por sí sola, habría superado esta fantasía suya o si habría perseverado en albergarla para siempre, pues tuvo poco tiempo para reflexionar. Al día siguiente se celebraba una sesión del tribunal de justicia en el pueblo de al lado. Mi amo estaba obligado a asistir; y el señor Heathcliff, consciente de su ausencia, se presentó algo más temprano de lo habitual. Catherine e Isabella estaban sentadas en la biblioteca, la hostilidad reinando entre ellas pero en silencio. La segunda, alarmada por su indiscreción reciente y por lo que había desvelado en un arrebato transitorio de pasión; la primera, tras maduras reflexiones, verdaderamente ofendida con su compañera, y dispuesta a quitarle las ganas de reír a ésta si volvía a reírse de su insolencia. Ella misma se rio cuando vio pasar a Heathcliff ante la ventana. Yo estaba barriendo la chimenea y advertí una sonrisa maligna en sus labios. Isabella, absorta en sus meditaciones o en un libro, se quedó en su sitio hasta que se abrió la puerta y fue demasiado tarde para intentar huir, cosa que habría hecho de buena gana de haber sido posible.

—¡Adelante, en buena hora! —exclamó la señora con alegría, acercando una silla a la lumbre—. Aquí estamos dos personas que necesitamos lastimosamente de una tercera que nos derrita el hielo que nos separa. Y tú eres la primera que elegiríamos cualquiera de las dos. Por fin puedo mostrarte con orgullo, Heathcliff, a una persona que te adora más que yo misma. Espero que te sientas halagado. ¡No, no es Nelly; no la mires a ella! A mi pobre cuñadita se le está partiendo el corazón por el mero hecho de contemplar tu belleza física y moral. ¡En tus manos está hacerte hermano de Edgar! No, no, Isabella, no huyas —prosiguiendo, mientras sujetaba como en broma a la muchacha, que, desconcertada, se había puesto de pie indignada—. Estábamos riñendo por ti como gatas, Heathcliff, y me ha vencido limpiamente a fuerza de declaraciones de devoción y admiración. ¡Además de lo cual, mi contrincante, como se considera ella, me ha hecho saber que, si soy tan cortés como para hacerme a un lado, te clavará en el alma una flecha que te tendrá sujeto para siempre y que enviará mi imagen al olvido eterno!

—¡Catherine! —dijo Isabella, recordando su dignidad y sin dignarse forcejear para soltarse de la mano firme que la sujetaba—. ¡Te agradeceré que te ciñas a la verdad y no me calumnies, ni siquiera en broma! Señor Heathcliff, tenga la amabilidad de pedirle a esta amiga suya que me suelte. Se olvida de que usted y yo no somos conocidos íntimos, y lo que a ella le divierte a mí me produce un desagrado inexpresable.

Viendo que el huésped no respondía nada, sino que tomaba asiento y aparentaba una indiferencia absoluta por los sentimientos que ella albergase hacia él, se volvió y susurró con ahínco a su verdugo, pidiéndole que la liberara.

—¡De ninguna manera! —exclamó la señora Linton como respuesta—. No consentiré que me vuelvan a llamar «el perro del hortelano». ¡Te quedarás, y ya está! Heathcliff, ¿por qué no das muestras de satisfacción ante la agradable noticia? Isabella jura que el amor que me profesa Edgar no es nada si se compara con el que te profesa ella. Estoy segura de que dijo algo así, ¿no es verdad, Ellen? Y no ha comido desde antes del paseo de ayer, de pena y de rabia porque yo la despedí de tu compañía, pensando que era inaceptable.

—Creo que falseas sus palabras —dijo Heathcliff, moviendo su silla para quedar frente a ellas—. ¡Sea como fuere, ahora quiere estar lejos de mi compañía!

Y miró con firmeza al sujeto de la conversación, como se puede mirar un animal extraño y repulsivo, un ciempiés de las Indias, por ejemplo, que examinamos movidos por la curiosidad, a pesar de la repugnancia que suscita. La pobre no lo pudo soportar; se puso blanca y roja en rápida sucesión, y mientras sus pestañas se cuajaban de lágrimas, aplicó la fuerza de sus deditos para soltarse de la presa firme de Catherine. Cuando advirtió que si levantaba un dedo, bajaba otro, y que no podía retirarlos todos de una vez, empezó a servirse de las uñas. La agudeza de éstas adornó al instante de semicírculos rojos la mano de su apresadora.

—¡Ahí va la tigresa! —exclamó la señora Linton, soltándola y sacudiendo la mano dolorida—. ¡Vete, por Dios, y esconde esa cara de arpía! ¡Qué imprudencia, enseñar los espolones delante de él! ¿No te imaginas lo que va a pensar? ¡Mira, Heathcliff! He aquí unos instrumentos de suplicio. Te sugiero que te protejas los ojos.

—Si me llegaran a amenazar, se los arrancaría de los dedos —respondió él con brutalidad cuando se hubo cerrado la puerta tras ella—. Pero ¿qué pretendías al hacer rabiar a la criatura de esa manera, Cathy? No decías la verdad, ¿no es cierto?

—Te aseguro que sí la decía —repuso ella—. Lleva varias semanas consumiéndose por ti. Esta mañana ha estado desvariando por ti y profiriendo un aluvión de insultos porque yo había sacado a la luz tus defectos con el fin de mitigar su adoración. Pero no le prestes atención. He querido castigarla por su descaro, nada más. La aprecio demasiado, mi querido Heathcliff, para consentir que te apoderes de ella por completo y que la devores.

—Y yo la aprecio demasiado poco como para intentarlo —dijo él—, si no es de una manera muy propia de un vampiro. Si yo viviera sólo con esa cara empalagosa y cerúlea, oirías contar cosas raras. La más corriente sería que había pintado sobre su fondo blanco los colores del arcoíris, y que le había puesto negros los ojos azules, cada uno o dos días. Se parecen de una manera odiosa a los de Linton.

—¡Deleitosa! —observó Catherine—. ¡Son ojos de paloma! ¡De ángel!

—Es la heredera de su hermano, ¿no es así? —preguntó él, tras un breve silencio.

—Mucho lo sentiría yo —replicó su compañera—. Tendrá media docena de sobrinos que la despojarán de ese derecho, si así lo quiere el cielo. Quítate esa idea de la cabeza ahora mismo. Eres demasiado proclive a desear los bienes de tu prójimo. Recuerda que los bienes de este prójimo son míos.

—Lo serían igualmente si fueran míos —repuso Heathcliff—; pero, aunque puede que Isabella Linton sea tonta, no tiene nada de loca; y, en suma, dejaremos la cuestión, como propones.

Y la apartaron, en efecto, de sus lenguas. Y Catherine tal vez la apartó también de sus pensamientos. Tuve la certidumbre de que el otro la recordó con frecuencia en el transcurso de la velada. Vi que sonreía para sus adentros, o que hacía más bien una mueca de alegría, y caía en un estado siniestro de reflexión siempre que la señora Linton tenía ocasión de ausentarse de la estancia.

Me propuse vigilar sus movimientos. Mi corazón se ponía de manera invariable de parte del amo, antes que de parte de Catherine. Y con razón, según imaginaba yo, pues él era amable, confiado y hombre de honor; mientras que ella... No se podía decir de ella que fuese lo contrario, pero daba la impresión de que se concedía a sí misma un grado tal de tolerancia que me hacía tener poca fe en sus principios, y menos simpatía aún por sus sentimientos. Yo deseaba que sucediera algo que pudiera tener el efecto de liberar tranquilamente del señor Heathcliff tanto a Cumbres

Borrascosas como a la Granja, dejándonos como estábamos antes de su venida. Sus visitas eran una pesadilla continua para mí. Y sospecho que también para mi amo. Su residencia en las Cumbres era una opresión imposible de explicar. A mí me parecía que Dios había dejado allí olvidada a la oveja descarriada para que vagara en libertad haciendo el mal, y que había una fiera maligna al acecho entre ella y el redil, esperando el momento de saltar y destruir.

Capítulo XI

Algunas veces, cuando meditaba a solas sobre todas estas cosas, me levantaba dominada por un terror repentino y me ponía el sombrero para ir a ver cómo iba todo en la Granja. Había convencido a mi conciencia de mi obligación de advertir a Hindley de lo que decía la gente de sus costumbres. Después, al recordar sus malos hábitos empedernidos, y desesperando de poder hacerle ningún bien, no osaba volver a entrar en esa casa sombría, dudando de si sería capaz de cumplir mi palabra.

En cierta ocasión fui a Gimmerton, me desvié y pasé ante el viejo portón. Fue más o menos durante la época a la que he llegado en mi narración. Hacía una tarde luminosa y helada, el suelo estaba desnudo y el camino era duro y seco. Llegué a una piedra donde el camino real se desvía hacia el páramo, a mano izquierda. Hay un pilar basto de piedra arenisca que tiene talladas las letras «C B» en el lado norte, una «G» al este y «G T» al sudoeste. Sirve de mojón que indica el camino de la Granja, de las Cumbres y del pueblo. El sol relucía amarillo sobre su cabeza gris, recordándome el verano; y no sé por qué, pero me inundó de pronto el corazón una oleada de sensaciones infantiles. Hacía veinte años, aquél había sido uno de los lugares favoritos de Hindley y mío. Contemplé durante largo tiempo el bloque desgastado por la intemperie y, al agacharme, percibí cerca de su base un agujero que seguía lleno de conchas de caracol y de guijarros, que éramos muy aficionados a guardar allí junto con cosas más perecederas. Y me pareció, con tanta claridad como si fuera real, que veía a mi antiguo compañero de juegos sentado en el césped marchito, con la cabeza morena, cuadrada, inclinada hacia delante, y cavando en la tierra con un trozo de pizarra en la manita.

—¡Pobre Hindley! —exclamé de manera involuntaria.

Me sobresalté; ¡mis ojos corpóreos, engañados, creyeron por un momento que el niño había levantado la cara y había mirado directamente a la mía! Desapareció en un abrir y cerrar de ojos; pero sentí al instante el anhelo irresistible de estar en las Cumbres. Una creencia supersticiosa me instaba a seguir este impulso. «¿Y si había muerto? —pensaba yo—. ¿Y si se va a morir pronto? ¿Y si es un presagio de la muerte?» Cuanto más me acercaba a la casa, mayor era mi agitación. Cuando la tuve a la vista, me temblaron todos los miembros. La aparición se me había adelantado: estaba mirando a través del portón. Aquello fue lo primero que pensé cuando vi a un niño de cabellos revueltos y ojos castaños que apoyaba la cara colorada en los travesaños. Al reflexionar más al respecto, caí en que aquél debía de ser Hareton, mi Hareton, que no había cambiado gran cosa desde que yo lo había dejado, hacía diez meses.

—¡Dios te bendiga, querido! —exclamé, olvidando al instante mis necios temores—. ¡Hareton, soy Nelly! ¡Nelly, tu niñera!

Se apartó lejos de mi alcance y tomó del suelo un pedazo grande de pedernal.

—He venido a ver a tu padre, Hareton —añadí, deduciendo de su acto que, si Nelly seguía viva en su memoria, no la identificaba conmigo.

Levantó el proyectil para arrojarlo. Empecé a decir palabras tranquilizadoras, pero no pude detener su mano. La piedra me dio en el sombrero, y después salió de los labios balbucientes del pequeño una retahíla de maldiciones que, tanto si las entendía como si no, pronunciaba con un énfasis bien ensayado y le hacían distorsionar sus rasgos infantiles con una expresión espantosa de maldad. Puede usted estar seguro de que esto, más que enfadarme, me apenó. Con ganas de llorar, me saqué de la faltriquera una naranja y se la ofrecí para aplacarlo. Titubeó, y después me la arrancó de la mano como si hubiera creído que yo no pretendía más que tentarlo y defraudarlo. Le enseñé otra, pero la mantuve fuera de su alcance.

—¿Quién te ha enseñado esas palabras tan bonitas, rapacejo mío? —le pregunté—. ¿El cura?

—¡Malditos seáis el cura y tú! Dame eso —respondió él.

—Si me dices dónde has aprendido las lecciones, te la daré —le dije—. ¿Quién es tu maestro?

—El demonio de papá —respondió él.

—¿Y qué aprendes tú de papá? —pregunté a continuación.

Hareton intentó tomar la fruta dando un salto; pero yo la levanté más.

—¿Qué te enseña? —le pregunté.

—A no estorbarlo, nada más. Papá no me soporta, porque le digo maldiciones.

—¡Ah! ¿Y te enseña el demonio a decirle maldiciones a papá? —observé yo.

—Sí... No —respondió despacio.

—¿Quién, entonces?

—Heathcliff.

Le pregunté si apreciaba al señor Heathcliff.

—¡Sí! —respondió otra vez.

Al preguntarle sus motivos para apreciarlo, sólo pude sacarle estas frases:

—No sé. Se desquita con papá de lo que papá me hace a mí. Maldice a papá porque papá me maldice a mí. Dice que debo hacer lo que yo quiera.

—Pero, entonces, ¿no te enseña el cura a leer ni a escribir? —insistí.

—No. Me dijeron que si el cura pasaba del umbral le harían tragarse los dientes. ¡Heathcliff lo ha prometido!

Le puse la naranja en la mano y le pedí que le dijera a su padre que una mujer llamada Nelly Dean esperaba junto al portón del jardín para hablar con él. El niño subió por el camino y entró en la casa; pero, en lugar

de Hindley, fue Heathcliff quien apareció en los escalones de la puerta. Me volví de inmediato y eché a correr por el camino con toda la prisa que pude, sin parar hasta que hube llegado al pilar, y tan asustada como si hubiera visto una aparición. Esto no guarda mucha relación con el asunto de la señorita Isabella, aunque me incitó todavía más a montar una guardia cuidadosa y a hacer todo lo que estuviera en mi mano por contener los efectos de unas influencias tan malas en la Granja. También es cierto que suscité una tormenta doméstica por oponerme a la voluntad de la señora Linton.

Cuando Heathcliff volvió a presentarse, resultó que mi señorita estaba dando de comer a unas palomas en el patio. Llevaba tres días sin decirle palabra a su cuñada. También había dejado sus protestas fastidiosas, lo cual nos aliviaba mucho. Yo sabía que Heathcliff no acostumbraba a otorgarle a la señorita Linton muestra alguna de cortesía, salvo que fuera indispensable. En esta ocasión, en cuanto la vio, lo primero que hizo fue echar un vistazo general a la fachada de la casa. Yo estaba de pie ante la ventana de la cocina, pero me retiré de su vista. Acto seguido, se acercó a ella cruzando el empedrado y le dijo algo. Ella parecía avergonzada y deseosa de retirarse. Él, para evitarlo, le puso la mano sobre el brazo. Ella apartó la cara. Al parecer, él le había hecho alguna pregunta que ella no quería contestar. Otra mirada rápida a la casa, y el muy bribón, creyendo que nadie lo veía, tuvo la desvergüenza de abrazarla.

—¡Judas! ¡Traidor! —exclamé—. ¿Así que también eres un hipócrita? ¡Embustero redomado!

—¿Quién es, Nelly? —dijo a mi lado la voz de Catherine. Yo, atenta como estaba a la pareja de abajo, no la había oído entrar.

—¡El inútil de su amigo! —le respondí acalorada—. Ese pícaro rastrero de ahí. Ah, que nos ha visto. ¡Entra en la casa! ¿Cómo se las arreglará para encontrar una excusa aceptable con que cortejar a la señorita, después de haberle dicho a usted que la odiaba?

La señora Linton vio que Isabella se liberaba a la fuerza y corría al jardín. Poco después, Heathcliff abrió la puerta. Yo no pude por menos que manifestar en parte mi indignación; pero Catherine, enfadada, me mandó callar y me amenazó con mandarme salir de la cocina si osaba ser tan atrevida como para meter mi lengua insolente.

—¡Cualquiera que te oyera te tomaría por la señora! —exclamó—. ¡Te conviene que te pongan en tu sitio! Heathcliff, ¿qué pretendes suscitando este alboroto? ¡Ya te he dicho que debes dejar en paz a Isabella! ¡Te suplico que lo hagas, a no ser que estés cansado de que te recibamos aquí y que quieras que Linton te atranque la puerta!

—¡No quiera Dios que lo intente! —respondió el muy bellaco. En aquellos instantes, yo lo detestaba—. ¡Que Dios lo conserve manso y paciente! ¡Cada día ansío más mandarlo al cielo!

—¡Chitón! —dijo Catherine, cerrando la puerta interior—. No me fastidies. ¿Por qué has desatendido mi petición? ¿Acaso ha salido ella a tu encuentro adrede?

—¿Y a ti qué te importa? —gruñó—. Tengo derecho a besarla si ella quiere. Tú no tienes derecho a poner reparos. No soy tu marido: ¡no es preciso que tengas celos de mí!

—¡No estoy celosa de ti! —replicó la señora—. Me preocupo por ti. Alegra esa cara. ¡No me frunzas el ceño de esa manera! Si te gusta Isabella, te casarás con ella. Pero ¿te gusta? ¡Di la verdad, Heathcliff! Ya ves, no quieres responder. ¡Estoy segura de que no te gusta!

—¿Y aprobaría el señor Linton que su hermana se casara con ese hombre? —pregunté yo.

—El señor Linton lo aprobará —respondió con decisión mi señora.

—Podría ahorrarse la molestia —dijo Heathcliff—. Yo me las arreglaría igualmente sin su aprobación. Y en cuanto a ti, Catherine, ya que estamos en ello, me apetece decirte ahora unas palabras. Quiero que te enteres de que yo sé que me has tratado de una manera infernal. ¡Infernal! ¿Me has oído? Si te haces la ilusión de que no lo noto, eres una necia. Y si te crees que puedes consolarme con palabras dulces, eres una idiota. ¡Y si te parece que lo voy a soportar sin vengarme de ello, yo te convenceré de lo contrario en muy poco tiempo! Hasta entonces, te agradezco que me hayas contado el secreto de tu cuñada. Te juro que le sacaré el mejor partido. ¡Y hazte a un lado!

—¿Qué nueva faceta de tu carácter es ésta? —exclamó con asombro la señora Linton—. ¡Que te he tratado de una manera infernal... y que te vas a vengar! ¿Cómo te vengarás, bestia desagradecida? ¿En qué te he tratado de una manera infernal?

—No aspiro a vengarme de ti —respondió Heathcliff con menor vehemencia—. No es eso lo que intento. El tirano aplasta a sus esclavos, y éstos no se revuelven contra él, sino que aplastan a su vez a los que tienen debajo. Acepto de buen grado que te diviertas sometiéndome a suplicios mortales, con tal de que consientas que yo me divierta un poco a mi vez del mismo modo, y te abstengas de insultarme en la medida que seas capaz de ello. Después de haber arrasado mi palacio, no me levantes una choza para quedarte pagada de ti misma y admirada de tu caridad por habérmela dado como hogar. ¡Si me imaginara que querías realmente que me casara con Isabella, me cortaría el cuello!

—Ah, lo malo es que no estoy celosa, ¿es eso? —exclamó Catherine—. Pues bien, no voy a ofrecerte otra vez una esposa. Es una maldad tan grande como ofrecerle a Satanás un alma perdida. Tú, como él, eres dichoso haciendo sufrir a los demás. Tú mismo lo demuestras. Ahora que a Edgar se le ha pasado el mal humor al que cedió por tus visitas, ahora que yo empiezo a estar tranquila y segura, tú, inquieto por saber que estamos en paz, pareces decidido a provocar una riña. Riñe con Edgar, si quieres, Heathcliff, y engaña a su hermana; así darás precisamente con el medio más eficaz para vengarte de mí.

La conversación terminó por el momento. La señora Linton se sentó junto a la lumbre, sofocada y triste. Ese carácter suyo se estaba volviendo intratable; no podía dejarlo ni controlarlo. Heathcliff se quedó de pie junto al hogar con los brazos cruzados, sumido en sus malos pensamientos, y yo los dejé en esa postura para ir a buscar al amo, que se estaba preguntando qué hacía Catherine abajo tanto tiempo.

—Ellen, ¿has visto a tu señora? —me preguntó cuando entré.

—Sí, señor; está en la cocina —respondí—. Está muy entristecida por la conducta del señor Heathcliff; y yo creo, en efecto, que es hora de ordenar de otro modo sus visitas. Se puede pecar por exceso de benignidad, y las cosas han llegado a un punto que...

Y le referí la escena del patio y toda la disputa subsiguiente, con toda la exactitud a la que llegó mi atrevimiento. Pensé que aquello no podría perjudicar en exceso a la señora Linton, a no ser que ella misma lo agravara después, poniéndose a defender a su huésped. A Edgar Linton le costó trabajo escucharme hasta el final. Sus primeras palabras desvelaron que no consideraba libre de culpa a su esposa.

—¡Esto es insufrible! —exclamó—. ¡Es ignominioso que ella lo reconozca como amigo y yo me vea obligado a soportar su compañía! Manda aquí a dos criados, Ellen. Catherine no pasará más tiempo discutiendo con ese vil bellaco; ya la he consentido bastante.

Bajó y, después de mandar a los criados que esperaran en el pasillo, entró en la cocina. Lo seguí. Los que allí estaban habían reemprendido su discusión airada; al menos, la señora Linton regañaba con vigor renovado; Heathcliff se había trasladado a la ventana y tenía la cabeza gacha, algo amilanado, al parecer, por su regañina violenta. Fue el primero que vio al amo, y pidió a la otra que callara con un gesto precipitado, que ella obedeció con brusquedad al descubrir el motivo de su indicación.

—¿Qué es esto? —dijo Linton, dirigiéndose a ella—. ¿Qué concepto tienes del decoro, quedándote aquí después de cómo te ha hablado ese miserable? Supongo que tú no le das importancia porque es su manera corriente de hablar. ¡Estás acostumbrada a su bajeza, y te imaginas quizá que yo también puedo acostumbrarme a ella!

—¿Has estado escuchando detrás de la puerta, Edgar? —preguntó la señora, con un tono de voz calculado *ex profeso* para provocar a su marido, que daba a entender tanto descuido como desprecio ante su irritación.

Heathcliff, que había levantado los ojos al oír las palabras del primero, soltó una risa burlona al oír las de ella; al parecer, con el propósito de que el señor Linton le dedicara su atención. Lo consiguió; pero Edgar no albergaba intención alguna de divertirlo con sus arrebatos de pasión.

—He tenido paciencia con usted hasta hora, señor —dijo con voz tranquila—. No ignoraba su carácter deplorable y degradado; aunque consideraba que usted sólo era en parte responsable de tenerlo. Y, en vista de que Catherine deseaba mantener su trato, yo accedí; fue una torpeza. Su presencia es una ponzoña moral capaz de contaminar a los más virtuosos; por este motivo, y para evitar consecuencias peores, le negaré en adelante la entrada a esta casa, y le advierto ahora que le exijo que se marche al instante. Tres minutos más, y tendrá que marcharse de manera involuntaria e ignominiosa.

Heathcliff calibró la altura y anchura de su interlocutor con una mirada cargada de desprecio.

—¡Cathy, este cordero tuyo amaga como un toro! —profirió—. Corre el peligro de descalabrarse contra mis nudillos. ¡Por Dios! ¡Señor Linton, lamento de todo corazón que no valga la pena derribarlo a usted!

Mi amo echó una mirada hacia el pasillo y me indicó que fuera a por los criados. No tenía intención de arriesgarse a entablar una pelea personal. Obedecí su indicación; pero la señora Linton, que algo sospechaba, me siguió. Cuando trataba de llamarlos, me hizo volver a la fuerza, cerró la puerta de un portazo y echó la llave.

—¡Juego limpio! —exigió, como respuesta a la mirada de sorpresa airada de su marido—. Si no tienes valor de atacarlo, discúlpate ante él, o date por vencido. Así aprenderás a no fingir más valor del que tienes. ¡No, antes de consentir que me quites la llave, me la tragaré! ¡De qué manera más deliciosa me pagáis lo buena que he sido con vosotros! ¡Después de soportar hasta el hartazgo la debilidad del uno y el mal carácter del otro, se me agradece con dos muestras de ingratitud ciega, estúpidas hasta el absurdo! ¡Edgar, os estaba defendiendo a ti y a los tuyos; y quisiera que Heathcliff te azotara hasta que te pusieras malo por haber osado pensar mal de mí!

No hubo que recurrir a la azotaina para que el amo sintiera dicha consecuencia. Trató de quitarle la llave de la mano a Catherine a la fuerza. Ella, para mayor seguridad, la arrojó a la parte más ardiente de la lumbre, ante lo cual al señor Edgar lo dominó un temblor nervioso y su semblante adquirió una palidez mortal. Por más que se esforzó, no pudo apartar de sí ese ataque de emoción. Lo invadió por completo una mezcla de angustia y humillación. Se apoyó en el respaldo de una silla y se cubrió la cara.

—¡Oh! ¡Cielos! ¡En otros tiempos te habrían nombrado caballero por este acto de valor! —exclamó la señora Linton—. ¡Nos rendimos! ¡Nos rendimos! Heathcliff tiene tanta intención de levantar un dedo contra ti como la tiene el rey de enviar a su ejército contra una colonia de ratones. ¡Anímate! ¡No te hará daño! No es que seas un cordero: es que eres un lebrato sin destetar.

—¡Que disfrutes de este cobarde con sangre de horchata, Cathy! —dijo su amigo—. Te felicito por tu buen gusto. ¡Y me rechazaste por este sujeto que tiembla y no hace sino babear! No quiero asestarle un puñetazo, pero sí que le daría una patada y me quedaría muy a gusto. ¿Llora, o se va a desvanecer de miedo?

El hombre se acercó y le dio un empujón a la silla donde estaba apoyado Linton. Más le habría valido no haberse acercado. Mi amo se irguió con rapidez y le asestó en plena garganta un golpe que habría derribado a un hombre más endeble. Lo dejó sin respiración durante un buen lapso. Mientras se ahogaba, el señor Linton salió al patio por la puerta trasera y pasó de allí a la puerta principal.

—¡Ya está! Se acabó el venir aquí —exclamó Catherine—. Ahora, márchate. Volverá con un par de pistolas y media docena de criados. Si es verdad que ha escuchado nuestra conversación, no te perdonará jamás, claro está. ¡Me has jugado una mala pasada, Heathcliff! Pero vete, ¡apresúrate! Prefiero contener yo a Edgar a que lo contengas tú.

—¿Te has creído que me voy a ir con ese golpe que me arde en el gañote? —tronó él—. ¡No, por el infierno! ¡Antes de cruzar el umbral, le aplastaré las costillas como si fuera una avellana huera! Si no lo derribo ahora, lo mataré en otra ocasión. ¡Así pues, déjame que le ponga la mano encima, si es que valoras su vida!

—No viene —intervine yo, trazando una mentirijilla—. Aquí están el cochero y los dos jardineros. ¡Sin duda, no querrá esperarse a que lo echen ellos al camino! Llevan sendos garrotes, y es muy probable que el amo esté mirando por la ventana del salón para ver que cumplen sus órdenes.

Los jardineros y el cochero estaban allí, en efecto; pero Linton los acompañaba. Ya habían entrado en el patio. Heathcliff recapacitó y optó por evitar una pelea con tres inferiores. Tomó el atizador de la lumbre, rompió la cerradura de la puerta interior y huyó en el momento en que ellos entraban con fuertes pisadas.

La señora Linton, que estaba muy emocionada, me mandó acompañarla al piso superior. Ella no sabía hasta qué punto había sido yo causante del alboroto, y yo deseaba fervientemente que siguiera en la ignorancia.

—¡Estoy casi fuera de mí, Nelly! —exclamó, dejándose caer en el sofá—. ¡Me aporrean la cabeza mil martillos de fragua! Dile a Isabella que me deje en paz. Ella es la causa de este tumulto, y si ella o algún otro exacerba mi ira en este momento, me pondré furiosa. Nelly, si vuelves a ver a Edgar esta noche, dile que corro peligro de caer gravemente enferma. Ojalá fuera verdad. ¡Me ha sobresaltado y me ha afligido de una manera terrible! Quiero asustarlo. Además, podría venir y soltarme una retahíla de insultos o quejas. Estoy segura de que yo le replicaría, ¡y sabe Dios cómo acabaríamos! ¿Lo harás, mi buena Nelly? Bien sabes que de nada se me puede culpar en este asunto. ¿Qué lo habrá movido a fisgonear de ese modo? Las palabras de Heathcliff, después de marcharte tú, fueron escandalosas; pero yo no habría tardado en apartarlo de Isabella, y lo demás carecía de importancia. ¡Ahora todo se ha echado a perder por ese necio deseo de oír hablar mal de sí mismas que tienta como un demonio a algunas personas! Si Edgar no hubiera oído nuestra conversación, ésta no le habría hecho ningún mal. La verdad, cuando empezó a hablarme con ese tono de desagrado, después de que yo hubiera reñido a Heathcliff por él hasta quedarme ronca, dejó de importarme apenas lo que se hicieran el uno al otro; ¡sobre todo porque percibía que, comoquiera que terminara la escena, todos quedaríamos separados hasta quién sabe cuándo! Pues bien, si no puedo conservar a Heathcliff como amigo, si Edgar quiere ser mezquino y celoso, intentaré partirles el corazón partiéndome el mío. ¡Será una manera breve de terminar con todo, cuando me vea obligada a tomar una medida extrema! Pero este acto quedará reservado para cuando estén perdidas las esperanzas; no quiero tomar a Linton por sorpresa con él. Hasta ahora ha tenido la deferencia de no osar provocarme. Hazle ver los peligros de abandonar esa política, y recordarle mi temperamento apasionado, que raya en el frenesí cuando se enciende. ¡Ay, ojalá te quitaras esta apatía del semblante y parecieras más inquieta por mí!

Sin duda, la impasibilidad con que yo recibía estas instrucciones debía de exasperarla, pues creía de verdad en ellas. Pero, en mi opinión, una persona capaz de trazar de antemano el modo de sacarles partido a sus arrebatos de pasión podría controlarse sin demasiados problemas recurriendo a su fuerza de voluntad, aun estando sometida a la influencia de dichos arrebatos. Yo no quería «asustar» a su marido, como había dicho ella, ni multiplicarle las molestias para complacer el egoísmo de ella. Por eso guardé silencio cuando me encontré con el amo, que venía hacia el salón; pero me tomé la libertad de volverme a escuchar por saber si reemprendían su disputa. Él habló primero.

—Sigue donde estás, Catherine —dijo, sin ira alguna en la voz, pero vencido por la tristeza—. No vengo para quedarme. No he venido ni a reñir ni a reconciliarme; sólo quiero saber si, después de los acontecimientos de esta tarde, piensas mantener tu trato íntimo con...

—¡Ay, por piedad! —lo interrumpió la señora, que dio una patada en el suelo—. ¡Dejemos eso ahora, por piedad! No hay manera de enardecer tu sangre fría. Por tus venas corren torrentes de agua helada; pero las mías hierven, y bailan al ver tal frialdad.

—Si quieres librarte de mí, contesta a mi pregunta —insistió el señor Linton—. Debes contestarla. Tu violencia no me arredrará. He descubierto que, cuando te place, eres capaz de ser tan estoica como la que más. ¿Renunciarás a Heathcliff, de aquí en adelante, o renunciarás a mí? Es imposible que seas amiga mía y suya al mismo tiempo. Te solicito encarecidamente saber por cuál de las dos cosas optas.

—¡Pues yo solicito que me dejen sola! —exclamó Catherine con furia—. ¡Lo exijo! ¿No ves que apenas me tengo de pie! Edgar... ¡Déjame!

Tiró de la campanilla hasta que se rompió la cuerda con un ruido vibrante. Entré sin darme prisa. ¡Aquellos ataques de rabia insensatos y malignos podían poner a prueba la paciencia de un santo! ¡Allí estaba ella, dándose de cabezadas con el brazo del sofá, y apretando los dientes hasta el punto de parecer que se los haría pedazos! El señor Linton estaba de pie, mirándola, compungido y asustado de repente. Me mandó traer agua. Ella no tenía aliento para hablar. Llevé un vaso lleno y, como no quería beber, le salpiqué la cara con el agua. Al cabo de pocos instantes se quedó rígida y puso los ojos en blanco, al tiempo que sus mejillas, pálidas y lívidas a la vez, adquirían el aspecto de la muerte. Linton parecía aterrorizado.

—No le pasa nada en absoluto —susurré yo. No quería que él cediera, aunque no pude evitar tener miedo dentro de mí.

—¡Tiene sangre en los labios! —dijo él, estremeciéndose.

—¡No se preocupe! —contesté yo con aspereza. Y le conté que, antes de su llegada, ella ya había resuelto desarrollar un ataque de locura. Cometí la imprudencia de contarlo en voz alta, y ella me oyó, pues se incorporó, con los cabellos sueltos sobre los hombros, los ojos echando chispas, los músculos del cuello y de los brazos hinchados de una manera que se salía de lo natural. Me hice a la idea de que me iban a romper algunos huesos, cuando menos; pero ella no hizo más que mirar con rabia a su alrededor, y después salió corriendo de la sala. El amo me mandó que la siguiera. Así lo hice, hasta la puerta de su alcoba. Ella la cerró con llave para cortarme el paso.

A la mañana siguiente, como no dio señales de bajar a desayunar, fui yo a preguntarle si quería que le subieran algún desayuno.

—¡No! —respondió ella con voz perentoria.

Se repitió la misma pregunta en la comida y a la hora del té; y de nuevo a la mañana siguiente, y se recibió la misma respuesta. El señor Linton, por su parte, pasaba el tiempo en la biblioteca y no preguntaba por las ocupaciones de su esposa. Isabella y él habían mantenido una entrevista de una hora, en el transcurso de la cual él intentó arrancarle alguna expresión del horror que merecían las insinuaciones de Heathcliff; pero no sacó nada en limpio de las evasivas con que respondió ella, y se vio obligado a poner fin a su examen de manera poco satisfactoria. No obstante, añadió la advertencia solemne de que si ella cometía la locura de darle rienda suelta a aquel pretendiente despreciable, quedarían disueltos todos los vínculos de parentesco entre él y ella.

Capítulo XII

La señorita Linton se paseaba melancólica por el parque y el jardín, siempre en silencio, y casi siempre con lágrimas. Su hermano se encerraba entre libros que no abría, aguantando, según suponía yo, con la vaga esperanza constante de que Catherine, arrepentida de su conducta, acudiese por voluntad propia a pedir perdón y solicitar una reconciliación. Por otro lado, ella ayunaba con pertinacia, movida tal vez por la idea de que Edgar estaba a punto de ahogarse por su ausencia en cada comida, y de que sólo el orgullo le impedía correr a echarse a sus pies. Mientras tanto, yo hacía mis labores domésticas, convencida de que entre los muros de la Granja sólo había un alma razonable, y de que ésta se alojaba en mi cuerpo. No derroché ninguna condolencia con la señorita, ni ninguna reconvención con mi señora; ni presté atención a los suspiros de mi amo, que anhelaba oír el nombre de su señora, ya que no podía oír su voz. Me propuse que se las arreglaran como quisieran, pero yo no intervendría. Y, aunque el proceso fue pesado de puro lento, al cabo empecé a atisbar con alegría leves indicios de progresos. O eso creí al principio.

Al tercer día, la señora Linton abrió la puerta de su alcoba y, como se le había acabado el agua de la jarra y del vaso, pidió que le llevaran más, y un tazón de gachas, pues creía que se estaba muriendo. Interpreté que lo decía para que la oyera Edgar. Reticente, y sin referirle la conversación a nadie, le llevé algo de té y tostadas. Comió y bebió con apetito, y volvió a hundirse en la almohada, apretando las manos y soltando quejidos.

—¡Ay, me voy a morir —exclamó—, ya que a nadie le importo! ¡Ojalá no me hubiera tomado eso!

Un buen rato más tarde la oí murmurar:

—No, no me moriré; él se alegraría... No me ama en absoluto... ¡No me echaría de menos!

—¿Quería alguna cosa, señora? —le pregunté, guardando aún las formas, a pesar de su semblante cadavérico y de su comportamiento extraño y exagerado.

—¿Qué hace ese ser apático? —me preguntó, mientras se apartaba de la cara demacrada los mechones de pelo espesos y enmarañados—. ¿Se ha sumido en un letargo o ha muerto?

—Ninguna de las dos cosas, si se refiere al señor Linton —respondí—. Creo que está razonablemente bien, aunque sus estudios lo ocupan más de lo debido. No se aparta de sus libros, ya que no tiene otra compañía.

Yo no habría hablado de esta manera si hubiera conocido su verdadero estado, pero no podía quitarme de encima la idea de que estaba fingiendo en parte su trastorno.

—¡De sus libros! —exclamó, desconcertada—. ¡Y yo muriéndome! ¡Yo, al borde de la tumba! ¡Dios mío! ¿Es que no sabe lo alterada que estoy? —prosiguió, mirando su imagen reflejada en un espejo que colgaba de la pared de enfrente—. ¿Es ésa Catherine Linton? Él se imagina que tengo una rabieta, que estoy fingiendo, quizá. ¿No puedes informarle de que, por una terrible desgracia, esto va muy en serio? Nelly, si no es demasiado tarde, en cuanto me entere de sus sentimientos, tomaré uno de dos partidos: o dejarme morir de hambre de una vez (que sólo sería castigo si él tuviera corazón), o recuperarme y marcharme del país. ¿Estás diciendo la verdad acerca de él? Míralo bien. ¿Es cierto que mi vida le produce una indiferencia tan absoluta?

—Vaya, señora —respondí yo—, el amo no tiene idea de que usted esté trastornada. Y, claro está, no teme que vaya a dejarse morir de hambre.

—¿Crees que no? ¿No puedes decirle que lo haré? —replicó—. ¡Convéncelo! Dile lo que te parece a ti misma. ¡Dile que estás segura de que lo haré!

—No, señora Linton. Olvida que esta tarde ha tomado algo de comida con gusto, y que mañana sentirá su efecto beneficioso —le recordé.

—¡Si estuviera segura de que así lo mataría, me daría la muerte al punto! —me interrumpió—. Llevo tres noches espantosas sin pegar ojo, y, ¡ay, qué tormentos he sufrido! ¡He tenido visiones, Nelly! Pero empiezo a creer que no me aprecias. ¡Qué extraño! Yo creía que, aunque todo el mundo se odiaba y se despreciaba entre sí, nadie podía evitar quererme. Y todos se han vuelto enemigos míos en pocas horas. Ellos se han vuelto enemigos, estoy segura. Las gentes de aquí. ¡Qué triste es afrontar la muerte rodeada de sus caras frías! Isabella, aterrorizada y llena de repugnancia, sin atreverse a entrar en el cuarto, ¡tan terrible sería ver morir a Catherine! ¡Y Edgar, junto a mí, solemne, para ver el final, y elevando después a Dios oraciones de acción de gracias por haber devuelto la paz a su casa, y volviendo después con sus libros! En nombre de todos sus sentimientos, ¿qué tiene que hacer él con libros cuando yo me estoy muriendo?

No toleraba la idea que le había metido yo en la cabeza de la resignación filosófica del señor Linton. Mientras se revolvía en la cama, aumentó su desconcierto febril hasta llevarlo a la locura, y rasgó la almohada con los dientes. Después se incorporó, ardiendo de fiebre, y me pidió que abriera la ventana. Estábamos en pleno invierno, el viento del nordeste soplaba con fuerza y le puse reparos. Tanto los gestos que hacía con la cara como sus cambios de humor empezaban a alarmarme de manera notoria, y me recordaron su enfermedad anterior y la advertencia del médico de que no debíamos contrariarla. Hacía un minuto estaba violenta; ahora, apoyándose en un brazo y sin advertir mi negativa a obedecerla, encontró al parecer una diversión infantil sacando las plumas por las rasgaduras que acababa de hacer y ordenándolas por clases sobre la sábana. Su mente se había desviado hacia otras asociaciones.

—Ésta es de pavo —murmuraba para sus adentros—; y ésta es de pato silvestre; y ésta es de paloma. ¡Ah, han metido plumas de paloma en las almohadas! ¡No me extraña que no pudiera morirme! Tendré cuidado de tirarla al suelo cuando me acueste. Y ésta es de polla de agua; y ésta (la reconocería entre mil) es de avefría. Pájaro bonito, que volaba en círculo sobre nuestras cabezas en pleno páramo. Quería volver a su nido, pues las nubes habían alcanzado las cimas y sentía que iba a llover. Esta pluma se sacó del brezal; no mataron al pájaro; vimos su nido en el invierno, lleno de esqueletos pequeñitos. Heathcliff le puso una trampa encima, y los mayores no se atrevieron a acercarse. Después de aquello, le hice prometer que no dispararía nunca a una avefría. No volvió a hacerlo. ¡Sí, aquí hay más! ¿Disparó a mis avefrías, Nelly? ¿Hay alguna roja? Voy a verlo.

—¡Déjese de chiquilladas! —la interrumpí, quitándole la almohada y volviendo los agujeros hacia el colchón, pues ella estaba sacando su contenido a puñados—. ¡Acuéstese y cierre los ojos! Está divagando. ¡Qué desorden! El plumón vuela por el aire como nieve.

Me puse a buscar plumas por aquí y por allá.

—Veo en ti a una mujer anciana, Nelly —prosiguió ella como si soñase—. Tienes el pelo cano y los hombros hundidos. Esta cama es la cueva de las hadas que está debajo de la peña de Penistone, y tú reúnes piedras del rayo para hacerles daño a nuestras vaquillas. Mientras estoy cerca, finges que no son más que vedijas de lana. Así estarás dentro de cincuenta años. Sé que no eres así ahora. Te equivocas: no estoy divagando. De lo contrario, me creería que tú eras, en verdad, esa vieja decrépita, y me creería que yo estaba debajo de la peña de Penistone. Soy consciente de que es de noche y de que en la mesa hay dos velas que hacen que el armario negro brille como el azabache.

—¿El armario negro? ¿Dónde está? —le pregunté—. ¡Está hablando en sueños!

—Está contra la pared, como siempre —respondió ella—. Sí que parece extraño. ¡Veo en él una cara!

—En esta habitación no hay ningún armario ni lo ha habido nunca —repuse, volviendo a ocupar mi asiento y anudando la cortina para poder observarla.

—¿No ves tú esa cara? —me preguntó, mirando con atención al espejo.

Y por más que le dije, no pude hacerla comprender que era la suya propia; de modo que me levanté y la cubrí con un chal.

—¡Sigue allí detrás! —insistió ella, angustiada—. ¡Y se ha movido! ¿Quién será? ¡Espero que no salga cuando te hayas marchado! ¡Ay, Nelly, hay fantasmas en la habitación! ¡Me da miedo quedarme sola!

Le así la mano y le pedí que recobrara la compostura, pues su cuerpo se agitó con una serie de estremecimientos, y se empeñaba en mirar fijamente hacia el espejo.

—¡Allí no hay nadie! —insistí—. Era usted misma, señora de Linton. Usted lo sabía hace poco.

—¡Yo misma! —dijo con voz entrecortada—. ¡Y el reloj da las doce! ¡Es cierto, entonces! ¡Es espantoso!

Asió la ropa de cama con los dedos y se cubrió con ella los ojos. Yo intenté salir a hurtadillas por la puerta con la intención de llamar a su marido, pero un chillido penetrante me hizo volver; el chal se había caído del marco del espejo.

—Vaya, ¿qué pasa? —exclamé—. ¿Quién es ahora la cobarde? ¡Despierte! Eso es el vidrio, el espejo, señora Linton, y usted se ve a sí misma en él. Y ahí estoy yo también, junto a usted.

Ella me abrazó con fuerza, temblando y desconcertada; pero el horror se le fue retirando del semblante, y su palidez dejó paso a un rubor de vergüenza.

—¡Ay de mí! Creí que estaba en casa —suspiró—. Creí que estaba acostada en mi alcoba, en Cumbres Borrascosas. Como estoy débil, el cerebro se me confundió, y grité sin ser consciente de ello. No digas nada y quédate conmigo. Me da miedo dormir. Mis sueños me horrorizan.

—Le sentaría bien un buen sueño, señora —respondí yo—, y espero que estos sufrimientos le quiten las ganas de dejarse morir de hambre otra vez.

—¡Ay, ojalá estuviera en mi propia cama, en la casa vieja! —prosiguió con amargura, retorciéndose las manos—. Y ese viento que suena en los abetos, junto a la ventana. Déjame que lo sienta. Viene derecho del páramo, ¡déjame que aspire una bocanada!

Abrí unos instantes la ventana para tranquilizarla. Entró una violenta bocanada de aire frío. La cerré y volví a mi lugar. Ahora estaba tendida, inmóvil, con la cara bañada en lágrimas. El agotamiento de su cuerpo había abatido por completo su espíritu. Nuestra Catherine ardiente no era más que una niña que lloraba.

—¿Cuánto tiempo hace que me encerré aquí? —preguntó, reviviendo de pronto.

—Fue el lunes por la noche —respondí—, y ahora estamos a jueves por la noche, o, mejor dicho, a viernes de madrugada.

—¿Cómo? ¿De la misma semana? —exclamó—. ¿Tan poco tiempo?

—Es bastante para haberse mantenido sólo a base de agua fría y mal humor —observé yo.

—Bueno, parece que ha pasado un número agotador de horas —murmuró con incredulidad—; deben de ser más. Recuerdo que estaba en el salón después de que riñeran ellos, y que Edgar estuvo cruelmente provocador, y que yo, desesperada, acudí corriendo a esta habitación. En cuanto hube cerrado la puerta con llave, me dominó una oscuridad absoluta y caí al suelo. ¡No podía explicarle a Edgar lo segura que estaba de que iba a sufrir un ataque, o de que me iba a volver loca furiosa si él se empeñaba en burlarse de mí! Yo no dominaba ni mi lengua ni mi cerebro, y él no adivinó mi congoja. Quizás apenas me había dejado el sentido suficiente para intentar huir de él y de su voz. Antes de haberme recuperado lo bastante como para ver y oír, empezó a alborear y, Nelly, te diré lo que pensé y lo que se me volvió a ocurrir una y otra vez hasta que temí que fuera a perder el juicio. Allí tendida, con la cabeza contra esa pata de la mesa y percibiendo vagamente con los ojos el cuadro gris de la ventana, creí estar encerrada en la cama de paneles de roble de casa. El corazón me dolía con un gran pesar que no era capaz de recordar al despertarme. Reflexioné y me preocupé por descubrir qué podía ser; y, ¡cosa tan rara!, ¡los siete últimos años de mi vida se habían quedado en blanco! No recordaba que hubieran existido en absoluto. Yo era niña; acababan de enterrar a mi padre, y mi tristeza era consecuencia de la separación que había ordenado Hindley entre Heathcliff y yo. Me había acostado sola por primera vez;

y, despertándome de un sueño sombro después de una noche de llanto, levanté la mano para apartar los paneles: ¡di con el tablero de la mesa! La arrastré por la alfombra, y entonces irrumpió en mí la memoria: mi angustia reciente quedó absorbida por un paroxismo de desesperación. No sé decir por qué me sentía tan enormemente desgraciada. Debió de ser una locura temporal, pues causa no la hay. Pero pensando que a los doce años me arrancaron de las Cumbres, y de todos mis conocidos de infancia, y de mi absolutamente todo, pues eso era Heathcliff en aquel tiempo, y que me habían convertido de golpe en la señora Linton, señora de la Granja de los Tordos y esposa de un desconocido, en una exiliada, y desterrada desde entonces del que había sido mi mundo... ¡Válgate esto de indicio del abismo en que me arrastraba yo! ¡Por mucho que sacudas la cabeza, Nelly, tú has contribuido a desequilibrarme! ¡Deberías haber hablado con Edgar, desde luego que sí, y haberlo obligado a que me dejara en paz! ¡Ay, estoy ardiendo! ¡Ojalá estuviera al aire libre! ¡Ojalá volviera a ser niña, semisalvaje y valiente, y libre..., y riéndome de las injurias, en vez de volverme loca con ellas! ¿Por qué he cambiado tanto? ¿Por qué me corre la sangre con un tumulto infernal por unas pocas palabras? Estoy segura de que sería la que era con una vez que estuviera entre los brezales de esas colinas. ¡Abre otra vez la ventana del todo! ¡Déjala sujeta abierta! Aprisa, ¿por qué no te mueves?

—Porque no quiero matarla de frío —respondí.

—Porque no quieres darme la oportunidad de vivir, querrás decir —replicó ella con hosquedad—. No obstante, todavía no estoy impedida: la abriré yo misma.

Y se bajó de la cama sin que yo pudiera detenerla, cruzó la habitación con paso muy inseguro, abrió la ventana de par en par y se asomó, sin atender al aire helado que le cortaba los hombros, agudo como un cuchillo. Le supliqué que se retirara, y por fin intenté retirarla a la fuerza. Pero no tardé en descubrir que su fuerza de persona delirante superaba en mucho a la mía. (Sus actos y sus desvaríos subsiguientes me convencieron de que estaba delirante, en efecto.) No había luna, y todo yacía sumido en una oscuridad nebulosa. No se veía lucir una sola luz de ninguna casa lejana ni próxima; todas se habían apagado hacía mucho, y las de Cumbres Borrascosas no eran visibles nunca, aunque ella afirmó que percibía su brillo.

—¡Mira! —exclamó con entusiasmo—, ésa es mi habitación, con la vela encendida; y los árboles que se agitan por delante... Y la otra vela es la de la buhardilla de Joseph... Joseph se queda despierto hasta tarde, ¿verdad? Espera a que yo vuelva a casa para cerrar con llave el portón... Bueno, pues todavía tendrá que esperar un rato. El viaje es duro, y tengo el corazón triste para hacerlo; ¡y en ese viaje tenemos que pasar por la iglesia de Gimmerton! Hemos desafiado muchas veces juntos a sus fantasmas, y nos hemos retado el uno al otro a plantarnos entre las tumbas y a pedirles que vinieran... Pero, Heathcliff, ¿te atreverás a venir, si te reto ahora? Si te atreves, me quedaré contigo. No me quedaré allí tendida sola; podrán enterrarme a doce pies de profundidad, y tirarme encima la iglesia, pero yo no descansaré hasta que estés conmigo. ¡Nunca!

Hizo una pausa, y siguió hablando con una sonrisa extraña.

—Está pensando... ¡que prefiere que yo vaya a él! ¡Encuentra un camino, entonces! Que no pase por el camposanto de esa iglesia... ¡Qué lento eres! Confórmate, ¡tú siempre me seguiste a mí!

Consciente de que era inútil discutir con su locura, discurría yo cuál sería el mejor modo de alcanzar alguna prenda para cubrirla sin soltarla a ella al mismo tiempo, pues no me atrevía a dejarla sola junto a la ventana abierta. En ese momento oí con consternación el ruido del picaporte de la puerta y entró el señor Linton. Acababa de salir de la biblioteca y, al transitar por el pasillo, había oído nuestras voces, y la curiosidad o el temor lo habían llevado a examinar de qué podía tratarse a aquella hora tan tardía.

—¡Ay, señor! —exclamé, cortando la exclamación que le había subido a los labios al contemplar el espectáculo con que se había encontrado, y el ambiente frío de la alcoba—. Mi pobre señora está enferma, y me domina del todo. No puedo con ella de ninguna manera. Le ruego que venga usted y la convenza de que se vaya a la cama. No esté usted airado, pues a ella es difícil guiarla si no es a su manera.

—¿Catherine, enferma? —dijo él, acudiendo aprisa a nuestro lado—. ¡Cierra la ventana, Ellen! ¡Catherine! ¿Por qué...?

Calló. El aspecto macilento de la señora Linton lo había dejado sin habla, y sólo pudo mirarnos sucesivamente a ella y a mí, preso de un asombro horrorizado.

—Ha estado consumiéndose, aquí encerrada —continué—, sin comer casi nada, y sin quejarse nunca. No nos ha dejado entrar hasta esta noche, y por eso no hemos podido informarlo a usted de su estado, pues nosotros mismos lo ignorábamos; pero no es nada.

Me pareció que estaba dando mis explicaciones con torpeza. El amo frunció el ceño.

—¿Que no es nada, dices, Ellen Dean? —exclamó con severidad—. ¡Tendrás que rendirme cuentas más claras de por qué me has ocultado esto!

Y tomó en sus brazos a su esposa y la miró con angustia. Al principio ella no dio muestras de reconocerlo; él era invisible para su mirada abstraída. Sin embargo, su delirio no era permanente. Cuando arrancó los ojos de la contemplación de la oscuridad exterior, centró de manera paulatina su atención en él y descubrió quién era aquél que la tenía en sus brazos.

—¡Ah! ¿Conque has venido, Edgar Linton? —dijo con animación airada—. ¡Eres de esas cosas que siempre se encuentran cuando menos se necesitan, y nunca cuando hacen falta! Supongo que ahora tendremos bastantes lamentaciones... Ya veo que las tendremos..., pero no me impedirán llegar a mi estrecho hogar que está ahí a lo lejos, ¡a mi lugar de descanso, donde estaré antes de que pase la primavera! Allí está; pero, ¡atención!, no entre los Linton, bajo el techo de la capilla, sino al aire libre, con lápida; ¡y tú harás lo que quieras! ¡Vete con ellos, o ven conmigo!

—¿Qué has hecho, Catherine? —empezó a decir el amo—. ¿Es que ya no soy nada para ti? ¿Amas a ese miserable de Heath...?

—¡Chitón! —exclamó la señora Linton—. ¡Chitón, ahora mismo! ¡Si pronuncias ese nombre, pongo fin al instante a la cuestión, saltando por la ventana! Podrás quedarte con lo que estás tocando ahora, pero mi alma estará en la cumbre de esa colina antes de que me vuelvas a poner la mano encima. No te quiero, Edgar. Ya no puedo quererte. Vuelve con tus libros. Me alegro de que tengas un consuelo, pues todo el que tenías en mí se acabó.

—La mente le divaga, señor —intervine yo—. Lleva toda la noche diciendo tonterías; pero con reposo y cuidándola bien, se recuperará... Desde ahora, deberemos cuidarnos de mortificarla.

—No quiero más consejos de tu parte —respondió el señor Linton—. Conocías el carácter de tu señora, y me incitaste a que la hostigara. ¡Y no darme la menor indicación de su estado durante estos tres días! ¡Qué falta de humanidad! ¡Ni meses enteros de enfermedad podrían haber provocado un cambio tal!

Empecé a defenderme, pues juzgaba desmesurado que me culparan por la rebeldía maligna de otra.

—¡Yo sabía que la señora Linton tenía un carácter terco y dominante —exclamé—, pero no sabía que usted quisiera fomentar su temperamento violento! No sabía que debía hacer la vista gorda con el señor Heathcliff para llevarle la corriente a ella. Al contárselo a usted, he cumplido con mi deber de criada fiel, ¡y recibo la recompensa que me merezco como criada fiel! Pues bien, esto me enseñará a poner cuidado la próxima vez. ¡La próxima vez, entérese usted mismo de las cosas!

—La próxima vez que me vengas con un chisme, dejarás de estar a mi servicio, Ellen Dean —respondió él.

—¿Debo suponer, entonces, que usted prefiere no enterarse de nada, señor Linton? —objeté—. ¿Heathcliff tiene su consentimiento para venir a cortejar a la señorita, y para dejarse caer por aquí cada vez que se lo permite la ausencia de usted, con la intención de emponzoñar a la señorita en contra de usted?

Con todo lo confusa que estaba Catherine, tenía lo suficientemente despierto el entendimiento como para interpretar nuestra conversación.

—¡Ah! ¡Nelly ha hecho de traidora! —exclamó con pasión—. Nelly es mi enemiga oculta. ¡Bruja! ¡De modo que sí que buscas piedras del rayo para hacernos daño! ¡Suéltame, que yo haré que se arrepienta! ¡Le haré cantar la palinodia a alaridos!

Se encendió bajo sus cejas una furia de loca. Forcejeó a la desesperada por soltarse de los brazos de Linton. No sentí ningún deseo de esperar las consecuencias. Salí de la alcoba, decidida a ir a buscar al médico bajo mi propia responsabilidad.

Cuando pasé por el jardín, hacia la carretera, en un lugar donde hay un trabón en el muro, vi que algo blanco se movía de manera irregular, impulsado claramente por algo que no era el viento. A pesar de mi prisa, me detuve a examinarlo, por miedo a que me quedara para siempre grabada en la imaginación la seguridad de que era una criatura del otro mundo. Descubrí con gran sorpresa y perplejidad, más al tacto que a la vista, a Fanny, la galga de la señorita Isabella, colgada de un pañuelo y casi dando la última boqueada. Liberé enseguida al animal y lo llevé en vilo al jardín. Yo lo había visto seguir a su ama al piso de arriba, cuando ésta se había ido a acostar, y me pregunté con gran extrañeza cómo había podido salir hasta allí y quién sería la mala persona que le había dado ese trato. Mientras desataba el nudo del trabón, me pareció oír ruido de cascos de caballos que galopaban a lo lejos; pero tenía tantas cosas en qué ocupar mis reflexiones que apenas pensé en esa circunstancia; aunque era raro oír aquel ruido allí, a las dos de la madrugada.

Por fortuna, el señor Kenneth salía de su casa para visitar a un paciente en el pueblo mientras yo subía por la calle. La relación que le hice de la enfermedad de Catherine Linton lo indujo a venirse conmigo de inmediato. Era hombre llano y rudo, y dijo sin escrúpulos que dudaba de que ella sobreviviera a este segundo ataque, a menos que se ciñera a sus indicaciones con mayor obediencia de la que había mostrado hasta entonces.

—Nelly Dean —dijo—, no puedo por menos que suponer que esto tiene una causa añadida. ¿Qué ha pasado en la Granja? Por aquí se han contado cosas raras. Una moza fuerte y sana como Catherine no cae enferma por una pequeñez, y así debe ser la gente como ella. Ya es bastante difícil hacerles superar las fiebres y otras cosas tales. ¿Cómo empezó?

—El amo le informará —respondí—; pero usted ya conoce la disposición violenta de los Earnshaw, y la de la señora Linton es el colmo de

todas. Una cosa le puedo decir: empezó con una disputa. Durante una tormenta de pasión le sobrevino una especie de ataque. Eso cuenta ella, al menos, pues huyó en su punto culminante, y se encerró con llave. Después se negó a comer, y ahora delira unos ratos y pasa otros medio soñando. Conoce a los que están con ella, pero tiene la mente llena de ideas e ilusiones extrañas de todas clases.

—¿El señor Linton lo sentirá? —observó Kenneth, con tono interrogativo.

—¿Si lo sentirá? ¡Si pasa algo, se le partirá el corazón! —respondí—. No lo alarme usted más de lo necesario.

—Bueno, ya le recomendé que tuviera cuidado —dijo mi compañero—, y deberá atenerse a las consecuencias de haber desatendido mi advertencia. ¿No es verdad que el señor Linton se ha tratado mucho con el señor Heathcliff de un tiempo a esta parte?

—Heathcliff suele venir de visita a la Granja —respondí yo—, aunque más porque la señora lo conoció de niño que porque al amo le sea grata su compañía. Ahora se le ha recomendado que no se moleste en venir, debido a que manifestó ciertas aspiraciones presuntuosas con respecto a la señorita Linton. No creo que lo vuelvan a admitir.

—¿Y la señorita Linton lo rechaza? —preguntó a continuación el médico.

—No soy confidente suya —repuse yo, remisa a hablar del tema.

—No, es taimada —observó él, sacudiendo la cabeza—. ¡Lo suyo se lo calla! Pero es una verdadera tontuela. Sé de buena fuente que anoche (¡y qué nochecita hizo!) Heathcliff y ella se pasearon por la arboleda de la parte trasera de vuestra casa, más de dos horas..., ¡y que él le insistía en que no volviera a entrar en la casa, se subiera sin más a su caballo y se marchase con él! Mi informante dijo que ella sólo pudo hacerlo renunciar a ello dando su palabra de honor de que estaría preparada la siguiente ocasión en que volvieran a verse. No oyó cuándo sería esto, ¡pero adviértele al señor Linton para que esté sobre aviso!

Esta noticia me llenó de nuevos temores. Dejé atrás a Kenneth y volví corriendo casi todo el camino. La perrita seguía ladrando en el jardín. Perdí unos momentos para abrirle el portón, pero ella, en vez de ir a la puerta de la casa, echó a correr arriba y abajo, olisqueando la hierba, y habría huido hasta la carretera de no haberla yo atrapado y habérmela llevado. Cuando subí a la habitación de Isabella, se confirmaron mis sospechas: estaba vacía. De haber llegado yo unas pocas horas antes, la enfermedad de la señora Linton quizá le habría hecho renunciar a dar un paso tan precipitado. Pero ¿qué podía hacerse ya? Tenía una posibilidad remota de alcanzarlos si los perseguía al instante. Pero yo no podía perseguirlos, y no me atreví a alarmar a la familia ni a llenar de confusión la casa, ni mucho menos a exponer el asunto a mi amo, absorto como estaba en su calamidad presente, y sin ánimo para soportar un segundo dolor. No vi más opción que contener la lengua y dejar que las cosas siguieran su curso. Cuando llegó Kenneth, fui a anunciar su venida con gesto descompuesto. Catherine estaba sumida en un sueño agitado. Su esposo había conseguido calmar el acceso de frenesí. Ahora estaba inclinado sobre su almohada, observando todos los matices y todos los cambios de sus rasgos, dolorosamente expresivos.

El médico examinó el caso y le dio esperanzas de que se resolviera de manera favorable, con tal de que la mantuviésemos rodeada de una tranquilidad perfecta y constante. Me indicó que la mayor amenaza no era tanto la muerte como una alienación permanente del intelecto.

Aquella noche no pegué ojo, ni tampoco el señor Linton. De hecho, no nos acostamos, y todos los criados se levantaron mucho antes de la hora habitual, moviéndose por la casa con pasos furtivos e intercambiando susurros al encontrarse los unos con los otros en el desempeño de sus labores respectivas. Todos estaban en pie menos la señorita Isabella, y empezaron a comentar cuánto dormía. También su hermano preguntó si se había levantado, y parecía impaciente por su presencia, y dolido por las pocas muestras de inquietud que daba por su cuñada. Temblé de miedo, temiendo que me enviara a llamarla; pero me libré del dolor de ser la primera que proclamara su fuga. Una de las doncellas, una muchacha irreflexiva que había ido a Gimmerton de buena mañana a hacer un recado, subió las escaleras jadeando, boquiabierta, y entró precipitadamente en la cámara, gritando:

—¡Ay de mí! ¡Ay de mí! ¿Qué será lo siguiente que nos pase? Amo, amo, nuestra señorita...

—¡No des esas voces! —me apresuré a decir yo, enfadada por sus modales estrepitosos.

—Habla más bajo, Mary. ¿Qué pasa? —dijo el señor Linton—. ¿Qué tiene tu señorita?

—¡Se ha marchado! ¡Se ha marchado! ¡Ese Heathcliff se ha fugado con ella! —respondió la muchacha con voz entrecortada.

—¡Eso no es verdad! —exclamó Linton, poniéndose de pie con agitación—. No puede ser. ¿Cómo se te ha metido esa idea en la cabeza? Ellen Dean, ve a por ella. Es increíble. No puede ser.

Mientras hablaba, se llevó a la criada a la puerta y le preguntó de nuevo qué motivos tenía para sostener tal afirmación.

—Vaya, me encontré en la carretera con un muchacho que trae aquí la leche —balbució ella—, y me preguntó si estábamos pasando un mal trance en la Granja. Creí que lo decía por la enfermedad de la señorita, y le respondí que sí. Y entonces va y dice: «Habrán mandado a alguien tras ellos, me figuro». Yo me lo quedé mirando. Él vio que yo no sabía nada, ¡y me contó que un caballero y una señora se habían detenido en una herrería que está dos millas más allá de Gimmerton a hacer poner una herradura a un caballo, poco más tarde de la medianoche! Y que la moza del herrero se había levantado a fisgar quiénes eran, y los había conocido a los dos al instante. Y que había advertido que el hombre (que era Heathcliff, estaba segura de ello, y por otra parte es inconfundible) le había pagado a su padre poniéndole en la mano un soberano.[3] La señora iba embozada con un manto; pero pidió un trago de agua y, al beber, se lo retiró, y la moza la vio muy bien. Cuando montaron de nuevo, Heathcliff tomó las riendas de las dos caballerías, volvieron las espaldas al pueblo y marcharon con toda la prisa que era posible por esos malos caminos. Aunque la moza no le dijo nada a su padre, sí que lo ha contado esta mañana en todo Gimmerton.

3 Moneda de oro que valía una libra esterlina. *(N. del T.)*

Fui a la carrera y eché una ojeada a la habitación de Isabella para salvar las apariencias, y al regresar confirmé lo que había dicho la criada. El señor Linton había ocupado otra vez su asiento junto a la cama. Cuando volví a entrar, levantó los ojos, interpretó mi gesto inexpresivo y volvió a bajarlos sin dar orden alguna ni decir palabra.

—¿Debemos aplicar alguna medida para alcanzarla y hacerla volver? —pregunté—. ¿Qué haremos?

—Se ha marchado por voluntad propia —respondió el amo—. Tenía derecho a marcharse si quería. No me molestéis más con ella. A partir de ahora, sólo es mi hermana en el nombre; no porque yo la repudie, sino porque ella me ha repudiado a mí.

Y esto fue todo lo que dijo al respecto. No hizo una sola pesquisa más ni habló de ella para nada, excepción hecha de encargarme que enviase las posesiones que tuviera ella en la casa a su nueva residencia, dondequiera que fuese, cuando yo me enterara.

Capítulo XIII

Los fugitivos estuvieron ausentes dos meses. En ese lapso, la señora Linton padeció y superó el peor embate de lo que llamaron fiebre cerebral. Edgar la cuidó con una devoción que no podría superar ninguna madre que atendiera a un hijo único. Velaba día y noche, soportando con paciencia todas las molestias que podían infligir unos nervios irritables y una razón trastornada. Aunque Kenneth observaba que el único premio que daría a sus cuidados aquélla a la que había salvado de la tumba sería el ser una fuente constante de inquietudes en el futuro, en suma, que estaba sacrificando su salud y sus fuerzas para conservar una mera ruina humana, su gratitud y su alegría no conocieron límites cuando se dictaminó que la vida de Catherine ya no corría peligro. Pasaba hora tras hora sentado a su lado, siguiendo la recuperación gradual de su salud corporal, y alimentando sus esperanzas, demasiado optimistas, con la ilusión de que la mente de ella recuperaría también su equilibrio, y que volvería a ser del todo la que había sido.

La primera vez que salió ella de su alcoba fue a comienzos del mes de marzo siguiente. El señor Linton había dejado por la mañana en su almohada un manojo de botones de oro. Sus ojos, de los que faltaba hacía mucho tiempo

la menor chispa de placer, los vieron al despertarse y brillaron con deleite al tomarlos con ansia.

—Éstas son las primeras flores que salen en las Cumbres —exclamó—. Me recuerdan la blandura de los vientos suaves y el calor del sol, y la nieve casi derretida. ¿No corre viento del sur, Edgar, y no ha desaparecido casi la nieve?

—La nieve ha desaparecido del todo aquí abajo, querida —respondió su marido—, y sólo veo dos manchas blancas en todos los páramos: el cielo está azul, cantan las alondras y los arroyos y los regatos bajan todos llenos a rebosar. Catherine, la primavera pasada, por esta época, anhelaba tenerte bajo este techo; ahora quisiera que estuvieras a una milla o dos; en lo alto de esas colinas; el aire sopla con tal suavidad que me parece que te curaría.

—Nunca estaré allí más de una sola vez —respondió la impedida—, y en esa ocasión me dejarás y me quedaré allí para siempre. En la primavera siguiente volverás a anhelar tenerme bajo este techo, y recordarás este día y pensarás que fuiste feliz.

Linton le prodigó caricias muy cariñosas e intentó animarla con palabras muy afectuosas; pero ella, mirando vagamente las flores, dejó que se le acumularan las lágrimas en los ojos y que le rodaran por las mejillas. Sabíamos que estaba mejor de verdad, y decidimos, por lo tanto, que una buena parte de este desánimo se debía al estar encerrada mucho tiempo en un mismo sitio, y que un cambio de ambiente podría resolverlo en parte. El amo me mandó que encendiera lumbre en el salón, que llevaba abandonado muchas semanas, y dispusiera una poltrona junto a la ventana, al sol. Después la bajó, y ella se quedó un buen rato disfrutando del calor reconfortante y, como habíamos esperado, reanimada por los objetos que la rodeaban. Éstos, aunque familiares, no le evocaban los recuerdos tristes de los que estaba teñida su odiada habitación de enferma. Al caer la tarde parecía enormemente agotada, pero no fue posible convencerla con ningún argumento de que regresara a dicha estancia, y yo tuve que hacerle la cama en el sofá de la sala hasta que pudiera prepararse otra habitación. Para evitar la fatiga de subir y bajar las escaleras, dispusimos ésta en la que está usted acostado ahora, en el mismo piso de la sala. Al cabo de poco tiempo ella estuvo lo bastante fuerte para pasar de una a otra apoyada en el brazo de Edgar. «Ah, bien podrá recuperarse con tantas atenciones como recibe», pensaba yo. Y había una doble causa para desearlo, pues de su vida dependía la del otro: albergábamos la esperanza de que el corazón del señor Linton se alegrara, y de que sus tierras quedaran libres de las garras de un extraño con el nacimiento de un heredero.

Debo decir que Isabella envió a su hermano, cosa de seis semanas después de su marcha, un billete breve en el que anunciaba su boda con Heathcliff. Parecía seco y frío; pero al pie aparecía escrita a lápiz una oscura disculpa y una súplica de que la recordase con cariño. También buscaba la reconciliación, si su acto le había ofendido, y aseguraba que en aquel momento no había podido evitarlo, y que, una vez hecho, ya no tenía poder para revocarlo. Creo que Linton no respondió a este billete; y a los quince días yo recibí una carta larga que me pareció extraña para haber salido de la pluma de una recién casada que acababa de pasar la luna de miel. Se la leeré, pues todavía la conservo. Cualquier reliquia de los muertos es preciosa si se les valoró en vida.

Querida Ellen:

Llegué anoche a Cumbres Borrascosas y llegó a mi conocimiento que Catherine ha estado y sigue estando muy enferma. Supongo que no debo escribirle, y que mi hermano está, o bien demasiado enfadado, o bien demasiado afligido como para responder a mis cartas. Con todo, debo escribirle a alguien, y sólo me quedas tú.

Hazle saber a Edgar que daría el mundo entero por ver otra vez su cara; que mi corazón volvió a la Granja de los Tordos veinticuatro horas después de dejarla, y que está allí en este momento, lleno de sentimientos calurosos hacia Catherine y él. *Pero yo no puedo seguirlo* [estas palabras están subrayadas], no deben esperarme, y pueden extraer las conclusiones que deseen, procurando, no obstante, no achacar nada a mi poca voluntad ni a mi falta de afecto.

El resto de la carta es sólo para ti. Quiero hacerte dos preguntas.

La primera es ésta: ¿cómo te las arreglabas para conservar los afectos propios de la naturaleza humana cuando residías aquí? Yo no soy capaz de reconocer ningún sentimiento común con los que me rodean.

La segunda pregunta, que me interesa mucho, es esta otra: ¿es el señor Heathcliff un hombre? Si lo es, ¿está loco? Y si no lo es, ¿es un demonio? No te expondré los motivos que tengo para preguntarlo; pero te suplico que me expliques, si puedes, con quién me he casado; esto es, cuando vengas a verme, y debes venir muy pronto, Ellen. No escribas; ven, y tráeme algo de Edgar.

Ahora sabrás cómo me han recibido en mi nuevo hogar, pues tengo motivos para imaginarme que las Cumbres lo serán. Si presto atención a asuntos tales como la falta de comodidades materiales, es para distraerme; no ocupan nunca mis pensamientos, salvo en el momento en que las echo de menos. ¡Si descubriera que su falta era mi única desgracia y que el resto era un sueño irreal, reiría y saltaría de alegría!

Cuando llegamos a los páramos, el sol se estaba poniendo tras la Granja. Juzgué por ello que eran las seis de la tarde. Mi compañero se detuvo media hora a inspeccionar el parque y los jardines, y probablemente la casa misma, en la medida que pudo. Por eso ya había oscurecido cuando descabalgamos en el patio enlosado de la Granja, y Joseph, tu antiguo compañero de servidumbre, salió a recibirnos a la luz de una candela. Lo hizo con una cortesía que lo honraba. Su primer acto fue levantar la vela hasta la altura de mi cara, fruncir el ceño con gesto maligno, estirar el labio inferior y darse la vuelta. Después tomó los dos caballos y los llevó al establo, y volvió a aparecer con el fin de cerrar el portón exterior, como si viviésemos en un castillo antiguo.

Heathcliff se quedó a hablar con él, y yo entré en la cocina, un agujero sórdido y desordenado. Me atrevería a decir que no la reconocerías, tanto ha cambiado desde que te ocupabas tú de ella. Junto a la lumbre estaba un muchacho con aspecto de bandolero, fuerte de cuerpo y sucio de atavío, con algo en los ojos y en la boca que recordaba a Catherine.

«Éste es el sobrino político de Edgar —reflexioné—, y mío en cierto modo. Debo darle la mano y..., sí, debo besarlo. Es bueno entenderse bien desde el principio.»

Me acerqué a él e, intentando tomarle el puño regordete, le dije:

—¿Cómo estás, querido?

Me respondió en una jerga que no entendí.

—¿Vamos a ser amigos tú y yo, Hareton? —pregunté en un nuevo intento de entablar conversación.

Mi perseverancia fue premiada con un juramento y con la amenaza de echarme encima a Gargantón si no «me largaba».

—¡Eh, Gargantón, chico! —susurró el pillete, azuzando a un bulldog mestizo que estaba en su guarida en un rincón—. ¿Te vas a guillar de una vez? —me preguntó con autoridad.

El apego que le tenía yo a la vida me obligó a obedecer. Crucé el umbral para esperar a que entrasen los demás. No se veía al señor Heathcliff por ninguna parte. Seguí a Joseph hasta el establo y le pedí que entrase conmigo, y él, después de mirarme fijamente y de hablar entre dientes, arrugó la nariz y respondió:

—¡Mim, mim, mim! ¿Ha oído tal cosa alguna vez un cristiano? ¡Qué remilgos y melindres! ¿Cómo voy a entender lo que dice?

—Digo que quiero que entre usted conmigo en la casa —grité, tomándolo por sordo, pero muy disgustada por su grosería.

—¡No haré tal! Tengo otras cosas que hacer —respondió, y siguió con su trabajo, moviendo a la vez las quijadas e inspeccionando con un desprecio soberano mi vestido y mi semblante (demasiado fino el primero, pero estoy segura de que el segundo era todo lo triste que él podía desear).

Di la vuelta por el patio y, cruzando un portillo, llegué a otra puerta, a la que me tomé la libertad de llamar con la esperanza de que se presentara otro criado más cortés. Tras una breve espera, la abrió un hombre alto, enjuto, sin pañuelo al cuello y muy descuidado en todo lo demás. Tenía los rasgos perdidos entre masas de pelo desgreñado que le colgaban sobre los hombros; y también sus ojos eran como un espectro de los de Catherine, con toda la belleza de los de ésta aniquilada.

—¿Qué busca aquí? —me preguntó con hosquedad—. ¿Quién es usted?

—Yo me llamaba Isabella Linton —respondí—. Usted me ha visto antes, señor. Me he casado recientemente con el señor Heathcliff, y él me ha traído aquí, supongo que con permiso de usted.

—¿Ha vuelto, entonces? —preguntó el ermitaño, con una mirada feroz como la de un lobo hambriento.

—Sí; acabamos de llegar —repuse—; pero él me dejó junto a la puerta de la cocina, y cuando quise entrar, su muchachito se erigió en centinela del lugar y me obligó a marcharme, asustándome con la ayuda de un bulldog.

—¡Es buena cosa que el villano infernal haya cumplido su palabra! —gruñó mi futuro anfitrión, mientras recorría la oscuridad con la mirada, pendiente de descubrir a Heathcliff. Después emprendió un soliloquio de execraciones y amenazas de lo que habría hecho de haberlo engañado ese «diablo».

Me arrepentí de haber ensayado aquella segunda entrada, y casi me sentí inclinada a escabullirme sin esperar a que hubiera terminado de maldecir; pero antes de que hubiera podido ejecutar esa intención, él me mandó entrar, cerró la puerta y volvió a echar el pestillo. Había una gran lumbre, y ésa era toda la luz que había en la enorme estancia, cuyo suelo había adquirido un color gris uniforme. Los platos de peltre, que habían estado brillantes en un tiempo y que atraían mi mirada cuando era niña, participaban de una oscuridad semejante, producida por el deslustre y el polvo. Pregunté si podía llamar a la doncella y hacer que me llevaran a una alcoba. El señor Earnshaw no me dio respuesta. Caminaba de un lado a otro, con las manos en los bolsillos y olvidando por completo mi presencia, al parecer; y su abstracción era evidentemente tan profunda, y todo su aspecto era tan misantrópico, que me abstuve de volver a molestarlo.

No te sorprenderá, Ellen, que me sintiera especialmente triste, sentada peor que sola ante esa chimenea inhóspita, y recordando que a cuatro millas de distancia estaba mi hogar delicioso, donde se hallaban las únicas personas del mundo que yo amaba; y que yo no podía salvar esas cuatro millas ni más ni menos que si nos separase el Atlántico. Me pregunté a mí misma dónde debía buscar consuelo (cuidado, no se lo digas ni a Edgar ni a Catherine). Por encima de todas las demás penas, destacaba ésta: ¡mi desesperación por no encontrar a nadie que pudiera o quisiera ser mi aliado contra Heathcliff! Yo casi me había alegrado de ir a alojarme en Cumbres Borrascosas, porque así me libraría de vivir a solas con él; pero él conocía a la gente entre la que íbamos a vivir y no temía intromisiones por su parte.

Me quedé sentada y pensativa durante un rato lúgubre. El reloj dio las ocho, y las nueve, y mi compañero seguía paseándose de aquí para allá, con la cabeza hundida sobre el pecho y en perfecto silencio, salvo cuando se le escapaban de cuando en cuando un quejido o una exclamación amarga. Escuché por si percibía en la casa una voz de mujer, y llené el intervalo con arrepentimientos frenéticos y previsiones sombrías que, al cabo, se expresaron audiblemente en forma de sollozos y un llanto irreprimible. No fui consciente de lo claras que eran mis lamentaciones hasta que Earnshaw se detuvo ante mí en su paseo medido y me miró sorprendido de nuevo. Aprovechando que había recuperado su atención, exclamé:

—¡Vengo cansada de mi viaje y quiero acostarme! ¿Dónde está mi doncella? ¡Lléveme con ella, ya que ella no quiere venir a mí!

—No tenemos —respondió él—. ¡Deberá valerse por sí misma!

—¿Dónde dormiré, entonces? —sollocé. Ya era incapaz de guardar la compostura, con la carga de la fatiga y el abatimiento.

—Joseph le enseñará la alcoba de Heathcliff —respondió—. Abra esa puerta; él está allí.

Iba a obedecerlo; pero, de pronto, me detuvo y añadió con un tono extrañísimo:

—¡Tenga la bondad de echar la llave y correr el pestillo! ¡Que no se le olvide!

—¡Bueno! —dije—. Pero ¿por qué, señor Earnshaw?

No me agradaba la idea de encerrarme de manera deliberada con Heathcliff.

—¡Mire esto! —respondió, extrayendo del chaleco una pistola de construcción curiosa, pues tenía unido al cañón un cuchillo de doble filo con resorte—. Esto es una gran tentación para un hombre desesperado, ¿no es así? No me resisto a subir con ello todas las noches y probar su puerta. ¡Si la encuentro abierta alguna vez, está perdido! Lo hago sin falta, aunque un minuto antes haya estado recordando cien motivos por los que me debo contener; es algún demonio el que me incita a frustrar mis propios planes matándolo... Luche usted contra ese demonio todo el tiempo que pueda, por amor; ¡cuando llegue la hora, no lo salvarán ni todos los ángeles del cielo!

Observé el arma con curiosidad. Me vino una idea repugnante: ¡cuánto poder tendría si poseyera aquel instrumento! Lo tomé de su mano y toqué el filo. Él pareció asombrarse del gesto que adoptó mi cara durante un breve instante. No era de horror, sino de codicia. Me quitó la pistola de un tirón, celosamente; plegó el filo y volvió a guardarla en su escondrijo.

—No me importa que se lo diga —dijo—. Póngalo en guardia, y vele por él. Ya veo que conoce usted en qué términos nos hallamos. El peligro que corre él no la sobresalta.

—¿Qué le ha hecho Heathcliff? —le pregunté—. ¿Qué mal le ha hecho para merecer ese odio espantoso? ¿No sería más prudente pedirle que se marchara de la casa?

—¡No! —tronó Earnshaw—. Si pretende dejarme, es hombre muerto. ¡Si usted lo convence de que lo intente, será usted una asesina! ¿Habré de perderlo todo, sin esperanza de recuperarlo? ¿Habrá de ser Hareton un mendigo? ¡Oh, maldición! ¡Lo recuperaré, y me quedaré también con su oro, y después con su sangre, y el infierno se quedará con su alma! ¡Con ese huésped, será diez veces más negro que ha sido nunca!

Tú me has dado a conocer las costumbres de tu antiguo amo, Ellen. Es claro que está al borde de la locura; al menos, anoche lo estaba. Yo me estremecía de estar cerca de él, y la taciturnidad grosera del criado me parecía agradable por comparación. Él reemprendió su paseo melancólico y yo levanté el pestillo y hui a la cocina. Joseph estaba inclinado sobre la lumbre, asomado a una cazuela grande que estaba suspendida sobre ella; y cerca, en el escaño, había un cuenco grande con harina de avena. El contenido de la cazuela empezó a hervir, y él se volvió a meter la mano en el cuenco; yo supuse que aquellos preparativos eran, probablemente, para nuestra cena; y, como tenía hambre, me propuse que fuera comestible; de modo que, exclamando vivamente: «¡Yo haré las gachas!», retiré el recipiente de su alcance y procedí a quitarme el sombrero y el vestido de amazona.

—El señor Earnshaw me ha dicho que me valga por mí misma, y eso haré —continué—. No me haré la señora entre ustedes, no sea que me vaya a morir de hambre.

—¡Señor! —murmuró él, sentándose y acariciándose de las rodillas a los tobillos las medias acanaladas—. Si va a haber órdenes nuevas... cuando ya me estaba acostumbrando a tener dos amos, si me van a poner encima a una señora, ya va siendo hora de que levante el vuelo. Jamás creí que vería el día en que tendría que marcharme de la vieja casa; ¡pero ya se acerca!

Estas lamentaciones no merecieron mi atención. Me puse a trabajar a toda prisa, recordando con un suspiro la época en que aquello habría sido una circunstancia alegre y divertida; pero me vi obligada a quitarme de encima rápidamente el recuerdo. Me atormentaba recordar la felicidad pasada, y cuanto mayor era el peligro de evocar su aparición, más aprisa giraba el cucharón, y más deprisa caían los puñados de harina en el agua. Joseph contemplaba con indignación creciente mi modo de cocinar.

—¡Vaya! —imprecaba—. Hareton, no te comerás tus gachas esta noche. No serán más que grumos tan grandes como mi puño. ¡Vaya, otra vez! Yo en su lugar echaría todo el cuenco de una vez. Vaya, espúmelo y ya habrá terminado. Golpes, golpes. ¡Menos mal que no se le ha caído el fondo!

Reconozco que era un amasijo bastante burdo cuando se vertió en los tazones; se habían preparado cuatro, y habían llevado una jarra de un galón de leche recién ordeñada. Hareton se apoderó de ella y se puso a beber del pico de la jarra, vertiendo su contenido. Protesté y pedí que se tomara la leche en un tacillo, afirmando que no podría probar el líquido si lo trataban con tanta suciedad. El viejo cínico optó por ofenderse en grado sumo por esta delicadeza y me aseguró repetidas veces que «el rapaz era tan bueno como yo, ni más ni menos, e igual de sano», preguntándose cómo podía arreglármelas yo para ser tan engreída. Mientras tanto, el niño rufián seguía chupando y me miraba con expresión de desafío, mientras babeaba en la jarra.

—Cenaré en otra habitación —anuncié—. ¿No tienen ningún lugar al que llamen salón?

—¡Salón! —repitió él en son de burla—. ¡Salón! No, no tenemos salones. Si no le gusta nuestra compañía, tiene la del amo; y si no le gusta la del amo, tiene la nuestra.

—Entonces, iré al piso de arriba —respondí—. Enséñeme una alcoba.

Puse mi tazón en una bandeja y fui a por más leche. El sujeto se levantó entre grandes gruñidos y subió delante de mí. Ascendimos hasta las buhardillas. Abría una puerta de vez en cuando para asomarse a los cuartos por los que pasábamos.

—Aquí hay un cuarto —dijo por fin, retirando un tablero crujiente que giraba sobre unas bisagras—. Es lo bastante bueno como para comerse en él unas gachas. En ese rincón hay un fardo de maíz bastante limpio. Si a usted le da miedo mancharse las ropas grandiosas de seda, póngale encima el pañuelo.

El cuarto era una especie de camaranchón que olía mucho a malta y a cereales, de los que había varios sacos amontonados por los lados. Dejaban un espacio ancho y despejado en el centro.

—Pero, ¡hombre —me encaré con él, enfadada—, éste no es lugar para dormir! Quiero ver mi dormitorio.

—*¡Dormitorio!* —repitió él con tono burlón—. Ya ha visto todos los dormitorios que hay: ése de ahí es el mío.

Señaló la segunda buhardilla, que sólo se distinguía de la primera en que tenía las paredes más desnudas y en que había en ella a un lado una cama grande, baja, sin dosel, con una colcha de color añil.

—¿Qué me importa a mí el suyo? —repliqué—. Supongo que el señor Heathcliff no se aloja en lo alto de la casa, ¿verdad?

—Ah, ¿es que quiere *el del señor Heathcliff*? —exclamó él, como si se enterara de una novedad—. ¿No podía haberlo dicho al principio? Y así yo podía haberle dicho, sin tanto trabajo, que ése es el único que no puede ver usted; siempre lo tiene cerrado con llave, y nadie entra nunca en él más que él mismo.

—Tiene usted una casa muy bonita —no pude por menos que observar—, y con unos habitantes agradables. Y creo que el día en que uní mi destino al de ellos se alojó en mi cerebro la esencia concentrada de toda la locura del mundo. No obstante, esto no viene al caso. Hay otras habitaciones. ¡En nombre del cielo, dese prisa y déjeme que me instale en alguna parte!

No respondió a esta exhortación. Se limitó a bajar obstinado por los escalones de madera y a detenerse ante una estancia que yo conjeturé que sería la mejor, por la calidad superior de sus muebles y por el hecho de haberse detenido él. Había una alfombra, y era buena, pero el polvo borraba su dibujo; una chimenea con colgaduras de papel recortado, que se caían a pedazos; una bonita cama de madera con amplias cortinas carmesíes de tejido más bien costoso y corte moderno, pero que, evidentemente, habían sufrido un duro trato. Las cenefas colgaban en festones, arrancadas de sus anillos, y la barra de hierro que las sostenían estaba arqueada por un lado, lo que hacía que las colgaduras arrastraran por el suelo. También estaban estropeadas las sillas, muchas de ellas casi sin remedio, y los paneles de madera de las paredes estaban deformados con profundas abolladuras. Me esforzaba por armarme de valor para entrar y tomar posesión, cuando el necio de mi guía anunció:

—Ésta de aquí es la del amo.

Ya se me había quedado fría la cena, había perdido el apetito y se me había agotado la paciencia. Insistí en que se me proporcionara al instante un lugar de refugio y un medio de reposo.

—¿Adónde demonios...? —empezó a decir el religioso viejo—. ¡El Señor nos bendiga! ¡El Señor nos perdone! ¿Adónde infiernos quiere ir usted? ¡Inútil, cansada y mimada! Ya lo ha visto todo, menos el tabuco de Hareton. ¡En toda la casa no hay un solo agujero más donde posarse!

Yo estaba tan mortificada que arrojé al suelo mi bandeja y su contenido y me senté en lo alto de la escalera, me cubrí la cara con las manos y me eché a llorar.

—¡Agh! ¡Agh! —exclamó Joseph—. ¡Bien hecho, señorita Cathy! ¡Bien hecho, señorita Cathy! El amo tropezará con los cacharros rotos, y entonces habrá que oírlo; oiremos todo lo que hay que oír. ¡Malcriada, inútil! Se merece que la tengan castigada de aquí a Navidad, por tirar al suelo el bien de Dios en sus feos ataques de rabia. Pero, o mucho me equivoco, o no mostrará mucho tiempo su genio. ¿Cree usted que Heathcliff aguantará estos buenos modales? Sólo espero que la pille con esa rabieta. Sólo espero eso.

Y, regañando de este modo, se bajó a su guarida llevándose la vela, y yo me quedé a oscuras. En el periodo de reflexión subsiguiente a este acto atolondrado me vi obligada a reconocer la necesidad de ahogar mi orgullo y sofocar mi ira, y de hacer algo para reparar sus efectos. Apareció entonces un ayudante inesperado en la figura de Gargantón, a quien reconocí como hijo de nuestro viejo Colmilludo. Había pasado su cachorrez en la Granja, y mi padre se lo había dado al señor Hindley. Creo que me conoció. Me tocó la nariz con el hocico a modo de saludo, y se apresuró después a devorar las gachas, mientras yo recorría a tientas los escalones reuniendo los fragmentos de loza y secando las salpicaduras de leche de la barandilla con mi pañuelo de bolsillo. Apenas habían terminado nuestras labores cuando oí los pasos de Earnshaw en el pasillo; mi ayudante metió el rabo entre las patas y se acurrucó junto a la pared; yo me escabullí por la puerta más cercana. Los esfuerzos del perro por pasar desapercibido fueron baldíos, según entendí al oír una carrera escaleras abajo y unos gañidos lastimeros y prolongados. Corrí mejor suerte: pasó de largo, entró en su cuarto y cerró la puerta. Inmediatamente después subió Joseph con Hareton para acostarlo. Yo me había refugiado en la habitación de Hareton, y el viejo, al verme, dijo:

—Ahora hay lugar para los dos, para usted y para su orgullo, en la casa, creo yo. Está vacía. ¡Pueden ocuparla a solas, junto con Él, que siempre está presente en tal mala compañía!

Aproveché alegremente esta indicación; y en cuanto me dejé caer en un sillón, junto a la lumbre, empecé a dar cabezadas y me quedé dormida. Mi sueño fue profundo y dulce, aunque terminó demasiado pronto. Me despertó el señor Heathcliff. Acababa de entrar, y me preguntó, con sus modales cariñosos, qué hacía yo allí. Le expuse la causa por la que me había quedado en pie hasta tan tarde: qué él guardaba en el bolsillo la llave de nuestra habitación. El adjetivo *nuestra* lo ofendió mortalmente. Juró que no era mía ni lo sería nunca, y que estaba dispuesto a... Pero no te repetiré sus palabras ni te describiré su conducta habitual. ¡Es ingenioso e incansable buscando modos de hacérseme aborrecible! A veces me maravilla con una intensidad que acalla mi miedo; aunque te aseguro que ni un tigre ni una serpiente venenosa podrían suscitar en mí un terror igual al que me produce él. Me habló de la enfermedad de Catherine y acusó a mi hermano de haberla provocado, prometiéndome que yo sufriría por Edgar hasta que le pusiera la mano encima a él.

¡Cómo lo odio! ¡Qué desgraciada soy! ¡Qué necia he sido! Guárdate de decir una sola palabra de esto a nadie de la Granja. Te esperaré todos los días; ¡no me defraudes!

ISABELLA

Capítulo XIV

En cuanto terminé de leer esta carta, acudí al amo y le hice saber que su hermana había llegado a las Cumbres y me había enviado una carta en la que expresaba su pesar por el estado de la señora Linton y su deseo ardiente de verlo a él, manifestando además el deseo de que él le enviara por medio de mí alguna muestra de perdón lo antes posible.

—¡De perdón! —dijo Linton—. No tengo nada que perdonarle, Ellen. Puedes visitar Cumbres Borrascosas esta tarde si quieres, y decirle que no estoy enfadado sino triste por haberla perdido. Tengo en cuenta, sobre todo, que no creo que ella pueda ser feliz jamás. Pero es impensable que yo vaya a verla. Estamos separados para toda la eternidad. Si ella quiere complacerme de verdad, que convenza al villano con quien se ha casado de que se marche del país.

—¿Y no le escribirá usted un billete, señor? —le imploré.

—No —respondió—. Es inútil. Mantendré con la familia de Heathcliff una comunicación tan escasa como la que mantiene la suya conmigo. ¡Será inexistente!

La frialdad del señor Edgar me deprimió lo indecible, y me pasé todo el camino desde la Granja dando vueltas en la cabeza al modo de dar algo más de alma a lo que me había dicho, cuando se lo repitiera a ella, y de suavizar su negativa a darme unas pocas líneas para consolar a Isabella. Yo diría que ésta había estado aguardando mi llegada desde la mañana; la vi mirar por la ventana cuando subí por el camino del jardín, y le dirigí un gesto con la cabeza, pero ella se retiró, como si temiera que la observaran. Entré sin llamar. ¡Nunca se vio ambiente tan triste y sombrío como el de aquella casa, antaño tan alegre! Debo confesar que, si yo hubiera estado en el lugar de la joven señora, al menos habría barrido el hogar y habría limpiado las mesas con un trapo. Pero ella ya participaba del ambiente general de abandono que la rodeaba. Su linda cara estaba macilenta y apática. Tenía el pelo sin peinar. Algunos rizos le caían desmadejados, y tenía otros revueltos descuidadamente alrededor de la cabeza. Tal vez no se hubiera tocado el vestido desde la noche anterior. Hindley no estaba allí. El señor Heathcliff estaba sentado ante una mesa, repasando algunos papeles de su cartera. Cuando aparecí se levantó, me preguntó cómo estaba, con bastante amabilidad, y me ofreció una silla. Él era lo único que parecía decente de los que allí estaban, y pensé que tenía mejor aspecto que nunca. ¡Las circunstancias habían invertido hasta tal punto sus situaciones relativas que a un desconocido él le habría parecido sin duda un caballero por nacimiento y por crianza, y su mujer, una zarrapastrosa de pies a cabeza! Ella se adelantó con diligencia a recibirme, y me tendió una mano para recibir la carta que esperaba. Yo negué con la cabeza. Sin entender la indicación, me siguió hasta un aparador donde fui a dejar mi sombrero y me importunó entre susurros para que le diera enseguida lo que había llevado. Heathcliff adivinó el significado de sus manejos y dijo:

—Si traes algo para Isabella (como sin duda lo traes, Nelly), dáselo. No es preciso que hagas de ello un secreto. No tenemos secretos entre nosotros.

—Ah, no traigo nada —respondí, pues prefería decir la verdad enseguida—. Mi amo me mandó que dijera a su hermana que no debía esperar ninguna carta ni visita suya de momento. Le envía su amor, señora, y le desea felicidad, y le perdona el dolor que le ha causado; pero cree que, a partir de ahora, su casa y esta casa deberán dejar de tratarse, pues nada bueno saldría de mantener ese trato.

A la señora Heathcliff le tembló levemente el labio y volvió a su asiento junto a la ventana. Su marido se plantó junto al hogar, a mi lado, y empezó a hacerme preguntas acerca de Catherine. Yo le conté de su enfermedad todo lo que me pareció conveniente, y él me arrancó a fuerza de preguntas casi todos los datos relacionados con su origen. La culpé como se merecía, como causante de sus propios males, y terminé expresando la esperanza de que él siguiera el ejemplo del señor Linton y evitara en el futuro toda intromisión con la familia de éste, para bien o para mal.

—La señora Linton empieza a recuperarse —dije—. No volverá a ser la que era, pero ha salvado la vida. Si usted la estima de verdad, renunciará a cruzarse de nuevo con ella; más aún, se marchará definitivamente de este país. Y, para que no lo lamente, le informaré de que Catherine Linton es ahora tan diferente de la antigua amiga de usted, Catherine Earnshaw, como esta joven señora es distinta de mí. Su aspecto ha cambiado mucho, y su carácter más aún... ¡Y la persona que se ve obligada por necesidad a ser su compañero sólo sustentará de aquí en adelante su afecto por el recuerdo de lo que ella fue, por mera humanidad y por el sentido del deber!

—Eso es muy probable —observó Heathcliff, esforzándose por aparentar calma—. Es muy probable que tu amo no tenga más sostén que la mera humanidad y que el sentido del deber. Pero ¿te has creído que yo estoy dispuesto a dejar a Catherine en manos de su deber y su humanidad? ¿Y eres capaz de comparar con los suyos mis sentimientos con respecto a Catherine? Antes de que salgas de esta casa, tendrás que prometerme que me conseguirás una entrevista con ella. ¡La veré, quieras que no! ¿Qué dices?

—Señor Heathcliff, digo que no debe —repliqué—. No la verá nunca por mediación mía. Un nuevo encuentro entre el amo y usted terminaría por matarla.

—Puede evitarse con tu ayuda —prosiguió él—, y si hay peligro de tal suceso..., si él provoca una sola inquietud más en la vida de ella..., ¡bueno, creo que entonces estaría justificado que yo tomara medidas extremas! Ojalá tuvieras la sinceridad suficiente para decirme si Catherine sufriría mucho al perderlo; este temor me contiene. Y en esto puedes ver cuánto se diferencian nuestros sentimientos. Si él estuviera en mi lugar y yo en el suyo, aunque lo odiara con un odio que me convirtiera la vida en hiel, jamás habría levantado la mano contra él. ¡Puedes poner cara de incredulidad si te place! Jamás lo habría desterrado de su compañía, mientras ella la deseara. ¡En el momento en que ella hubiera dejado de estimarlo, le habría arrancado el corazón y le habría bebido la sangre! ¡Pero, hasta entonces (si no me crees es que no me conoces), hasta entonces, me habría dejado morir poco a poco antes que tocarle un pelo de la cabeza!

—No obstante lo dicho —le interrumpí—, no manifiesta escrúpulo alguno por arruinar de manera definitiva la esperanza de su restablecimiento perfecto, le impone su recuerdo, ahora que ella casi se ha olvidado de usted, y la deja sumida en un nuevo tumulto de discordias y de congojas.

—¿Supones que casi se ha olvidado de mí? —dijo él—. ¡Ay, Nelly! ¡Sabes que no! ¡Sabes tan bien como yo que por cada vez que piensa en Linton, piensa mil veces en mí! En un periodo muy desgraciado de mi vida albergué una idea semejante. Ésta me persiguió cuando volví a la comarca el verano pasado; pero sólo podré aceptar otra vez esa idea horrible si la oigo de sus propios labios. Y entonces no serían nada Linton, ni Hindley, ni todos los sueños que he tenido en mi vida. Mi futuro se podría expresar con dos palabras: *muerte* e *infierno.* Si la perdiera, la vida sería un infierno. Sin embargo, fui un necio al creer por un instante que ella valoraba el cariño de Edgar Linton más que el mío. Aunque él la amara con todas las fuerzas de su ser enclenque, no podría amarla en ochenta años tanto como yo en un solo día. Y Catherine tiene un corazón tan profundo como el mío; él no puede contener todo el afecto de ella, como no puede meterse todo el mar en ese abrevadero. ¡Bah! Apenas lo quiere un poco más que a su perro o a su caballo. Él no tiene capacidad para ser amado como yo. ¿Cómo puede amar ella lo que no tiene él?

—Catherine y Edgar se quieren tanto como pueden quererse dos personas —exclamó Isabella con una vivacidad repentina—. Nadie tiene derecho a hablar de esa manera, y yo no estoy dispuesta a quedarme callada cuando desprecian a mi hermano.

—Tu hermano también te quiere a ti de maravilla, ¿verdad? —observó Heathcliff en son de burla—. Te ha dejado suelta en el mundo con una prontitud sorprendente.

—No sabe cuánto sufro —respondió ella—. No se lo he dicho.

—Entonces es que le has dicho algo. Le has escrito, ¿no?

—Le escribí para participarle mi boda. Viste el billete.

—¿Y nada desde entonces?

—No.

—Mi joven señora parece muy desmejorada tras su cambio de estado —observé—. Es evidente que en su caso hay una carencia de amor; puedo suponer por parte de quién, pero quizá no deba decirlo.

—Yo supondría que es por parte de ella —se burló Heathcliff—. ¡Está degenerando hasta convertirse en una vulgar mujerzuela! No ha tardado en cansarse de procurar agradarme. Aunque te cueste creerlo, a la mañana siguiente de nuestra boda ya estaba llorándome para que la dejase volver a su casa. No obstante, encajará tanto mejor en esta casa al no ser demasiado fina, y yo me encargaré de que no me deshonre correteando por ahí.

—Bueno, señor —repuse yo—, espero que tenga en consideración que la señora Heathcliff está acostumbrada a que la cuiden y la atiendan, y que se ha criado como hija única, con todos a su servicio. Deberá usted asignarle una doncella para que tenga sus cosas ordenadas, y deberá tratarla usted con amabilidad. Sea cual sea el concepto que tenga usted del señor Edgar, no puede dudar que ella es capaz de albergar un cariño fuerte. De lo contrario, no habría abandonado la elegancia, las comodidades y los amigos de su antiguo hogar para asentarse de buena gana en un lugar desolado como éste, con usted.

—Los abandonó víctima de una ilusión —respondió él—. Veía en mí a un héroe de novela, y esperaba que la tuviera consentida sin límite con mi devoción caballeresca. Apenas puedo ver en ella a una criatura racional. ¡Tal es la terquedad con que ha insistido en forjarse una idea fabulosa de mi carácter y en obrar a la luz de las impresiones falsas que albergaba! Pero creo que empieza a conocerme por fin. Ya no percibo las sonrisas y muecas tontas que me provocaron al principio, ni la incapacidad insensata para discernir que yo hablaba en serio cuando le expuse lo que pensaba de su enamoriscamiento y de ella misma. Ha tenido que hacer un esfuerzo maravilloso de perspicacia para descubrir que yo no la amaba. ¡En un momento dado, llegué a creer que ninguna lección podría enseñárselo! Aunque lo tiene mal aprendido, pues esta misma mañana me anunció, como si fuera una noticia asombrosa, que yo había conseguido que me odiara. ¡Un verdadero trabajo de Hércules, te lo aseguro! Si se consigue, tendré motivos para dar las gracias. ¿Puedo creer en lo que afirmas, Isabella? ¿Estás segura de que me odias? ¿No volverás a mí, suspirando y zalamera, en cuanto te deje sola medio día? Me atrevería a decir que ella habría preferido que yo hubiera sido todo ternura delante de ti; que se descubra la verdad la hiere en su vanidad. Pero a mí no me importa quién se entere de que la pasión era absolutamente unilateral, y yo no mentí jamás al respecto. No podrá acusarme de haber manifestado la menor ternura engañosa. Cuando salimos de la Granja, lo primero que me vio hacer fue ahorcar a su perra. Y cuando me imploró por su vida, las primeras palabras que pronuncié fueron un deseo de poder ahorcar a todos los seres relacionados con ella, salvo a uno. Quizás entendiera que la excepción se refería a ella misma. Pero ninguna brutalidad la repugnaba. ¡Supongo que tiene una admiración innata por ella, con tal de que su preciosa persona esté a salvo de daños! Ahora bien, ¿acaso no fue la culminación del absurdo, de la estupidez más auténtica, que esa perra servil y mezquina soñara que yo podría amarla? Dile a tu amo, Nelly, que no he conocido en toda mi vida a un ser tan abyecto como ella. Es un baldón hasta para el apellido Linton... ¡y a veces he cejado por pura falta de imaginación en mis experimentos de lo que es capaz de soportar para volver después, humillada y arrastrándose vergonzosamente! Pero dile también, para que descanse su corazón de hermano y de magistrado, que me mantengo en los límites más estrictos de la ley. He evitado hasta ahora darle el menor derecho a solicitar una separación. Más aún, ella no tendría que agradecer a nadie que nos separase. Si quisiera marcharse, podría hacerlo. ¡El fastidio de su presencia es muy superior al agrado que me produce atormentarla!

—Señor Heathcliff —dije yo—, esas palabras son de loco, y lo más probable es que su esposa esté convencida de que usted está loco y que lo haya soportado hasta ahora por ello. Pero ahora que usted dice que puede marcharse, no cabe duda de que ella aprovechará su permiso. Usted, señora, no estará tan hechizada como para seguir aquí por voluntad propia, ¿no es así?

—¡Cuidado, Ellen! —respondió Isabella, echando chispas de ira por los ojos. La expresión de éstos no dejaba duda de que su compañero había conseguido por completo hacerse detestar como quería—. No te fíes de una sola palabra que diga. ¡Es un diablo mentiroso! ¡Un monstruo, no un ser humano! Ya me dijo en otra ocasión que podía dejarlo, y lo intenté, ¡pero no me atrevo a repetirlo! Tan sólo, Ellen, prométeme que no les referirás a mi hermano ni a Catherine una sola sílaba de esta conversación infame. No sé lo que pretende, pero quiere provocar a Edgar hasta desesperarlo. Dice que se casó conmigo con el fin expreso de obtener poder sobre él. Y no lo obtendrá. ¡Antes prefiero la muerte! ¡Lo único que espero y pido al cielo es que se olvide de su prudencia diabólica y me mate! ¡El único placer que concibo ahora mismo es el de morirme, o bien verlo muerto a él!

—Bueno, ¡basta ya de momento! —gritó Heathcliff—. ¡Recuerda sus palabras si te llaman a declarar ante un tribunal, Nelly! Y mira bien ese semblante. Está próxima al punto que me convendría. No, Isabella; ahora no estás en condiciones para velar por ti misma. Y yo, que soy tu tutor legal, debo custodiarte, por desagradable que me resulte esa obligación. Ve arriba; tengo que decirle algo a Ellen Dean en privado. Por ahí, no. ¡Arriba, te digo! Vaya, ¡por aquí se va arriba, niña!

La asió y la arrojó de la habitación, y volvió murmurando:

—¡No tengo piedad! ¡No tengo piedad! ¡Cuanto más se retuercen los gusanos, más ansío aplastarles las entrañas! Es como un dolor de muelas moral, y yo rechino los dientes con más energía cuanto más aumenta el dolor.

—¿Entiende usted lo que significa la palabra *piedad*? —pregunté, apresurándome a recuperar mi sombrero—. ¿Ha sentido jamás una pizca de ella en su vida?

—¡Deja eso! —me interrumpió, advirtiendo mi intención de marcharme—. Todavía no te vas. Ven aquí, Nelly. Debo convencerte u obligarte a que me ayudes a llevar a cabo mi determinación de ver a Catherine, y sin demora. Juro que no me propongo hacer ningún daño; no deseo suscitar ningún alboroto, ni exasperar ni insultar al señor Linton. Lo único que quiero es oír de sus propios labios cómo está y por qué ha estado enferma; y preguntarle si podría hacer yo alguna cosa que le sirviera de algo. Anoche pasé seis horas en el jardín de la Granja, y volveré allí esta noche; y rondaré por ese lugar todas las noches y todos los días hasta que encuentre la oportunidad de entrar. Si me sorprende Edgar Linton, no dudaré en derribarlo y en darle lo suficiente para garantizar que se esté quieto durante mi presencia. Si sus criados me salen al paso, los ahuyentaré amenazándolos con estas pistolas. Pero ¿no sería mejor evitar que yo entrara en contacto con ellos y con su amo? Y tú podrías conseguirlo con facilidad. Yo te avisaría cuando llegara, y entonces tú podrías dejarme entrar sin que me vieran, en cuanto ella estuviera sola, y vigilarías hasta que yo me marchara. Y podrías tener la conciencia bien tranquila, estarías evitando un mal.

Me negué a desempeñar ese papel traicionero en casa de mi patrón. Por otra parte, le expuse la crueldad y el egoísmo que entrañaba destruir la tranquilidad de la señora Linton por su propia satisfacción.

—Hasta el suceso más corriente la sobresalta de manera dolorosa —expliqué—. Es toda nervios, y no podría soportar la sorpresa, estoy segura de ello. ¡No insista, señor! ¡De lo contrario, me veré obligada a informar a mi amo de sus designios, y él tomará medidas para proteger su casa y a sus habitantes de tales invasiones injustificables!

—¡En ese caso, tomaré medidas para ponerte a buen recaudo, mujer! —exclamó Heathcliff—. No saldrás de Cumbres Borrascosas hasta mañana por la mañana. Eso de que Catherine no soportará verme es un cuento estúpido. Y lo de sorprenderla, no lo deseo. Deberás prepararla para esto; preguntarle si puedo ir. Dices que no pronuncia mi nombre, ni lo pronuncia nadie delante de ella. ¿A quién se lo iba a pronunciar, si soy un asunto prohibido en la casa? Cree que todos sois espías al servicio de su esposo. ¡Oh, no dudo de que está en el infierno entre vosotros! Su silencio me da a entender sus sentimientos, tanto como cualquier otra cosa. Dices que suele estar inquieta y con aspecto de angustia. ¿Es eso una prueba de tranquilidad? Dices que tiene la mente perturbada. ¿Cómo demonios podría ser de otro modo, con su aislamiento espantoso? ¡Y que esa criatura insípida, insignificante, la cuida por un sentido del deber y de humanidad! ¡Por lástima y caridad! Lo mismo le valdría plantar un roble en un tiesto y esperar que creciera que imaginarse que puede devolverle la salud en la tierra de sus cuidados superficiales. Vamos a dejarlo bien sentado de una vez. ¿Prefieres quedarte aquí, y que yo tenga que pelearme con Linton y sus lacayos para llegar hasta Catherine? ¿O quieres ser amiga mía, como lo has sido hasta ahora, y hacer lo que te pido? ¡Decídete! Porque, si te empeñas en tu terca aversión, no tendré por qué esperar ni un minuto más.

Pues bien, señor Lockwood, discutí con él, me quejé y me negué abiertamente cincuenta veces. Pero, al cabo, me obligó a acceder. Me comprometí a llevarle a mi señora una carta suya. En caso de consentir ella, le prometí hacérselo saber la siguiente ocasión en que Linton estuviera ausente de la casa. De ese modo podría entrar. Yo no estaría, y mis compañeros tampoco estorbarían. ¿Estaba bien o mal hecho? Me temo que estaba mal hecho, aunque era conveniente. Creí evitar así, con mi conformidad, una nueva explosión. Creí asimismo que aquello podría provocar una resolución favorable de la enfermedad mental de Catherine. Recordé entonces que el señor Edgar me había reñido con severidad por haber contado chismes. Procuré aliviar toda la inquietud que me produjera la cuestión afirmando repetidas veces que ese abuso de confianza, si es que merecía un apelativo tan duro, sería el último. Con todo, mi viaje de vuelta a casa fue más triste que el de ida; y tuve muchas dudas hasta que me pude forzar a mí misma a poner la misiva en manos de la señora Linton.

Pero aquí llega Kenneth; bajaré y le diré que usted está mucho mejor. Mi historia es sombría, y todavía nos servirá para matar otra mañana.

«¡Sombría y triste!», reflexioné mientras la buena mujer bajaba a recibir al médico, y no era precisamente la que habría elegido yo para distraerme. Pero ¡no importa! Extraeré medicinas salutíferas de las hierbas amargas de la señora Dean. En primer lugar, deberé guardarme de la fascinación que acecha en los ojos brillantes de Catherine Heathcliff. ¡Me encontraría en un brete curioso si rindiera mi corazón a esa joven, y la hija resultara ser una segunda edición de la madre!

SEGUNDA PARTE

Capítulo XV

Ha pasado otra semana... ¡y estoy otros tantos días más cerca de la salud y de la primavera! Ya he oído toda la historia de mi vecino en varias sesiones, en los ratos que dejaban libres al ama de llaves otros quehaceres más importantes. Seguiré narrándola con sus propias palabras, un poco condensadas. Considerándolo todo, es una narradora muy buena y yo no me creo capaz de mejorar su estilo.

Por la noche —dijo—, la noche de mi visita a las Cumbres, supe como si lo estuviera viendo que el señor Heathcliff rondaba por allí; y evité salir, porque llevaba todavía su carta en mi faltriquera y no quería que me amenazara ni me importunara más. Me había decidido a no entregarla hasta que mi amo saliera a alguna parte, pues no podía adivinar cómo afectaría a Catherine el recibirla. La consecuencia fue que no le llegó hasta que hubieron transcurrido tres días. El cuarto día era domingo, y se la llevé a su habitación después de que la familia se hubiera ido a la iglesia. Se quedaba un criado para guardar la casa conmigo, y teníamos en general la costumbre de cerrar las puertas con llave mientras duraba el servicio religioso; pero en aquella ocasión hacía un tiempo tan templado y agradable que yo las abrí de par en par. Para cumplir mi compromiso, como sabía quién había de venir, le dije a mi compañero que la señora tenía un gran deseo de algunas naranjas, y que él debía correr al pueblo a comprar unas cuantas, que se pagarían al día siguiente. Él se marchó, y yo me dirigí al piso superior.

La señora Linton estaba sentada con un vestido blanco suelto, con un chal ligero sobre los hombros, junto a la ventana abierta, como de costumbre. Le habían cortado parte de sus cabellos largos y espesos al principio de la enfermedad, y ahora los llevaba peinados de manera sencilla, con sus bucles naturales sobre las sienes y el cuello. Su aspecto estaba alterado, tal como le había dicho yo a Heathcliff. Pero cuando estaba en calma parecía que el cambio le había aportado una belleza sobrenatural. Al brillo de sus ojos le había sucedido una suavidad soñadora y melancólica. Ya no daban la impresión de mirar los objetos que la rodeaban. Parecía que miraban siempre más allá, y mucho más allá; se diría que fuera de este mundo. Luego, la palidez de su cara (que había perdido el aspecto macilento al cobrar ella carnes) y la expresión peculiar, consecuencia de su estado mental, aunque sugerían dolorosamente sus causas, aportaban algo al interés conmovedor que ella suscitaba; y refutaban (sé que siempre para mí, y creo que también para cualquiera que la viera) las pruebas más tangibles de convalecencia, y le ponían un sello de condenada a morir.

Había un libro abierto en el alféizar, ante ella, y el viento, apenas perceptible, agitaba sus hojas de cuando en cuando. Creo que lo había dejado allí Linton, pues ella no intentaba nunca divertirse con la lectura ni con ocupaciones de ninguna especie, y él dedicaba muchas horas a intentar atraer su atención hacia algún asunto de los que la divertían antes. Ella era consciente de lo que él pretendía, y en sus mejores estados de ánimo soportaba con placidez sus esfuerzos, sin manifestar la inutilidad de los mismos más que reprimiendo de vez en cuando un suspiro cansado, e interrumpiéndolo por fin con la más triste de las sonrisas y el más triste de los besos. En otras ocasiones lo apartaba de sí con petulancia y se ocultaba la cara entre las manos, o incluso lo despedía airadamente con un empujón;

y entonces él procuraba dejarla sola, pues estaba seguro de que no podía hacerle ningún bien.

Todavía sonaban las campanas de la capilla de Gimmerton, y el fluir dulce y sonoro del arroyo del valle calmaba los oídos. Era un grato sustituto del murmullo del follaje veraniego, todavía ausente, que ahogaba aquella música en las cercanías de la Granja cuando habían echado hoja los árboles. En Cumbres Borrascosas sonaba siempre en los días tranquilos, después de un gran deshielo o una temporada de lluvias constantes. Y Catherine pensaba en Cumbres Borrascosas al escuchar; esto es, si es que pensaba o escuchaba en absoluto; pero tenía esa mirada vaga y lejana que he dicho antes y que no expresaba ningún reconocimiento por su parte de cosas materiales, ni con la vista ni con el oído.

—Hay una carta para usted, señora Linton —le dije, y se la deposité con delicadeza en una mano que tenía apoyada en la rodilla—. Debe leerla de inmediato, porque exige respuesta. ¿Rompo el sello?

—Sí —respondió ella, sin apartar la mirada del infinito. La abrí; era muy corta.

—Ahora, léala —proseguí. Ella apartó la mano y dejó caer la carta. Yo volví a dejarla en su regazo y me quedé esperando a que tuviera a bien bajar la vista; pero este movimiento se retrasó tanto que, por fin, volví a hablar:

—¿Debo leérsela, señora? Es del señor Heathcliff.

Hubo un respingo y un brillo inquieto de recuerdo, y un esfuerzo por ordenar sus ideas. Levantó la carta, y pareció que la leía. Cuando llegó a la firma, suspiró, aunque yo advertí que no se había hecho cargo de su contenido, pues al pedirle que me diera su respuesta, ella señaló el nombre y me miró con una atención triste e interrogadora.

—Pues bien, quiere verla —le dije, suponiendo que necesitaba de un intérprete—. Está en el jardín en este momento, e impaciente por conocer la respuesta que le llevaré.

Mientras hablaba, observé que un perro grande que estaba tendido al sol en la hierba, abajo, levantaba las orejas como disponiéndose a ladrar, las volvía a bajar después y anunciaba, agitando la cola, que se aproximaba alguien a quien él no consideraba desconocido. La señora Linton se inclinó hacia delante y escuchó sin aliento. Al cabo de un momento, unos pasos cruzaron el vestíbulo; la casa abierta había resultado demasiado tentadora para que Heathcliff se resistiera a entrar; lo más probable es que supusiera que yo me inclinaba a incumplir mi promesa y que optara, por lo tanto, por confiar en su propia audacia. Catherine miró hacia la entrada de su cuarto con una atención impaciente. Él no dio enseguida con la habitación. Ella me indicó con un gesto que le hiciera pasar, pero él la encontró antes de que yo llegase a la puerta, y en una o dos zancadas llegó junto a ella y la tomó en sus brazos.

Pasó unos cinco minutos sin hablar ni soltarla. Diría que en ese plazo le dio más besos de los que había dado antes en toda su vida; pero es verdad que mi señora fue la primera que besó, ¡y vi con claridad que él apenas era capaz de mirarla a la cara, de puro dolor! Desde el momento en que la vio, había tenido la misma seguridad que yo de que ahí no había perspectiva de recuperación definitiva: estaba condenada, era seguro que moriría.

—¡Ay, Cathy! ¡Ay, vida mía! ¿Cómo podré soportarlo? —fue la primera frase que pronunció, en un tono que no pretendía disimular su desesperación. Y entonces la miró con tanta atención que yo creí que la intensidad misma de su mirada le haría saltar las lágrimas en los ojos; pero éstos ardían de angustia, en vez de humedecerse.

—Y ahora, ¿qué? —dijo Catherine, recostándose en su sillón y devolviéndole la mirada con el ceño repentinamente sombrío. Su humor era una pura veleta, agitada por caprichos que variaban por momentos—. ¡Edgar y tú me habéis roto el corazón, Heathcliff! ¡Y los dos acudís a mí a doleros de ello, como si fuerais vosotros los dignos de lástima! Yo no tendré lástima de ti; no haré tal. Me has matado... y creo que eso te ha sentado bien. ¡Qué fuerte estás! ¿Cuántos años piensas vivir después de que yo falte?

Heathcliff había apoyado una rodilla en el suelo para abrazarla; intentó levantarse, pero ella lo sujetó del pelo y le obligó a seguir arrodillado.

—¡Ojalá pudiera sujetarte hasta que hubiéramos muerto los dos! —prosiguió ella con amargura—. No me importaría lo que padecieses. Nada me importan tus padecimientos. ¿Por qué no has de padecer? ¡Yo padezco! ¿Me olvidarás? ¿Serás feliz cuando yo esté bajo tierra! ¿Dirás de aquí a veinte años:

«Ésa es la tumba de Catherine Earnshaw. La amé hace mucho tiempo, y fui desgraciado cuando la perdí, pero aquello pasó. He amado a muchas otras desde entonces; mis hijos me son más queridos que lo fue ella; y a la hora de mi muerte no me alegraré porque voy a reunirme con ella, me entristeceré por abandonarlos»? ¿Dirás eso, Heathcliff?

—No me atormentes hasta que me vuelva tan loco como tú —gritó él, liberando la cabeza de un tirón y apretando los dientes.

Los dos formaban un cuadro extraño y temible para el espectador desapasionado. Bien podía considerar Catherine que el cielo sería un lugar de destierro para ella, a menos que al despojarse de su cuerpo mortal se despojara también de su carácter mortal. Su semblante actual tenía un rencor salvaje en la mejilla pálida, los labios fríos y los ojos refulgentes, y conservaba entre los dedos cerrados una parte de los cabellos que había tenido sujetos. En cuanto a su compañero, al apoyarse en una mano para levantarse, había asido el brazo de ella con la otra, y su capacidad para la delicadeza era tan poco adecuada para las exigencias del estado de ella que vi que había dejado, al soltarla, cuatro claras señales azules en su piel descolorida.

—¿Estás poseída por un demonio para hablarme de esta manera cuando te estás muriendo? —prosiguió—. ¿No has reparado en que todas esas palabras quedarán grabadas en mi recuerdo y me roerán por toda la eternidad, cada vez más hondo, cuando me hayas dejado? Sabes que mientes cuando dices que te he matado. Catherine, ¡sabes que así podría olvidarme de ti como de mi propia existencia! ¿No es bastante para tu egoísmo infernal que yo me haya de retorcer en los tormentos del infierno mientras tú estés en paz?

—No estaré en paz —se lamentó Catherine, quien recordó su debilidad física por las palpitaciones violentas e irregulares de su corazón, el cual latía de manera visible y audible con esta agitación excesiva. No dijo nada más hasta que hubo pasado el paroxismo. Después, prosiguió con voz más amable:

—No te deseo tormentos mayores que los que yo sufro, Heathcliff. Lo único que deseo es que no nos separemos nunca. Si una palabra mía te aflige de ahora en adelante, ¡piensa que yo siento por dentro esa misma aflicción, y perdóname, hazlo por mí! ¡Ven aquí y arrodíllate otra vez! Nunca en

tu vida me has hecho daño. ¡No; si albergas ira, sería peor recordar ésta que mis duras palabras! ¿No volverás aquí? ¡Vuelve!

Heathcliff se situó tras el respaldo de su sillón y se inclinó sobre ella, pero no tanto como para que ella le pudiera ver la cara, que estaba lívida de emoción. Ella giró la cabeza para mirarlo; él no quiso consentirlo; se volvió bruscamente y caminó hasta la chimenea, donde se quedó de pie, en silencio, dándonos la espalda. La señora Linton lo seguía con la mirada con desconfianza; cada uno de sus movimientos despertaba en ella un nuevo sentimiento. Después de una pausa y de dirigirle una larga ojeada, volvió a hablar, dirigiéndose a mí con acento de desilusión indignada:

—¡Ah, ya lo ves, Nelly, no es capaz de ceder un solo instante para que yo no vaya a la tumba! ¡Así es como me ama! Bueno, no importa. Éste no es mi Heathcliff. Seguiré amando al mío, y me lo llevaré conmigo, está en mi alma. Y lo que más me fastidia, al fin y al cabo, es esta cárcel destrozada —añadió, como pensando en voz alta—. Estoy cansada, cansada de estar aquí encerrada. Ansío huir a ese mundo glorioso y estar siempre allí, en lugar de verlo confusamente entre lágrimas y suspirar por él desde detrás de las paredes de un corazón dolorido; ansío estar verdaderamente con él y en él. Nelly, tú crees que estás mejor y que eres más afortunada que yo; gozas de toda tu salud y fuerzas; tienes lástima de mí... Eso cambiará muy pronto. Seré yo quien tenga lástima de ti. Estaré incomparablemente más allá y por encima de todos vosotros. ¡Me maravilla que él no vaya a estar cerca de mí! —prosiguió hablando para sí—. Creí que lo deseaba. ¡Heathcliff, querido! Ahora no debes estar de mal humor. Ven conmigo, Heathcliff.

Su anhelo la hizo levantarse, apoyándose en el brazo del sillón. Él, al oír aquella llamada sincera, se volvió hacia ella con aspecto de desesperación absoluta. Sus ojos, muy abiertos y húmedos por fin, la miraron con un fulgor intenso. El pecho se le agitaba de manera espasmódica. Estuvieron separados un instante, y después apenas vi cómo se juntaron, pero Catherine dio un brinco y él la tomó, y se unieron en un abrazo del que pensé que mi señora no saldría viva; de hecho, a mí me parecía completamente inerte. Él se dejó caer en el asiento más próximo, y al acercarme yo deprisa para ver si ella se había desmayado, él me enseñó los dientes y echó espuma por la boca como un perro rabioso, y la llevó hacia sí con codicioso celo. Yo sentí que no estaba en compañía de un ser de mi misma especie. Me pareció que no me entendería aunque le hablara, de modo que me retiré y contuve la lengua, muy perpleja.

Un movimiento de Catherine me tranquilizó un poco; levantó la mano para llevarla al cuello de él y para acercarle su mejilla mientras él la abrazaba; él, a su vez, mientras la cubría de caricias frenéticas, dijo con ferocidad:

—Ahora me estás enseñando lo cruel que has sido..., lo cruel y lo falsa. ¿Por qué me despreciaste? ¿Por qué traicionaste a tu propio corazón, Cathy? No tengo una sola palabra de consuelo. Esto te lo mereces. Te has matado a ti misma. Sí, puedes besarme, y llorar, y arrancarme besos y lágrimas; te destruirán..., te condenarán. Me amabas... *¿Qué derecho* tenías a dejarme, entonces? ¿Qué derecho, respóndeme? ¿Por el triste capricho que tuviste por Linton? Porque, aunque ni miseria, ni degradación, ni muerte, ni nada que pudieran habernos infligido Dios o Satanás habría podido separarnos, nos separaste tú por tu propia voluntad. No te he roto yo el corazón, te lo has roto tú. Al romperlo, has roto el mío. Soy fuerte, tanto peor para mí. ¿Que si quiero vivir? ¿Qué vida será la mía cuando tú...? ¡Ay, Dios! ¿Querrías vivir tú con tu alma en la tumba?

—Déjame en paz. Déjame en paz —sollozó Catherine—. Si he hecho mal, me estoy muriendo por ello. ¡Es suficiente! ¡Tú también me dejaste, pero no quiero reñirte! Te perdono. ¡Perdóname tú a mí!

—Es difícil perdonar mirando esos ojos y tocando esas manos demacradas —respondió él—. ¡Bésame otra vez, y que no te vea los ojos! Te perdono lo que me has hecho. Amo a mi asesina...; pero ¿cómo puedo amar al tuyo?

Guardaron silencio, con las caras juntas, sin mirarse, y bañándoselas mutuamente con las lágrimas. Al menos, supongo que ambos lloraban, pues parecía que Heathcliff era capaz de llorar, en efecto, en una ocasión tan señalada como aquélla.

Mientras tanto, yo me sentía cada vez más incómoda, pues la tarde avanzaba, el criado al que yo había hecho marchar volvió de su recado y podía distinguir, al brillo del sol de poniente, en la cabecera del valle, un gentío cada vez mayor ante el pórtico de la capilla de Gimmerton.

—Ha concluido el servicio —anuncié—. Mi amo estará aquí dentro de media hora.

Heathcliff gruñó una maldición y apretó a Catherine contra sí con más fuerza. Ella no se movió.

Antes de que hubiera pasado mucho rato percibí que un grupo de criados subía por la carretera hacia el ala de la cocina. El señor Linton no venía muy atrás; abrió el portón él mismo y subió despacio por el camino, paseando, seguramente disfrutando de la hermosa tarde, con una brisa tan suave como la del verano.

—¡Ya está aquí! —exclamé—. ¡En nombre del cielo, apresúrese a bajar! No se encontrará a nadie en las escaleras principales. Apresúrese, y quédese entre los árboles hasta que él haya entrado.

—Debo irme, Cathy —dijo Heathcliff, intentando soltarse de los brazos de su compañera—. Pero, si vivo, volveré a verte antes de que estés dormida. No me apartaré cinco varas de tu ventana.

—¡No debes irte! —respondió ella, apretándolo con toda la firmeza que le permitían sus fuerzas—. No te irás, te digo.

—Una hora —le imploró él con pasión.

—Ni un minuto —respondió ella.

—Debo irme. Linton subirá al instante —insistió el intruso, alarmado.

Quiso levantarse y soltarse así de sus dedos. Ella se asió con fuerza, jadeando. En su rostro se leía una decisión enloquecida.

—¡No! —chilló—. ¡Oh, no, no te vayas! ¡Es la última vez! Edgar no nos hará daño. ¡Me moriré, Heathcliff! ¡Me moriré!

—¡Maldito imbécil! Ahí está —exclamó Heathcliff, hundiéndose de nuevo en su asiento—. ¡Calla, querida! ¡Calla, calla, Catherine! Me quedaré. Si me matara de un tiro así, yo expiraría con una bendición en los labios.

Y, dicho esto, volvieron a abrazarse. Oí que mi amo subía las escaleras. La frente se me llenó de sudor frío. Estaba horrorizada.

—¿Va usted a atender a sus delirios? —le urgí con pasión—. No sabe lo que dice. ¿Va usted a causarle la ruina, porque ella no tiene juicio para valerse por sí misma? ¡Levántese! Podría estar libre al instante. Ésta es la obra más diabólica que ha hecho en su vida. Estamos perdidos todos: el señor, la señora y la criada.

Me retorcí las manos y solté un grito; y el señor Linton apretó el paso al oír el ruido. En mi agitación, me alegré sinceramente al observar que a Catherine se le caían los brazos, relajados, y le colgaba la cabeza.

«O bien se ha desmayado o bien se ha muerto —pensé—. Tanto mejor. Es mucho mejor que haya muerto a que se quede para ser una carga y una desgracia para todos los que la rodean.»

Edgar se abalanzó hacia su visitante no invitado, pálido de asombro y de ira. No sé qué pensaba hacer. Pero el otro interrumpió de inmediato todas sus manifestaciones poniendo en sus brazos el cuerpo de aspecto inerte.

—¡Mire! —le dijo—. ¡Ayúdela primero a ella, si no es usted un demonio! ¡Después hablará conmigo!

Entró en el salón y se sentó. El señor Linton me llamó y, con grandes dificultades y tras recurrir a muchos medios, conseguimos hacerla volver en sí. Pero estaba completamente desconcertada; suspiraba, soltaba quejidos y no conocía a nadie. Edgar, en su angustia por ella, se olvidó de su odiado amigo. Yo no. En cuanto tuve ocasión, fui a suplicarle que se marchara, asegurándole que Catherine estaba mejor y que a la mañana siguiente yo le daría noticias de cómo había pasado la noche.

—No me negaré a salir de la casa —respondió él—, pero me quedaré en el jardín; y, Nelly, cuida de cumplir tu palabra mañana. Estaré bajo esos alerces. ¡Acuérdate! De lo contrario, haré otra visita, esté Linton o no.

Echó una ojeada rápida por la puerta entreabierta del cuarto y, tras comprobar que lo que yo decía era verdad, al parecer, libró a la casa de su presencia aciaga.

Capítulo XVI

Aquella noche, hacia las doce, nació la Catherine que usted vio en Cumbres Borrascosas. Una niña enclenque, sietemesina. La madre murió dos horas más tarde, sin haber recuperado jamás el sentido lo suficiente como para echar de menos a Heathcliff o conocer a Edgar. La alteración de este último por su pérdida es demasiado dolorosa como para referirla. Sus efectos posteriores demostraron lo hondo que había calado la pena. Según lo veía yo, empeoraba mucho la situación el hecho de que quedase sin heredero. Yo lo lamentaba, mientras contemplaba a la débil huérfana, y le reprochaba en mi fuero interno al viejo Linton que hubiese dejado su hacienda a su hija (consecuencia de una parcialidad natural), en vez de a su hijo. ¡Era una recién nacida mal recibida, la pobrecilla! Durante aquellas primeras horas de su existencia estuvo a punto de berrear hasta morir sin que a nadie le importara lo más mínimo. Después remediamos su abandono, pero en el principio de su vida careció tanto de amigos como es probable que carezca en su fin.

La mañana siguiente, que fue luminosa y alegre al aire libre, entró amortiguada a través de las celosías de la habitación silenciosa, y cubrió el lecho y a su ocupante de un brillo suave y tierno. Edgar Linton tenía la cabeza apoyada en la almohada y los ojos cerrados. Sus rasgos jóvenes y hermosos estaban casi tan cadavéricos como los de la figura que tenía a su lado, y casi igualmente fijos. Pero su silencio era el de la angustia agotada, y el de ella era el de la paz perfecta. Ella tenía la frente lisa, los párpados cerrados, la expresión de una sonrisa en los labios; ningún ángel del cielo podía ser más hermoso que ella. Y yo participé de la calma infinita en que ella reposaba. Nunca tuve la mente en una disposición más piadosa que mientras estuve contemplando aquella imagen apacible del descanso divino. Repetí de manera instintiva las palabras que ella había pronunciado hacía pocas horas: «¡Incomparablemente más allá y por encima de todos nosotros! ¡Esté en la tierra o esté ahora en el cielo, su espíritu reside con Dios!».

No sé si es una particularidad mía, pero rara vez dejo de ser feliz cuando velo en una cámara mortuoria, a no ser que haya algún otro acompañante frenético o desesperado que comparta el deber conmigo. Veo un reposo que no pueden romper ni la tierra ni el infierno, y siento una seguridad del más allá sin fin y sin sombras, de la Eternidad en que han entrado, donde no tiene límites la duración de la vida, ni la comprensión del amor, ni la plenitud de la alegría. En aquella ocasión observé cuánto egoísmo hay hasta en un amor como el del señor Linton, cuando lamentó tanto la bendita liberación de Catherine. Sin duda, tras la vida rebelde e impaciente que había llevado ella, cabría haber dudado de si se merecía al final una morada de paz. Podría dudarse en momentos de fría reflexión; pero no entonces, en presencia de su cadáver. Éste afirmaba su propia tranquilidad, que parecía prometer igual reposo a su antigua moradora.

—¿Cree usted que las personas como ésta son felices en el otro mundo, señor? Mucho daría por saberlo.

Rehusé responder a la pregunta de la señora Dean, que me pareció algo heterodoxa. Ella prosiguió.

Recordando la vida de Catherine Linton, me temo que no tenemos derecho a suponer que lo es. Pero dejémosla con su Hacedor.

El amo parecía dormido, y yo me aventuré, poco después de salir el sol, a retirarme de la habitación y salir discretamente al aire puro y refrescante.

Los criados creyeron que había ido a quitarme de encima el sopor de mi larga vela. En realidad, mi motivo principal era el de ver al señor Heathcliff. Si se había quedado toda la noche entre los alerces, no habría oído nada de la agitación que había tenido lugar en la Granja, a menos, quizá, que hubiera podido captar el galope del mensajero que había ido a Gimmerton. Si se había acercado más, seguramente sería consciente, por el movimiento de luces y la apertura y cierre de las puertas exteriores, de que las cosas no marchaban bien dentro. Deseaba encontrarlo, y lo temía al mismo tiempo. Me parecía que era preciso contar la noticia terrible, y deseaba pasar el mal trago, pero no sabía cómo.

Él estaba allí, al menos estaba en el parque, unas pocas varas más allá, apoyado en un viejo fresno, sin el sombrero y con el pelo empapado del rocío que se había formado en las ramas llenas de brotes tiernos, y que caía goteando a su alrededor. Llevaba un buen rato de pie en esa postura, pues vi que una pareja de mirlos iba y venía pasando apenas a una vara de él, ocupados en construir su nido y sin dar más importancia a su presencia que a la de un madero. Al acercarme huyeron volando, y él levantó los ojos y habló:

—¡Ha muerto! —profirió—. No me ha hecho falta esperarte para enterarme. Guarda tu pañuelo; no lloriquees delante de mí. ¡Malditos seáis todos! ¡Ella no necesita de vuestras lágrimas!

Yo lloraba tanto por él como por ella. A veces sentimos lástima de criaturas que carecen de dicho sentimiento, tanto hacia sí mismas como hacia los demás; y en cuanto hube echado la primera ojeada a su cara, percibí que se había enterado de la catástrofe; y me vino la idea necia de que se le había calmado el corazón y estaba rezando, pues movía los labios y tenía la mirada clavada en el suelo.

—¡Sí, ha muerto! —respondí, conteniendo mis sollozos y secándome las mejillas—. ¡Ha ido al cielo, espero, donde todos podremos reunimos con ella si escarmentamos y dejamos el mal camino para seguir el bueno!

—¿Escarmentó ella, entonces? —preguntó Heathcliff, intentando sonar sarcástico—. ¿Murió como una santa? Vamos, hazme una relación verídica del suceso. ¿Cómo murió...?

Intentó pronunciar el nombre, pero no lo consiguió. Cerró la boca con fuerza y mantuvo un combate silencioso con su dolor interior, a la vez que desafiaba mi conmiseración con una mirada impávida, feroz.

—¿Cómo murió? —preguntó por fin, requiriendo un apoyo tras de sí, a pesar de su osadía; ya que después del combate temblaba hasta las puntas de los dedos, a pesar suyo.

«¡Pobre desgraciado! —pensé—. ¡Tienes corazón y nervios, igual que tus hermanos, los hombres! ¿Por qué has de esforzarte por ocultarlos? ¡Tu orgullo no puede cegar a Dios! Lo estás tentando para que te los retuerza hasta que te fuerce a soltar un grito de humillación.»

—¡En silencio, como un corderito! —respondí en voz alta—. Soltó un suspiro y se estiró como una niña que se despierta y vuelve a sumirse en el sueño. Cinco minutos más tarde sentí un leve latido de su corazón..., ¡y nada más!

—Y... ¿habló de mí en algún momento? —preguntó él, vacilante, como si temiera que la respuesta a esta pregunta fuera a introducir unos detalles que él no podría soportar.

—No recobró nunca el sentido. No conoció a nadie desde que la dejó usted —dije—. Yace con una dulce sonrisa en la cara. Sus últimas ideas volvieron a tiempos agradables del pasado. Su vida se cerró en un sueño amable. ¡Ojalá tenga un despertar tan suave en el otro mundo!

—¡Ojalá se despierte entre tormentos! —gritó él con una vehemencia terrible, dando un pisotón en la tierra y gimiendo en un paroxismo repentino de pasión incontrolable—. ¡Sí, ha sido mentirosa hasta el final! ¿Dónde está? No está allí..., ni en el cielo..., ni ha perecido... ¿Dónde? ¡Oh! ¡Tú dijiste que en nada te importaban mis sufrimientos! Y yo pido una cosa, y la repetiré hasta que se me quede rígida la lengua: ¡Catherine Earnshaw, que no descanses mientras yo viva! Dijiste que yo te maté, ¡persígueme, pues! Es verdad que los asesinados persiguen a sus asesinos. Creo..., sé que ha habido fantasmas que han vagado por la tierra. ¡Estate siempre conmigo..., adopta cualquier forma..., vuélveme loco! ¡Pero no me dejes en este abismo, donde no puedo encontrarte! ¡Ay, Dios! ¡Es inexpresable! ¡No puedo vivir sin mi vida! ¡No puedo vivir sin mi alma!

Se dio de cabezazos contra el tronco nudoso y, levantando los ojos, aulló, no como un hombre, sino como una bestia salvaje a la que aguijaran a muerte con cuchillos y lanzas. Observé varias señales de sangre en la corteza del árbol, y tenía manchada la mano y la frente; era probable que la escena que yo había presenciado se hubiera repetido durante la noche. Apenas me movió a compasión, me horrorizó; a pesar de lo cual, yo seguía reacia a dejarlo así. Pero en el momento en que se rehízo lo suficiente para advertir que lo observaba, me ordenó con voz tronante que me marchara, y yo le obedecí. ¡Estaba fuera de mi alcance acallarlo o consolarlo!

Los funerales de la señora Linton se acordaron para el viernes siguiente a su fallecimiento; y hasta entonces su ataúd quedó abierto, cubierto de flores y de hojas de olor en el salón grande. Linton pasó allí los días y las noches, como guardián sin sueño, y Heathcliff (circunstancia ésta que todos ignoraban menos yo) pasaba allí las noches, por lo menos, sin conocer el reposo. Yo no me comuniqué con él, pero era consciente de sus designios de entrar si podía. El martes, un poco después de anochecer, cuando mi amo se había visto obligado a retirarse un par de horas por pura fatiga, fui y abrí una de las ventanas, conmovido por su perseverancia en dar el último vale a la imagen marchita de su ídolo. Él no dejó de aprovechar la oportunidad de manera cautelosa y breve, tan cautelosa que no desveló su presencia con el menor ruido. De hecho, yo misma no habría descubierto que había estado allí, si no hubiera sido porque estaban desordenados los paños alrededor de la cara del cadáver, y porque observé en el suelo un rizo de pelo claro, sujeto con un hilo de plata, que, al examinarlo, comprobé que había salido de un guardapelo que llevaba Catherine al cuello. Heathcliff había abierto el dije y había tirado su contenido, sustituyéndolo por un rizo negro suyo. Yo entrelacé los dos y los guardé juntos.

Por supuesto, invitaron al señor Earnshaw a asistir al entierro de los restos de su hermana. No envió ninguna disculpa, ni tampoco asistió; de modo que, aparte de su marido, el duelo estaba compuesto enteramente por arrendatarios y criados. No invitaron a Isabella. Para sorpresa de los del pueblo, no enterraron a Catherine en la capilla, bajo el monumento tallado de los Linton, ni tampoco afuera, junto a las tumbas de sus parientes. Abrieron su tumba en una ladera verde, en un rincón del camposanto, donde el muro es tan bajo que lo han salvado los brezos y los arándanos del páramo, y el mantillo de turba casi la cubre. Ahora, su esposo está enterrado en el mismo lugar, y cada uno tiene una mera lápida en la cabecera y un bloque gris sencillo a los pies para señalar las tumbas.

Capítulo XVII

Aquel viernes fue el último día de buen tiempo que tuvimos durante un mes. Al caer la tarde, el tiempo se estropeó, el viento roló del sur al nordeste y trajo primero lluvia y después aguanieve y nieve. Al día siguiente, uno no se podría imaginar que habíamos tenido tres semanas de verano; las prímulas y los botones de oro estaban ocultos bajo ventisqueros invernales; las alondras guardaban silencio, las hojas nuevas de los árboles tempranos estaban quemadas y ennegrecidas. ¡Y qué triste, y qué fría, y qué sombría amaneció aquella mañana! Mi amo se quedó en su cuarto; yo tomé posesión del salón solitario y lo convertí en cuarto de la niña. Y allí estaba yo sentada, con la muñeca llorosa de la niña en mi falda, acunándola y mirando mientras tanto los copos que seguían cayendo y se acumulaban en la ventana, que tenía la cortina corrida, cuando se abrió la puerta y entró una persona, sin aliento y riéndose. Durante un instante, mi ira superó a mi asombro. Supuse que sería una de las doncellas y grité:

—¡Termina de una vez! ¿Cómo te atreves a exhibir aquí tu atolondramiento? ¿Qué diría el señor Linton si te oyera?

—¡Perdona! —respondió una voz familiar—; pero sé que Edgar está acostado y no puedo contenerme.

Dicho esto, la persona que había hablado se adelantó hasta la lumbre, jadeando y llevándose una mano al costado.

—¡He venido desde Cumbres Borrascosas sin dejar de correr en todo el camino —prosiguió, después de una pausa—, menos cuando he volado! No podría contar cuántas veces me he caído. ¡Ay, me duele todo! ¡No te alarmes! Habrá una explicación en cuanto yo pueda darla; ten tan sólo la bondad de salir a pedir el coche para que me lleve a Gimmerton y de decir a una criada que tome algunos vestidos de mi guardarropa.

La intrusa era la señora Heathcliff. Desde luego que no parecía que su situación fuera cosa de risa. El pelo le caía sobre los hombros, empapado de nieve y de agua. Llevaba puesta la ropa de jovencita que solía llevar, más propia de su edad que de su estado, y un vestido escotado de mangas cortas, sin nada en la cabeza ni en el cuello. El vestido era de seda ligera y se le pegaba al cuerpo con la humedad, y llevaba los pies cubiertos sólo de unas zapatillas delgadas. Si a esto le añadimos que tenía un corte profundo debajo de una oreja, que si no sangraba con profusión era gracias al frío intenso; la cara pálida llena de rasguños y de magulladuras, y el cuerpo apenas capaz de tenerse en pie por la fatiga, bien se puede imaginar usted que mi primera impresión de susto no se alivió gran cosa cuando tuve ocasión de examinarla con mayor detenimiento.

—Querida señora —exclamé—, no iré a ninguna parte ni escucharé nada mientras usted no se haya quitado hasta la última prenda de ropa y se haya puesto cosas secas. Desde luego que usted no irá a Gimmerton esta noche, por lo que es inútil pedir el coche.

—Desde luego que iré —aseveró ella—, a pie o en coche, aunque no veo reparo en vestirme con cierta decencia. Y... ¡Ah, mira cómo me corre ahora por el cuello! La lumbre hace que me escueza.

Insistió en que yo cumpliera sus instrucciones antes de permitirme tocarla, y sólo cuando se hubo mandado al cochero que se preparara y a una doncella que dispusiera algunos atuendos necesarios para el viaje conseguí que me consintiera vendar la herida y ayudarla a cambiarse de ropa.

—Ahora, Ellen —me dijo, cuando terminé mi tarea y ella se hubo sentado en un sillón ante el hogar, con una taza de té delante—, siéntate frente a mí y deja a la niña de la pobre Catherine. ¡No quiero verla! Que mi conducta tonta al entrar no te haga creer que me importa poco Catherine. Yo también he llorado; con amargura, sí, más de lo que ha podido llorar cualquiera que tenga razón para ello. Recordarás que nos separamos sin reconciliarnos, y eso no me lo perdonaré. Pero no por eso iba yo a simpatizar con él, ¡la bestia brutal! ¡Ay, dame el atizador! Ésta es la única cosa suya que conservo.

Se quitó del dedo anular el anillo de oro y lo arrojó al suelo.

—¡Lo aplastaré! —prosiguió, golpeándolo con un despecho infantil—. ¡Y después lo quemaré!

Y tomó el objeto maltratado y lo dejó caer entre los carbones.

—¡Ya está! Que me compre otro, si vuelve a atraparme. Sería capaz de venir aquí a por mí para provocar a Edgar... ¡No me atrevo a quedarme, no sea que le venga a la cabeza malvada esa idea! Por otra parte, Edgar no ha sido amable, ¿verdad? Y yo no voy a venir a suplicar su ayuda, ni quiero causarle más contrariedades. He tenido que refugiarme aquí por necesidad; aunque, si no hubiera sabido que él no estaba, me habría pasado por la cocina, me habría lavado la cara, me habría calentado, te habría pedido que me trajeras lo que me hacía falta y me habría vuelto a marchar a cualquier parte donde no pudiera alcanzarme mi condenado..., ¡ese duende malo en carne humana! ¡Ah, estaba hecho una furia! ¡Si me llega a atrapar! Lástima que Earnshaw no lo iguale en fuerzas; ¡yo no habría huido hasta haberlo visto prácticamente destruido, si Hindley hubiera sido capaz de ello!

—¡Bueno, señorita, no hable usted tan aprisa! —la interrumpí—. Va a descolocarse el pañuelo que le he atado a la cara, y hacer que le sangre otra vez el corte. Tómese su té, y respire, y deje de reír; ¡la risa está deplorablemente fuera de lugar bajo este techo, y en el estado de usted!

—Una verdad innegable —respondió ella—. ¡Escucha a esa niña! Llora sin parar. Llévatela donde yo no la oiga durante una hora. No me quedaré más tiempo.

Hice sonar la campanilla y dejé a la niña al cuidado de una criada. Después le pregunté a Isabella qué la había impulsado a huir de Cumbres Borrascosas en una situación tan increíble, y adónde pensaba ir, en vista de que se negaba a quedarse con nosotros.

—Debería y quisiera quedarme —respondió ella—, para animar a Edgar y para cuidar de la niña, entre otras cosas, y también porque la Granja es mi hogar legítimo. ¡Pero te digo que Heathcliff no me lo permitiría! ¿Crees que soportaría verme lozana y alegre, y pensar que estamos tranquilos, sin tomar la resolución de emponzoñar nuestro bienestar? Ahora tengo la satisfacción de estar segura de que me detesta hasta el punto de que le molesta una enormidad tenerme al alcance de sus oídos o de su vista; observo que cuando entro en su presencia se le distorsionan de manera involuntaria los músculos del semblante en una expresión de odio, que se debe en parte a que conoce los buenos motivos que tengo para albergar hacia él ese mismo sentimiento, y en parte a su aversión primitiva. Ese odio es lo bastante fuerte como para que yo crea con harta certeza que no me perseguirá por toda Inglaterra, suponiendo que yo consiga huir del todo; y por eso debo marcharme lejos. Me he recuperado de los primeros deseos de dejarme matar por él. ¡Prefiero que se mate a sí mismo! Ha apagado mi amor con toda eficacia, y por eso estoy tranquila. Todavía recuerdo cómo lo amaba, e imagino vagamente que podría seguir amándolo si... ¡No, no! Aunque me hubiera adorado, su naturaleza diabólica se habría desvelado de alguna manera. Catherine, que tan bien lo conocía, tenía un gusto terriblemente perverso para estimarlo tanto. ¡Monstruo! ¡Ojalá pudiera borrarse de la creación y de mi recuerdo!

—¡Calle! ¡Calle! Es un ser humano —dije—. Tenga más caridad; ¡hay hombres todavía peores que él!

—No es un ser humano —repuso ella—, y no tiene derecho alguno a recibir mi caridad. Le entregué mi corazón, y él lo tomó y lo estrujó hasta matarlo, y me lo volvió a arrojar. Las personas sienten con los corazones, Ellen, y, dado que él ha destruido el mío, yo no tengo capacidad de sentir nada por él; ¡y no lo sentiría aunque se pasara gimiendo desde hoy hasta el día de su muerte y llorara lágrimas de sangre por Catherine! ¡No, en verdad, en verdad que no!

Y entonces Isabella se echó a llorar; pero, restañando inmediatamente las lágrimas de sus ojos, prosiguió:

—¿Me preguntas qué es lo que me ha incitado a huir por fin? Me vi obligada a intentarlo porque había conseguido suscitar su ira por encima de su malicia. Se necesita más frialdad para arrancar los nervios con unas tenazas al rojo vivo que para dar un golpe en la cabeza. Se había excitado hasta el punto de olvidarse de la prudencia diabólica de que se había jactado, y había pasado a la violencia asesina. A mí me producía placer el ser capaz de exasperarlo; el sentido del placer despertó mi instinto de conservación de tal manera que me he liberado del todo; y si vuelvo a caer en sus manos, le invito a que tome una venganza notable.

»Sabes que el señor Earnshaw debió asistir ayer a los funerales. Se mantuvo sereno con ese fin, tolerablemente sereno, sin acostarse enloquecido a las seis para levantarse borracho a las doce. En consecuencia, se levantó con una depresión suicida, tan acondicionado para ir a la iglesia como para asistir a un baile. En lugar de ello, se sentó junto a la lumbre y se puso a tragar ginebra o brandy a vasos.

»Heathcliff (¡me estremezco al nombrarlo!) ha sido un extraño en la casa desde el domingo pasado hasta hoy. No sé decir si le habrán dado de comer los ángeles o los de su ralea que viven debajo; pero lleva casi una semana sin hacer una comida con nosotros. Volvía a casa al alba, y subía a su cuarto, donde se encerraba con llave, ¡como si alguien pudiera desear su compañía ni en sueños! Allí se quedaba, rezando como un metodista; sólo que la deidad a la que imploraba es polvo y cenizas sin sentido; ¡y cuando aludía a Dios, lo confundía extrañamente con su propio padre negro! Después de concluir tan bellas oraciones (que solían durar hasta que se quedaba ronco y se le ahogaba la voz en la garganta), se marchaba otra vez, ¡siempre derecho a la Granja! ¡Me extraña que Edgar no hiciera llamar a un alguacil para que lo prendieran! A mí, con lo afligida que estaba por lo de Catherine, me resultaba imposible dejar de tener por unas vacaciones esta temporada de liberación de una opresión degradante.

»Recuperé la presencia de ánimo suficiente para poder oír los eternos sermones de Joseph sin llorar y moverme por la casa sin que mi andar se pareciera tanto como antes al de una ladrona asustada. No pensarías que yo pudiera llorar por nada que dijera Joseph; pero Hareton y él son unos compañeros detestables. ¡Prefiero sentarme con Hindley y oír sus palabras horribles a estar con «el amito» y su fiel partidario, ese viejo odioso! Cuando

Heathcliff está en casa, me veo obligada con frecuencia a refugiarme en la cocina y en la compañía de éstos, o a morirme de frío en las cámaras húmedas y deshabitadas; cuando no está, como ha sucedido esta semana, pongo una mesa y una silla en un rincón de la lumbre de la casa, y no me entrometo en las ocupaciones del señor Earnshaw, y él me deja en paz. Ahora está más callado de lo que solía, cuando no lo provoca nadie; más hosco y deprimido, y menos furioso. Joseph afirma que está seguro de que es un hombre cambiado, de que el Señor le ha tocado el corazón y él está salvado "como por el fuego". Yo no soy capaz de apreciar señales de tal cambio favorable, pero no es asunto mío.

»Ayer por la noche me quedé sentada en mi rincón leyendo unos libros viejos hasta que se hizo tarde, pasadas las doce. ¡Parecía tan triste subir al piso alto, mientras soplaba la nieve en el exterior y mis pensamientos volvían una y otra vez al cementerio y a la tumba recién abierta! Apenas osaba levantar los ojos de la página que tenía delante, pues esa escena melancólica usurpaba al instante su lugar. Hindley estaba sentado frente a mí, con la cabeza apoyada en la mano, meditando quizá sobre lo mismo. Había dejado de beber antes de caer en la irracionalidad, y llevaba dos o tres horas sin moverse ni hablar. No se oía ningún ruido por toda la casa, salvo los gemidos del viento, que sacudía las ventanas de vez en cuando, el leve crepitar de las brasas y el chasquido de mis despabiladeras cuando recortaba a intervalos el largo pabilo de la vela. Hareton y Joseph debían de estar acostados y dormidos. Era muy triste, tristísimo, y mientras leía suspiraba, pues parecía como si hubiera desaparecido del mundo toda la alegría para no volver jamás.

»El ruido del pestillo de la cocina interrumpió por fin el silencio lúgubre. Heathcliff había regresado de su velada antes de lo habitual; a causa de la tormenta repentina, supongo. Esa entrada estaba atrancada, y le oímos dar la vuelta para entrar por la otra. Me levanté. Mis labios expresaban de manera irreprimible lo que sentía, lo que indujo a mi compañero, que había estado mirando fijamente hacia la puerta, a volverse para mirarme.

»—Lo haré esperar fuera cinco minutos —exclamó—, si no tiene usted inconveniente.

»—No, por mí puede hacerlo esperar fuera toda la noche —respondí—. ¡Hágalo! Meta la llave en la cerradura y corra los pestillos.

»Earnshaw consiguió hacerlo antes de que su huésped llegara a la parte delantera, después volvió y trajo su silla hasta el otro lado de mi mesa, inclinándose sobre ella y buscando en mis ojos una simpatía con el odio ardiente que relucía en los suyos. No pudo encontrarla exactamente, teniendo en cuenta que parecía un asesino y daba la impresión de serlo; pero vio lo suficiente como para animarse a hablar.

»—¡Usted y yo tenemos los dos grandes deudas que ajustar con ese hombre que está ahí fuera! —dijo—. Si no fuésemos cobardes ninguno de los dos, podríamos asociarnos para saldarlas. ¿Es usted tan blanda como su hermano? ¿Está dispuesta a soportar hasta el final, sin intentar desquitarse ni una sola vez?

»—Ya estoy cansada de soportar —respondí—, y me alegraría de una venganza que no me recayera encima; pero la alevosía y la violencia son unas lanzas que tienen punta en los dos extremos, hieren a los que recurren a ellas más que a sus enemigos.

»—¡La alevosía y la violencia son el justo pago de la alevosía y la violencia! —exclamó Hindley—. Señora Heathcliff, no le pediré que haga nada más que quedarse sentada y quieta y ser muda. Ahora, dígame: ¿podrá hacerlo? Estoy seguro de que el espectáculo del fin de la existencia de ese diablo le producirá tanto placer como a mí; la va a matar a usted si usted no se le adelanta, y a mí me va a llevar a la ruina. ¡Maldito sea el villano infernal! ¡Aporrea la puerta como si ya fuera el amo de esta casa! ¡Prométame que contendrá la lengua, y, antes de que dé la hora ese reloj (faltan tres minutos para la una), usted será una mujer libre!

»Extrajo de su pecho los instrumentos que te describí en mi carta, y quiso apagar la vela. Pero yo se la arranqué y le sujeté el brazo.

»—¡No contendré la lengua! —exclamé—. No lo toque. ¡Deje cerrada la puerta, y guarde silencio!

»—¡No! ¡He tomado una resolución, y voto a Dios que la llevaré a cabo! —gritó desesperado—. ¡A usted le haré un bien, a pesar suyo, y le haré justicia a Hareton! Y no deberá preocuparse usted de encubrirme: Catherine ya no está. Nadie vivo me echará de menos, ni se avergonzará de mí, aunque me cortara el cuello en este instante, ¡y es hora de terminar!

»Era como luchar con un oso o razonar con un loco. El único recurso que me quedó fue ir corriendo a una ventana y advertir a su víctima de la suerte que le aguardaba.

»—¡Más te vale alojarte en otra parte esta noche! —exclamé con un tono más bien triunfal—. El señor Earnshaw alberga la intención de pegarte un tiro si te empeñas en entrar.

»—Más te vale a ti abrir la puerta, so... —respondió él, aplicándome un término elegante que no quiero repetir.

»—No intervendré en la cuestión —repliqué a mi vez—. ¡Entra, y que te peguen un tiro, si quieres! Yo ya he cumplido con mi deber.

»Dicho esto, cerré la ventana y volví a mi lugar junto a la lumbre, pues tenía demasiada poca hipocresía como para fingir ninguna angustia ante el peligro que lo amenazaba. Earnshaw me soltó juramentos con pasión, afirmando que yo seguía amando al villano, y aplicándome todo tipo de epítetos por la bajeza de la que daba muestras. ¡Y yo, en el secreto de mi corazón (y sin que la conciencia me reprochara nada), pensé en la bendición que sería para él que Heathcliff pusiera fin a sus sufrimientos, y en la bendición que sería para mí que él mandase a Heathcliff al sitio que le correspondía! Mientras yo estaba sentada albergando estas reflexiones, el vidrio de la ventana que estaba a mi espalda cayó al suelo por un golpe que le había dado este último personaje, y se asomó por el hueco su semblante negro, lanzando miradas asesinas. Los montantes estaban demasiado cerca entre sí para que pudieran pasar sus hombros, y yo sonreí, gozando de la seguridad que suponía tener. Él tenía los cabellos y la ropa blancos de nieve, y sus dientes afilados de caníbal, revelados por el frío y la ira, brillaban en la oscuridad.

»—¡Isabella, déjame entrar o haré que te arrepientas!

»—No puedo cometer un asesinato —respondí—. El señor Hindley monta guardia con un cuchillo y una pistola cargada.

»—Déjame entrar por la puerta de la cocina —dijo.

»—Hindley llegará allí antes que yo —respondí—; y ¡qué amor tan flojo el tuyo, si no soporta una nevada! ¡Hemos estado en paz en nuestras camas mientras brilló la luna de verano, pero en cuanto vuelve una ráfaga del invierno, tienes que ir corriendo a buscar refugio! Heathcliff, yo en tu lugar iría a tenderme sobre su tumba y me dejaría morir como un perro fiel. Sin duda, ya no vale la pena vivir en el mundo, ¿verdad? Me habías dado claramente la impresión de que Catherine era toda la alegría de tu vida; ahora no sé cómo piensas sobrevivir a su pérdida.

»—Está aquí, ¿verdad? —exclamó mi compañero, acudiendo deprisa al boquete—. ¡Si puedo sacar el brazo, podré herirlo!

»Me temo, Ellen, que me tacharás de francamente mala, pero no me juzgues, pues no lo sabes todo. Yo no habría sido por nada del mundo cómplice ni encubridora de ningún atentado, aunque fuera contra la vida de *ése*. Sí que debía desear que muriera, y por eso me sentí tremendamente desilusionada, y paralizada por el terror por las consecuencias que tendrían mis palabras burlonas, cuando él se abalanzó sobre el arma de Earnshaw y se la arrancó de la mano.

»La pistola se disparó, y el cuchillo, al saltar el resorte, se cerró sobre la muñeca de su propietario. Heathcliff se lo arrancó por la fuerza, cortando la carne al retirarlo, y se lo echó al bolsillo, goteando sangre. Después tomó una piedra, hundió la separación entre dos ventanas y entró de un salto. Su adversario había caído sin sentido por el gran dolor y el flujo de sangre que le manaba de una arteria o una vena grande. El bandido lo pateó y lo pisoteó, y le dio repetidos cabezazos sobre las losas, mientras me sujetaba a mí con una mano para evitar que hiciera venir a Joseph. Ejerció un control de sí mismo sobrehumano para abstenerse de acabar del todo con él; pero, cuando perdió el aliento, desistió por fin y arrastró hasta el escaño el cuerpo, aparentemente inanimado. Allí arrancó la manga de la casaca de Earnshaw y le vendó la herida con una rudeza brutal, escupiendo y maldiciendo durante la operación con tanta energía como la que había aplicado antes para darle patadas. Yo, al verme libre, fui a buscar sin demora al viejo criado, quien, cuando acabó por comprender lo que yo le intentaba contar de manera tan precipitada, se apresuró a descender, profiriendo exclamaciones de asombro mientras bajaba los escalones de dos en dos.

»—¿Qué haremos ahora? ¿Qué haremos ahora?

»—¡Esto haremos! —tronó Heathcliff—. Tu amo está loco, y si dura un mes más, haré que lo encierren en un manicomio. ¿Y cómo demonios me has cerrado las puertas, perro desdentado? No te quedes ahí murmurando y rezongando. Ven, yo no pienso cuidar de él. Limpia esa sangre, y ten cuidado con las chispas de tu vela. ¡Tiene más de la mitad de brandy!

»—Entonces, ¿es que lo ha estado matando? —exclamó Joseph, levantando con horror las manos y los ojos—. ¡Nunca he visto cosa tal! Que el Señor...

»Heathcliff lo obligó de un empujón a arrodillarse entre la sangre y le arrojó una toalla; pero él, en vez de ponerse a secarla, juntó las manos y emprendió una oración que suscitó mi risa por lo extraño de su fraseología. En mi estado mental, nada me impresionaba. De hecho, tenía la temeridad que muestran algunos malhechores al pie de la horca.

»—Ah, me olvidaba de ti —dijo el tirano—. Lo harás tú. ¡Abajo contigo! ¿Y conspiras con él contra mí, eh, víbora? ¡Toma, he aquí un trabajo adecuado para ti!

»Me sacudió hasta que me castañetearon los dientes, y me arrojó junto a Joseph, quien concluyó sus oraciones sin inmutarse y después se levantó, asegurando que tenía la intención de partir inmediatamente camino de la Granja. El señor Linton era magistrado, y debía intervenir en aquel asunto aunque se le hubieran muerto cincuenta esposas. Estaba tan decidido a ello que a Heathcliff le pareció conveniente obligarme a resumir de palabra lo que había sucedido. Se plantó junto a mí, jadeando de malevolencia, mientras yo narraba el caso y respondía de mala gana a sus preguntas. Tuvo que esforzarse mucho para convencer al viejo de que él no había sido el agresor; sobre todo, con mis respuestas arrancadas a duras penas. Pero el señor Earnshaw lo convenció al poco rato de que seguía vivo. Él se apresuró a administrarle una dosis de alcohol, y, con el socorro de ambos, su amo recuperó por fin el movimiento y la conciencia. Heathcliff, consciente de que él ignoraba el trato que había recibido mientras estaba insensible, lo acusó de delirar de borracho, y le dijo que pasaría por alto su conducta atroz, pero que le recomendaba que se fuera a acostar. Con gran alegría por mi parte, nos dejó después de dar ese consejo juicioso, y Hindley se tendió ante la chimenea. Yo me marché a mi cuarto, maravillada de haber salido tan bien parada.

»Esta mañana, cuando bajé, cosa de media hora antes del mediodía, el señor Earnshaw estaba sentado junto a la lumbre, con un aspecto mortalmente enfermizo. Su genio malo, casi tan demacrado y cadavérico como él, estaba apoyado en la chimenea. Ninguno de los dos parecía inclinado a almorzar. Luego de esperar hasta que se hubo enfriado todo lo que había en la mesa, empecé yo sola. Nada me impidió comer a gusto, y tenía cierto sentimiento de satisfacción y seguridad cuando miraba de cuando en cuando a mis compañeros silenciosos y sentía dentro de mí el consuelo de tener la conciencia tranquila. Cuando hube terminado, me atreví a tomarme la libertad poco común de acercarme a la lumbre, sorteando el asiento de Earnshaw, y arrodillarme en la esquina junto a él.

»Heathcliff no miró hacia mí, y yo levanté la vista y contemplé sus rasgos casi con tanta confianza como si se hubiera vuelto de piedra. Su frente, que antes me había parecido tan varonil, y que ahora me parece tan diabólica, estaba ensombrecida por una nube espesa; sus ojos de basilisco estaban casi apagados por la falta de sueño, y llorosos, quizá, pues tenía húmedos los párpados; los labios, desprovistos de su mueca feroz, y cerrados con una expresión de tristeza inexpresable. Si hubiera sido otro, yo me habría tapado el rostro ante tal dolor. Tratándose de él, me sentí satisfecha; y, con todo lo innoble que parece agredir a un enemigo caído, no pude menos de aprovechar esta oportunidad de clavarle un dardo; esta debilidad suya era la única ocasión que tenía yo de saborear el deleite de pagar mal por mal.

—¡Calle, calle, señorita! —la interrumpí—. Da la impresión de que usted no hubiera abierto una Biblia en toda su vida. Si Dios castiga a sus enemigos, eso debería bastarle, sin duda. ¡Es malo y presuntuoso añadir a ello un tormento por su parte!

—En general, reconozco que sería así, Ellen —prosiguió ella—, pero ¿qué desgracia que padeciera Heathcliff podría satisfacerme, si yo no interviniera en ella? Habría preferido que padeciera *menos* a cambio de ser yo la causa de sus padecimientos y que él supiera que yo lo era. Ah, cuánto le debo. Sólo puedo esperar perdonarlo con una condición. Es ésta: que pueda tomarme ojo por ojo y diente por diente; devolverle una punzada por cada punzada de dolor; reducirlo a mi nivel. Como él fue el primero que ofendió, hacer que sea él el primero que suplique perdón, y entonces... Ay, entonces, Ellen, podré darte algunas muestras de generosidad. Pero es absolutamente imposible que me vengue al fin, y por lo tanto no puedo perdonarlo.

»Hindley pidió agua. Le di un vaso y le pregunté cómo estaba.

»—No tan mal como quisiera —respondió—. ¡Pero, aparte del brazo, me duele hasta la última pulgada del cuerpo como si hubiera luchado con una legión de duendes!

»—Sí, no es de extrañar —comenté a continuación—. Catherine solía jactarse de que era ella quien impedía que usted sufriera daños corporales. Con ello quería decir que ciertas personas no le hacían daño por miedo a ofenderla. ¡Menos mal que las personas no se levantan de sus tumbas de verdad, pues, de lo contrario, ella podría haber presenciado una escena repugnante! ¿No tiene usted el pecho y los hombros llenos de magulladuras?

»—No sé decirlo —respondió él—; pero ¿qué quiere decir usted? ¿Ha osado golpearme cuando yo había caído?

»—Lo pisó y le dio patadas, y lo golpeó contra el suelo —susurré—. Y babeaba de deseos de desgarrarlo con los dientes; porque sólo es hombre a medias, o menos.

»El señor Earnshaw levantó la vista, como yo, hacia el semblante de nuestro enemigo común, quien, absorto en su angustia, parecía insensible ante todo lo que lo rodeaba. Cuanto más tiempo pasaba de pie, con mayor claridad se manifestaba en sus rasgos la negritud de sus reflexiones.

»—¡Oh, si Dios me diera fuerzas para estrangularlo en mi última agonía, me iría al infierno con suma alegría! —gruñó el hombre, impaciente, revolviéndose en un intento de levantarse y volviendo a caer, desesperado y convencido de que no estaba a la altura de la lucha.

»—No, basta con que haya asesinado a uno de ustedes —observé yo en voz alta—. En la Granja todos saben que la hermana de usted viviría ahora de no haber sido por el señor Heathcliff. Al fin y al cabo, es preferible ser odiada que ser amada por él. Cuando recuerdo lo felices que éramos..., lo feliz que era Catherine antes de que llegara él..., siento deseos de maldecir aquel día.

»Lo más probable es que Heathcliff advirtiera más la verdad de lo que se decía que la intención de la persona que lo decía. Vi que prestaba atención, pues sus ojos dejaban caer lágrimas entre las cenizas, y respiraba entre suspiros de ahogo. Lo miré de hito en hito y me reí con desdén. Las ventanas nubladas del infierno brillaron un momento hacia mí; no obstante, el diablo que solía mirar por ellas estaba tan apagado y ahogado que no temí aventurar otro ruido de burla.

»—Levántate y vete de mi vista —ordenó el doliente.

»Al menos, supuse que había pronunciado estas palabras, aunque su voz apenas era inteligible.

»—Te ruego me dispenses —respondí—. Pero yo también quería a Catherine, y su hermano precisa unas atenciones que yo le daré en recuerdo de ella. Ahora que ha muerto, la veo en Hindley. Éste tiene sus mismos ojos, si tú no hubieras intentado arrancárselos y dejárselos morados; y tiene su...

»—¡Levántate, idiota miserable, o te mato a pisotones! —gritó él, haciendo un movimiento que me obligó a hacer otro.

»—Pero, además —proseguí, dispuesta para huir—, si la pobre Catherine hubiera confiado en ti y hubiera adoptado el título ridículo, despreciable y degradante de señora Heathcliff, ¡ella habría presentado al poco tiempo la misma imagen! Ella no habría soportado en silencio tu conducta abominable. Habría tenido voz para manifestar su asco y su aborrecimiento.

»El respaldo del escaño y el cuerpo de Earnshaw se interponían entre él y yo. Por eso, en lugar de intentar alcanzarme, tomó de la mesa un cuchillo y me lo arrojó a la cabeza. Me hirió bajo la oreja e interrumpió la frase que yo estaba diciendo; pero yo lo saqué, llegué hasta la puerta de un salto y le asesté otro que espero se clavara un poco más hondo que su proyectil. El último atisbo que tuve de él fue una carrera furiosa por su parte, interrumpida por su anfitrión, que se abrazó a él. Ambos cayeron juntos ante la chimenea. Cuando pasé por la cocina, en mi fuga, le pedí a Joseph que acudiera aprisa a asistir a su amo. Derribé a Hareton, quien se entretenía en colgar una camada de cachorrillos del respaldo de una silla ante la puerta. Sintiéndome tan bendita como un alma liberada del purgatorio, salté, corrí y volé por la carretera empinada. Después, evitando sus revueltas, tomé el camino directo a través del páramo, rodando por las laderas y vadeando los pantanos, precipitándome, en efecto, hacia la luz de la Granja. Y preferiría con mucho condenarme a residir para siempre en las regiones infernales a tener que pasar una sola noche más bajo el techo de Cumbres Borrascosas.

Isabella dejó de hablar y bebió un trago de té; después se levantó y, pidiéndome que le pusiera su sombrero y un chal grande que había traído yo, y haciendo oídos sordos a mis súplicas de que se quedara una hora más, se subió a una silla, besó los retratos de Edgar y de Catherine, me despidió del mismo modo y bajó al coche, acompañada de Fanny, que ladraba loca de alegría por haber recuperado a su ama. Se la llevaron, y no volvió a visitar nunca esta comarca. Pero se estableció una correspondencia regular entre mi amo y ella cuando las cosas quedaron más asentadas. Creo que su nueva residencia estaba en el sur, cerca de Londres. Allí tuvo un hijo pocos meses después de su fuga. Lo bautizaron con el nombre de Linton, y desde el principio ella contó que era una criatura enfermiza y quejumbrosa.

El señor Heathcliff, con quien me encontré un día en el pueblo, me preguntó dónde vivía. Me negué a decírselo. Comentó que no tenía ninguna importancia; pero que ella debía guardarse de acudir a su hermano: no debía estar con Edgar, aunque él mismo tuviera que cargar con ella. Aunque yo no quise darle ninguna información, él descubrió, por medio de otros criados, tanto su lugar de residencia como la existencia del niño. Pero no la molestó, tolerancia que ella debió de agradecerle a la aversión que sentía por ella, supongo. Solía preguntarme por el niño cuando me veía. Al enterarse de su nombre, sonrió de manera siniestra y observó:

—También quieren que lo odie, ¿no es eso?

—No creo que quieran que usted sepa nada de él —respondí.

—Pero lo tendré cuando quiera —repuso—. ¡Pueden contar con ello!

Por suerte, su madre murió antes de que llegara ese momento, unos trece años después de la defunción de Catherine, cuando Linton tenía doce años o poco más.

El día después de la visita inesperada de Isabella, yo no tuve ocasión de hablar con mi amo. Él rehuía la conversación y no estaba en condiciones de debatir nada. Cuando conseguí hacerme escuchar por él, vi que le agradaba que su hermana hubiera dejado a su marido, al que aborrecía con una intensidad que apenas parecía posible dada la suavidad de su carácter. Su aversión era tan profunda y tan sentida que se abstenía de ir a ninguna parte donde corriera el riesgo de ver a Heathcliff u oír hablar de él. Esto, sumado al dolor, lo convirtió en un verdadero ermitaño. Renunció a su cargo de magistrado, dejó incluso de asistir a la iglesia, evitaba ir al pueblo en toda ocasión y llevaba una vida de encierro completo dentro de los límites de su parque y sus tierras, variada tan sólo por paseos solitarios por el páramo y visitas a la tumba de su esposa, sobre todo al caer la tarde o de madrugada, antes de que hubieran salido otros paseantes. Pero era demasiado bueno como para ser del todo infeliz durante mucho tiempo. Él no había pedido que el alma de Catherine lo persiguiera. El tiempo le aportó resignación y una melancolía más dulce que la alegría vulgar. Albergaba su recuerdo con amor ardiente y tierno, y con aspiraciones llenas de esperanza en un mundo mejor, al que él no dudaba que había ido.

Y también tenía consuelos y afectos terrenales. Tal como he dicho, pasó unos días sin prestar atención aparente a la insignificante sucesora de la difunta, pero esa frialdad se derritió tan aprisa como la nieve en abril, y antes de que la pequeña fuera capaz de balbucir una palabra o dar un paso vacilante, ya blandía un cetro de déspota en su corazón. Le pusieron el nombre Catherine; pero él no la llamó nunca por el nombre completo, así como nunca había llamado a la primera Catherine por su nombre abreviado, probablemente porque Heathcliff sí tenía la costumbre de llamarla así. La pequeña fue siempre Cathy. De ese modo establecía una diferencia con la madre, pero también una relación con ésta. Y él sentía apego por ella mucho más por la relación que tenía con su madre que por ella misma.

Yo solía compararlo con Hindley Earnshaw, y me quedaba perpleja buscando una explicación satisfactoria de por qué la conducta de ambos había sido tan opuesta en circunstancias semejantes. Ambos habían sido esposos cariñosos, y ambos tenían apego a sus hijos. Pero yo no comprendía por qué no habían seguido ambos un mismo camino, para bien o para mal. Pero Hindley (pensaba para mí), que tenía en apariencia la cabeza más fuerte, ha mostrado por desgracia que es el peor y el más débil de los dos hombres.

Cuando su barco dio en los bajíos, el capitán abandonó su puesto, y la tripulación, en vez de intentar salvarlo, se sumió en el desorden y la confusión, con lo que al desventurado navío no le quedó ninguna esperanza. Linton, por el contrario, dio muestras del valor verdadero de un alma leal y fiel; confió en Dios, y Dios lo consoló. El uno tuvo esperanza y el otro desesperó; ellos eligieron sus suertes respectivas, y quedaron condenados con justicia a soportarlas. Pero usted no querrá oír mis moralinas, señor Lockwood. Será capaz de juzgar por sí mismo acerca de estas cosas tan bien como yo, o al menos se considerará capaz de ello, lo que viene a ser lo mismo. El final de Earnshaw fue el que cabía esperar. Siguió en poco al de su hermana: apenas transcurrieron seis meses entre los dos. En la Granja no recibimos jamás la menor noticia de su estado antes de morir. Sólo me enteré de ello cuando fui a ayudar en los preparativos para los funerales. El señor Kenneth se acercó a anunciarle el suceso a mi amo.

—Bueno, Nelly —me dijo, entrando a caballo en el patio una mañana, demasiado temprano como para no alarmarme al instante con un presentimiento de malas noticias—. Ahora nos toca a ti y a mi vestirnos de luto. ¿Quién crees que se nos ha escabullido ahora?

—¿Quién? —le pregunté, alarmada.

—¡Vaya, adivínalo! —replicó él, desmontando y sujetando las riendas en un gancho, junto a la puerta—. Y prende una esquina de tu delantal; estoy seguro de que te hará falta.

—¿No será el señor Heathcliff, verdad? —exclamé.

—¡Cómo! ¿Acaso tendrías lágrimas para él? —dijo el doctor—. No, Heathcliff es un sujeto joven y fuerte, y hoy tiene un aspecto radiante. Acabo de verlo. Está recuperando carnes con suma rapidez desde que perdió a su cara mitad.

—¿Quién es, entonces, señor Kenneth? —repetí con impaciencia.

—¡Hindley Earnshaw! —respondió—. Hindley, viejo amigo tuyo y travieso compadre mío, aunque hacía mucho tiempo que se había vuelto demasiado salvaje para mí. ¡Ya está! Ya dije que sacaríamos agua. Pero ¡anímate! Murió fiel a su carácter: borracho como un duque. Pobre muchacho; yo también lo siento. No es posible dejar de echar de menos a un antiguo compañero, aunque tuviera las peores mañas que se puede imaginar un hombre, y aunque me hubiera hecho muchas picardías. Al parecer, apenas tenía veintisiete años. Ésa es también tu edad. ¿Quién habría creído que los dos nacisteis en un mismo año?

Confieso que este golpe fue mayor para mí que la impresión que me había producido la muerte de la señora Linton. Mi corazón albergaba viejos recuerdos. Me senté en el porche y lloré como si se tratara de un pariente, pidiéndole a Kenneth que le encargara a otro criado que anunciara su llegada al amo. No pude evitar reflexionar sobre una cuestión: ¿habría muerto a mano airada? Hiciera lo que hiciera, aquella idea no dejaba de inquietarme; era tan incansable y pertinaz que resolví pedir permiso para ir a Cumbres Borrascosas a ayudar con los últimos deberes para con el difunto. El señor Linton fue muy reacio a dar su consentimiento, pero yo aduje con elocuencia la situación en que se encontraba, sin amigos; y dije que mi antiguo amo y hermano de leche tenía tanto derecho como él mismo a recibir mis servicios. Le recordé, además, que el niño Hareton era sobrino de su esposa y, a falta de parientes más próximos, él debía hacer de tutor suyo. Y que debía y tenía la obligación de informarse del estado en que quedaba la propiedad, y velar por los intereses de su cuñado. Él no estaba entonces en condiciones de atender a estos asuntos, pero me pidió que hablara con su abogado; y, al cabo, me permitió ir. Su abogado había sido también el de Earnshaw. Lo visité en el pueblo y le pedí que me acompañara. Él sacudió la cabeza y recomendó que dejásemos en paz a Heathcliff, pues afirmaba que, de saberse la verdad, se descubriría que Hareton era poco más que un mendigo.

—Su padre murió endeudado —me explicó—. Toda la propiedad está hipotecada, y la única posibilidad que le queda al heredero natural es que le demos ocasión de ganarse de alguna manera el corazón del acreedor, para que éste se sienta inclinado a tratarlo con indulgencia.

Cuando llegué a las Cumbres, expliqué que había acudido a ocuparme de que todo se hiciera con decoro. Joseph, que parecía bastante afligido, se mostró satisfecho por mi presencia. El señor Heathcliff dijo que no veía necesaria mi presencia; pero que podía quedarme y disponer las cosas para los funerales, si quería.

—En rigor, el cadáver de ese necio debería enterrarse en la encrucijada sin ceremonia de ninguna clase —observó—. ¡Lo dejé solo diez minutos, ayer por la tarde, y en ese plazo atrancó las dos puertas de la casa para impedirme el paso, y ha pasado toda la noche bebiendo hasta matarse deliberadamente! Esta mañana rompimos la puerta, pues lo oímos roncar como un caballo, y allí estaba, tendido sobre el escaño; no se habría despertado aunque lo hubieran desollado y le hubieran cortado la cabellera. Mandé llamar a Kenneth, y éste acudió, pero sólo cuando la bestia se había convertido en carroña. Estaba muerto, frío y tieso. ¡Reconocerás, entonces, que era inútil armar más revuelo por él!

El viejo criado confirmó este relato, pero murmuró:

—¡Habría preferido que hubiera ido él a por el médico! Yo habría cuidado del amo mejor que él... ¡Y no estaba muerto cuando yo salí, nada de eso!

Insistí en que los funerales fueran respetables. El señor Heathcliff me autorizó también a disponer aquello a mi gusto; si bien me recordó que todo aquello se iba a pagar de su propio bolsillo. Mantuvo una conducta dura y descuidada que no indicaba alegría ni lástima. Como mucho, expresaba la satisfacción de un corazón de piedra por haber llevado a cabo con éxito una tarea difícil. En una ocasión observé, de hecho, algo parecido al regocijo en su aspecto. Fue cuando los portadores del ataúd salían de la casa. Tuvo la hipocresía de sumarse al duelo. Antes de seguir el cortejo con Hareton, puso sobre la mesa al desventurado niño y le murmuró con especial deleite:

—¡Ahora, mi lindo mocito, eres mío! ¡Y ya veremos si este árbol crece tan torcido como el otro, empujado por el mismo viento!

Al pobre, que no sospechaba nada, le agradaron estas palabras; jugueteó con las patillas de Heathcliff y le acarició la mejilla. Pero yo adiviné lo que querían decir y observé con tono cortante:

—Ese niño debe volver conmigo a la Granja de los Tordos, señor. ¡No hay nada en el mundo que sea menos de usted que él!

—¿Dice eso Linton? —preguntó él.

—Por supuesto. Me ha ordenado que me lo lleve —respondí.

—Bueno —dijo el muy canalla—, no discutiremos ahora esta cuestión. El caso es que me apetece probar a criar a un pequeño. Así pues, hazle saber a tu amo que, si intenta llevarse a éste, deberé cubrir el lugar que deja con el mío propio. No me propongo dejar marchar a Hareton sin discusión. ¡Me aseguraré de hacer venir al otro! No olvides decírselo.

Esta indicación bastó para atarnos las manos. La referí en lo sustancial a mi vuelta, y Edgar Linton, quien desde el primer momento no había tenido gran interés, no volvió a hablar de intervenir. Que yo sepa, aunque se hubiera dispuesto a ello, no habría servido de nada.

El huésped ya era propietario de Cumbres Borrascosas. Mantuvo su posesión firme, y le demostró al abogado (quien se lo demostró, a su vez, al señor Linton) que Earnshaw había hipotecado hasta la última vara de tierra que poseía para alimentar su obsesión por el juego; y que él, Heathcliff, era el titular de las hipotecas. De esta manera, Hareton, que debería ser el primer propietario de la comarca, se vio reducido a un estado de dependencia completa del enemigo inveterado de su padre. Vive hoy en su propia casa en calidad de criado, sin gozar de sueldo, e incapaz por completo de hacerse justicia, por su falta de amigos y su ignorancia del agravio que ha sufrido.

Capítulo XVIII

Los doce años que siguieron a aquella época sombría fueron los más felices de mi vida —siguió contando la señora Dean—; las mayores inquietudes que sufrí en su curso fueron las causadas por las enfermedades sin importancia de nuestra señorita, quien tuvo que sufrir como todos los niños, ricos y pobres. Por lo demás, después de los seis primeros meses creció como un alerce, y sabía andar, y también hablar, a su manera, antes de que el brezo floreciera por segunda vez sobre el polvo de la señora Linton. Era el ser más cautivador que ha llegado jamás a una casa desolada para llenarla de luz; una verdadera belleza de cara, con los hermosos ojos oscuros de los Earnshaw, pero con la piel clara de los Linton, y con rasgos pequeños y pelo rubio y rizado. Tenía mucha vitalidad, aunque sin rudeza, y mitigada por un corazón sensible y vivo hasta la exageración en sus afectos. Esa capacidad para los apegos intensos me recordaba a su madre; aunque no se parecía a ella, pues podía ser suave y apacible como una paloma, y tenía la voz delicada y la expresión pensativa; su ira no era nunca furiosa; su amor no era nunca ardiente, era profundo y tierno. No obstante, es preciso reconocer que tenía defectos que empañaban sus buenas prendas. Uno era su tendencia a ser descarada; y una voluntad perversa, que siempre adquieren los niños consentidos, ya tengan buen o mal carácter.

Si sucedía que algún criado la contrariaba, siempre decía: «¡Se lo diré a papá!». Y si éste la regañaba, aunque sólo fuera con una mirada, parecía como si se le fuera a partir el corazón; creo que jamás le dijo una sola palabra áspera. Se encargó él mismo de toda su educación, e hizo de ello un entretenimiento. Por fortuna, su curiosidad y entendimiento vivo la hicieron buena alumna; aprendía con rapidez e interés, y sacó buen partido de las enseñanzas que recibía.

Hasta que alcanzó los trece años de edad, no salió sola en ninguna ocasión del recinto del parque. El señor Linton la llevaba consigo en raras ocasiones hasta una milla de distancia o cosa así; pero no la confiaba a nadie más. Gimmerton era para ella un nombre al que no asociaba ningún significado concreto; la capilla era el único edificio al que se había acercado o entrado, aparte de su propio hogar. Cumbres Borrascosas y el señor Heathcliff no existían para ella; vivía en un aislamiento absoluto y, al parecer, perfectamente satisfecha. Algunas veces, a decir verdad, mientras contemplaba el paisaje desde la ventana de su cuarto de juegos, observaba:

—Ellen, ¿cuándo podré andar hasta lo alto de esas colinas? Quisiera saber qué hay al otro lado. ¿Es el mar?

—No, señorita Cathy —respondía yo—; hay más colinas como ésas.

—¿Y cómo son esas peñas doradas cuando está uno a sus pies? —me preguntó una vez.

La brusca pendiente de las peñas de Penistone atraía especialmente su atención; sobre todo cuando recaía el sol poniente sobre ellas y sobre las cumbres más altas, y el resto del paisaje estaba sumido en sombras. Le expliqué que eran masas desnudas de piedra, en cuyas hendiduras apenas había tierra suficiente para sustentar un árbol escuálido.

—¿Y por qué brillan tanto tiempo después de que aquí se haya hecho de noche? —insistió.

—Porque están mucho más altas que nosotros —respondí—. Usted no podría escalarlas, de tan altas y escarpadas como son. En invierno, siempre aparece allí el hielo antes de que llegue a nosotros; ¡y yo he encontrado nieve bajo esa oquedad oscura del nordeste en pleno verano!

—¡Ah, las has visitado! —exclamó ella con alegría—. Entonces, yo también podré ir cuando sea mayor. ¿Ha estado allí papá, Ellen?

—Papá le diría, señorita, que no vale la pena visitarlas —me apresuré a responder—. Son mucho más bonitos los páramos por los que pasea usted con él; y el parque de los Tordos es el mejor sitio del mundo.

—Pero el parque lo conozco, y esas peñas no —murmuró para sus adentros—. Y me encantaría mirar a mi alrededor desde la cumbre de esa punta más alta; mi pequeña poni, Minny, me llevará allí alguna vez.

Cuando una de las doncellas habló de la Cueva de las Hadas, se le llenó la cabeza por completo del deseo de realizar este proyecto; importunaba con él al señor Linton, y éste le prometía que podría hacer el viaje cuando fuera mayor. Pero la señorita Catherine contaba su edad por meses, y tenía constantemente en la boca la pregunta: «¿Ya soy bastante mayor para ir a las peñas de Penistone?». La carretera que conducía allí transcurría cerca de Cumbres Borrascosas. Edgar no tenía ánimo de atravesarla; de modo que ella recibía con la misma constancia la respuesta: «Todavía no, amor: todavía no».

He dicho que la señora Heathcliff vivió algo más de doce años después de abandonar a su marido. Los de su familia tenían la constitución delicada. Edgar y ella carecían de la salud y el buen color que usted verá en general por estas partes. No sé con seguridad cuál fue su última enfermedad; conjeturo que los dos murieron de lo mismo, de una especie de fiebres que comenzaron poco a poco pero que eran incurables y les consumieron rápidamente la vida al final. Escribió a su hermano para informarle del desenlace probable de una indisposición que padecía desde hacía cuatro meses, y le suplicaba que fuera a visitarla, si era posible, pues tenía que disponer muchas cosas, y quería despedirse de él y dejar a Linton a salvo en sus manos. Ella albergaba la esperanza de que Linton se quedara con él, porque había estado con ella; quería creer que su padre no tenía ningún deseo de cargar con su manutención ni con su educación. Mi amo no dudó un instante en acceder a su petición; a pesar de lo poco que le gustaba salir de su casa para atender a llamadas corrientes, acudió volando a ésta, y dejó a Catherine encomendada especialmente a mi vigilancia, en su ausencia, con instrucciones reiteradas de que no debía salir del parque, ni siquiera acompañada por mí; no había considerado la posibilidad de que saliera sin compañía.

Estuvo ausente tres semanas. El primer día o dos, mi pupila se quedó sentada en un rincón de la biblioteca, demasiado triste como para leer o jugar. En ese estado de quietud me causó pocas molestias, pero a éste le siguió un intervalo de hastío impaciente e inquieto. Y yo, que estaba demasiado atareada, y ya era demasiado vieja para corretear de un lado a otro divirtiéndola, encontré un medio con el que podía entretenerse sola. La enviaba de viaje por la finca, ora a pie, ora montada en poni, consintiendo en escuchar con paciencia todas sus aventuras, verdaderas e imaginadas, a su regreso.

El verano estaba en todo su esplendor, y ella se aficionó de tal modo a esos paseos solitarios que solía arreglárselas para estar fuera desde el desayuno hasta la hora del té; y después dedicaba las veladas a contar sus relatos fantásticos. Yo no temía que saliera de los límites establecidos, pues los portones solían estar cerrados, y creía que tampoco se aventuraría a salir sola aunque hubieran estado abiertos de par en par. Por desgracia, mi confianza resultó inmerecida. Una mañana, a las ocho, Catherine acudió a mí y me dijo que aquel día era un mercader árabe que iba a atravesar el desierto con su caravana, y que yo debía darle provisiones en abundancia para ella y para sus bestias: un caballo y tres camellos, representados por un sabueso grande y un par de perros de muestra. Yo reuní una buena provisión de golosinas y se las metí en una cesta que colgué de un lado de la silla de montar; y ella montó tan alegre como un hada, protegida del sol de julio por su sombrero de ala ancha y su velo de gasa, y se alejó al trote con una risa regocijada, burlándose de mis consejos prudentes de que se abstuviera de galopar y regresara pronto. La muy traviesa no apareció a la hora del té. Uno de los viajeros, el sabueso, que era perro viejo y aficionado a la comodidad, regresó. Pero no se veía a Cathy, ni al poni, ni a los dos perros de muestra por ninguna parte. Despaché emisarios por este camino y por aquél, y al final salí yo misma en su busca. En el límite de los terrenos había un peón que trabajaba en el cercado de una arboleda. Yo le pregunté si había visto a nuestra señorita.

—La vi por la mañana —respondió él—. Me pidió que le cortara una vara de avellano, y después saltó con su jaquilla el seto de allá, en la parte más baja, y se perdió de vista al galope.

Puede figurarse usted lo que sentí al oír esta noticia. Se me ocurrió al instante que debía de haber partido camino de las peñas de Penistone.

—¿Qué será de ella? —exclamé, y pasé por una brecha que estaba reparando el hombre y me encaminé directamente al camino real. Anduve como por una apuesta, milla tras milla, hasta que una revuelta del camino me dejó a la vista las Cumbres; pero no percibí a Catherine ni cerca ni lejos. Las peñas están a cosa de una milla y media más allá de la casa del señor Heathcliff, y ésta está a cuatro de la Granja, así que empecé a temer que cayera la noche antes de poder alcanzarla. «¿Y si, trepando entre ellas, ha resbalado y se ha matado, o se ha roto varios huesos?», reflexionaba yo. Mi incertidumbre era verdaderamente dolorosa; y al principio sentí un alivio delicioso cuando percibí, al pasar apresuradamente junto a la granja, que Charlie, el más fiero de los perros de presa, yacía bajo una ventana con la cabeza hinchada y una oreja ensangrentada. Abrí el portillo, corrí hasta la puerta y llamé golpeándola con vehemencia. Abrió una mujer conocida mía que vivía antes en Gimmerton; estaba allí de criada desde la muerte del señor Earnshaw.

—¡Ah —dijo—, viene usted a buscar a su señorita! No se apure. Está aquí, a salvo; pero me alegro de que no sea el amo quien llega.

—¿No está en casa, entonces? —pregunté, jadeando sin aliento por la marcha a paso vivo y por el susto.

—No, no —respondió ella—. Tanto Joseph como él han salido, y creo que no volverán hasta dentro de una hora o más. Pase y descanse un poco.

Entré y vi a mi oveja perdida sentada ante el hogar, meciéndose en una sillita que había sido de su madre cuando era niña. Tenía el sombrero colgado en la pared, y parecía completamente como si estuviera en su casa, riendo y hablando con el mejor ánimo imaginable a Hareton (que ya era un buen mozo recio de dieciocho años), que la miraba con gran asombro y curiosidad, y comprendía bien poco de la sucesión fluida de comentarios que la lengua de ella no cesaba de verter.

—¡Muy bien, señorita! —exclamé, disimulando mi alegría tras un semblante de enfado—. Éste es su último paseo a caballo hasta la vuelta de papá. ¡No volveré a dejarla cruzar sola el umbral, niña traviesa, traviesa!

—¡Ah, Ellen! —gritó ella con alegría, levantándose de un salto y corriendo a mi lado—. Esta noche tendré un cuento bonito que contarte. Conque me has encontrado. ¿Habías estado aquí alguna vez?

—Póngase ese sombrero, y a casa enseguida —dije—. Estoy disgustadísima con usted, señorita Cathy; ¡se ha portado muy mal! De nada sirve hacer pucheros ni llorar; con eso no compensará lo que me he molestado en buscarla por el campo. ¡Y pensar que el señor Linton me encargó que la tuviera en casa y usted se ha fugado de esta manera! Esto demuestra que es una raposilla astuta, y nadie confiará en usted nunca más.

—¿Qué he hecho yo? —sollozó, cortada al instante—. Papá no me encargó nada. No me reñirá, Ellen... ¡Él nunca se enfada como tú!

—¡Vamos, vamos! —repetí—. Yo le ataré la cinta. Ahora, nada de petulancia. Ay, ¡qué vergüenza! ¡Portarse como una criatura, a sus trece años!

Esta exclamación me la provocó al quitarse el sombrero de la cabeza de un empujón y retirarse a la chimenea, fuera de mi alcance.

—No —dijo la criada—. No sea dura con la buena mocita, señora Dean. Nosotros la hicimos detenerse. Ella habría preferido seguir cabalgando, por miedo a que usted estuviera intranquila. Pero Hareton se prestó a acompañarla, y a mí me pareció que debía hacerlo; la carretera que pasa sobre las colinas es difícil.

Durante la discusión, Hareton se quedó de pie con las manos en los bolsillos, demasiado incómodo para hablar, aunque parecía que no le había agradado mi intrusión.

—¿Cuánto tiempo debo esperar? —seguí diciendo, sin hacer caso de la intromisión de la mujer—. Habrá oscurecido dentro de diez minutos. ¿Dónde está el poni, señorita Cathy? ¿Y dónde está Fénix? Si no se apresura, la dejaré aquí; de modo que haga lo que quiera.

—El poni está en el patio —respondió ella—, y Fénix está encerrado aquí. Le han mordido, y a Charlie también. Te lo iba a contar todo; pero estás de mal humor, y no te mereces oírlo.

Tomé su sombrero y me aproximé a ella para volver a ponérselo; pero ella, advirtiendo que las gentes de la casa se ponían de su parte, empezó a dar cabriolas por la habitación; y al perseguirla yo, se puso a correr como un ratón por encima y por debajo y por detrás de los muebles, de tal modo que hacía ridícula mi persecución. Hareton y la mujer se rieron, y ella los imitó y se puso todavía más impertinente, hasta que yo exclamé, muy irritada:

—Pues bien, señorita Cathy, si usted supiera de quién es esta casa, se alegraría mucho de salir de ella.

—Es de su padre, ¿verdad? —preguntó ella, dirigiéndose a Hareton.

—No —respondió éste, y bajó la vista y se sonrojó, avergonzado.

No era capaz de mirarla a los ojos, aunque eran iguales que los suyos.

—¿De quién es, entonces? ¿De su amo? —le preguntó.

Él se sonrojó todavía más, con un sentimiento distinto, murmuró una maldición y se apartó.

—¿Quién es su amo? —siguió preguntando la fatigosa niña, apelándome a mí—. Él hablaba de «nuestra casa» y de «nuestra gente». Yo creí que era el hijo del propietario. Y no me llamaba «señorita». Debería haberme llamado así, si es criado, ¿verdad?

Hareton se puso negro como una nube de tormenta al oír estas palabras infantiles. Yo sacudí en silencio a mi preguntona, y conseguí por fin ataviarla para marchar.

—Ahora, trae mi caballo —dijo, dirigiéndose a su pariente desconocido como hablaría a uno de los mozos de cuadra de la Granja—. Y puedes venir conmigo. Quiero ver el lugar de donde sale del pantano el cazador duende, y quiero oír los cuentos de las *fadas,* como las llamas tú; pero ¡aprisa! ¿Qué pasa? Te he dicho que traigas mi caballo.

—¡Antes prefiero verte en el infierno que ser criado tuyo! —gruñó el mozo.

—¿Que prefieres verme dónde? —preguntó Catherine, sorprendida.

—En el infierno, ¡bruja descarada! —respondió él.

—¡Ya está, señorita Cathy! Ya ve usted en qué buena compañía se ha metido —intervine yo—. ¡Bonitas palabras para decírselas a una señorita! Le ruego que no se ponga a discutir con él. Vamos, busquemos nosotras mismas a Minny y vayámonos.

—Pero... Ellen —exclamó ella, con la mirada fija de asombro—, ¿cómo se atreve a hablarme así? ¿No debe hacer lo que le digo? Criatura malvada, le contaré a papá lo que has dicho. ¡Ya está!

Hareton no dio muestras de temor ante esta amenaza, en vista de lo cual a ella se le saltaron las lágrimas de indignación.

—Trae tú el poni —exclamó ella, dirigiéndose a la mujer—, ¡y suelta a mi perro ahora mismo!

—Poco a poco, señorita —respondió la aludida—; no perderá nada por hablar con cortesía. Aunque el señor Hareton, aquí presente, no sea hijo del amo, es primo de usted; y a mí no me tomaron para servirla a usted.

—Ése, primo mío —gritó Cathy con una risa burlona.

—Sí, así es —respondió la que la reprobaba.

—¡Ay, Ellen! No consientas que digan esas cosas —dijo ella, muy agitada—. Papá ha ido a traer a mi primo de Londres; mi primo es hijo de un caballero. Ése, mi...

Se interrumpió y se echó a llorar sin más, alterada por la idea misma de estar emparentada con aquel patán.

—¡Calla! ¡Calla! —le susurré—. La gente puede tener muchos primos, y de todas clases, señorita Cathy, sin ser peores por ello... Basta con que no se traten con ellos, si son desagradables y malos.

—Ése no es... ¡Ése no es primo mío, Ellen! —prosiguió, más dolida aún tras reflexionar, y arrojándose en mis brazos para refugiarse de la idea.

Me mortificó que la criada y ella hubieran hecho aquellas revelaciones. No dudé que la próxima llegada de Linton, que había desvelado Cathy, se le comunicaría al señor Heathcliff. Y supe con la misma seguridad que lo primero que se le ocurriría a Catherine a la llegada de su padre sería pedirle una explicación de la aseveración de la criada con respecto a su pariente de rudos modales. Hareton, que se recuperaba del disgusto de que lo hubieran tomado por un criado, parecía conmovido por la aflicción de Cathy. Después de haber traído el poni hasta la puerta, tomó de la perrera, con el fin de aplacarla, un bonito cachorro de terrier patituerto y, poniéndoselo en la mano, le pidió que se callara, pues él no había albergado mala intención. Ella, haciendo una pausa en sus lamentaciones, lo contempló con asombro y horror, y se echó a llorar.

Apenas pude evitar que su antipatía ante el pobre me provocara una sonrisa; era un mozo bien formado, atlético, de rasgos agradables, fuerte y sano, pero iba ataviado con la ropa adecuada a sus ocupaciones diarias del trabajo en la granja y de andar por los páramos cazando conejos y aves. No obstante, me pareció detectar en su fisonomía un espíritu dotado de mejores cualidades de las que tuvo nunca su padre. Cosas buenas perdidas entre una espesura de malas hierbas, sin duda, que ahogaban sobradamente con su rusticidad el crecimiento descuidado de aquellas. No obstante, a pesar de todo, daban muestras de la presencia de un terreno fértil que podía arrojar ricas cosechas bajo otras circunstancias más favorables. Creo que el señor Heathcliff no lo había maltratado físicamente, gracias a su carácter audaz, que no suscitaba tentaciones de someterlo a ese tipo de opresión. No tenía ninguna susceptibilidad timorata que habría dado algo de sabor a los malos tratos, a juicio de Heathcliff. Parecía que éste había aplicado su malevolencia en convertirlo en un bruto. No le habían enseñado a leer ni a escribir; no le habían reñido nunca ningún mal hábito que no molestara a su tutor; jamás lo habían encaminado a la virtud ni lo habían apartado del vicio. Y, según he oído, Joseph contribuía mucho a su deterioro con su parcialidad estrecha de miras, que lo animaba a adularlo y a malcriarlo de niño porque era la cabeza de la antigua familia. Y así como había tenido la costumbre de acusar a Catherine Earnshaw y a Heathcliff, cuando eran niños, de agotar la paciencia del amo, obligando a éste a refugiarse en la bebida con sus «cerrerías», como las llamaba él, ahora ponía toda la carga de los defectos de Hareton sobre los hombros del usurpador de sus propiedades. No corregía al mozo si éste juraba, o por mala que fuera su conducta. Al parecer, a Joseph le satisfacía verlo caer en los peores extremos; reconocía que estaba destruido, que su alma había quedado abandonada a la perdición; pero consideraba después que Heathcliff debía dar cuenta de ello. Tendría en sus manos la sangre de Hareton. Esta idea le producía un consuelo inmenso. Joseph le había instilado el orgullo de su nombre y su linaje; si se hubiera atrevido, habría fomentado el odio entre él y el propietario actual de las Cumbres; pero el miedo que tenía a este propietario rayaba en la superstición, y limitaba sus sentimientos respecto de él a alusiones entre dientes y conminaciones en privado. No pretendo estar muy enterada de la vida que se hacía en Cumbres Borrascosas en aquellos tiempos. Sólo digo lo que oí contar, pues vi poca cosa. Los del pueblo afirmaban que el señor Heathcliff era roñoso, y duro y cruel con sus arrendatarios; pero la casa había recuperado por dentro su antiguo aspecto de comodidad bajo una mano femenina, y ya no se representaban entre sus paredes las escenas de desenfreno que habían sido comunes en tiempos de Hindley. El amo era demasiado melancólico para buscar la compañía de gente alguna, buena o mala; y lo sigue siendo. Con esto, no obstante, no voy adelantando en mi relato. La señorita Cathy rechazó la ofrenda de paz del terrier, y exigió que le devolvieran a sus propios perros, Charlie y Fénix. Llegaron cojeando y con las cabezas gachas, y emprendimos el camino a casa, todos tristes y desanimados. No pude arrancarle a mi señorita cómo había pasado el día; salvo el hecho de que, tal como había supuesto yo, la meta de su romería habían sido las peñas de Penistone. Ella había llegado sin novedad hasta la puerta de la granja en el momento en que Hareton salía por casualidad, acompañado de varios seguidores caninos que habían atacado a su séquito. Mantuvieron una batalla enconada antes de que sus propietarios pudieran separarlos. Aquello había servido de presentación. Catherine le había contado a Hareton quién era y adónde iba, y le había pedido que le enseñara el camino; por fin, lo había engatusado para que la acompañara. Él le había desvelado los misterios de la Cueva de las Hadas, y de otros veinte lugares extraños. Pero como yo había caído en desgracia, no se me otorgó una descripción de los objetos interesantes que había visto ella. Pude deducir, no obstante, que su guía había gozado de su valimiento hasta que ella le había herido en sus sentimientos hablándole como a un criado, y hasta que el ama de llaves de Heathcliff la había herido a ella, a su vez, diciéndole que era primo suyo. El modo en que le había hablado él después le dolía en el corazón. ¡Que la insultara de una manera tan escandalosa un desconocido, a ella, que era siempre «amor», y «querida», y «reina», y «ángel» para todos en la Granja! No lo comprendía, y me costó mucho trabajo hacerle prometer que no presentaría la queja a su padre. Le expliqué que éste no veía con buenos ojos a cuantos vivían en las Cumbres, y que si se enteraba de que ella había estado allí lo sentiría mucho; pero en lo que más insistí fue en que si desvelaba que yo no había cumplido sus órdenes, quizá se enfadara tanto que yo me vería obligada a marcharme; y Cathy no podía soportar esta perspectiva: me dio su palabra y la cumplió por mí. Al fin y al cabo, era una niña bondadosa.

Capítulo XIX

Una carta con orla negra anunció el día que había de regresar mi amo. Isabella había muerto, y él había escrito para encargarme que pusiera de luto a su hija y preparara una habitación y otros acomodos para su joven sobrino. Catherine se puso loca de alegría con la idea de recibir de nuevo a su padre, y se hizo ilusiones muy optimistas acerca de las excelencias innumerables de su primo «de verdad». Llegó la tarde en que se esperaba su regreso. Ella llevaba desde primera hora de la madrugada ocupada en ordenar sus cosillas. Ahora, ataviada con su vestido negro nuevo (¡pobrecilla!, la muerte de su tía no le causó ninguna pena concreta), me obligó, tras incomodarme una y otra vez, a que fuera con ella hasta la entrada de la finca para recibirlos.

—Linton sólo tiene seis meses menos que yo —decía ella, sin dejar de parlotear mientras paseábamos tranquilamente sobre las lomas y las hondonadas de césped lleno de musgo, bajo la sombra de los árboles—. ¡Qué delicioso será tenerlo de compañero de juegos! La tía Isabella le envió a papá un rizo precioso de su pelo. Era más ligero que el mío, más rubio e igual de fino. Yo lo guardo con todo cuidado en una cajita de cristal, y he pensado muchas veces en lo agradable que sería ver a su propietario. ¡Ay! Qué contenta estoy... ¡Y papá, querido, querido papá! ¡Vamos, Ellen, corramos! ¡Ven, corre!

Echó a correr y volvió hasta mí y volvió a alejarse corriendo muchas veces antes de que yo llegara al portón con mi paso reposado, y después se sentó en una loma cubierta de hierba, junto al camino, e intentó esperar con paciencia, pero esto era imposible. No podía quedarse quieta un solo minuto.

—¡Cuánto tardan! —exclamaba—. Ah, veo polvo en la carretera. ¡Ya llegan! ¡No! ¿Cuándo llegarán? ¿Podemos adelantamos un poco...? ¿Media milla, Ellen, sólo media milla? ¡Di que sí! ¡Hasta ese grupo de abedules de la curva!

Me negué con firmeza. Al cabo, su incertidumbre terminó al hacerse visible el carruaje. La señorita Cathy soltó un chillido y estiró los brazos en cuanto percibió la cara de su padre, que se asomaba por la ventanilla. Éste se apeó casi con tanta impaciencia como ella, y pasó un rato considerable hasta que los dos dedicaron algún pensamiento a nadie que no fueran ellos. Mientras intercambiaban caricias, yo me asomé al interior para ver a Linton. Estaba dormido en un rincón, envuelto en una capa de abrigo forrada de piel, como si fuera invierno. Un niño pálido, delicado, afeminado, que se parecía tanto a mi amo que podrían haberlo tomado por hermano menor suyo. Pero Edgar Linton no había tenido jamás aquel aspecto de irritabilidad enfermiza. Edgar me vio mirar y, después de haberme dado la mano, me recomendó que cerrara la portezuela y no lo molestara, pues el viaje lo había fatigado. Cathy habría echado una ojeada de buena gana, pero su padre la llamó y caminaron juntos por el parque mientras yo me adelantaba aprisa para preparar a los criados.

—Mira, querida —dijo el señor Linton a su hija cuando se detuvieron al pie de los escalones de la entrada principal—, tu primo no es tan fuerte ni tan alegre como tú. Recuerda que ha perdido a su madre hace muy poco tiempo. Por lo tanto, no esperes que se ponga a jugar y a correr contigo enseguida. Y no lo agobies mucho hablándole. Déjalo que esté callado esta tarde, por lo menos. ¿Lo harás?

—Sí, sí, papá —respondió Catherine—; pero quiero verlo. Y no se ha asomado una sola vez.

El carruaje se detuvo. Despertaron al durmiente, y su tío lo bajó a tierra.

—Linton, te presento a tu prima Cathy —dijo, uniendo las manitas de los dos—. Ya te aprecia mucho. Y tú, procura no apenarla llorando esta noche. Ahora, trata de animarte. El viaje ha terminado, y ya no tienes nada que hacer más que descansar y entretenerte como quieras.

—Entonces, déjame que me vaya a acostar —respondió el muchacho, rehuyendo el saludo de Catherine. Se llevó los dedos a los ojos para limpiarse unas lágrimas incipientes.

—Vamos, vamos, sé un niño bueno —le susurré, para animarlo—. La vas a hacer llorar a ella también; ¡mira cuánta pena le das!

No sé si sería pena por él, pero su prima adoptó un semblante tan triste como el de él y regresó junto a su padre. Los tres entraron y subieron a la biblioteca, donde se había servido el té. Le quité a Linton la gorra y la capa y lo puse en una silla, junto a la mesa; pero en cuanto estuvo sentado rompió a llorar otra vez. Mi amo le preguntó qué le pasaba.

—No puedo sentarme en una silla —sollozó el muchacho.

—Entonces, ve al sofá, y Ellen te servirá allí algo de té —respondió su tío con paciencia.

Tuve el convencimiento de que había tenido que soportar mucho durante el viaje con aquel pupilo enfermizo y quejumbroso. Linton se bajó despacio y se echó en el sofá. Cathy puso a su lado un taburete y se llevó su taza. Al principio se quedó sentada en silencio, pero aquello no podía durar; se había decidido a hacer de su primito un juguete mimado, como ella quería, y se puso a acariciarle los rizos, y a besarle la mejilla, y a ofrecerle té en el platillo, como a un niño pequeño. Esto le agradó, pues él era poco más que eso. Se secó los ojos y se animó, esbozando una sonrisa mustia.

—Ah, le irá muy bien —me dijo el amo, después de observarlos un rato—. Muy bien, si es que podemos conservarlo, Ellen. La compañía de una niña de su edad no tardará en darle nuevos ánimos. Además, cobrará fuerza por el hecho de desearla.

«¡Sí, si podemos conservarlo!», me dije para mis adentros; y me invadieron serios temores de que teníamos pocas esperanzas de ello. Y entonces pensé: «¿Cómo vivirá ese debilucho en Cumbres Borrascosas, entre su padre y

Hareton? ¿Qué compañeros de juego y maestros serían para él?». Pronto salimos de dudas, antes incluso de lo que yo esperaba. Acababa de subir a los niños, después de tomar el té y de dejar dormido a Linton (no me permitió marchar hasta que se hubo quedado dormido). Había bajado y estaba de pie junto a la mesa del zaguán, encendiendo una vela para el dormitorio del señor Edgar, cuando salió de la cocina una doncella que me comunicó que Joseph, el criado del señor Heathcliff, estaba en la puerta y quería hablar con el amo.

—Le preguntaré primero qué quiere —dije, considerablemente turbada—. Es una hora muy rara para venir a molestar a los demás; sobre todo, si acaban de llegar de un largo viaje. No creo que el amo pueda recibirlo.

Joseph había avanzado a través de la cocina mientras yo pronunciaba estas palabras, y se presentó por fin en el zaguán. Llevaba su ropa de los domingos, con su mejor cara de beato amargado; y, con el sombrero en una mano y el bastón en la otra, se puso a limpiarse los zapatos en la esterilla.

—Buenas noches, Joseph —le dije con frialdad—. ¿Qué asunto te trae por aquí esta noche?

—Con quien tengo que hablar es con el señor Linton —respondió, apartándome con un gesto desdeñoso.

—El señor Linton se va a acostar; estoy segura de que no querrá escuchar lo que tengas que decirle, como no sea muy importante —continué—. Más vale que te quedes aquí sentado y que me dejes a mí tu recado.

—¿Cuál es su habitación? —insistió el hombre, observando la hilera de puertas cerradas.

Percibí que estaba empeñado en despreciar mi intervención; de modo que, muy a disgusto, subí a la biblioteca y anuncié al visitante intempestivo, recomendando que lo despidiéramos hasta el día siguiente. El señor Linton no tuvo tiempo de autorizarme a hacerlo, pues él había subido pisándome los talones y, entrando a la fuerza en la estancia, se plantó al otro lado de la mesa con los dos puños sobre la cabeza de su bastón y empezó a hablar con tono elevado, como esperando contradicción.

—Heathcliff me ha enviado a por su muchacho, y no debo volver sin él.

Edgar Linton quedó en silencio unos momentos; una expresión de pena enorme le ensombreció el gesto; ya habría sentido lástima del niño por sí mismo; pero, al recordar las esperanzas y temores de Isabella, las inquietudes de ésta por su hijo y cómo lo había encomendado a su protección, la perspectiva de entregarlo lo llenaba de amargura y desazón, y buscaba para sus adentros el modo de evitarlo. No se le ofreció ningún plan. El hecho mismo de manifestar algún deseo de quedarse con el niño habría servido para que se lo exigieran de manera más perentoria. No quedaba más que entregarlo. Sin embargo, no estaba dispuesto a despertarlo de su sueño.

—Dile al señor Heathcliff que su hijo irá a Cumbres Borrascosas mañana —respondió con calma—. Ahora se halla en la cama, y está demasiado cansado como para emprender ese camino. También puedes decirle que la madre de Linton dispuso que quedara bajo mi tutela, y que de momento su salud es muy precaria.

—¡No! —exclamó Joseph, dando un golpe con el garrote en el suelo y adoptando un aire autoritario—. ¡No! Eso no significa nada. A Heathcliff no le importan nada ni la madre, ni tampoco usted; pero quiere a su hijo, y yo debo llevarlo. ¡Así que ya lo sabe!

—No te lo llevarás esta noche —respondió Linton con decisión—. Baja ahora mismo, y repítele a tu amo lo que he dicho. Ellen, acompáñalo. Vete.

Y tirando del brazo del viejo indignado, libró el cuarto de su presencia y cerró la puerta.

—¡Muy bien! —gritó Joseph, mientras se alejaba despacio—. ¡Mañana vendrá él en persona! Y, entonces, ¡échenlo a él, si se atreven!

Capítulo XX

Para salir al paso del peligro de que se cumpliera esta amenaza, el señor Linton me encargó que llevara al niño a la casa temprano, en el poni de Catherine, y me dijo:

—Como ya no ejerceremos ninguna influencia sobre su destino, ni para bien ni para mal, no deberás decir a mi hija ni media palabra de dónde ha ido. A partir de ahora, no podrá tratarse con él, y será mejor que no sepa de su proximidad, no vaya a ser que, inquieta, sienta deseos de visitar las Cumbres. Limítate a decirle que su padre lo mandó llamar de repente, y que se ha visto obligado a dejarnos.

Linton se mostró muy reacio a levantarse de la cama a las cinco de la madrugada, y quedó atónito al enterarse de que debía prepararse para viajar de nuevo. Relativicé el asunto diciéndole que iba a pasar una temporada con su padre, el señor Heathcliff, que tenía tantos deseos de verlo que no era capaz de aplazar ese gusto hasta que él estuviera recuperado de su reciente viaje.

—¡Mi padre! —exclamó él, extrañado y perplejo—. Mamá no me había dicho que yo tuviera padre. ¿Dónde vive? Preferiría quedarme con el tío.

—Vive a poca distancia de la Granja —respondí—; justo detrás de esas colinas. No está tan lejos que no puedas venir aquí caminando cuando estés sano. Y deberías alegrarte de ir a tu casa y verlo. Debes procurar quererlo, como querías a tu madre, y así él te querrá a ti.

—Pero ¿por qué no he oído hablar de él hasta ahora? —preguntó Linton—. ¿Por qué no vivían juntos mamá y él, como las demás personas?

—Él tenía negocios que atender en el norte —respondí—, y tu madre tenía que vivir en el sur por su salud.

—¿Y por qué no me hablaba de él mamá? —insistió el niño—. Hablaba mucho del tío, y yo aprendí a quererlo hace mucho tiempo. ¿Cómo voy a querer a papá, si no lo conozco?

—Oh, todos los niños quieren a sus padres —repliqué—. Quizá tu madre creyera que si te hablaba mucho de él, tú habrías querido estar con él. Démonos prisa. Un paseo a caballo, temprano, en una mañana tan hermosa como ésta, es mucho mejor que dormir una hora más.

—¿Va a venir ella con nosotros —preguntó—, la niña que vi ayer?

—Ahora no —respondí.

—¿Y el tío? —prosiguió.

—No; yo te acompañaré hasta allí —le dije.

Linton se hundió en su almohada y quedó sumido en la melancolía.

—No iré sin el tío —exclamó por fin—. No sé adónde quieres llevarme.

Intenté convencerlo de la maldad que suponía dar muestras de no querer reunirse con su padre; aun así, él se resistió con terquedad a hacer nada por vestirse, y tuve que recurrir a mi amo para que me ayudara a sacarlo de la cama. Pusimos en camino por fin al pobrecillo proporcionándole las falsas seguridades de que su ausencia sería corta; de que el señor Edgar y Cathy lo visitarían, y otras promesas tan poco fundadas como aquéllas, que yo iba inventando y repitiendo de cuando en cuando por el camino. El aire puro, con aroma de brezo, y la viva luz del sol, y el trotecillo suave de Minny aliviaron al cabo de un rato su desaliento. Empezó a hacerme preguntas acerca de su nuevo hogar y sus habitantes, con mayor interés y animación.

—¿Cumbres Borrascosas es un sitio tan agradable como la Granja de los Tordos? —preguntó, y se volvió para echar una última ojeada al valle, de donde subía una leve neblina que formaba una nube aborregada en los bordes del azul del cielo.

—No está tan oculto entre los árboles —respondí—, y no es tan grande; pero se ve muy bien todo el campo que lo rodea. Además, el aire es más sano para ti, más fresco y más seco. Puede que el edificio te parezca viejo y antiguo al principio. No obstante, es una casa respetable: la segunda mejor de la comarca. Y darás unos paseos muy agradables por los páramos. Hareton Earnshaw (que es el otro primo de la señorita Cathy, y por lo tanto es primo tuyo en cierto modo) te enseñará los lugares más bonitos. Podrás llevarte un libro cuando haga buen tiempo, y hacer de una hondonada verde tu gabinete. De vez en cuando, tu tío podrá acompañarte a dar un paseo. Suele darse paseos por las colinas.

—¿Y cómo es mi padre? —preguntó—. ¿Es tan joven y apuesto como el tío?

—Es igual de joven —respondí—, pero tiene el cabello y los ojos negros, y parece más severo; y es más alto y más grande en general. Al principio, puede que no te parezca amable y bondadoso, porque él no es así. Con todo, procura ser franco y cordial con él. Y, por supuesto, él te apreciará más que cualquier tío, pues eres su propio hijo.

—¡El cabello y los ojos negros! —reflexionó Linton—. No puedo imaginármelo. Entonces, no me parezco a él, ¿verdad?

—No mucho —respondí... «Ni pizca», pensé, observando con pesar la complexión pálida y el cuerpo delgado de mi compañero, y sus ojos grandes y lánguidos..., los ojos de su madre, con la diferencia de que no tenían el menor vestigio del espíritu chispeante de ésta, salvo cuando los iluminaba un momento una susceptibilidad morbosa.

—¡Qué raro que no haya venido nunca a vernos a mamá y a mí! —murmuró—. ¿Me ha visto alguna vez? Si me ha visto, yo debía de ser un niño de pecho. ¡No recuerdo nada en absoluto de él!

—Vaya, señorito Linton, trescientas millas son una distancia grande, y diez años le parecen un plazo muy diferente a una persona mayor que lo que le parecen a usted. Es probable que el señor Heathcliff pensara en ir cada verano, pero que no encontrase nunca la ocasión conveniente. Ahora ya es tarde. No lo canse con preguntas al respecto; lo molestará sin necesidad.

El muchacho se dedicó a sus propias cavilaciones durante el resto del camino, hasta que nos detuvimos ante la puerta del huerto de la casa. Observé su semblante para captar sus impresiones. Inspeccionó con atención solemne la fachada tallada y las ventanas bajas, los groselleros dispersos y los abetos torcidos, y después sacudió la cabeza; sus sentimientos íntimos desaprobaban por completo el aspecto exterior de su nueva residencia. Pero tuvo el buen sentido de aplazar las protestas. Quizás hallase dentro una compensación. Fui a la puerta y la abrí antes de que él se apeara. Eran las seis y media. La familia acababa de desayunar. La criada estaba despejando y fregando la mesa; Joseph estaba de pie junto a la silla de su amo, contando algo relacionado con un caballo cojo, y Hareton se disponía a salir a segar.

—¡Hola, Nelly! —exclamó el señor Heathcliff al verme—. Me temía que tendría que bajar a llevarme en persona lo que es mío. ¿Me lo has traído, entonces? Veamos qué sacamos en limpio de éste.

Se levantó y caminó hasta la puerta. Hareton y Joseph lo siguieron, boquiabiertos de curiosidad. El pobre Linton echó una mirada asustada a las caras de los tres.

—¡Sin duda, amo —dijo Joseph, después de inspeccionarlo con gravedad—, que el de la Granja los ha trocado y que ésta es su mozuela!

Heathcliff, después de mirar a su hijo fijamente hasta ponerlo febril de pura confusión, soltó una risa de desprecio.

—¡Dios! ¡Qué belleza! ¡Qué ser tan precioso y encantador! —exclamó—. ¿No lo habrán criado con caracoles y leche cortada, Nelly? ¡Ah, maldita sea mi alma! Si es peor de lo que esperaba. ¡Y bien sabe el diablo que no me hacía ilusiones!

Le pedí al niño tembloroso y desconcertado que se apeara y entrara. No había comprendido del todo el significado del discurso de su padre, o si iba dirigido a él. De hecho, todavía no estaba seguro de que aquel extraño ceñudo y burlón fuera su padre; pero se aferró a mí con turbación creciente, y cuando el señor Heathcliff tomó asiento y le dijo: «Ven aquí», él ocultó la cara en mi hombro y se echó a llorar.

—¡Calla, calla! —lo urgió Heathcliff, que extendió una mano y lo arrastró con fuerza hasta meterlo entre sus rodillas. Después le levantó la cabeza por el mentón—. ¡Nada de tonterías! No vamos a hacerte daño, Linton, ¿no te llamas así? ¡Eres hijo de tu madre de pies a cabeza! ¿Dónde está lo que tienes de mí, pollito?

Le quitó la gorra al muchacho y le echó hacia atrás los espesos rizos rubios; le palpó los brazos delgados y los dedos pequeños. Durante este examen, Linton dejó de llorar y levantó los grandes ojos azules para observar al que lo observaba.

—¿Me conoces? —preguntó Heathcliff, después de comprobar que todas las extremidades eran igual de frágiles y débiles.

—No —respondió Linton, con una mirada inexpresiva de miedo.

—Habrás oído hablar de mí, supongo.

—No —volvió a responder.

—¿Que no? ¡Qué vergüenza para tu madre no despertar nunca tu respeto filial por mí! Pues te diré que eres mi hijo, y que tu madre fue una mujerzuela malvada por dejarte en la ignorancia del padre que tenías. ¡Ahora bien, deja de hacer muecas y no te sonrojes! Aunque ya es algo ver que no tienes la sangre blanca. Sé buen muchacho, y me portaré bien contigo. Nelly, si estás cansada, puedes sentarte; si no, vuelve a tu casa. Supongo que darás parte de lo que veas y oigas a los espías de la Granja; y esto no quedará arreglado si pierdes el tiempo.

—Bueno —respondí yo—, espero que sea usted amable con el muchacho, señor Heathcliff; de lo contrario, no lo conservará mucho tiempo. Y es la única familia que tiene usted en todo el mundo y que vaya a conocer: recuérdelo.

—Seré muy amable con él, no temas —respondió, riéndose—. Sólo que nadie más debe ser amable con él. Quiero monopolizar su afecto con celo. Y para empezar con mi amabilidad: ¡Joseph!, tráele algo de desayuno al muchacho. Hareton, becerro infernal, vete a tu trabajo. Sí, Nell —añadió cuando éstos se hubieron marchado—, mi hijo es el futuro propietario de tu casa, y yo no quisiera que muriese antes de estar seguro de ser su sucesor. Además, es *mío,* y quiero gozar del triunfo de ver a *mi* descendiente como señor de pleno derecho de sus haciendas; a mi hijo contratando a los hijos de ellos para que labren las tierras de sus padres por un jornal. Es la única consideración que me puede hacer soportar al cachorro: ¡lo desprecio por sí mismo, y lo odio por los recuerdos que despierta! Pero esa consideración es suficiente. Está seguro conmigo, y se le atenderá con tanto cuidado como atiende tu amo a su hija. Le tengo preparada una habitación arriba, bien amueblada; también he tomado un maestro particular que vendrá tres veces por semana, desde veinte millas, a enseñarle lo que él quiera aprender. He mandado a Hareton que lo obedezca y, de hecho, lo he arreglado todo para conservar lo que tiene de superior y caballero, por encima de aquéllos con quienes se trata. Lo que sí lamento es que se merezca tan poco estas molestias. Si he deseado alguna bendición en el mundo, ha sido la de encontrar en él un digno objeto de mi orgullo; ¡y este mequetrefe llorica y de cara de suero me ha dado una amarga desilusión!

Mientras seguía hablando, regresó Joseph con un tazón de gachas con leche y lo puso delante de Linton. Éste revolvió el amasijo casero con una mirada de aversión, y afirmó que no se lo podía comer. Vi que el viejo criado compartía en gran medida el desprecio que sentía su amo hacia el niño. Pero se veía obligado a guardarse el sentimiento para sí, ya que Heathcliff tenía la clara intención de que sus inferiores lo respetasen.

—¿Que no puede comerlo? —repitió, mirando a Linton a la cara y bajando la voz hasta dejarla en un susurro, por miedo a que lo oyeran—. ¡Pero el señorito Hareton no comió jamás otra cosa cuando era pequeño, y lo que le bastaba a él tendrá que bastarle a usted, creo yo!

—¡No me lo comeré! —respondió Linton con voz cortante—. ¡Llévatelo!

Joseph tomó la comida con indignación y nos la trajo.

—¿Le pasa algo a la comida? —preguntó, mientras ponía la bandeja bajo las narices de Heathcliff.

—¿Qué le ha de pasar? —repuso éste.

—¿Qué? —respondió Joseph—. Ese mocito delicado dice que no se la puede comer. Pero ¡supongo que así será! Su madre era igual. Éramos casi demasiado sucios para sembrar el trigo que serviría para hacerle el pan.

—¡No me hables de su madre! —respondió el amo, enfadado—. Dale algo que pueda comer, y basta. ¿Qué suele tomar, Nelly?

Recomendé leche hervida o té; y dieron instrucciones al ama de llaves para que los preparara. «¡Vamos! —reflexioné—, el egoísmo de su padre puede contribuir a su comodidad. Advierte la delicadeza de su constitución y la necesidad de tratarlo de manera tolerable. Consolaré al señor Edgar haciéndole saber el giro que ha tomado el humor de Heathcliff.» Como ya no tenía excusa para quedarme más tiempo, me escabullí con discreción mientras Linton se ocupaba en repeler con timidez las manifestaciones amistosas de un perro pastor. Pero estaba demasiado alerta como para dejarse engañar; cuando cerré la puerta, oí un grito y una repetición frenética de las palabras:

—¡No me dejes! ¡No quiero quedarme aquí! ¡No quiero quedarme aquí!

Después, subieron el pestillo y éste cayó; no le dejaron salir. Monté en Minny y la puse al trote. Y así terminó mi breve periodo de tutela.

Capítulo XXI

Aquel día tuvimos que cumplir una triste tarea con Cathy. Ésta se despertó con gran regocijo, impaciente por reunirse con su primo; y la noticia de su marcha fue seguida de tales lágrimas y lamentos que el propio Edgar se vio obligado a consolarla afirmando que volvería pronto; aunque añadió: «si puedo recuperarlo», y no había ninguna esperanza de ello. Esta promesa hizo poco por calmarla; pero el tiempo sirvió de más, y a pesar de que ella seguía preguntándole a su padre de vez en cuando cuándo iba a regresar Linton, para cuando volvió a verlo sus rasgos se habían difuminado tanto en su memoria que no lo reconoció.

Cuando yo me encontraba por casualidad con el ama de llaves de Cumbres Borrascosas, cuando iba a Gimmerton a hacer recados, le preguntaba cómo le iba al señorito; pues éste vivía casi tan encerrado como la propia Catherine, y no se lo veía nunca. Saqué en claro de ella que seguía con mala salud y que era un huésped pesado. Me dijo que parecía que al señor Heathcliff lo disgustaba todavía más, aunque éste se esforzaba algo por disimularlo. El sonido de su voz le producía antipatía, y no soportaba sentarse en la misma habitación que él durante mucho rato. Rara vez hablaban. Linton estudiaba sus lecciones y pasaba las veladas en una pequeña estancia que llamaban «el salón»; o se quedaba todo el día en la cama, pues siempre estaba sufriendo catarros, y resfriados, y alifafes y dolores de alguna especie.

—Y no he conocido jamás a una criatura tan medrosa —añadió la mujer—, ni que se cuide tanto. ¡Cómo se pone, si dejo la ventana abierta un poco tarde, al caer el día! ¡Ay! ¡Lo va a matar una bocanada de aire nocturno! Y ha de tener lumbre en pleno verano. Y la pipa de tabaco de Joseph es veneno. Y siempre ha de tener dulces y golosinas, y siempre leche, eternamente leche, sin hacer cuenta de la estrechez en que vivimos los demás en invierno. Y se queda allí sentado, envuelto en su capa de pieles, en su silla junto a la lumbre, con unas tostadas y agua o algún otro mejunje en la repisa, para irlo tomando a traguitos. Y si viene Hareton a divertirlo, por compasión (Hareton no tiene mal carácter, aunque es rudo), es seguro que se separarán, jurando el uno y llorando el otro. Creo que al amo le agradaría que Earnshaw le diera una paliza hasta hacerlo papilla, si no fuera su hijo. Y estoy segura de que sería capaz de echarlo a la calle si se enterara de la mitad de los cuidados que se dedica. Pero tampoco corre peligro de caer en la tentación. Él no entra nunca en el salón, y si Linton da muestras de esas mañas en la casa, donde está él, lo manda subir enseguida.

Adiviné, por esta relación, que la falta absoluta de simpatía por parte de los demás había vuelto a Heathcliff hijo egoísta y desagradable, si es que no lo era ya de por sí. En consecuencia, se mitigó mi interés por él, aunque seguía sintiendo lástima por su suerte, y deseando que se hubiera quedado con nosotros.

El señor Edgar me incitaba a que recopilara información. Me imagino que pensaba mucho en él y que habría estado dispuesto a correr algún riesgo para verlo. En cierta ocasión me dijo que le preguntara al ama de llaves si el muchacho iba alguna vez al pueblo. Ella me dijo que sólo había ido dos veces, a caballo, acompañando a su padre, y que las dos veces se había pasado los tres o cuatro días siguientes diciendo que estaba agotado. Aquella ama de llaves se marchó dos años después de la llegada del muchacho, si no recuerdo mal, y su sucesora fue otra a la que yo no conocía, y que sigue viviendo allí.

El tiempo fue transcurriendo en la Granja de manera agradable, como antes, hasta que la señorita Cathy cumplió los dieciséis años. No celebrábamos nunca el día de su cumpleaños con manifestaciones de regocijo, pues también era el aniversario de la muerte de mi antigua señora. Su padre pasaba de manera invariable aquel día solo en la biblioteca. Al caer la tarde, iba caminando hasta el cementerio de Gimmerton, donde solía prolongar su visita hasta pasada la medianoche. Por ello, Catherine tenía que entretenerse por su cuenta.

Aquel 20 de marzo fue un hermoso día primaveral, y cuando se hubo retirado su padre, mi señorita bajó vestida para salir y dijo que había pedido permiso para darse un paseo por el borde del páramo conmigo, y que el señor Linton le había dado su consentimiento con tal de que no fuéramos lejos y volviésemos antes de una hora.

—¡Apresúrate, pues, Ellen! —exclamó—. Sé adónde quiero ir: adonde se ha asentado una bandada de urogallos. Quiero ver si han hecho ya sus nidos.

—Deben de estar a un buen trecho —respondí—, pues no crían al borde del páramo.

—No, no lo está —repuso—. Yo he llegado muy cerca con papá.

Me puse el sombrero y salí, sin pensar más en la cuestión. Ella corría por delante de mí, y volvía a mi lado, y echaba a correr otra vez como un galgo joven; y yo, al principio, me entretenía bastante escuchando a las alondras que cantaban cerca y lejos y disfrutando del sol suave y cálido; y viéndola a ella, mi niña querida y mi encanto, con sus rizos dorados que le caían sueltos por detrás, y sus mejillas alegres, suaves y puras, florecientes como una rosa silvestre, y sus ojos radiantes de placer no empañado. En aquellos tiempos era una criatura feliz y un ángel. Lástima que no pudiera estar satisfecha.

—Y bien, señorita Cathy, ¿dónde están sus urogallos? —pregunté—. Deberíamos haber llegado hasta ellos. La verja del parque de la Granja ya está muy lejos.

—Oh, un poco más allá, sólo un poco más allá, Ellen —respondía ella una y otra vez—. Sube a ese altozano, pasa esa loma, y, cuando hayas llegado al otro lado, yo ya habré levantado a las aves.

Pero había tantos altozanos y lomas que subir y pasar que, al cabo, empecé a estar cansada y le dije que debíamos detenernos y volver sobre nuestros pasos. Le grité, ya que me había dejado muy atrás. Ella no me oyó o no me hizo caso, pues siguió adelante a buen paso, y yo me vi obligada a seguirla. Por fin, bajó a una hondonada; y antes de que yo volviera a verla, ya estaba dos millas más cerca de Cumbres Borrascosas que de su propia casa; y vi que la detenían dos personas, una de las cuales tuve el convencimiento de que era el propio señor Heathcliff.

Habían atrapado a Catherine en el acto de saquear los nidos de los urogallos, o al menos de buscarlos. Las Cumbres eran la tierra de Heathcliff, y éste reñía a la cazadora furtiva.

—No me he llevado ninguno, ni he encontrado ninguno —decía ella, extendiendo las manos para corroborar su afirmación, mientras yo llegaba trabajosamente junto a ellos—. No pensaba llevármelos; pero papá me dijo que aquí arriba había muchos, y he querido ver los huevos.

Heathcliff me miró con una sonrisa malintencionada, con la que manifestaba su conocimiento de dicha persona y, en consecuencia, su malevolencia hacia ella. Quiso saber quién era «papá».

—El señor Linton, de la Granja de los Tordos —respondió ella—. Ya me figuré que usted no me había conocido. De lo contrario, no me habría hablado así.

—¿Supone usted que a papá lo estiman y lo respetan mucho, entonces? —preguntó él con sarcasmo.

—¿Y quién es usted? —preguntó a su vez Catherine, mirando con curiosidad a su interlocutor—. He visto antes a ese hombre. ¿Es hijo de usted?

Señaló a Hareton, que era el otro individuo, quien con dos años más de edad no había ganado más que algo de bulto y de fuerza; parecía tan zafio y rudo como siempre.

—Señorita Cathy —la interrumpí—, vamos a faltar tres horas en lugar de una. De verdad, tenemos que volver.

—No; este hombre no es hijo mío —respondió Heathcliff, apartándome a un lado—. Pero sí que tengo un hijo, y además usted ya lo ha visto. Y, aunque su niñera tenga prisa, creo que tanto a usted como a ella les vendría bien un pequeño descanso. ¿Tendrían la bondad de salvar esta loma de brezal y entrar en mi casa? Llegarán antes a la suya, porque hay mejor camino, y serán bien recibidas.

Le susurré a Catherine que no debía acceder a esta propuesta de ninguna manera. Era absolutamente impensable.

—¿Por qué? —preguntó ella en voz alta—. Estoy cansada de correr, y el suelo está lleno de rocío; aquí no me puedo sentar. Vamos, Ellen. Además, dice que he visto a su hijo. Creo que se equivoca; pero ya adivino dónde vive: en la casa de labranza que visité al volver de las peñas de Penistone. ¿No es verdad?

—Así es. Vamos, Nelly, contén la lengua; será un placer para ella visitarnos. Hareton, adelántate con la moza. Tú caminarás conmigo, Nelly.

—No, ella no va a tal sitio —grité, esforzándome por liberar mi brazo, que él sujetaba; pero ella ya había rodeado la loma a toda velocidad y estaba casi ante las piedras de la entrada. El compañero que le habían designado no fingió escoltarla, se apartó a un lado de la cantera y desapareció.

—Señor Heathcliff, esto está muy mal —continué—. Sé que usted no trama nada bueno. Y allí verá a Linton, y lo contará todo en cuanto regresemos, y yo cargaré con la culpa.

—Quiero que vea a Linton —respondió—. Tiene mejor aspecto estos últimos días. No siempre está en condiciones de dejarse ver. Y a ella no tardaremos en convencerla de que guarde el secreto de la visita. ¿Qué mal hay en ello?

—El mal que hay en ello es que su padre me odiaría si se enterara de que yo he consentido que entrara en su casa. Y estoy convencida de que tiene usted malos designios al animarla a hacerlo —respondí.

—Mis designios son todo lo honestos que pueden ser. Te informaré de todo su alcance —dijo—: que los dos primos se enamoren y se casen. Estoy obrando con generosidad para tu amo. Su chiquilla no tiene ninguna expectativa de heredar, y si ella sigue mis deseos, quedará inmediatamente en buena situación, como coheredera con Linton.

—Si muriera Linton —respondí yo—, y es muy poco seguro que viva, Catherine sería la heredera.

—No, no lo sería —replicó él—. En el testamento no hay ninguna cláusula al respecto. Sus propiedades vendrían a mí; pero, para evitar disputas, deseo la unión de los dos, y estoy resuelto a llevarla a cabo.

—Y yo estoy resuelta a que ella no se acerque nunca a la casa de usted conmigo —repliqué, mientras llegábamos a la puerta, donde la señorita Cathy esperaba nuestra llegada.

Heathcliff me mandó callar y, precediéndonos por el camino, se apresuró a abrir la puerta. Mi señorita le dirigió varias miradas como si no estuviera segura de qué pensar de él; pero ahora él sonreía al mirarla a los ojos y suavizaba la voz al hablarle; y yo fui tan necia como para imaginarme que el recuerdo de su madre podría impedir que le deseara un daño. Linton estaba de pie ante la chimenea. Había salido a pasear por el campo, pues tenía puesta la gorra y llamaba a Joseph para que le llevara unos zapatos secos. Estaba muy crecido para su edad, que era de dieciséis años menos unos meses. Todavía tenía bonitos rasgos, y los ojos y la complexión más luminosos de lo que yo los recordaba, aunque con un lustre sólo temporal, tomado del aire sano y el sol amable.

—Ahora, ¿quién es éste? —preguntó el señor Heathcliff, dirigiéndose a Cathy—. ¿Lo reconoce?

—¿Su hijo? —aventuró ella, después de haber mirado dudosamente al uno primero y al otro después.

—Sí, sí —respondió él—; pero ¿es ésta la única vez que lo ha visto? ¡Piénselo! ¡Ah! Tiene poca memoria. Linton, ¿no recuerdas a tu prima, con tanto como nos fastidiabas diciéndonos que la querías ver?

—¿Cómo? ¡Linton! —exclamó Cathy, dominada por una alegre sorpresa al oír su hombre—. ¿Es éste el pequeño Linton? ¡Si es más alto que yo! ¿Lo eres, Linton?

El joven se adelantó y se dio a conocer; ella lo besó con fervor, y los dos contemplaron con asombro el cambio que había producido el tiempo en el aspecto de cada uno. Catherine había alcanzado toda su altura. Su figura era rellena y esbelta a la vez, elástica como el acero, y todo su aspecto chispeaba de salud y ánimo. El aspecto y los movimientos de Linton eran muy lánguidos, y su figura era extremadamente delgada; pero tenía en sus maneras una gracia que mitigaba estos defectos y que no lo hacía resultar desagradable. Después de intercambiar con él abundantes muestras de afecto, su prima se dirigió al señor Heathcliff, quien rondaba junto a la puerta, repartiendo su atención entre los objetos que estaban dentro y los del exterior; fingiendo, esto es, observar estos últimos, y atendiendo en realidad tan sólo a los primeros.

—¡Y usted es mi tío, entonces! —exclamó, empinándose hacia arriba para saludarlo—. Ya me había parecido que lo apreciaba, aunque usted estuviera contrariado al principio. ¿Por qué no viene de visita a la Granja con Linton? Es raro vivir tantos años, tan vecinos, sin vernos nunca; ¿por qué lo ha hecho?

—Hice una o dos visitas más de la cuenta antes de que naciera usted —respondió él—. Ya está... ¡Maldita sea! Si le sobran besos, déselos a Linton; los malgasta conmigo.

—¡Qué traviesa eres, Ellen! —exclamó Catherine, volando a atacarme a mí después con sus caricias exuberantes—. ¡Qué mala eres, Ellen! ¡No querer que entrase! Pero desde ahora daré este paseo todas las mañanas. ¿Puedo, tío? Y traeré a papá de vez en cuando. ¿No se alegrará usted de vernos?

—¡Por supuesto! —repitió el tío, con una mueca apenas contenida, consecuencia de la aversión profunda que sentía hacia los dos posibles visitantes—; pero espere —prosiguió, volviéndose hacia la señorita—. Ahora que lo pienso, será mejor que se lo diga. El señor Linton tiene un prejuicio contra mí. En cierta época de nuestras vidas reñimos con una ferocidad poco cristiana. Si le dice usted que ha venido aquí, vetará del todo sus visitas. Por eso, no debe decírselo, a no ser que no le importe ver o no a su primo a partir de ahora; puede venir usted, si quiere, pero no debe decirlo.

—¿Por qué riñeron? —preguntó Catherine, bastante alicaída.

—A él le parecía que yo era demasiado pobre para casarme con su hermana —respondió Heathcliff—, y le afligió que me la llevara. Le dolió en su orgullo, y no lo perdonará nunca.

—¡Eso está mal! —replicó la señorita—. Se lo diré en alguna ocasión. Pero Linton y yo no tenemos nada que ver con la riña de ustedes dos. Entonces, yo no vendré aquí; vendrá él a la Granja.

—Estará demasiado lejos para mí —murmuró su primo—. Caminar cuatro millas me mataría. No; venga aquí, señorita Catherine, de vez en cuando. No todas las mañanas, pero sí una o dos veces a la semana.

El padre echó a su hijo una mirada de amargo desprecio.

—Me temo que mi trabajo será en vano —me murmuró—. La señorita Catherine, como la llama este memo, descubrirá su verdadero valor, y lo mandará al diablo. ¡Ay, si hubiera sido Hareton! ¿Sabes que deseo veinte veces al día que Hareton fuera hijo mío, a pesar de toda su degradación? Yo querría a ese muchacho si no fuera quien es. Pero creo que está a salvo del amor de ésa. Si esta criatura insignificante no se mueve con energía, lo haré competir con él. Calculamos que apenas durará hasta los dieciocho años. ¡Ay, maldito sea el muy soso! Está absorto en secarse los pies, y no la mira ni una sola vez. ¡Linton!

—Sí, padre —respondió el muchacho.

—¿No tienes nada que enseñarle a tu prima en ninguna parte, ni siquiera un conejo o una madriguera de comadreja? Llévatela al jardín antes de cambiarte los zapatos, y al establo para que vea tu caballo.

—¿No prefiere quedarse aquí? —preguntó Linton, dirigiéndose a Cathy con un tono que indicaba pocos deseos de volver a moverse.

—No sé —respondió ella, echando una mirada anhelosa a la puerta, y con evidentes deseos de actividad.

Él siguió en su asiento y se acercó más al fuego. Heathcliff se levantó y pasó a la cocina, y de allí al patio, y llamó a Hareton. Éste respondió, y los dos entraron acto seguido. Por el rubor de las mejillas del joven y lo mojado que tenía el pelo se advertía que se había estado lavando.

—Ah, tío, se lo preguntaré a usted —exclamó la señorita Cathy, recordando lo que había dicho el ama de llaves—. Ése no es primo mío, ¿verdad?

—Sí —respondió él—. Es sobrino de la madre de usted. ¿No le agrada?

Catherine puso una cara rara.

—¿No es un mozo apuesto? —prosiguió él.

La muy descortés se puso de puntillas y susurró una frase al oído de Heathcliff. Éste se rio; Hareton ensombreció el gesto; advertí que era muy susceptible cuando se creía ofendido, y era evidente que tenía un vago concepto de su inferioridad. Pero su amo o tutor le desarrugó el ceño exclamando:

—¡Vas a ser todo un favorito entre nosotros, Hareton! Dice que eres un... ¿cómo era? Bueno, un término muy elogioso. ¡Oye! Ve tú con ella a dar una vuelta por la granja. ¡Y procura comportarte como un caballero! No digas palabras feas; y no te quedes mirando fijamente a la señorita cuando ella no te mire a ti, y dispuesto a ocultar la cara cuando sí lo haga. Y cuando hables, pronuncia las palabras despacio, y no metas las manos en los bolsillos. Ve, y atiéndela con toda la delicadeza que puedas.

Vio pasar a la pareja ante la ventana. Earnshaw apartaba por completo la cara de su compañera. Parecía como si estuviera estudiando el paisaje familiar con el interés propio de un forastero y de un pintor. Catherine le echó una mirada disimulada que expresaba poca admiración. Después dedicó su atención a buscar por sí misma objetos dignos de su interés, canturreando una canción para suplir la falta de conversación.

—Lo he dejado mudo —observó Heathcliff—. ¡No soltará una sola sílaba en todo el rato! Nelly, tú te acuerdas de mí cuando tenía su edad; no, algunos años menos. ¿Parecía yo tan estúpido, tan «dundo», como dice Joseph?

—Peor —respondí—, porque, además, era más ceñudo.

—Me complace —siguió reflexionando en voz alta—. Ha satisfecho mis expectativas. Si fuera tonto de nacimiento, no me agradaría ni la mitad. Pero no es tonto; y puedo hacerme cargo de todos sus sentimientos, pues los he experimentado yo mismo. Sé, por ejemplo, lo que está padeciendo ahora; si bien no es más que el principio de lo que padecerá. Y jamás será capaz de levantarse de su abismo de rudeza e ignorancia. Lo tengo más sujeto que lo que me tenía a mí el canalla de su padre, y más hundido; pues él se enorgullece de su brutalidad. Le he enseñado a despreciar como ridículo y débil todo lo que no sea animal. ¿No crees que Hindley estaría orgulloso de su hijo, si pudiera verlo? Casi tanto como lo estoy yo del mío. Pero he aquí la diferencia: el uno es oro que hace oficio de empedrado y el otro es estaño pulido para imitar una vajilla de plata. El mío no tiene nada de valor, aunque yo tendré el mérito de llevarlo hasta donde pueda llegar tan mal material. El suyo tenía cualidades de primera clase, y se han perdido, han quedado peores que inservibles. No tengo nada de qué lamentarme. Él tendría más de lo que nadie sabe, salvo yo. ¡Y lo mejor es que Hareton me aprecia condenadamente! Reconocerás que en esto he superado a Hindley. ¡Si el villano muerto pudiera levantarse de su tumba para insultarme por los perjuicios que he causado a su vástago, yo tendría el placer de ver a dicho vástago rechazarlo a la fuerza, indignado por que se atreviera a denostar al único amigo que tiene en el mundo!

Esta idea hizo soltar a Heathcliff una risa demoniaca. No respondí, pues vi que él no esperaba respuesta. Mientras tanto, nuestro joven compañero, que se sentaba no muy lejos de nosotros para oír lo que se decía, empezó a manifestar síntomas de intranquilidad, acaso arrepentido de haberse negado a sí mismo el deleite de la compañía de Catherine por temor a un poco de fatiga. Su padre advirtió las miradas inquietas que dirigía a la ventana y la mano que tendía hacia la gorra con gesto titubeante.

—¡Levántate, muchacho perezoso! —exclamó él con simpatía falsa—. ¡Sal tras ellos! Están ahí mismo, en el rincón, junto al colmenar.

Linton hizo acopio de energía y dejó la chimenea. La ventana estaba abierta, y, cuando salió, oí que Cathy le preguntaba a su poco sociable compañero qué era aquella inscripción que había sobre la puerta. Hareton levantó la vista y se rascó la cabeza como un verdadero patán.

—Es un condenado letrero —respondió—. No puedo leerlo.

—¿Que no puedes leerlo? —exclamó Catherine—. Yo sí puedo leerlo: está en inglés. Pero lo que quiero saber es por qué está ahí.

Linton soltó una risita: era su primera muestra de alegría.

—No sabe leer —le dijo a su prima—. ¿Puede usted creer que exista un bobo tan colosal?

—¿Está bien de la cabeza? —preguntó la señorita Cathy con seriedad—. ¿Acaso es retrasado, un simple? Ya le he hecho dos preguntas, y las dos veces puso tal cara de estúpido que creo que no me entiende. ¡Yo, por mi parte, apenas lo entiendo a él, desde luego!

Linton volvió a reírse y echó una mirada burlona a Hareton, quien, en esos instantes, no parecía dotado de unas entendederas muy despejadas, ciertamente.

—No te pasa nada, sólo que eres perezoso, ¿verdad, Earnshaw? —preguntó Linton—. Mi prima te toma por idiota. Ya ves las consecuencias de despreciar «el entender de letra», como dirías tú. ¿Ha advertido el terrible acento de Yorkshire que tiene, Catherine?

—Vaya, ¿de qué demonios sirve? —gruñó Hareton, más dispuesto a responder a su compañero cotidiano. Se disponía a extenderse más, pero los dos jóvenes soltaron una carcajada ruidosamente; a mi señorita atolondrada le pareció delicioso descubrir que podía hacer de su manera extraña de hablar un objeto de diversión.

—¿De qué sirve el demonio en esa frase? —preguntó Linton con una risita—. Papá te mandó que no dijeras palabras feas, y tú no eres capaz de abrir la boca sin decir una. ¡Intenta comportarte como un caballero, haz el favor!

—¡Si tú no tuvieras más de niña que de mozo, te derribaba ahora mismo, vaya que sí, criatura lastimera y enclenque! —replicó el rústico enfadado, retirándose mientras la cara le ardía con una mezcla de rabia y mortificación. Era consciente de que lo insultaban, y se sentía incómodo porque no sabía cómo tomarlo.

El señor Heathcliff, que había oído la conversación tan bien como yo, se sonrió cuando lo vio marchar; pero justo después echó una mirada de aversión a la pareja de impertinentes, que seguían charlando ante la puerta. El muchacho se animaba bastante comentando los defectos y las carencias de Hareton, y contando anécdotas de sus hazañas, y la muchacha, gozando de sus dicharachos insolentes y malévolos, sin considerar el ánimo ruin de que daban muestra; pero yo empezaba a sentir más desagrado que compasión hacia Linton, y a disculpar hasta cierto punto a su padre por no tenerlo en mucho.

Nos quedamos hasta la tarde, no pude arrancar de allí antes a la señorita Cathy; pero, por ventura, mi amo no había salido de su estancia y no se enteró de nuestra ausencia prolongada. Mientras caminábamos hacia casa, yo habría explicado de buena gana a mi pupila el carácter de las personas que acabábamos de dejar; pero a ella se le había metido en la cabeza que yo albergaba prejuicios en su contra.

—¡Ajá! —exclamó—. Te pones de parte de papá. Ellen, eres parcial, lo sé. De lo contrario, no me habrías tenido engañada tantos años, haciéndome creer que Linton vivía muy lejos de aquí. La verdad es que estoy enfadadísima. ¡Sólo que estoy tan contenta que no lo puedo demostrar! Pero deberás mantener la boca cerrada acerca de mi tío. Es mi tío, recuérdalo. Y regañaré a papá por haber reñido con él.

Y así siguió, hasta que dejé de esforzarme en convencerla de su error. Aquella noche no habló de la visita porque no vio al señor Linton. Al día siguiente se supo todo, para mi disgusto. Si bien no lo lamenté en todos los sentidos, pensé que él llevaría mejor que yo la carga de dirigir y prevenir a Catherine; pero estuvo demasiado tímido a la hora de dar razones satisfactorias de su deseo de que ésta evitara los tratos con los habitantes de las Cumbres, y a Catherine le gustaba que todas las restricciones a su voluntad consentida se apoyasen en buenas razones.

—¡Papá! —exclamó, tras los saludos matutinos—, ¿a que no sabes a quién vi ayer, en mi paseo por los páramos? ¡Ah, papá, has dado un respingo! No has hecho bien, ¿verdad que no? Vi... ¡Pero escucha, y oirás cómo me he enterado de lo tuyo, y lo de Ellen, que está confabulada contigo, pero que hacía como que tenía mucha lástima de mí cuando yo albergaba esperanzas y como que siempre estaba desilusionada porque no volvía Linton!

Hizo una relación fiel de su excursión y sus consecuencias; y mi amo, aunque me echó más de una mirada de reproche, no dijo nada hasta que ella hubo terminado de hablar. Después la acercó a sí y le preguntó si sabía por qué le había ocultado la proximidad de Linton. ¿Se imaginaba acaso que era para negarle un gusto del que podía disfrutar sin daño?

—Era porque tenías antipatía al señor Heathcliff —respondió ella.

—¿Crees, entonces, que me preocupan más mis propios sentimientos que los tuyos, Cathy? —preguntó—. No; no era porque tuviese antipatía al señor Heathcliff, sino porque el señor Heathcliff me tiene antipatía a mí, y es un hombre muy diabólico, que se complace en injuriar y arruinar a los que odia, si ellos le brindan la menor oportunidad. Yo sabía que tú no podías mantener el trato con tu primo sin entrar en contacto con él; y sabía que él te detestaría por mí. Así pues, tomé precauciones para que no volvieras a ver a Linton, por tu propio bien, y no por otra razón. Pensaba contártelo alguna vez, cuando fueras mayor, y lamento haberlo aplazado.

—Pero el señor Heathcliff estuvo muy cordial, papá —observó Catherine, nada convencida—, y él no puso ninguna objeción a que nos viésemos. Dijo que podía ir a su casa cuando quisiera; sólo que no debía decírtelo a ti, porque habías reñido con él y no querías perdonarle que se hubiera casado con la tía Isabella. Y no quieres. Tú tienes la culpa. Él está dispuesto a consentir que seamos amigos, al menos, Linton y yo, y tú no lo estás.

Mi amo, percibiendo que ella no creería de él la disposición malvada de su tío político, le esbozó de manera sucinta la conducta que había tenido éste con Isabella y el modo en que había adquirido la propiedad de Cumbres Borrascosas. No soportaba dedicarle demasiado tiempo al asunto, pues, aunque hablaba poco de ello, seguía sintiendo hacia su antiguo enemigo el mismo horror y aborrecimiento que se había aposentado en su corazón desde la muerte de la señora Linton. «Quizá viviera todavía si no hubiera sido por él», era su reflexión amarga y constante. Heathcliff le parecía un asesino. La señorita Cathy (que no había conocido más maldades que sus propios actos veniales de desobediencia, injusticia y pasión, fruto del genio vivo y de la falta de reflexión, y de las que se arrepentía el mismo día que las había cometido) se maravilló de la negrura de un espíritu capaz de maquinar venganzas y de ansiarlas durante años, y de llevar a cabo sus planes con deliberación y sin la menor punzada de remordimiento. Pareció tan impresionada y escandalizada por esta nueva visión de la naturaleza humana (que no había tenido cabida en sus estudios ni en sus ideas hasta entonces) que al señor Edgar le pareció innecesario insistir en el tema. Se limitó a añadir:

—Desde ahora sabrás, querida mía, por qué quiero que evites su casa y su familia. Ahora ¡vuelve a tus actividades y a tus entretenimientos habituales y no pienses más en ellos!

Catherine besó a su padre y se sentó en silencio a estudiar sus lecciones durante un par de horas, según tenía por costumbre. Después lo acompañó por la finca y se pasó todo el día de la manera habitual; pero, al caer la tarde, cuando se había retirado a su habitación y yo fui a ayudarla a desvestirse, me la encontré llorando, arrodillada junto a la cama.

—¡Ay, cállese, niña tonta! —exclamé—. Si tuviera usted algún dolor verdadero, le avergonzaría derrochar una lágrima por esta pequeña contrariedad. Usted, señorita Catherine, no ha tenido jamás ni la sombra de un pesar. Imagínese por un momento que el amo y yo hubiésemos muerto y que usted hubiera quedado sola en el mundo: ¿cómo se sentiría entonces? Compare la ocasión presente con una aflicción como ésa, y dé gracias por los amigos que tiene, en vez de codiciar otros.

—No lloro por mí, Ellen —respondió ella—, es por él. ¡Él esperaba volver a verme mañana, y se va a llevar una gran desilusión, y me esperará, y yo no iré!

—¡Tonterías! —repliqué—. ¿Se imagina usted que él ha pensado tanto en usted como usted en él? ¿No tiene por compañero a Hareton? Ni una persona entre mil llorará a un pariente al que sólo ha visto dos veces durante dos tardes. Linton supondrá lo que ha pasado y no se inquietará más por usted.

—Pero ¿no puedo escribirle una nota para decirle por qué no puedo ir? —preguntó ella, poniéndose de pie—. ¿Y enviarle esos libros que le prometí prestarle, nada más? Sus libros no son tan bonitos como los míos, y cuando le dije lo interesantes que eran, a él le apeteció mucho tenerlos. ¿No puedo, Ellen?

—¡Desde luego que no! ¡Desde luego que no! —respondí con decisión—. Después, él le escribiría a usted, y la cosa no terminaría nunca. No, señorita Catherine. Su trato debe cesar por entero. Eso espera papá, y yo me encargaré de que se haga así.

—Pero ¿cómo puede ser que una notita...? —volvió a empezar, con gesto de súplica.

—¡Silencio! —la interrumpí—. No empezaremos con sus billetitos. ¡A la cama!

Me echó una mirada muy rebelde, tan rebelde que al principio no quise darle un beso de buenas noches. La arropé y le cerré la puerta, muy disgustada. Pero me arrepentí a la mitad del camino, de modo que volví silenciosamente, ¡y he aquí que la señorita estaba de pie ante la mesa, con un papel en blanco ante ella y un lápiz en la mano, que me ocultó con aire culpable cuando regresé!

—No convencerá usted a nadie para que le lleve eso si lo escribe, Catherine —le dije—. Y, de momento, le apagaré la vela.

Puse el apagavelas sobre la bujía, y al hacerlo recibí una palmada en la mano y el epíteto petulante de «¡fastidiosa!». Volví a dejarla, y ella corrió el cerrojo en uno de sus humores peores y más destemplados. La carta se terminó de escribir, y la llevó a su destino un repartidor de leche que venía del pueblo; pero de eso no me enteré hasta algún tiempo más tarde. Pasaron las semanas, y Cathy recuperó el buen humor; aunque se aficionó notablemente a recluirse a solas en los rincones, y, con frecuencia, si yo me acercaba a ella de pronto cuando estaba leyendo, daba un respingo y se inclinaba sobre el libro con evidente intención de ocultarlo, y yo percibía que asomaban bordes de papeles sueltos entre las páginas. También adoptó la costumbre de bajar temprano por las mañanas y rondar por la cocina como si esperara la llegada de algo. Tenía en un bargueño de la biblioteca un cajoncito en el que pasaba horas enteras revolviendo, y cuya llave se llevaba cuidadosamente cuando lo dejaba.

Un día, mientras ella inspeccionaba este cajón, observé que los juguetes y los dijes que había contenido hasta hacía poco se habían convertido en papelitos plegados. Se despertaron mi curiosidad y mis sospechas. Resolví echar una ojeada a los tesoros misteriosos de la señorita; de modo que, aquella noche, en cuanto mi amo y ella estuvieron a buen recaudo en el piso de arriba, busqué entre mis llaves de la casa y encontré con facilidad una que encajó en la cerradura. Abierto el cajón, vacié todo su contenido en mi delantal y lo llevé conmigo para examinarlo con tranquilidad en mi cuarto. Aunque no podía por menos que sospecharlo, no dejé de sorprenderme al descubrir que era un amasijo de correspondencia (casi diaria, debía de ser) de Linton Heathcliff: respuestas a mensajes enviados por ella. Los de fecha más antigua eran breves y tímidos; pero se iban ampliando gradualmente hasta convertirse en copiosas cartas de amor, tan tontas como era natural dada la edad de su autor, si bien con toques, aquí y allá, que me pareció que estaban tomados de una fuente más experta. Algunas me llamaron la atención por ser una mezcla notablemente extraña de ardor y sosería; comenzaban con sentimientos fuertes, y concluían con el tono afectado y prolijo que podría usar un escolar para dirigirse a una amada soñada e incorpórea. No sé si satisfacían a Cathy, pero a mí me parecieron palabrerías sin valor alguno. Después de leer tantas como me pareció oportuno, las até en un pañuelo, las dejé aparte y volví a cerrar con llave el cajón vacío.

Mi señorita bajó temprano y visitó la cocina, según su costumbre. La vi ir a la puerta a la llegada de cierto muchachito; y, mientras la lechera llenaba su jarro, le metió algo en el bolsillo de la chaqueta, y le extrajo otra cosa. Yo rodeé por el jardín y me aposté a esperar al mensajero, quien se debatió con valor en defensa de lo que le habían encomendado. Derramamos la leche entre los dos, pero conseguí arrebatarle la carta y, amenazándolo con graves consecuencias si no volvía a su casa aprisa, me quedé junto al muro y leí el texto afectuoso que había redactado la señorita Cathy. Era más sencillo y más elocuente que el de su primo; muy bonito y muy tonto. Sacudí la cabeza y entré en la casa, meditando. Como el día era lluvioso, ella no se podía entretener paseándose por el parque; de modo que, al concluir sus estudios de la mañana, recurrió al solaz del cajón. Su padre estaba sentado ante la mesa, leyendo; y yo, a propósito, me había puesto a coser unos bordes de las cortinas de la ventana que no estaban descosidos, sin perder de vista lo que hacía ella. Nunca un pájaro que vuelve volando al nido saqueado que había dejado lleno a rebosar de crías que piaban expresó con sus lamentos y sus aleteos angustiados una desesperación más completa que la que manifestó ella con un único «¡Oh!» y con el cambio que transfiguró su semblante, feliz hasta entonces. El señor Linton levantó la vista.

—¿Qué te pasa, cariño? ¿Te has hecho daño? —preguntó.

Su tono y expresión le indicaron con seguridad que no había sido *él* quien había descubierto su tesoro.

—No, papá... —dijo con voz entrecortada—. ¡Ellen! ¡Ellen! Acompáñame arriba, ¡estoy mareada!

Obedecí su requerimiento, y salí con ella.

—¡Ay, Ellen, las tienes tú! —empezó a decir de inmediato, cayendo de rodillas, cuando nos encerramos a solas—. ¡Ah, dámelas, y no lo volveré a hacer! No se lo digas a papá. No se lo habrás dicho a papá, Ellen, ¡dime que no! ¡He sido malísima, pero no lo haré más!

Le pedí que se levantara, con grave severidad.

—¡Así que, señorita Catherine, parece que ha llegado bastante lejos! ¡Bien se puede avergonzar de ellas! —exclamé—. Buen montón de palabrerías estudia en sus horas de asueto, desde luego. ¡Valdría la pena publicarlo! ¿Y qué le parece que pensará el amo cuando se lo ponga delante? Todavía no se lo he enseñado, pero no se piense usted que le voy a guardar sus secretos ridículos. ¡Qué vergüenza! Y debe de haber sido usted la que ha empezado a escribir cosas tan absurdas; estoy segura de que a él no se le habría ocurrido empezar.

—¡Yo no fui! ¡Yo no fui! —sollozó Cathy, como si se le fuera a partir el corazón—. ¡No pensé ni una vez en amarlo, hasta que...!

—¡En amarlo! —exclamé, con todo el desprecio que pude poner en estas palabras—. ¡En amarlo! ¿Se ha oído cosa igual? Es como si yo hablara de amar al molinero que viene a comprarnos el trigo una vez al año. ¡Bonito amor, desde luego! ¡Y sólo ha visto a Linton dos veces, apenas cuatro horas de su vida en total! Aquí están esas palabrerías infantiles. Voy a llevarlas a la biblioteca, y veremos qué dice su padre de este amor.

Ella se abalanzó hacia sus preciosas cartas, pero yo las levanté por encima de mi cabeza, y, acto seguido, se puso a suplicarme de nuevo, con frenesí, que las quemara, que hiciera cualquier cosa con ellas antes que enseñarlas. Y como en realidad yo estaba tan inclinada a reírme como a reñirla (pues consideraba que no eran más que vanidades infantiles), cedí al fin hasta cierto punto, y le pregunté:

—Si consiento en quemarlas, ¿me prometerá sinceramente no volver a enviarle ni a recibir de él ni una carta, ni un libro (pues veo que le ha enviado libros), ni rizos de pelo, ni anillos, ni juguetes?

—¡No nos enviamos juguetes! —exclamó Catherine, con más orgullo que vergüenza.

—¡Ni nada en absoluto, entonces, señorita mía! —le dije—. Si no consiente usted, voy a ello.

—¡Te lo prometo, Ellen! —exclamó, sujetándome del vestido—. ¡Oh, échalas al fuego, hazlo, hazlo!

Pero cuando procedí a abrir un lugar entre las brasas con el atizador, el sacrificio le resultó demasiado doloroso para sufrirlo. Me suplicó encarecidamente que le dejara una o dos.

—¡Una o dos, Ellen, para que las conserve en recuerdo de Linton!

Desaté el pañuelo y empecé a dejarlas caer por una esquina, y la llama ascendió por la chimenea.

—¡Me quedaré sólo con una, miserable malvada! —gritó. Metió la mano con presteza en el fuego y extrajo algunos fragmentos a medio consumir, a costa de sus dedos.

—Muy bien, ¡y yo me quedaré con algunas para enseñárselas a papá! —respondí, haciendo caer el resto en el hato y dirigiéndome de nuevo hacia la puerta.

Ella dejó caer entre las llamas sus fragmentos ennegrecidos y me indicó que terminara la inmolación. Se llevó a cabo; removí las cenizas, y las cubrí con una paletada de carbón; y ella, muda y sintiéndose muy injuriada, se retiró a sus aposentos. Bajé a decir a mi amo que a la señorita se le había pasado casi del todo el mareo, pero que me parecía mejor que pasara un rato acostada. No quiso almorzar, pero volvió a aparecer a la hora del té, pálida, y con los ojos enrojecidos, y notablemente abatida en su aspecto exterior.

A la mañana siguiente respondí a la carta con un billete que decía: «Se le solicita al señorito Heathcliff que no envíe más notas a la señorita Linton, pues ésta no las recibirá». Y, a partir de entonces, el muchachito llegó con los bolsillos vacíos.

Capítulo XXII

Transcurrieron el verano y el principio del otoño; pasó el veranillo de San Miguel, pero la cosecha se había retrasado aquel año, y algunos de nuestros campos seguían sin segar. El señor Linton y su hija solían salir a pasear con frecuencia entre los segadores; cuando se cargaron las últimas gavillas, se quedaron hasta que oscureció, y como se dio el caso de que aquella noche era fría y húmeda, mi amo agarró un resfriado fuerte que se le asentó obstinadamente en los pulmones y lo tuvo dentro de casa durante casi todo el invierno.

La pobre Cathy, que había tenido que dejar su pequeño romance por miedo, había estado considerablemente más triste y apagada desde que lo había abandonado. Su padre le pedía que leyera menos e hiciera más ejercicio. Ya no tenía la compañía de éste. Me pareció un deber cubrir su falta con mi compañía, en la medida de lo posible. Sería una sustituta ineficiente, pues sólo podía hurtar dos o tres horas a mis muchas ocupaciones diarias para seguirle los pasos y, además, era evidente que mi compañía le resultaba menos deseable que la de él.

Una tarde de octubre o de principios de noviembre, una tarde metida en agua y fresca, en la que el césped y los caminos crujían de hojas caídas y húmedas, y el cielo azul y frío estaba medio oculto por las nubes (mechones grises oscuros que se arremolinaban rápidamente desde poniente y anunciaban lluvia abundante), le pedí a mi señorita que renunciara a su paseo, pues estaba segura de que caerían chaparrones. Ella se negó, y yo, a disgusto, me puse una capa y tomé mi paraguas para acompañarla en una salida hasta el fondo del parque, una caminata formal que solía dar ella cuando estaba con el ánimo abatido; como lo estaba, de manera invariable, cuando el señor Edgar había estado peor de lo habitual, cosa que nunca conocíamos porque lo dijera él, pero que tanto ella como yo adivinábamos por su mayor silencio y la melancolía de su semblante. Ella caminaba con tristeza; ya no corría ni brincaba, aunque el viento frío bien podría haberla tentado a echar una carrera. Y yo la veía de reojo levantar con frecuencia una mano y limpiarse algo de la mejilla. Busqué con la mirada algún modo de distraer sus pensamientos. A un lado del camino se levantaba una ladera alta y desigual donde crecían con inseguridad avellanos y robles atrofiados; el terreno estaba demasiado suelto para estos últimos, y los vientos fuertes los habían inclinado hasta dejar algunos casi horizontales. En el verano, a la señorita Catherine le encantaba trepar a lo largo de estos troncos y sentarse en las ramas, meciéndose a veinte pies del suelo. Y a mí, aunque me complacía su agilidad y la alegría infantil de su corazón, no dejaba de parecerme oportuno reñirla cada vez que me la encontraba a tanta altura, pero de un modo tal que ella supiera que no era necesario que descendiera. Se pasaba desde el almuerzo hasta la hora del té en su cuna agitada por la brisa, sin hacer otra cosa que cantar para sí misma viejas canciones (las infantiles que le había enseñado yo), o contemplar a los pájaros que compartían el árbol con ella y que daban de comer a sus crías y las animaban a volar; o acurrucarse con los ojos cerrados, entre pensando y soñando, con una felicidad inexpresable con palabras.

—¡Mire, señorita! —exclamé, señalando una cavidad bajo las raíces de un árbol retorcido—. Todavía no ha llegado el invierno. Ahí arriba hay una florecilla, el último capullo de la multitud de campánulas que cubrían estos escalones de césped con una neblina lila en julio. ¿Querrá trepar hasta allí y tomarla, para enseñársela a papá?

Cathy se quedó un buen rato mirando fijamente la flor solitaria que temblaba en su refugio de tierra, y respondió al cabo:

—No, no la tocaré; pero parece melancólica, ¿verdad, Ellen?

—Sí —observé yo—, casi tan helada y aterida como usted. Tiene usted las mejillas pálidas. Vamos a correr asidas de la mano. Está usted tan decaída que creo que no me dejará atrás.

—No —repitió ella, y siguió caminando despacio, deteniéndose a intervalos para observar reflexivamente un fragmento de musgo, o una mata de hierba agostada, o unas setas que extendían su color anaranjado brillante entre los montones de follaje pardo; y se llevaba de cuando en cuando la mano a la cara, que apartaba de mí.

—Catherine, ¿por qué llora usted, cariño? —le pregunté, acercándome a ella y pasándole el brazo sobre el hombro—. No debe llorar porque papá tenga un resfriado. Dé gracias de que no sea nada peor.

Dejó entonces de contener las lágrimas; los sollozos ahogaron su respiración.

—Ay, será algo peor —dijo—. Y ¿qué haré cuando papá y tú me dejéis, y yo me quede sola? No olvido tus palabras, Ellen: las tengo siempre en los oídos. ¡Cómo cambiará la vida, qué triste será el mundo, cuando papá y tú hayáis muerto!

—Nadie sabe si usted morirá o no antes que nosotros —respondí—. No está bien anticipar los males. Esperaremos que hayan de pasar años y más años antes de que faltemos ninguno: el amo es joven, y yo soy fuerte y apenas tengo cuarenta y cinco años. Mi madre vivió hasta los ochenta y fue una mujer alegre hasta el final. Y suponiendo que al señor Linton le fuera concedido cumplir los sesenta, le quedan más años que los que usted tiene ahora, señorita. ¿Y acaso no sería una necedad llorar por una calamidad con más de veinte años de adelanto?

—Pero la tía Isabella era más joven que papá —observó ella, levantando la vista con la tímida esperanza de recibir más consuelo.

—La tía Isabella no nos tenía ni a usted ni a mí para que cuidásemos de ella —respondí—. No era tan feliz como el amo; no tenía tantas cosas que la animaran a vivir. Lo único que debe hacer usted es obedecer a su padre y evitar darle ningún disgusto. ¡Atienda a esto, Cathy! No voy a ocultarle que podría matarlo usted si fuera tan alocada e imprudente que albergara un afecto necio y caprichoso hacia el hijo de una persona que se alegraría de enviarlo a la tumba, y si permitiera que él se enterara de que usted está afligida por la separación que a él le ha parecido oportuno establecer.

—No estoy afligida por nada en el mundo, salvo por la enfermedad de papá —respondió mi compañera—. Nada me importa, en comparación con papá. Y nunca, nunca..., ¡ay, nunca!, mientras esté en mi sano juicio, diré una sola palabra ni haré nada que lo mortifique. Lo quiero más que a mí misma, Ellen, y he aquí cómo lo sé: pido todas las noches en mis oraciones que yo pueda sobrevivirle, pues prefiero padecer yo a que padezca él; eso demuestra que lo quiero más que a mí misma.

—Buenas palabras —respondí—. Pero deben demostrarse también con los hechos. Y, cuando él esté bueno, recuerde que no debe olvidar las resoluciones que ha tomado en los momentos de temor.

Mientras hablábamos, nos acercamos a una puerta que daba a la carretera, y mi señorita, recuperando la alegría otra vez, escaló el muro y se sentó en lo alto, extendiendo los brazos para reunir algunos escaramujos de color rojo vivo que brotaban en las ramas más altas de los rosales silvestres, sombreando el lado que daba al camino real; los frutos más bajos habían desaparecido, pero a los altos sólo llegaban los pájaros, si no era desde el lugar que ocupaba ahora Cathy. Al empinarse para alcanzarlos, se le cayó el sombrero, y como la puerta estaba cerrada con llave, propuso bajar el muro para recuperarlo. Yo le pedí que tuviera cuidado de no caerse y ella desapareció con agilidad. Pero el regreso no fue tan fácil; las piedras eran lisas y estaban bien unidas con argamasa, y los rosales silvestres y las ramas de zarzamora no podían servirle de apoyo para volver a subir. Yo, tonta de mí, no pensé en ello hasta que la oí reír y exclamar:

—Ellen, tendrás que ir a por la llave, o si no tendré que ir yo corriendo hasta la caseta del guarda. ¡No puedo escalar los muros por este lado!

—Quédate donde estás —respondí—. Llevo en la faltriquera mi manojo de llaves; quizá pueda conseguir abrirla; de lo contrario, iré yo.

Catherine se entretuvo bailando de un lado a otro ante la puerta, mientras yo probaba todas las llaves grandes, una tras otra. Apliqué la última y vi que ninguna servía; así pues, repitiendo mi indicación de que se quedara allí, me disponía a volver a casa con toda la prisa posible, cuando me detuvo un ruido que se aproximaba. Era el trote de un caballo; Cathy dejó de bailar y, al cabo de unos momentos, el caballo se detuvo también.

—¿Quién es? —susurré.

—Ellen, desearía que pudieras abrir la puerta —susurró a su vez mi compañera, con angustia.

—¡Eh, señorita Linton! —dijo una voz profunda, la del jinete—. Me alegro de encontrarla. No se apresure a entrar, pues debo pedirle y recibir una explicación.

—No hablaré con usted, señor Heathcliff —respondió Catherine—. Papá dice que usted es un hombre malo y que lo odia a él y a mí. Y Ellen dice lo mismo.

—Eso no hace al caso —replicó Heathcliff, pues era él—. Yo no odio a mi hijo, como es de suponer, y si le pido a usted que me preste atención es por él. ¡Sí! Buena causa tiene usted para sonrojarse. ¿No acostumbraba usted escribir a Linton hace dos o tres meses? Jugaba a los enamorados, ¿eh? ¡Los dos se merecerían una azotaina por ello! Sobre todo usted, que es la mayor, y la menos sensible, al parecer. Tengo las cartas de usted, y si me replica con insolencias, se las enviaré a su padre. Supongo que usted se aburrió del juego y lo dejó, ¿no es así? Pues bien, dejó hundido con ello a Linton en el pozo del desaliento. Él iba en serio; estaba enamorado de verdad. Como que estoy aquí delante le digo que se moría por usted. Se le ha partido el corazón por su veleidad, y no en el sentido metafórico, sino de verdad. Aunque Hareton lleva seis semanas burlándose de él, y yo he tomado medidas más serias y he intentado quitarle la tontería de la cabeza asustándolo, él está peor a cada día que pasa, ¡y estará bajo tierra antes del verano, si usted no lo alivia!

—¡Cómo puede mentirle con tanto descaro a la pobre niña! —grité yo desde dentro—. ¡Haga el favor de seguir cabalgando! ¿Cómo es capaz de pergeñar deliberadamente esas falsedades tan ruines? Señorita Cathy, romperé la cerradura con una piedra. No se crea esos disparates viles. Puede sentir por sí misma que es imposible que una persona muera por amor a un desconocido.

—No era consciente de que hubiera espías —murmuró el villano, sintiéndose descubierto—. Estimada señora Dean, yo la aprecio, pero no me gusta su doble juego —añadió en voz alta—. ¿Cómo es capaz usted de mentir con tanto descaro, afirmando que yo odio a «la pobre niña», e inventar cuentos del coco para que no se atreva a acercarse al umbral de mi casa? Catherine Linton, mi buena muchacha (su nombre mismo me reconforta), yo estaré toda esta semana fuera de casa. Vaya usted, y verá si no he dicho la verdad. ¡Vaya, querida mía! Imagínese a su padre en mi lugar, y a Linton en el de usted. Piense, entonces, qué valor daría usted a su amante descuidado si se negara a dar un paso para consolarla, cuando su propio padre se lo estuviera pidiendo. Y no caiga usted en el mismo error por pura estupidez. ¡Le juro por la salvación de mi alma que va a la tumba y que sólo usted puede salvarlo!

La cerradura cedió, y yo salí.

—Juro que Linton se está muriendo —repitió Heathcliff, mirándome fijamente—. Y el dolor y la desilusión están acelerando su muerte. Nelly, si no quieres dejarla ir, puedes venir tú misma. Yo no volveré hasta dentro de una semana, ¡y creo que tu propio amo poco tendría que objetar a que ella visitara a su primo!

—Pase usted —dije, asiendo a Cathy del brazo y haciéndola entrar casi a la fuerza, pues ella se rezagaba, mirando con ojos inquietos los rasgos de su interlocutor, demasiado severos como para translucir su engaño interior.

Él hizo acercarse al caballo e, inclinándose, observó:

—Señorita Catherine, le reconoceré a usted que tengo poca paciencia con Linton, y Hareton y Joseph tienen menos todavía. Reconozco que se encuentra entre gente dura. Se consume por falta de cariño, además de por amor; y una palabra cariñosa de usted sería la mejor medicina para él. No tenga en cuenta las prevenciones crueles de la señora Dean; sea usted generosa y arrégleselas para verlo. Sueña con usted día y noche, y no es posible convencerlo de que usted no lo odia, ya que usted ni le escribe ni lo visita.

Cerré la puerta y llevé rodando una piedra para que ayudara a sujetarla al cerrojo aflojado; y, abriendo mi paraguas, hice pasar a mi pupila debajo, pues empezaba a caer la lluvia entra las ramas quejumbrosas de los árboles, advirtiéndonos de que no nos entretuviésemos. Nuestra prisa nos evitó intercambiar ningún comentario acerca del encuentro con Heathcliff mientras volvíamos hacia la casa; pero yo adiviné por instinto que Catherine ya tenía el corazón ensombrecido por una oscuridad doble. Tenía los rasgos tan tristes que no parecían suyos; era evidente que consideraba verdadera hasta la última sílaba de lo que había oído.

Cuando entramos, el amo ya se había retirado a descansar. Cathy pasó discretamente a su habitación para enterarse de cómo estaba. Se había quedado dormido. Regresó, y me pidió que me sentara con ella en la biblioteca. Tomamos el té juntas; y después se echó en la alfombra y me dijo que no hablara, pues estaba cansada. Yo tomé un libro y fingí leer. En cuanto me creyó absorta en mi ocupación, volvió a su llanto silencioso. Parecía que era, por entonces, su diversión favorita. Le consentí que se entregara a ella un rato; después la amonesté, burlándome y ridiculizando todo lo que había dicho el señor Heathcliff de su hijo, como si estuviera segura de que ella coincidiría conmigo. ¡Ay! No tuve la habilidad de contrarrestar el efecto que había producido su relato, era precisamente el que él había pretendido.

—Puede que tengas razón, Ellen —respondió ella—; pero no estaré tranquila hasta que lo sepa. Y debo decir a Linton que si no escribo no es por culpa mía, y convencerlo de que no cambiaré.

¿De qué servían los enfados y los reparos ante su tonta credulidad? Aquella noche nos despedimos con hostilidad; pero al día siguiente tomé el camino de Cumbres Borrascosas junto al poni de mi terca señorita. No soportaba ser testigo de su tristeza, ver su semblante pálido, desanimado, y sus ojos llorosos; y cedí, con la esperanza remota de que el propio Linton pudiera demostrar, por su modo de recibirnos, el poco fundamento real que tenía la historia.

Capítulo XXIII

La noche lluviosa había dejado paso a una mañana de niebla y aguanieve, y cruzaban nuestro camino arroyos efímeros que borboteaban desde las tierras altas. Yo tenía los pies empapados; estaba contrariada y decaída, precisamente el humor más adecuado para sacar el mejor partido de estas cosas desagradables. Entramos en la casa por la puerta de la cocina, para asegurarnos de si estaba ausente de verdad el señor Heathcliff, pues yo no me fiaba gran cosa de su afirmación.

Joseph parecía estar sentado a solas en una especie de Elíseo, ante una viva lumbre, con un cuartillo de cerveza en la mesa, cerca de él, lleno a rebosar de pedazos grandes de torta de avena tostada, y la pipa negra y corta en la boca. Catherine corrió al hogar a calentarse. Yo le pregunté si estaba el amo. Mi pregunta quedó sin respuesta tanto tiempo que creí que el viejo se había quedado sordo, y se la repetí más alto.

—¡Nooo! —gruñó, o más bien gritó por la nariz—. ¡Nooo! Vuélvanse por donde han venido.

—¡Joseph! —gritó una voz malhumorada desde la habitación interior, al tiempo que hablaba yo—. ¿Cuántas veces tengo que llamarte? Ya sólo quedan unas pocas brasas. ¡Joseph! Ven ahora mismo.

Unas bocanadas vigorosas y una mirada decidida a la lumbre anunciaron que no tenía oídos para esta llamada. Ni el ama de llaves ni Hareton estaban visibles; la primera habría ido a algún recado y el otro estaría trabajando, probablemente. Conocimos la voz de Linton y entramos.

—¡Ah, espero que mueras en una buhardilla, aterido de frío! —dijo el muchacho, tomando nuestra llegada por la de su negligente criado.

Al observar su error se detuvo; su prima corrió hacia él.

—¿Es usted, señorita Linton? —dijo, levantando la cabeza del brazo del sillón en el que estaba recostado—. No..., no me bese. Me corta la respiración, ¡ay de mí! Papá dijo que vendría —prosiguió, después de haberse recuperado un poco del abrazo de Catherine, mientras ella se quedaba de pie a su lado, muy compungida al parecer—. ¿Quiere cerrar la puerta, si hace el favor? La ha dejado abierta; y esas criaturas detestables no quieren traer carbón al fuego. ¡Con el frío que hace!

Removí las brasas y llevé yo misma un cubo lleno. El enfermo se quejó de que lo había llenado de cenizas; pero tenía una tos pertinaz y parecía febril y enfermo, en vista de lo cual no le reproché su mal humor.

—Bueno, Linton —murmuró Catherine cuando él distendió el ceño arrugado—. ¿Te alegras de verme? ¿Puedo hacer algo por ti?

—¿Por qué no ha venido antes? —preguntó él—. Debería haber venido, en lugar de escribir. Me cansaba terriblemente escribir esas cartas tan largas. Habría preferido con mucho hablar con usted. Ahora no soporto hablar ni hacer ninguna otra cosa. ¿Dónde estará Zillah? ¿Quiere pasar a la cocina a verlo? —dijo, mirándome.

No me había agradecido mi servicio anterior, y, como no estaba dispuesta a correr de acá para allá a sus órdenes, respondí:

—Allí no hay nadie más que Joseph.

—Quiero beber —exclamó, irritado, y apartó la vista—. Zillah se escabulle a Gimmerton a cada momento desde que se marchó papá. ¡Es una desgracia! Y yo me veo obligado a bajar aquí, han tomado la resolución de no oírme cuando los llamo desde arriba.

—¿Lo atiende bien a usted su padre, señorito Heathcliff? —le pregunté, percibiendo que Catherine se había contenido en sus efusiones amistosas.

—¿Si me atiende? Al menos, les hace atender a ellos un poco más —exclamó él—. ¡Qué miserables! ¿Sabe usted, señorita Linton, que ese bruto de Hareton se ríe de mí? ¡Lo odio! La verdad es que los odio a todos, son unos seres odiosos.

Cathy se puso a buscar algo de agua; encontró una jarra en el aparador, llenó un vaso y lo trajo. Él le pidió que añadiera una cucharada de vino de una botella que había en la mesa; y después de tragar un poco, pareció más tranquilo y le dijo que era muy amable.

—¿Y te alegras de verme? —le preguntó ella, repitiéndole su pregunta anterior, y percibiendo con agrado un leve asomo de sonrisa.

—Sí que me alegro. ¡Es una novedad oír una voz como la de usted! —respondió él—. Pero sí que me he sentido mortificado por que usted no viniera. Y papá juraba que era por culpa mía; me llamaba ser lastimoso, arrastrado e inútil; y decía que usted me despreciaba; y que, si él hubiera estado en mi lugar, ya sería el amo de la Granja más que su padre de usted. Pero usted no me desprecia, ¿verdad, señorita...?

—Quisiera que me llamaras Catherine o Cathy —lo interrumpió mi señorita—. ¿Despreciarte? ¡No! Te quiero más que a nadie en el mundo, después de papá y Ellen. Aunque al señor Heathcliff no lo quiero, y no me atreveré a venir tras su regreso; ¿pasará muchos días ausente?

—No muchos —respondió Linton—; pero sale con frecuencia a los páramos desde que empezó la temporada de caza. Podrías pasar una hora o dos conmigo en su ausencia. ¡Hazlo! ¡Di que lo harás! Creo que no estaré gruñón contigo. Tú no me provocarías, y estarías siempre dispuesta a ayudarme, ¿verdad?

—Sí —respondió Catherine, acariciándole el pelo largo y suave—; si tuviera el consentimiento de papá, pasaría la mitad del tiempo contigo. ¡Lindo Linton! Quisiera que fueras mi hermano.

—¿Y entonces me apreciarías tanto como a tu padre? —observó él, más alegre—. Pero papá dice que, si fueras mi esposa, me querrías más que a él y que a todo el mundo. Así pues, yo preferiría que lo fueras.

—¡No! Yo no querría nunca a nadie más que a papá —repuso ella con seriedad—. Y la gente odia a veces a sus esposas, pero no a sus hermanas o hermanos; y si tú fueses esto último, vivirías con nosotros, y papá te apreciaría tanto como a mí.

Linton negó que la gente odiara nunca a sus esposas; pero Cathy afirmó que sí; e, ingeniosa, presentó el ejemplo de la aversión que había tenido el padre de él hacia la tía de ella. Procuré frenar su lengua desconsiderada. No lo conseguí hasta que hubo soltado todo lo que sabía. El señorito Heathcliff, muy irritado, afirmó que su relato era falso.

—¡Me lo dijo papá, y papá no dice falsedades! —respondió ella con impertinencia.

—¡Pues mi papá desprecia al tuyo! —exclamó Linton—. ¡Dice que es un tonto rastrero!

—El tuyo es un hombre malo —replicó Catherine—, y tú eres muy travieso por atreverte a repetir lo que dice. ¡Debe de ser malo para haber hecho que la tía Isabella lo dejara como lo dejó!

—Ella no lo dejó —adujo el muchacho—, ¡no debes contradecirme!

—¡Lo dejó! —gritó mi señorita.

—¡Pues bien, te diré una cosa! —repuso Linton—. Tu madre odiaba a tu padre; así que ya lo sabes.

—¡Oh! —exclamó Catherine, demasiado rabiosa para seguir hablando.

—¡Y amaba al mío! —añadió él.

—¡Pequeño mentiroso! Ahora te odio —dijo ella, jadeando y sonrojándose de pasión.

—¡Lo amaba! ¡Lo amaba! —canturreó Linton, hundiéndose en su sillón y apoyando la cabeza para disfrutar de la agitación de su contendiente, que estaba de pie tras él.

—¡Calle, señorito Heathcliff! —ordené—. Eso será también lo que le ha contado a usted su padre, supongo.

—No lo es; ¡cierre la boca! —contestó—. ¡Lo amaba, lo amaba, Catherine! ¡Lo amaba, lo amaba!

Cathy, fuera de sí, dio un empujón violento al sillón e hizo caer a Linton sobre un brazo. Éste sufrió de inmediato un ataque de tos asfixiante que puso rápido fin a su triunfo. Le duró tanto tiempo que hasta me asustó a mí. En cuanto a su prima, lloraba con todas sus fuerzas, espantada por el daño que le había hecho, aunque no dijo nada. Lo sujeté en brazos hasta que se le fue pasando el ataque. Después me apartó de un empujón y recostó la cabeza en silencio. Catherine acalló también sus propias lamentaciones, se sentó ante él y se puso a mirar el fuego con aire solemne.

—¿Cómo se siente usted ahora, señorito Heathcliff? —le pregunté, después de esperar diez minutos.

—Como desearía que se sintiera ella —respondió—, ¡la muy cruel y malévola! Hareton no me toca nunca; no me ha pegado en su vida. Y yo que estaba mejor hoy, y ahora...

Su voz se ahogó en un lloriqueo.

—¡Yo no te he pegado! —murmuró Cathy, mordiéndose el labio para evitar un nuevo arranque de emoción.

Él suspiró y gimoteó como si padeciera enormemente, y siguió así un cuarto de hora; al parecer, lo hacía adrede para acongojar a su prima, pues siempre que percibía un sollozo ahogado por parte de ella, renovaba el dolor y patetismo de las inflexiones de su voz.

—Lamento haberte hecho daño, Linton —se disculpó ella por fin, atormentada hasta no poder sufrirlo más—. Pero a mí no me habría hecho daño ese empujoncito, ni tampoco tenía idea de que pudiera hacértelo a ti. No eres gran cosa, ¿verdad, Linton? No me hagas volver a casa pensando que te he hecho daño. ¡Contesta! Háblame.

—No puedo hablarte —murmuró él—. ¡Me has hecho tanto daño que me quedaré despierto toda la noche, ahogándome con esta tos! Si la tuvieras, sabrías lo que es; pero tú estarás dormida cómodamente mientras yo padezco... ¡sin tener a nadie a mi lado! ¡Quisiera saber si a ti te gustaría pasar esas noches terribles!

Y se puso a soltar fuertes gemidos, de pura lástima de sí mismo.

—En vista de que está acostumbrado a pasar noches terribles, no habrá sido la señorita la que le ha estropeado la tranquilidad —dije—. Estaría usted igual si ella no hubiera venido. No obstante, no volverá a molestarlo; y quizá se calle usted cuando nos hayamos marchado.

—¿Debo irme? —preguntó Catherine con tristeza, inclinándose sobre él—. ¿Quieres que me vaya, Linton?

—No puedes cambiar lo que has hecho —respondió él de mal humor—, a no ser que lo cambies a peor, fastidiándome hasta que me dé una calentura.

—Bueno, ¿debo irme, entonces? —repitió ella.

—Al menos, déjame en paz —respondió él—. ¡No soporto que hables!

Ella se quedó, y se resistió durante un rato, que se hizo muy largo, a mis indicaciones de que debíamos marchamos; pero como él no levantaba la vista ni hablaba, ella se movió por fin hacia la puerta y yo la seguí. Un grito nos hizo volver. Linton se había deslizado de su asiento, había caído al suelo, ante la chimenea, y estaba allí retorciéndose con la perversidad misma de un niño mimado e insoportable que está dispuesto a ser todo lo molesto y fastidioso que pueda. Me di perfecta cuenta de su disposición por su conducta, y vi enseguida que sería una locura intentar seguirle la corriente. No así mi acompañante, que volvió corriendo hasta él, aterrorizada, se arrodilló y le dirigió exclamaciones, palabras tranquilizadoras y súplicas, hasta que él se quedó callado por falta de aliento, y de ningún modo porque se sintiera compungido por afligirla.

—Lo levantaré sobre el escaño —dije—, y allí podrá revolcarse todo lo que quiera. No podemos quedamos a contemplarlo. Espero, señorita Cathy, que se haya quedado convencida de que no será usted quien pueda hacerle algún bien, y que su estado de salud no es consecuencia de ningún apego que sienta por usted. ¡Ya está! Apártese. ¡En cuanto sepa que no tiene a su lado a nadie a quien le importen sus tonterías, se quedará quieto con mucho gusto!

Ella le puso un cojín bajo la cabeza y le ofreció algo de agua. Él rechazó esta última y se removió incómodo sobre el primero, como si fuera una piedra o un bloque de madera. Ella intentó colocárselo de manera más cómoda.

—Así no me sirve —dijo él—. ¡No está bastante alto!

Catherine trajo otro para ponerlo encima.

—¡Así está demasiado alto! —murmuró el muy provocador.

—¿Cómo debo ponerlo, entonces? —preguntó ella, desesperada.

Él se acercó a ella, que estaba semiarrodillada junto al escaño, y convirtió su hombro en apoyo.

—No, eso no puede ser —dije—. Se contentará usted con el cojín, señorito Heathcliff. La señorita ya ha perdido demasiado tiempo con usted; no podemos quedarnos ni cinco minutos más.

—¡Sí, sí que podemos! —respondió Cathy—. Ahora es bueno y paciente. Empieza a pensar que yo padeceré mucho más que él esta noche, si creo que mi visita lo ha dejado peor; y entonces yo no me atrevería a volver. Di la verdad, Linton; pues, si te he hecho daño, no debo venir.

—Debes venir, para curarme —respondió él—. Deberías venir, porque me has hecho daño; ¡sabes que me lo has hecho, y mucho! Yo no estaba tan malo cuando entraste como lo estoy ahora, ¿verdad?

—Pero te has puesto malo tú solo, llorando y emberrinchándote. No tengo yo toda la culpa —replicó su prima—. No obstante, ahora seremos amigos. Y me quieres; ¿de verdad desearías verme alguna vez?

—Ya te he dicho que sí —respondió él con impaciencia—. Siéntate en el escaño y déjame que me apoye en tu rodilla. Así solía hacer mamá tardes enteras. Quédate sentada muy quieta, y no hables; pero puedes cantar una canción si sabes cantar; o puedes recitar un romance bonito, que sea largo e interesante, uno de ésos que prometiste enseñarme, o un cuento. Aunque preferiría un romance; empieza.

Catherine recitó el romance más largo que recordaba. Esa ocupación agradó enormemente a los dos. Linton pidió otro, y después otro más, a pesar de mis objeciones enérgicas; y así siguieron hasta que el reloj dio las doce y oímos en el patio a Hareton, que volvía a almorzar.

—¿Y mañana, Catherine? ¿Vendrás mañana? —preguntó el joven Heathcliff, sujetándola del vestido mientras ella se levantaba a disgusto.

—¡No! Ni tampoco pasado mañana —respondí yo. Sin embargo, ella le dio una respuesta distinta, evidentemente, pues a él se le despejó la frente cuando ella se inclinó y le susurró al oído.

—¡No vendrá usted mañana, señorita, recuérdelo! —empecé a decir cuando hubimos salido de la casa—. Ni lo soñará usted, ¿no es así?

Ella sonrió.

—Ah, ya me encargaré yo —proseguí—; haré arreglar esa cerradura, y usted no podrá escapar por ninguna otra parte.

—Puedo saltar el muro —dijo ella, riéndose—. La Granja no es una cárcel, Ellen, y tú no eres mi carcelera. Y, además, tengo casi diecisiete años; soy una mujer. Y estoy segura de que Linton se recuperaría aprisa si me tuviera a mí para cuidar de él. Soy mayor que él, ya lo sabes, y más prudente, menos infantil, ¿verdad? Y él no tardará en hacer lo que yo le diga, convenciéndolo un poco. Es un niño muy lindo cuando es bueno. Si fuera mío, haría de él mi niño mimado. Cuando nos hubiéramos acostumbrado el uno al otro, no reñiríamos nunca, ¿verdad que no? ¿No te gusta a ti, Ellen?

—¿Si me gusta? —exclamé—. ¡Es el flacucho enfermizo de peor genio que haya llegado jamás a duras penas a la adolescencia! ¡Por fortuna, no cumplirá los veinte, tal como conjeturó el señor Heathcliff! De hecho, dudo que llegue a ver la primavera. Y su familia no perderá gran cosa cuando caiga. Y tenemos suerte de que se lo haya llevado su padre; ¡con cuanta más amabilidad lo hubieran tratado, más inaguantable y egoísta se habría vuelto! ¡Me alegro de que usted no vaya a tener ocasión de tenerlo como marido, señorita Catherine!

Mi acompañante se puso seria al oír este discurso. La había herido en sus sentimientos al hablar de su muerte con tal despreocupación.

—Es más joven que yo —respondió, tras una pausa prolongada de meditación—, y debería vivir más tiempo; vivirá, deberá vivir tanto como yo. Está tan fuerte ahora como cuando llegó al norte; ¡estoy segura! Lo único que tiene es un resfriado, igual que papá. Tú dices que papá se pondrá mejor, ¿y por qué no va a ponerse mejor él también?

—Bueno, bueno —exclamé—; al fin y al cabo, no debemos preocuparnos por eso; pues, escuche, señorita (y tenga presente que pienso cumplir mi palabra): si intenta usted ir a Cumbres Borrascosas otra vez, conmigo o sin mí, informaré de ello al señor Linton; y, a no ser que él lo consienta, no deberá reanudar el trato con su primo.

—¡Ya lo he reanudado! —murmuró Cathy, enfurruñada.

—¡Pues no deberá proseguirlo! —dije.

—¡Ya lo veremos! —fue su respuesta; y echó a correr al galope, dejándome a mí que la siguiera trabajosamente.

Las dos llegamos a casa antes de la hora del almuerzo; mi amo supuso que habíamos estado vagando por el parque, y no pidió, por ello, ninguna explicación sobre nuestra ausencia. En cuanto entré, me apresuré a cambiarme las medias y los zapatos empapados; pero el mal estaba hecho por haber pasado tanto rato sentada en las Cumbres. A la mañana siguiente estaba postrada y me pasé tres semanas incapacitada para atender mis deberes; una calamidad que no había padecido nunca hasta entonces, y puedo decir agradecida que no he vuelto a padecer después.

Mi señorita se portó como un ángel, viniendo a cuidar de mí y a animarme en mi soledad; el encierro me deprimía mucho. Es cansado, de por sí, para una persona activa y bulliciosa; pero pocos tendrán menos motivos de queja que tuve yo. Catherine aparecía junto a mi cama en cuanto salía del cuarto del señor Linton. Su jornada se repartía entre los dos. Ninguna diversión le robaba un solo minuto. Descuidaba sus comidas, estudios y juegos, y era la enfermera más cariñosa que ha velado jamás por un enfermo. ¡Debía de tener un gran corazón, para darme tanto cariño a mí, además de lo que quería a su padre!

He dicho que repartía sus jornadas entre los dos; pero el amo se retiraba temprano, y yo no solía necesitar nada después de las seis de la tarde; por lo tanto, ella podía disponer de las horas siguientes. ¡Pobrecilla! Jamás pensé en lo que hacía ella después de tomar el té. Y aunque, con frecuencia, cuando se pasaba a darme las buenas noches, yo observaba un color fresco en sus mejillas y un tono rosado en sus dedos delgados, en vez de suponer que ese matiz se debía a un frío paseo a caballo por los páramos, lo atribuía a la lumbre caliente en la biblioteca.

Capítulo XXIV

Al cabo de tres semanas, pude salir de mi cuarto y moverme por la casa. Y en la primera velada que pasé fuera de la cama, sentada, le pedí a Catherine que me leyera en voz alta, pues yo tenía los ojos cansados. Estábamos en la biblioteca; el amo se había ido a la cama. Ella accedió, más bien a disgusto, me pareció a mí; y suponiendo que los libros que yo leía no le agradarían, le pedí que eligiera para leer el que más le gustara. Ella tomó uno de sus favoritos y leyó sin interrupción cerca de una hora; después empezó a hacerme preguntas frecuentes.

—Ellen, ¿no estás cansada? ¿No sería mejor que te acostaras ya? Te vas a poner enferma, quedándote tan tarde, Ellen.

—No, no, querida; no estoy cansada —respondía yo una y otra vez.

Al verme inconmovible, probó otro método para mostrarme lo poco que le gustaba su ocupación. Se puso a bostezar, y a estirarse, y me dijo:

—Estoy cansada, Ellen.

—Déjalo, entonces, y hablemos —contesté.

Aquello fue peor; se impacientó y suspiró, y estuvo mirando constantemente su reloj hasta las ocho, y se fue por fin a su cuarto, por completo rendida de sueño, a juzgar por su aire malhumorado y cansado y por su continuo restregar de ojos. A la noche siguiente parecía todavía más impaciente; y en la tercera de recuperar mi compañía pretextó un dolor de cabeza y me dejó. Su conducta me pareció extraña; y después de quedarme sola un rato largo, me decidí a ir a preguntarle si estaba mejor, y a pedirle que viniera a tenderse en el sofá, en vez de estar a oscuras arriba. No encontré a Catherine arriba ni abajo. Los criados afirmaban no haberla visto. Escuché a la puerta del señor Edgar: todo era silencio. Volví al aposento de ella, apagué mi vela y me senté junto a la ventana.

La luna brillaba con fuerza; el suelo estaba cubierto de una leve capa de nieve, y pensé que quizás se le hubiera ocurrido pasear por el jardín para refrescarse. Detecté una figura que se deslizaba por la parte interior de la verja del parque; pero no era la de mi señorita; cuando salió a la luz, reconocí a uno de los mozos de cuadra. Éste esperó de pie un rato considerable, observando el camino de carruajes que transcurre por la finca. Después echó a andar a paso vivo, como si hubiera visto algo, y reapareció enseguida, llevando de las riendas al poni de la señorita; y allí estaba ella, recién apeada y caminando junto a él. El hombre llevó discretamente al establo, por el césped, al animal que estaba a su cargo. Cathy entró por la ventana de la sala y avanzó en silencio hacia donde yo estaba. Cerró la puerta con delicadeza, se quitó los zapatos llenos de nieve, se desató el sombrero y, sin darse cuenta de que yo la espiaba, se estaba quitando el manto cuando me levanté de pronto y me dejé ver. La sorpresa la dejó petrificada un instante; soltó una exclamación inarticulada y se quedó inmóvil.

—¡Mi querida señorita Catherine! —empecé a decir. Estaba demasiado impresionada por su reciente amabilidad conmigo como para ponerme a reñirla directamente—. ¿Adónde ha ido usted a caballo a estas horas? ¿Y por qué intenta usted engañarme contándome un cuento? ¿Dónde ha estado? ¡Hable!

—He ido hasta el final del parque —balbució ella—. No he contado ningún cuento.

—¿Y a ninguna otra parte? —le pregunté.

—No —murmuró ella como respuesta.

—¡Ay, Catherine! —exclamé con pesar—. Usted sabe que ha hecho mal. De lo contrario, no tendría por qué decirme una falsedad. Esto me aflige. Preferiría pasarme tres meses enferma a oírle a usted decir una mentira deliberada.

Ella se echó hacia delante y, rompiendo a llorar, me echó los brazos al cuello.

—Bien, Ellen, tengo mucho miedo de que te enfades —dijo—. Si me prometes que no te enfadarás, conocerás toda la verdad. Me resulta odioso ocultarla.

Nos sentamos en el poyo junto a la ventana; yo le aseguré que no la reñiría, fuera cual fuera su secreto, y me lo figuraba, claro está; de modo que comenzó:

—He ido a Cumbres Borrascosas, Ellen, y no he dejado de ir un solo día desde que tú caíste enferma; salvo tres veces antes de que salieras de tu habitación y dos veces después. Le di a Michael libros y estampas a cambio de que preparara a Minny todas las tardes, y la volviera a dejar en el establo; mira que tampoco a él debes reñirle. Llegaba a las Cumbres a las seis y media, y solía quedarme hasta las ocho y media, y después volvía a casa al galope. No iba para divertirme; solía sentirme desgraciada todo el tiempo. Era feliz de cuando en cuando; una vez por semana, quizá. Al principio esperé tener que darte explicaciones difíciles para convencerte de que me dejaras cumplir la palabra que le había dado a Linton, pues, cuando nos despedimos de él, yo me había comprometido a visitarlo al día siguiente. Pero como al día siguiente te quedaste arriba, me libré de ese problema; y mientras Michael arreglaba el cerrojo de la puerta del parque, por la tarde, me apoderé de la llave y le dije que mi primo quería que yo lo visitara, porque estaba enfermo; y que papá se oponía a que yo fuese. Después negocié con él lo del poni. Le gusta leer, y piensa marcharse pronto para casarse; de modo que se prestó a hacer lo que yo quería si le prestaba libros de la biblioteca. Pero yo preferí darle los míos, y eso lo satisfizo.

»En mi segunda visita, Linton parecía animado, y Zillah, que es su ama de llaves, nos preparó una habitación limpia y una buena lumbre, y nos dijo que, como Joseph estaba en una reunión de oración y Hareton Earnshaw había salido con sus perros (a robar los faisanes de nuestros bosques, según me enteré después), podíamos hacer lo que quisiéramos. Ella me trajo vino caliente y pan de jengibre, y parecía amabilísima; Linton se sentó en el sillón y yo en la mecedora pequeña, delante de la chimenea, y nos reímos, y hablamos con mucha alegría y tuvimos muchas cosas que decirnos; debatimos dónde iríamos y lo que haríamos en verano. No hace falta que te repita eso, porque tú dirías que son tonterías.

»Sin embargo, una vez estuvimos a punto de reñir. Él dijo que el modo más agradable de pasar un día caluroso de julio era quedarse tendido desde la mañana hasta la caída de la tarde en una loma de brezal, en los páramos, mientras las abejas zumban como un ensueño entre las flores, y las alondras cantan muy alto, y el cielo azul y el sol radiante brillan fijamente y sin nubes. Aquélla era su idea más completa de la felicidad del paraíso; la mía era columpiarme en un árbol verde que susurra, mientras sopla el viento del oeste y pasan rápidamente por lo alto las nubes blancas y brillantes, y no sólo hay alondras, sino tordos, y mirlos, y pardillos, y cuclillos, que derraman su música por todas partes, y viendo los páramos desde lejos, divididos en sotos frescos y oscuros; pero cerca, grandes extensiones de hierba alta que se ondula con la brisa, y bosques, y el sonido del agua, y todo el mundo despierto y loco de alegría. Él quería que todo yaciera en un éxtasis de paz. Yo quería que todo brillara y bailara en un júbilo glorioso. Le dije que su paraíso sólo estaría medio vivo, y él me respondió que el mío estaría embriagado. Repuse que en el suyo me quedaría dormida; y él replicó que en el mío no podría respirar, y empezó a ponerse muy insolente. Por fin, accedimos a probar ambos en cuanto llegara el buen tiempo, y después nos besamos y quedamos amigos.

»Después de pasar una hora sentada sin moverme, miré la gran habitación con su suelo liso y sin alfombra, y pensé lo agradable que sería jugar allí si quitásemos la mesa; y pedí a Linton que llamara a Zillah para que nos ayudara, y jugaríamos a la gallina ciega; ella intentaría atraparnos; tú lo hacías, Ellen, ya lo sabes. Él no quiso; dijo que aquello no era divertido, pero consintió en jugar a la pelota conmigo. Encontramos dos en un armario, entre un montón de juguetes viejos: trompos y aros, raquetas y volantes. Una estaba marcada con una C y la otra, con una H; yo quise quedarme con la de la C, porque significaba Catherine, y la H podía ser Heathcliff, su apellido; pero a la de la H se le salía el salvado y a Linton no le gustaba. Yo le ganaba constantemente, y él se enfadó otra vez, y tosió, y volvió a su sillón. Pero aquella noche recuperó fácilmente su buen humor; le encantaron dos o tres lindas canciones, canciones *tuyas,* Ellen; y cuando tuve que marcharme, me suplicó e imploró que fuera la tarde siguiente; y yo se lo prometí. Minny y yo volvimos a casa volando, ligeras como el viento; y estuve soñando hasta el amanecer con Cumbres Borrascosas y con mi primo dulce y querido.

»Al día siguiente estuve triste; en parte porque tú estabas mala, y en parte porque deseaba que mi padre conociera mis salidas y las aprobara; pero después de tomar el té había una hermosa luz de luna, y mientras cabalgaba se despejó la tristeza. Entré al trote por su jardín, y estaba rodeando hacia la parte trasera cuando ese sujeto, Earnshaw, se topó conmigo, me tomó las riendas y me pidió que entrara por la puerta principal. Dio unas palmadas a Minny en el cuello y dijo que era un bonito animal, y pareció como si quisiera hablar conmigo. Yo sólo le ordené que dejara en paz a mi caballo, pues si no le daría una coz.

»—No me haría mucho daño si hiciera tal —respondió él con su acento vulgar, y le observó las patas con una sonrisa. Yo casi me sentí inclinada a hacer la prueba; pero él se apartó para abrir la puerta y, cuando corrió el pestillo, levantó la vista a la inscripción de arriba y dijo con una mezcla estúpida de torpeza y regocijo:

»—¡Señorita Catherine! Ya sé leer eso de ahí.

»—¡Qué maravilla! —exclamé—. ¡Oigámoslo, te lo ruego! ¡Qué listo te has vuelto!

»Deletreó y leyó despacio, sílaba a sílaba, el nombre: "Hareton Earnshaw".

»—¿Y las cifras? —dije para animarlo, percibiendo que se había detenido bruscamente.

»—Todavía no las sé leer —respondió él.

»—¡Ay, qué tonto! —dije, riéndome de buena gana de su fracaso. El necio se me quedó mirando con una sonrisa que le rondaba los labios y una mueca que se le iba formando sobre los ojos, como si no estuviera seguro de si debía sumarse o no a mi risa; si ésta se trataba o no de una familiaridad agradable o de desprecio, lo que era en realidad. Aclaré sus dudas recuperando de pronto la seriedad y pidiéndole que se marchara, pues había venido a ver a Linton y no a él. Enrojeció (lo vi a la luz de la luna); retiró la mano del pestillo y huyó, la viva imagen de la vanidad mortificada. Supongo que se imaginaría tan cultivado como Linton porque era capaz de leer su propio nombre; y se sintió notablemente desconcertado porque yo no creyera lo mismo.

—¡Calle, señorita Catherine, querida! —la interrumpí—. No voy a reñirla, pero no me gusta cómo se conduce en este asunto. Si hubiera recordado usted que Hareton era tan primo de usted como el señorito Heathcliff, habría percibido lo indecoroso que era comportarse con él de ese modo. Al menos, era una ambición digna por parte de él la de desear ser tan cultivado como Linton; y es probable que no aprendiera sólo para presumir de ello. Usted ya lo había avergonzado antes de su ignorancia, no me cabe duda, y él había querido remediarla y agradarle a usted. Burlarse de su intento imperfecto fue de muy mala crianza. Si usted se hubiera criado en las circunstancias de él, ¿sería usted menos ruda? De niño era tan despierto e inteligente como usted, y me duele que lo tengan en tan poco ahora porque ese despreciable de Heathcliff lo haya tratado tan injustamente.

—Bueno, Ellen, no vas a llorar por ello, ¿verdad? —exclamó, sorprendida por mi sinceridad—. Pero espera y verás si se ha aprendido o no la cartilla para agradarme a mí, y si valía la pena ser cortés con ese bruto. Entré; Linton estaba echado en el escaño y se incorporó a medias para darme la bienvenida.

»—Esta noche estoy enfermo, Catherine, amor —dijo—, y deberás hablar tú sola, y yo escucharé. Ven y siéntate a mi lado. Estaba seguro de que no faltarías a tu palabra, y te lo haré prometer otra vez antes de que te marches.

»Yo ya sabía que no debía fastidiarlo, pues estaba enfermo, y hablé en voz baja, sin hacerle preguntas, y evité irritarlo en modo alguno. Le había traído algunos de mis libros más bonitos; él me pidió que le leyera un poco de uno, y yo me disponía a hacerlo cuando Earnshaw abrió la puerta de pronto;

había acumulado veneno con la reflexión. Avanzó directamente hacia nosotros, asió a Linton del brazo y lo sacó del asiento.

»—¡Vete a tu cuarto! —gritó con una voz casi inarticulada por la pasión. Tenía la cara inflamada y furiosa—. Llévatela allí si viene a verte; no me echarás de aquí. ¡Fuera de aquí los dos!

»Echando pestes, y sin dejar a Linton tiempo de responder, casi lo arrojó hasta la cocina; y mientras yo lo seguía, él apretaba el puño, deseando derribarme de un golpe, al parecer. Tuve miedo un instante y dejé caer un tomo; él me lo arrojó de una patada y nos cerró la puerta. Oí una risa cascada, maligna, junto a la lumbre, y al volverme vi al odioso de Joseph, que estaba de pie, frotándose las manos y estremeciéndose.

»—¡Estaba seguro de que acabaría dándoles su merecido! ¡Es un gran muchacho! ¡Empieza a tener lo que hay que tener! Él lo sabe..., sí, sabe tan bien como yo quién debe ser el amo aquí. ¡Ja, ja, ja! ¡Os ha hecho correr de lo lindo! ¡Ja, ja, ja!

»—¿Adónde debemos ir? —le pregunté a mi primo, haciendo caso omiso de las burlas del viejo miserable.

»Linton estaba pálido y tembloroso. No era lindo entonces, Ellen. ¡Oh, no! ¡Tenía un aspecto espantoso! Pues su cara delgada y sus ojos grandes estaban distorsionados con una expresión de furia desesperada e impotente. Tomó el picaporte de la puerta y lo sacudió; estaba cerrada por dentro.

»—¡Si no me dejas entrar, te mataré! ¡Si no me dejas entrar, te mataré! —chilló más que dijo—. ¡Demonio! ¡Demonio! ¡Te mataré!... ¡Te mataré!

»Joseph volvió a soltar su risa cascada.

»—¡Eso es del padre! —exclamó—. ¡Es el padre! Siempre tenemos algo de cada lado. No temas, Hareton, muchacho; no te asustes...; ¡no te puede alcanzar!

»Tomé a Linton de las manos e intenté apartarlo; pero él chillaba de una manera tan escandalosa que no me atreví a seguir. Por fin, un ataque terrible de tos ahogó sus gritos; le salió sangre a borbotones de la boca, y cayó al suelo. Salí corriendo al patio, mareada de terror, y llamé a Zillah todo lo alto que pude. Ella no tardó en oírme; estaba ordeñando las vacas en un cobertizo, detrás del granero, y vino corriendo de su trabajo y me preguntó qué pasaba. Yo no tenía aliento para explicárselo. La arrastré dentro y busqué a Linton con la mirada. Earnshaw había salido a examinar el mal que había causado, y estaba subiendo al pobrecito al piso alto. Zillah y yo subimos tras él; pero me detuvo en lo alto de las escaleras y me dijo que yo no debía entrar, que debía irme a mi casa. Yo exclamé que él había matado a Linton y que yo quería entrar. Joseph cerró la puerta, y declaró que yo no debía hacer tal cosa, y me preguntó si me había propuesto ser tan loca como él. Yo me quedé llorando hasta que volvió a aparecer el ama de llaves. Ella afirmó que estaría mejor al cabo de un rato, pero que no podría con tantos chillidos y ruidos; y me llevó casi en volandas a la casa.

»¡Estuve a punto de arrancarme el pelo, Ellen! Sollocé y lloré hasta que casi se me cegaron los ojos; y ese bandido al que tú tienes tanta simpatía estaba de pie delante de mí, osando decirme "shhh" de cuando en cuando, y negando que fuera culpa suya; y, por último, asustado por mis afirmaciones de que se lo diría a papá y de que a él lo meterían en la cárcel y lo ahorcarían, empezó a sollozar él mismo y salió corriendo para ocultar su agitación de cobarde. Pero no me había librado de él; cuando, al cabo, me obligaron a marcharme y yo me había alejado de la casa unas cien varas, él salió de pronto de las sombras de la cuneta, y detuvo a Minny y me sujetó a mí.

»—Señorita Catherine, cómo lo siento —empezó—; pero la verdad es que es demasiado malo...

»Le di un fustazo, temiendo que me asesinara. Me soltó, bramando una de sus maldiciones horribles, y regresé a casa al galope, fuera de mí más que a medias.

»Aquella noche no fui a darte las buenas noches, y a la tarde siguiente no fui a Cumbres Borrascosas. Lo deseaba enormemente, pero tenía una agitación extraña, y a ratos temía enterarme de que Linton había muerto; y otras veces me estremecía al pensar en encontrarme con Hareton. El tercer día me armé de valor; al menos, ya no podía soportar la incertidumbre, y me escabullí una vez más. Salí a las cinco y fui a pie, imaginándome que podría entrar en la casa y subir a la habitación de Linton sin que me vieran. Pero los perros avisaron de mi llegada. Me recibió Zillah, y, diciendo que "el muchacho se restablecía bien", me hizo pasar a un aposento pequeño, ordenado, con alfombra, donde vi, con alegría inexpresable, a Linton, que estaba recostado en un sofá pequeño, leyendo uno de mis libros. Pero pasó una hora entera sin querer hablarme ni mirarme, Ellen; tan mal humor tiene. ¡Y lo que me desconcertó por completo fue que cuando por fin abrió la boca fue para decir la falsedad de que había sido yo la causante del alboroto, y que Hareton no tenía culpa! Yo, incapaz de responder menos que apasionadamente, me levanté y salí de la habitación. Me envió un "Catherine" apagado. Él no había contado con tal respuesta, pero yo no quise volver; y el día siguiente fue el segundo en que me quedé en casa, casi decidida a no visitarlo más. Pero era tan triste acostarme y levantarme sin saber nada de él que mi decisión se disipó antes de estar bien formada. En cierto momento había parecido mal hacer ese viaje; ahora parecía mal abstenerse de hacerlo. Michael se presentó a preguntar si debía ensillar a Minny; le dije que sí, y mientras ella me llevaba sobre las colinas, consideré que estaba cumpliendo un deber. Para llegar al patio, debía pasar ante las ventanas del frente de la casa; era inútil intentar ocultar mi presencia.

»—El señorito está en la casa —dijo Zillah, cuando me vio dirigirme al salón.

»Entré; también estaba allí Earnshaw, pero éste salió de la habitación inmediatamente. Linton estaba sentado en el sillón grande, medio dormido. Acercándome a la lumbre, empecé a hablar en tono serio, en parte con intención de decir la verdad.

»—En vista de que no me aprecias, Linton, y en vista de que crees que vengo a propósito para hacerte daño, y de que finges que lo hago así todas las veces, éste es nuestro último encuentro; despidámonos, y le dirás al señor Heathcliff que no tienes deseos de verme, y que él no deberá inventarse más falsedades sobre el asunto.

»—Siéntate y quítate el sombrero, Catherine —respondió—. Deberías entender mejor las cosas, siendo como eres mucho más feliz que yo. Papá ya habla bastante de mis defectos y manifiesta bastante desprecio hacia mí como para que mi primera reacción sea siempre dudar de mí mismo. A veces me pregunto si no seré, en realidad, tan despreciable como suele asegurar él. ¡Y entonces me siento tan malhumorado y amargado que odio a todo el mundo! Soy despreciable, en efecto, y tengo mal carácter y mala presencia de ánimo casi siempre, y, si quieres, puedes despedirte de mí; te librarás de una molestia. Pero, Catherine, hazme justicia en una cosa: créeme que si yo pudiera ser tan dulce, amable y bueno como tú, lo sería; tan de buena gana y más como desearía ser tan feliz y estar tan sano. Y créeme que tu amabilidad me ha hecho amarte más que si yo mereciera tu amor; y, aunque no he podido ni puedo evitar mostrarte mi carácter, lo lamento y me arrepiento de él, ¡y lo lamentaré y me arrepentiré de él hasta mi muerte!

»Me pareció que decía la verdad; y me pareció que debía perdonarlo, y que, aunque riñésemos al cabo de un instante, debería perdonarlo de nuevo. Nos reconciliamos, pero todo el tiempo que me quedé lo pasamos llorando los dos; no del todo de pena, aunque a mí sí que me daba pena que Linton tuviera ese carácter tan retorcido. ¡No consiente nunca que sus amigos estén en paz, y él mismo no está nunca en paz! A partir de aquella noche he ido siempre a su saloncito, pues su padre regresó al día siguiente.

»Me parece que hemos estado unas tres veces alegres y esperanzados como lo estuvimos la primera tarde; el resto de mis visitas han sido tristes y turbulentas, ya con su egoísmo y su rencor, ya con sus padecimientos; pero he aprendido a soportar los primeros resintiéndome casi tan poco como de los últimos. El señor Heathcliff me evita a propósito; apenas lo he visto. En verdad, el domingo pasado, habiendo llegado más temprano de lo habitual, lo oí insultar cruelmente al pobre Linton por su conducta de la noche anterior. No sé cómo se habría enterado, a no ser que hubiera estado escuchando. Linton se había comportado de manera provocadora, ciertamente, pero aquello no era asunto de nadie más que mío, e interrumpí el sermón del señor Heathcliff entrando y diciéndoselo así. Se echó a reír y se marchó diciendo que se alegraba de que yo lo viera de ese modo. Desde entonces, he dicho a Linton que las cosas amargas que tenga que decirme las susurre. Ahora, Ellen, ya lo has oído todo, y no pueden impedirme que vaya a Cumbres Borrascosas sino haciendo desgraciadas a dos personas; mientras que, si no se lo dices a papá, mis visitas no tendrán por qué alterar la tranquilidad de nadie. No se lo dirás, ¿verdad? Sería muy despiadado por tu parte decírselo.

—Tomaré una decisión acerca de este punto de aquí a mañana, señorita Catherine —respondí—. Es preciso estudiarlo; y, por lo tanto, la dejaré que descanse e iré a pensarlo.

Lo pensé, pero en voz alta y en presencia de mi amo; me encaminé directamente del cuarto de ella al de él y le relaté toda la historia, a excepción de las conversaciones de ella con su primo y sin mencionar a Hareton. El señor Linton se alarmó e inquietó más de lo que me quiso reconocer a mí. A la mañana siguiente, Catherine se enteró de que yo había traicionado su confianza, y también se enteró de que sus visitas secretas debían terminar. En vano lloró y se revolvió contra la prohibición, e imploró a su padre que tuviera piedad de Linton; el único consuelo que recibió fue la promesa de que su padre le escribiría y le daría permiso para acudir a la Granja cuando quisiera, pero explicándole que no debía esperar ver a Catherine en Cumbres Borrascosas. Si el señor Linton hubiera sido consciente del carácter de su sobrino y de su estado de salud, quizá le hubiera parecido oportuno suprimir hasta este leve consuelo.

Capítulo XXV

—Estas cosas sucedieron el invierno pasado, señor —dijo la señora Dean—, hace poco más de un año. ¡No me imaginaba yo el invierno pasado que doce meses más tarde estaría contándole estas cosas a una persona ajena a la familia para entretenerla! Aunque... ¿quién sabe cuánto tiempo pasará usted siendo ajeno a la familia? Es usted demasiado joven para contentarse con vivir solo; y en cierto modo tengo la impresión de que nadie puede ver a Catherine Linton sin amarla. Sonríe usted, pero ¿por qué parece tan animado e interesado cuando hablo de ella? ¿Y por qué me ha pedido que cuelgue su retrato sobre su chimenea? ¿Y por qué...?

—¡Basta, mi buena amiga! —exclamé—. Sería muy posible que yo la amara; pero ¿me amaría ella a mí? Lo dudo demasiado como para arriesgar mi tranquilidad cayendo en la tentación; y, además, éste no es mi hogar. Yo pertenezco al mundo ajetreado, y debo volver a sus brazos. Siga. ¿Obedeció Catherine las órdenes de su padre?

—Las obedeció —prosiguió el ama de llaves—. El afecto que sentía por él siguió siendo el sentimiento principal de su corazón. Y su padre le hablaba sin rencor; le hablaba con la ternura profunda del que está a punto de abandonar su tesoro entre peligros y enemigos, donde la única ayuda que podría dejarle serían las palabras que recordara de él.

Algunos días más tarde me dijo:

—Quisiera que mi sobrino escribiese, Ellen, o que viniera de visita. Dime sinceramente qué opinas de él. ¿Ha cambiado a mejor, o tiene perspectivas de mejorar cuando se haga hombre?

—Está muy delicado, señor —respondí—, y es muy poco probable que llegue a hombre; pero sí puedo decir una cosa: que no se parece a su padre; y si la señorita Catherine tuviera la desventura de casarse con él, podría controlarlo, a no ser que ella tuviera una tolerancia necia y extrema con él. No obstante, señor, tendrá usted mucho tiempo para familiarizarse con él y para ver si le conviene. Le faltan cuatro años y unos meses para ser mayor de edad.

Edgar suspiró y, acercándose a la ventana, miró hacia la iglesia de Gimmerton. Era una tarde de niebla, pero el sol de febrero brillaba apagadamente, y distinguíamos apenas los dos abetos del camposanto y las tumbas dispersas.

—Muchas veces he pedido en mis oraciones la llegada de lo que se avecina —dijo, casi hablando para sí mismo—; y ahora empiezo a rehuirlo y temerlo. ¡Creí que el recuerdo de la hora en que bajé por esa cañada recién casado sería menos dulce que la esperanza de que pronto, dentro de unos meses, o quizás unas semanas, me llevarán y me dejarán en su hondonada solitaria! He sido muy feliz con mi pequeña Cathy, Ellen. Durante las noches de invierno y los días de verano ha sido una esperanza viva a mi lado. Pero he sido igualmente feliz yo solo entre esas lápidas, junto a aquella iglesia antigua, tendido durante las largas tardes de junio en el montículo verde de la tumba de su madre y deseando, anhelando el momento en que yo pudiera yacer debajo. ¿Qué puedo hacer por Cathy? ¿Cómo debo dejarla? No me importa lo más mínimo que Linton sea hijo de Heathcliff; ni que me la quite, si puede consolarla de haberme perdido a mí. ¡No me importaría que Heathcliff se saliera con la suya y consiguiera despojarme de mi última bendición! Pero si Linton resulta ser indigno, débil, y un mero instrumento de su padre, ¡no puedo dejarla en sus manos! Y con todo lo duro que es aplastar el espíritu bullicioso de ella, debo perseverar en entristecerla mientras yo viva, y en dejarla solitaria cuando muera. ¡Querida mía! Preferiría dejarla en manos de Dios y darle tierra antes de que me la den a mí.

—Déjela en manos de Dios tal como está, señor —le contesté—; y si lo perdemos a usted (no lo quiera Él), yo seguiré siendo amiga y consejera suya hasta el final, bajo Su providencia. La señorita Catherine es una muchacha buena; no temo que haga el mal a sabiendas, y las personas que hacen lo que deben reciben siempre su galardón a la larga.

Entró la primavera, pero mi amo no cobraba verdaderas fuerzas, aunque volvió a dar sus paseos por la finca con su hija. A ella, con su poca experiencia, le pareció que esto ya era de suyo una señal de convalecencia, y como él solía tener enrojecidas las mejillas y los ojos brillantes, ella estaba segura de que se recuperaba.

El día que Catherine cumplió los diecisiete años, su padre no visitó el cementerio; llovía, y yo observé:

—Sin duda no saldrá usted esta noche, ¿verdad, señor?

—No —respondió él—; este año lo dejaré para un poco más adelante.

El amo volvió a escribir a Linton, manifestándole los grandes deseos que tenía de verlo; y no dudo que el padre de éste le habría permitido venir si el enfermo hubiera estado presentable. Tal como estaban las cosas, respondió (instruido por otro) comunicando que el señor Heathcliff ponía reparos a que él visitara la Granja, pero que le encantaba la amabilidad de su tío al acordarse de él y esperaba encontrárselo alguna vez en sus paseos; y él mismo pedía que no se prolongara tanto la separación absoluta entre su prima y él.

Esta parte de la carta era sencilla, y probablemente la habría redactado él mismo. Heathcliff sabía que Linton era capaz de escribir con elocuencia para solicitar la compañía de Catherine. Decía después:

«No pido que me visite aquí, pero ¿acaso no debo verla nunca porque mi padre me prohíbe ir a su casa y porque usted le prohíbe venir a la mía? ¡Tenga usted la bondad de darse algún paseo a caballo hasta las Cumbres con ella, y consiéntanos que crucemos algunas palabras en presencia de usted! No hemos hecho nada para merecer esta separación; y usted no está enfadado conmigo, usted mismo reconoce que no tiene motivos para sentir aversión hacia mí. ¡Tío querido! Tenga usted la amabilidad de enviarme una nota mañana, con su licencia para reunirme con ustedes donde le plazca, salvo en la Granja de los Tordos. Creo que una entrevista lo convencería a usted de que yo no tengo el carácter de mi padre; él afirma que tengo más de sobrino que de hijo suyo; y si bien tengo defectos que me hacen indigno de Catherine, ella los ha disculpado; y usted debe disculparlos también, por ella. Pregunta usted por mi salud. Está mejor; pero ¿cómo podré estar alegre y bueno mientras siga aislado de toda esperanza y condenado a la soledad, o a la compañía de personas que no me aprecian ni me apreciarán jamás?».

Aunque Edgar sintió lástima del muchacho, no pudo consentir en su solicitud, pues él no podía acompañar a Catherine. Dijo que quizá pudieran verse en verano; mientras tanto, le pidió que siguiera escribiendo de vez en cuando y se ofreció a darle los consejos y consuelos que pudiera por carta, pues era bien consciente de la difícil situación que ocupaba dentro de su familia. Linton accedió; y si no lo hubieran contenido, probablemente lo habría estropeado todo llenando de quejas y lamentaciones sus cartas; pero su padre lo vigilaba de cerca, y, desde luego, exigía ver hasta la última línea que enviaba mi amo; de manera que, en vez de escribir sus padecimientos y aflicciones personales, que eran los temas que ocupaban siempre el primer lugar entre sus pensamientos, se quejaba con insistencia de lo cruel de la obligación de estar separado de su amiga y amada; e indicaba con delicadeza que el señor Linton debía permitirles una entrevista en breve, pues de lo contrario temería que lo estaba engañando a propósito con promesas vanas.

Tenía en Cathy una aliada poderosa en casa. Entre los dos acabaron por convencer a mi amo para que consintiera en que se dieran un paseo juntos, a caballo o a pie, una vez por semana más o menos, bajo mi vigilancia y en los páramos más próximos a la Granja, pues en el mes de junio su salud seguía decayendo; y, aunque él había guardado todos los años una parte de su renta para la fortuna de mi señorita, tenía el natural deseo de que ésta conservara la casa de sus antepasados, o, al menos, de que regresara a ella al poco tiempo; y consideraba que la única posibilidad que tenía de conseguirlo era por medio de la unión con su heredero; no tenía idea de que la salud de este heredero se deterioraba casi tan aprisa como la suya; ni creo que nadie más lo supiera. Ningún médico visitaba las Cumbres, y nadie veía al señorito Heathcliff para informarnos después de su estado. Yo, por mi parte, empecé a imaginarme que mis presagios eran falsos y que debía de ser verdad que mejoraba, en vista de que hablaba de pasear a caballo y a pie por los páramos y de que parecía tan interesado en ello. No me imaginaba que un padre pudiera tratar a un hijo moribundo con tanta tiranía y maldad como supe después que lo había tratado Heathcliff, para obligarlo a aparentar ese interés, redoblando sus esfuerzos cuanto más peligro corrían de fracasar sus planes, avariciosos y desalmados, por la muerte.

Capítulo XXVI

Ya había pasado lo mejor del verano cuando Edgar accedió a disgusto a las súplicas de ellos, y Catherine y yo emprendimos nuestro primer paseo a caballo para reunirnos con su primo. Era un día sofocante, de bochorno: sin sol, pero con demasiados claros en el cielo y neblina como para que amenazara lluvia; y habíamos acordado reunirnos en el mojón de la encrucijada. Al llegar allí, sin embargo, un pastorcillo al que habían despachado como mensajero nos dijo:

—El señorito Linton está a este lado de las Cumbres, y dice que les quedaría muy reconocido si se adelantaran un poco más.

—Entonces, al señorito Linton se le ha olvidado el primero de los requisitos de su tío —observé yo—. Nos mandó que no saliésemos de las tierras de la Granja, y enseguida las estamos dejando atrás.

—Bueno; cuando lo alcancemos, haremos volver grupas a los caballos —respondió mi compañera—; nuestra excursión será en dirección a casa.

Pero cuando lo alcanzamos, cosa que sucedió apenas a un cuarto de milla de la puerta de su casa, nos encontramos con que no tenía caballo; y nos vimos obligadas a apearnos y a dejar pastando a los nuestros. Estaba tendido en el brezal, esperando nuestra llegada, y no se levantó hasta que estuvimos a pocas varas de distancia. Y después de levantarse, caminaba con tanta debilidad y parecía tan pálido que yo exclamé al instante:

—¡Vaya, señorito Heathcliff, esta mañana no está usted en condiciones de disfrutar de un paseo! ¡Qué mal aspecto tiene usted!

Catherine lo observó con dolor y asombro; y convirtió la exclamación de alegría que tenía en los labios en otra de alarma; y la celebración de aquella reunión tantas veces aplazada, en una pregunta inquieta de si estaba peor de lo habitual.

—¡No...! ¡Mejor..., mejor! —jadeó él, temblando y sujetándole la mano como si necesitara apoyarse en ella, mientras pasaba tímidamente sobre ella sus grandes ojos azules, tan hundidos que la expresión lánguida que habían tenido con anterioridad se había convertido en una macilencia extremada.

—Pero has estado peor —insistió su prima—, peor que la última vez que te vi; estás más delgado y...

—Estoy cansado —dijo él, apresurándose a interrumpirla—. Hace demasiado calor para caminar; quedémonos aquí. Y suelo tener mareos por las mañanas; papá dice que es porque crezco muy deprisa.

Cathy, mal satisfecha, se sentó, y él se echó junto a ella.

—Esto se parece en algo a tu paraíso —dijo Cathy, esforzándose por estar alegre—. ¿Recuerdas que acordamos pasar dos días, uno en cada uno de los lugares y de las maneras que nos parecían más agradables a cada uno? Éste es casi el tuyo, sólo que hay nubes; pero son tan suaves y blandas que es más agradable que estar al sol. La semana que viene, si puedes, iremos a caballo hasta el parque de la Granja y probarás el mío.

Linton no dio muestras de recordar de qué le hablaba ella, y era evidente que le resultaba muy difícil mantener cualquier tipo de conversación. Su falta de interés en los temas que ella proponía y su incapacidad para aportar nada que la entretuviera eran tan evidentes que Catherine no pudo ocultar su desilusión. Una alteración indefinible se había apoderado de toda la persona y la conducta de Linton. El deseo de ser mimado, que podía convertirse en afecto a base de caricias, había dejado paso a una apatía lánguida; lo que le quedaba no era tanto el mal genio del niño que protesta y fastidia a propósito para que lo apacigüen como la morosidad absorta en sí mismo del inválido declarado, que rechaza los consuelos y está dispuesto a tener por un insulto la risa y el buen humor de los demás. Catherine percibió tan bien como yo que nuestra compañía no le resultaba agradable, sino más bien un suplicio; y no tuvo escrúpulos en brindarse a marcharse. De manera inesperada, esta propuesta despertó a Linton de su letargo y lo sumió en un extraño estado de agitación. Miró con temor hacia las Cumbres y le suplicó que se quedara al menos otra media hora.

—Pero creo que estarías más cómodo en tu casa que aquí sentado —dijo Cathy—; y veo que hoy no puedo divertirte con mis cuentos, mis canciones y mi charla; en estos seis meses te has vuelto más juicioso que yo; ya no te agradan mucho mis diversiones; de lo contrario, si pudiera divertirte, me quedaría de buena gana.

—Quédate y descansa —respondió él—. Y, Catherine, no creas ni digas que estoy muy malo; si estoy apagado, es por el bochorno y el calor; y antes de que llegaras he caminado mucho para lo que suelo. Di al tío que me encuentro bastante bien, ¿quieres?

—Le diré que eso dices tú, Linton. No podría afirmar que lo sea —observó mi señorita, asombrada de que él afirmara con pertinacia una falsedad tan evidente.

—Y vuelve aquí el jueves que viene —añadió él, evitando la mirada de perplejidad de ella—. Y dale gracias de mi parte por haberte consentido venir; mis más expresivas gracias, Catherine. Y..., y si te encontraras con mi padre, y él te preguntara por mí, no le hagas creer que he estado muy callado y estúpido. No estés triste y abatida como ahora; se enfadaría.

—Nada me importa su enfado —exclamó Cathy, imaginándose que iría dirigido contra ella.

—Pero a mí sí —respondió su primo, con un estremecimiento—. No lo provoques contra mí, Catherine, pues es muy duro.

—¿Es severo con usted, señorito Heathcliff? —le pregunté—. ¿Se ha cansado de su indulgencia y ha pasado del odio pasivo al activo?

Linton me miró pero no contestó. Y Cathy, después de seguir otros diez minutos sentada a su lado, durante los cuales él dejo caer la cabeza sobre el pecho, adormecido, sin emitir más que quejidos ahogados de agotamiento o de dolor, ella empezó a entretenerse en buscar arándanos y en compartir conmigo el fruto de su búsqueda. No se los ofreció, pues advirtió que sólo conseguiría cansarlo y molestarlo si seguía prestándole atención.

—¡Ya ha pasado media hora, Ellen! —me susurró al oído por fin—. No sé por qué tenemos que quedarnos. Está dormido, y papá nos estará esperando.

—Bueno; no debemos dejarlo dormido —respondí—. Espere a que se despierte, y tenga paciencia. ¡Usted estaba muy impaciente por salir, pero pronto se le han evaporado las ganas de ver al pobre Linton!

—¿Por qué quería verme él? —repuso Catherine—. Antes, en sus momentos de peor humor, me agradaba más que ahora, con ese ánimo tan raro. Es como si estuviera haciendo una tarea (esta entrevista) por obligación, por miedo a que su padre le riña. Pero yo no estoy dispuesta a venir para darle gusto al señor Heathcliff, sea cual sea el motivo que tenga éste para mandar a Linton a que sufra esta penitencia. Y, aunque me alegro de que esté mejor de salud, lamento que esté mucho menos agradable y mucho menos afectuoso conmigo.

—¿Cree usted que está mejor de salud, entonces? —pregunté.

—Sí —contestó ella—; porque antes se quejaba mucho de sus padecimientos, ¿sabes? No está bastante bien de salud, como me pidió que dijera a papá; pero es muy probable que esté mejor.

—En eso no estamos de acuerdo usted y yo, señorita Cathy —observé—. Yo diría que está mucho peor.

Al decir esto, Linton se despertó bruscamente de su sueño lleno de terror y preguntó si alguien lo había llamado.

—No —respondió Catherine—, como no sea en sueños. No comprendo cómo eres capaz de dormir al aire libre y de mañana.

—Me pareció haber oído a mi padre —dijo él con voz entrecortada, levantando la vista a la loma que estaba por encima de nosotros—. ¿Están seguras de que no ha hablado nadie?

—Bien seguras —respondió su prima—. Sólo estábamos Ellen y yo, discutiendo acerca de tu salud. ¿Es verdad que estás más fuerte que cuando nos despedimos en invierno, Linton? Si lo estás, estoy segura de que hay algo que no es más fuerte: tu afecto hacia mí. Dime, ¿lo estás?

—¡Sí, sí que lo estoy! —contestó Linton, mientras le brotaban lágrimas de los ojos. Y, sometido todavía al hechizo de la voz imaginaria, dirigía la mirada arriba y abajo buscando a su propietario. Cathy se levantó.

—Debemos despedirnos por hoy —sentenció—. Y no te ocultaré que nuestra reunión me ha desilusionado mucho, aunque no se lo diré a nadie más que a ti. ¡No es porque le tenga miedo al señor Heathcliff!

—Calla —murmuró Linton—. ¡Calla, por el amor de Dios! ¡Que viene!

Y se aferró al brazo de Catherine, intentando detenerla; pero ella, al oír la novedad, se soltó apresuradamente y llamó con un silbido a Minny, que obedecía como un perro.

—Vendré aquí el jueves que viene —exclamó ella, subiéndose a la silla de un salto—. Adiós. ¡Aprisa, Ellen!

Y así lo dejamos, sin que apenas fuera consciente de nuestra partida; tan absorto estaba esperando la llegada de su padre.

Antes de que hubiésemos llegado a casa, el disgusto de Catherine se suavizó hasta convertirse en una sensación perpleja de lástima y pesar, mezclada en gran medida con dudas difusas e inquietas sobre las circunstancias reales de Linton, en lo físico y en lo social; dudas de las que yo participé, aunque le aconsejé que no dijera gran cosa, pues podríamos juzgar mejor tras un segundo viaje. Mi amo exigió una relación de lo que nos había acontecido. Se le transmitió el agradecimiento de su sobrino, y la señorita Cathy contó lo demás muy de pasada. Yo tampoco aclaré mucho sus dudas, pues apenas sabía qué debía ocultar y qué debía revelar.

Capítulo XXVII

Transcurrieron siete días, cada uno de los cuales dejó huella en la alteración, ya rápida, del estado de Edgar Linton. Los estragos que antes hacían los meses los causaban ahora las horas. Quisiéramos haber podido seguir engañando a Catherine, pero el espíritu vivo de ella rehusaba engañarla. Lo adivinaba en secreto, y meditaba sobre la posibilidad terrible que de manera paulatina se convirtió en certidumbre. Cuando llegó el jueves, no tuvo valor de hablar de su paseo. Fui yo quien lo nombró por ella y quien obtuvo licencia para mandarle salir, pues la biblioteca, donde pasaba su padre un breve rato cada día (el corto periodo que soportaba estar sentado), y el cuarto de éste se habían convertido en todo el mundo de Catherine. No estaba dispuesta a concederse ni un solo momento de descanso en el que no estuviera inclinada sobre su almohada o sentada a su lado. El semblante se le marchitó por las vigilias y la pena, y mi amo la mandó de buena gana a lo que él se hacía la ilusión de que supondría para ella un cambio agradable de ambiente y de compañía, encontrando consuelo en la esperanza de que ella no quedaría completamente sola tras su muerte.

Por varias observaciones que dejó caer, percibí que tenía la idea fija de que, así como su sobrino se parecía a él en lo físico, también se parecería a él en el alma, pues las cartas de Linton indicaban poco o nada de los defectos de su carácter. Y yo, por una debilidad disculpable, me abstuve de sacarlo del error, preguntándome a mí misma de qué serviría inquietar sus últimos momentos con unas noticias que él no tendría ocasión ni posibilidad de aprovechar.

Aplazamos nuestra excursión hasta la tarde, una tarde dorada de agosto. Cada brisa de las colinas llegaba tan llena de vida que parecía que cualquiera que la respirara podría revivir, aunque se estuviera muriendo. La cara de Catherine era igual que el paisaje; se sucedían con rapidez sobre ella las sombras y el sol; pero las sombras se quedaban más tiempo, y el sol era más efímero; y su pobre corazoncito se reprochaba a sí mismo hasta esos olvidos pasajeros de sus preocupaciones.

Vimos a Linton, que nos estaba esperando en el mismo lugar que había elegido en la ocasión anterior. Mi señorita desmontó y me dijo que, como estaba resuelta a quedarse muy poco rato, sería mejor que yo siguiera montada y sujetara al poni; pero yo no estuve de acuerdo, no quería correr el riesgo de perder de vista ni un momento a la persona cuyo cuidado me habían encomendado; de modo que ascendimos juntas la ladera de brezal. El señorito Heathcliff nos recibió en esta ocasión con mayor animación; pero no era la animación que da el buen ánimo, ni siquiera la que da la alegría, sino más bien otra debida al miedo.

—¡Es tarde! —dijo, hablando con ahogo y dificultad—. ¿No es verdad que tu padre está muy enfermo? Creí que no vendrías.

—¿Por qué no eres sincero? —exclamó Catherine, suprimiendo el saludo—. ¿Por qué no puedes decir de una vez que no me quieres? ¡Me extraña, Linton, que me hayas hecho venir aquí a propósito por segunda vez con el fin aparente de afligirnos a los dos y sin otro motivo!

Linton se estremeció y la miró, entre suplicante y avergonzado; pero su prima no tenía paciencia para soportar aquella conducta enigmática.

—Es verdad que mi padre está muy enfermo —repuso—, y ¿por qué se me ha hecho venir, apartándome de su lecho? ¿Por qué no has enviado recado para eximirme de mi promesa, si querías que no la cumpliera? ¡Vamos! Quiero una explicación; ¡he desterrado por completo de mi mente los juegos y las tonterías, y ahora no puedo estar bailando al son de tus simulaciones!

—¡Mis simulaciones! —murmuró él—. ¿Cuáles son? ¡En nombre del cielo, Catherine, no te enfades de ese modo! Despréciame cuanto quieras; soy un desventurado cobarde e inútil; ¡todo desprecio es poco para mí! Pero soy demasiado insignificante como para merecer tu ira; odia a mi padre y déjame a mí de puro desprecio.

—¡Qué disparates! —exclamó Catherine, encolerizada—. ¡Qué muchacho tan tonto y estúpido! ¡Mira! ¡Tiembla como si yo fuera a tocarlo! No es preciso que me pidas desprecio, Linton; cualquiera te dará ese gusto de manera espontánea. ¡Déjame! Volveré a casa; es una tontería arrancarte de delante de la lumbre y fingir..., ¿qué estamos fingiendo? ¡Suéltame el vestido! Si tuviera lástima de ti porque lloras y pareces muy asustado, despreciarías mi lástima. Ellen, dile tú lo vergonzosa que es su conducta. Levántate, y no te degrades como un reptil abyecto. No.

Linton, con la cara bañada en lágrimas y expresión agónica, se había tendido en el suelo, y su cuerpo, carente de espíritu, parecía sufrir convulsiones a causa del terror.

—¡Oh! —sollozó—. ¡No lo soporto! ¡Catherine, Catherine, también soy un traidor, y no me atrevo a decírtelo! ¡Pero si me dejas, me matarán! Catherine querida, tienes mi vida en tus manos; y has dicho que me amabas; y amarme no te haría daño. ¿No te irás, entonces? ¡Amable, dulce, buena Catherine! Si tu consintieras... ¡él me dejaría morir contigo!

Mi señorita, al contemplar su intensa angustia, se inclinó para levantarlo. Su sentimiento antiguo de ternura indulgente se impuso a su mortificación, y se conmovió y se alarmó mucho.

—¿Consentir en qué? —le preguntó—. ¿En quedarme? Lo haré, si me dices qué significan estas palabras extrañas. ¡Te contradices, y me sacas de quicio! Habla con calma y franqueza, y confiesa de una vez qué es ese peso que tienes en el corazón. No querrías hacerme daño, ¿verdad, Linton? ¿Verdad que no consentirías que ningún enemigo me hiciera daño si pudieras evitarlo? Estoy dispuesta a creer que eres un cobarde por ti mismo, pero no que pudieras traicionar cobardemente a tu mejor amiga.

—Pero mi padre me amenazó —dijo el muchacho con voz entrecortada, cruzando los dedos consumidos—; y lo temo..., ¡lo temo! ¡No me atrevo a decirlo!

—¡Ah, bueno! —dijo Catherine con compasión burlona—. Guárdate tu secreto; yo no soy ninguna cobarde... Sálvate tú: ¡yo no tengo miedo!

La magnanimidad de ella le hizo derramar lágrimas; lloró con desenfreno, besándole las manos con las que lo sujetaba, si bien no pudo hacer acopio de valor para hablar. Yo meditaba cuál podría ser el misterio, y estaba tomando la determinación de que Catherine no padecería jamás con mi consentimiento para beneficiarle a él ni a nadie, cuando, al oír un rumor entre el brezo, vi al señor Heathcliff, que bajaba de las Cumbres y estaba casi sobre nosotros. No les dirigió una sola mirada a mis compañeros, aunque estaban lo bastante cerca de él como para que oyera los sollozos de Linton; pero saludándome con ese tono de voz casi amable que no utilizaba con nadie más, y de cuya sinceridad yo no podía por menos que dudar, me dijo:

—¡Es una novedad verte tan cerca de mi casa, Nelly! ¿Cómo estáis en la Granja? ¡Cuéntame! Se rumorea que Edgar Linton está en su lecho de muerte —añadió en voz más baja—. ¿No estarán exagerando su enfermedad?

—No. Mi amo se está muriendo —contesté—. Es bien cierto. ¡Será triste para todos nosotros, pero una bendición para él!

—¿Cuánto crees que durará? —me preguntó.

—No lo sé —dije.

—Porque... —prosiguió, mirando a los dos jóvenes, que estaban paralizados bajo su mirada; parecía que Linton no podía aventurarse a hacer un movimiento ni a levantar la cabeza, y Catherine estaba inmóvil por su causa—, porque este muchacho parece decidido a adelantárseme, y yo agradecería a su tío que se diera prisa y fuera por delante de él... ¡Hola! ¿Lleva mucho tiempo el cachorro con este juego? Y bien que le di algunas lecciones sobre el lloriqueo. ¿Está bastante animado con la señorita Linton, en general?

—¿Animado? No. Ha estado muy acongojado —respondí—. Al verlo, cualquiera diría que, en lugar de estar paseándose por las colinas con su amada, debería estar en la cama, en manos de un médico.

—Lo estará, de aquí a un par de días —murmuró Heathcliff—. Pero, primero, ¡levántate, Linton! ¡Levántate! —gritó—. No te arrastres por el suelo de esa manera. ¡Arriba, ahora mismo!

Linton había quedado postrado de nuevo, con otro paroxismo de miedo invencible, provocado, supongo, por la mirada que le había dirigido su padre; no había otra causa que lo pudiera haber humillado de tal modo. Hizo varios esfuerzos por obedecer, pero sus débiles fuerzas habían quedado aniquiladas de momento, y volvió a caer soltando un gemido. El señor Heathcliff se adelantó y lo levantó para dejarlo apoyado en un caballón de césped.

—Ya me estoy enfadando —dijo con fiereza contenida—. Si no dominas ese miserable ánimo tuyo... ¡Maldito seas! ¡Levántate ahora mismo!

—¡Eso haré, padre! —jadeó—. ¡Pero déjame, o me desmayaré! He hecho lo que querías, estoy seguro. Catherine te dirá que he..., que he... estado alegre. ¡Ah! Quédate a mi lado, Catherine; dame la mano.

—Toma la mía —le dijo su padre—. Ponte de pie. Ya está. Ahora te dará ella el brazo. Eso es, mírala. Ni que yo fuera el demonio en persona, señorita Linton, para producir tal horror. Tenga la bondad de acompañarlo hasta la casa, ¿quiere? Se estremece si lo toco.

—¡Linton, querido! —susurró Catherine—, no puedo ir a Cumbres Borrascosas... Papá me lo ha prohibido... No te hará daño; ¿por qué tienes tanto miedo?

—No puedo volver a entrar en esa casa —respondió él—. ¡No debo volver a entrar en ella sin ti!

—Basta... —exclamó su padre—. Respetaremos los escrúpulos filiales de Catherine. Nelly, llévalo tú, y seguiré sin demora tus consejos en lo tocante al médico.

—Hará usted bien —respondí—; pero debo quedarme con mi señorita. No es tarea mía ocuparme del hijo de usted.

—Eres muy rígida, ya lo sé —dijo Heathcliff—; pero me obligarás a pellizcar al niño y a hacerle gritar para que te despierte la caridad. Vamos, pues, héroe mío. ¿Estás dispuesto a volver, escoltado por mí?

Se acercó una vez más, e hizo ademán de asir la frágil criatura; pero Linton, rehuyéndolo, se aferró a su prima y le imploró que lo acompañara con una importunidad frenética que no admitía negativa. Por mucho que lo desaprobara yo, no pude impedírselo; en verdad, ¿cómo podría haberse negado ella misma? No teníamos medio de discernir qué era lo que lo llenaba de temor; pero él estaba incapacitado en sus garras, y parecía que un susto más podría dejarlo atontado. Llegamos al umbral. Catherine entró, y yo me quedé aguardando a que hubiera llevado al inválido hasta una silla, esperando que saliera de inmediato. Entonces, el señor Heathcliff, me empujó hacia delante y exclamó:

—Mi casa no está apestada, Nelly, y hoy tengo intención de ser hospitalario. Siéntate y permíteme que cierre la puerta.

La cerró, y echó también la llave. Di un respingo.

—Tomarán el té antes de volver a su casa —añadió—. Estoy solo. Hareton ha ido con un ganado a las solanas y Zillah y Joseph han salido a un viaje de placer. Y, aunque estoy acostumbrado a estar solo, prefiero tener una compañía agradable, si puedo. Señorita Linton, siéntese usted junto a él. Le doy lo que tengo; es un regalo apenas digno de aceptarse, pero yo no tengo otra cosa que ofrecerle. Me refiero a Linton. ¡Cómo me mira la señorita! Es extraño. ¡Cuando algo parece asustado de mí, yo lo percibo como un salvaje! Si hubiera nacido en un lugar de leyes menos estrictas y de gustos menos delicados, gozaría haciendo la vivisección a estos dos, despacio, para pasar una velada entretenida.

Contuvo la respiración, dio un golpe en la mesa y soltó un juramento para sus adentros:

—¡Por el infierno! Los odio.

—¡Usted no me da miedo! —exclamó Catherine, que no había podido oír la última parte de su discurso. Se acercó a él, con los ojos negros relucientes de cólera y decisión.

—¡Deme esa llave, la quiero! —dijo—. No comería ni bebería aquí aunque me estuviera muriendo de hambre.

Heathcliff sostenía la llave en la mano que tenía apoyada en la mesa. Levantó la vista, con una especie de sorpresa ante la audacia de ella, o quizá su voz y su mirada le habían recordado a la persona de quien las había heredado. Ella agarró la llave y consiguió extraerla a medias de sus dedos sueltos, pero su acto lo hizo volver al presente, y la recuperó con rapidez.

—Ahora, Catherine Linton —dijo—, apártese o la derribaré de un golpe, y eso volverá loca a la señora Dean.

Ella, sin tener en cuenta la advertencia, volvió a tomarle la mano cerrada y su contenido.

—¡Nos iremos! —repitió, esforzándose al máximo por aflojar aquellos músculos de hierro; y, al descubrir que las uñas no le dejaban huella, le aplicó los dientes con bastante fuerza. Heathcliff me echó una mirada que me impidió intervenir durante un instante. Catherine estaba demasiado absorta en sus dedos para verle la cara. Él los abrió de pronto y le entregó el objeto que se disputaban; pero antes de que ella lo hubiera asido con firmeza, él la asió con la mano que tenía libre y, echándosela sobre las rodillas, le administró con la otra una lluvia de bofetadas terribles en los dos lados de la cabeza, cada una de ellas suficiente como para haber cumplido su amenaza si ella hubiera podido caerse.

Al ver esta violencia diabólica, me abalancé furiosamente sobre él.

—¡Villano! —empecé a gritar—. ¡Villano!

Una punzada en el pecho me hizo callar. Soy gruesa y pierdo el resuello con facilidad. Y este hecho y la rabia me hicieron volver atrás, mareada, y sintiendo que me ahogaba o se me iba a romper una vena.

La escena concluyó al cabo de dos minutos. Catherine, liberada, se llevó las dos manos a las sienes, y parecía como si no estuviera segura de si tenía puestas las orejas. La pobre temblaba como un junco, y se apoyó en la mesa, completamente desconcertada.

—Sé castigar a los niños, ya lo ves —dijo el canalla con severidad, mientras se agachaba a recuperar la llave, que había caído al suelo—. ¡Ahora, ve con Linton, como te he dicho, y llora cuanto quieras! Mañana seré tu padre, el único padre que tendrás dentro de unos días..., y tendrás bastante de esto.... Eres capaz de soportar bastante... No eres ninguna debilucha: ¡lo probarás todos los días, si vuelvo a ver en tus ojos ese mal humor de los demonios!

Cathy corrió hacia mí, en vez de hacia Linton, y se arrodilló y me apoyó en el regazo la mejilla, que le ardía. Lloraba en voz alta. Su primo se había acurrucado en un rincón del escaño, callado como un ratón, felicitándose a sí mismo, diría yo, porque el correctivo hubiera caído sobre otro que no fuera él. El señor Heathcliff, viendo que todos estábamos confusos, se levantó e hizo el té con rapidez. Las tazas y los platillos ya estaban dispuestos. Lo sirvió y me entregó una taza.

—Bájate con esto la melancolía —dijo—. Y ayuda a tu niña mimada traviesa y al mío. No está envenenado, aunque lo haya preparado yo. Voy a traer vuestros caballos.

Lo primero que pensé, al salir él, fue en forzar la salida por alguna parte. Probamos la puerta de la cocina, pero estaba cerrada por fuera; miramos las ventanas: eran demasiado estrechas, hasta para la figura pequeña de Cathy.

—Señorito Linton —exclamé, al ver que estábamos realmente presas—, usted sabe lo que pretende su padre diabólico, y nos lo dirá, o le daré de cachetes como le ha hecho él a su prima.

—Sí, Linton, debes decirlo —aseveró Catherine—. Si he venido ha sido por ti, y sería de una ingratitud malvada que te negaras a decirlo.

—Tengo sed. Dame algo de té, y te lo diré —contestó él—. Señora Dean, váyase. No me gusta que esté de pie ahí. ¡Catherine, estás llorando en mi taza! No pienso beber eso. Dame otra.

Catherine empujó otra taza hacia él y luego se secó la cara. Me repugnó la compostura que manifestaba el pequeño miserable desde que ya no tenía terror por lo que pudiera pasarle. La angustia de que había dado muestras en el páramo se le había pasado en cuanto había entrado en Cumbres Borrascosas; por este motivo supuse que lo habían amenazado con un furioso castigo si no conseguía llevarnos allí engañadas; y que, una vez conseguido aquello, ya no albergaba ningún otro temor inmediato.

—Papá quiere que nos casemos —prosiguió él, después de sorber un trago—. Y sabe que tu papá no nos permitiría casarnos ahora; y teme que yo me muera si esperamos; de modo que nos hemos de casar mañana por la mañana, y tú has de quedarte aquí toda la noche; y, si haces lo que él quiere, volverás a tu casa al día siguiente y me llevarás contigo.

—¿Llevarlo consigo, niño hechizado[4] lastimoso? —exclamé—. ¿Casarse usted? ¡Vaya, ese hombre está loco! O nos ha tomado por tontos a todos. ¿Y se imagina usted que esta bella señorita, que esta muchacha sana y alegre se va a atar a un monito desfallecido como usted? ¿Alberga usted la idea de que alguna mujer, no ya la señorita Catherine Linton, estaría dispuesta a tenerlo a usted por marido? Se merece usted una azotaina por habernos traído aquí siquiera con sus ruines argucias; y... ¡No ponga ahora esa cara de tonto! Me dan ganas de darle una buena sacudida por su traición despreciable y su presunción imbécil.

Lo sacudí ligeramente, en efecto; pero aquello le provocó la tos, y él se atuvo a su recurso ordinario de llorar y gemir, y Catherine me riñó.

—¿Quedarnos toda la noche? ¡No! —gritó, echando una mirada despacio a su alrededor—. Ellen, saldré de aquí aunque tenga que quemar esa puerta.

Y quiso empezar a ejecutar su amenaza de inmediato; pero Linton se levantó, alarmado de nuevo por su propia seguridad. La tomó entre las dos manos débiles, sollozando:

—¿No quieres quedarte conmigo y salvarme...? ¿No quieres dejar que vaya a la Granja? ¡Oh! ¡Catherine querida! No debes marcharte y dejarme, después de todo. ¡Debes obedecer a mi padre, debes obedecerlo!

—Debo obedecer al mío —respondió ella—, y librarlo de su incertidumbre cruel. ¡Toda la noche! ¿Qué pensaría? Ya estará inquieto. Huiré de la casa, ya sea rompiendo o quemando algo. ¡Calla! Tú no corres ningún peligro; pero, si me detienes, Linton... ¡Quiero más a mi padre que a ti!

El terror mortal que tenía el muchacho a la ira del señor Heathcliff le devolvió su elocuencia de cobarde. Catherine estaba casi fuera de sí, aunque insistió en que debía irse a su casa, e intentó recurrir a su vez a las súplicas, intentando convencer a Linton para que dominase su zozobra egoísta.

Mientras estaban ocupados en eso, volvió a entrar nuestro carcelero.

—Vuestras bestias se han marchado —dijo—, y... Vaya, Linton, ¿otra vez lloriqueando? ¿Qué te ha estado haciendo ella? Vamos, vamos, termina de

4 En el original, *changeling*; según las creencias populares inglesas, es el niño robado por las hadas, en cuyo lugar han dejado un espectro enfermizo. *(N. del T.)*

una vez y vete a acostar. Dentro de un par de meses, muchacho, podrás desquitarte con ella de sus tiranías actuales, con mano vigorosa. Tú anhelas el amor puro, ¿verdad?, y nada más en el mundo, ¡y ella te tendrá a ti! ¡Vamos, a la cama! Zillah no estará aquí esta noche; deberás desvestirte solo. ¡Chist! ¡Deja de hacer ruido! Cuando estés en tu cuarto, no me acercaré a ti; no temas. Lo has hecho no del todo mal, por pura casualidad. Yo me encargaré del resto.

Dijo estas palabras abriendo la puerta para que pasara su hijo. Éste salió exactamente como podría salir un perrillo que sospechara que la persona que le sostenía la puerta pensaba aplastarlo con mala intención. Heathcliff volvió a echar la llave. Se acercó a la chimenea, donde estábamos de pie en silencio mi señorita y yo. Catherine levantó la vista y se llevó de manera instintiva la mano a la mejilla; la proximidad de él volvía a despertarle una sensación de dolor. Ninguna otra persona habría sido capaz de ver con severidad aquel acto infantil, pero él le frunció el ceño y murmuró:

—Ah, ¿no te doy miedo? Disimulas muy bien tu valor. ¡Lo que es parecer, parece que estás condenadamente asustada!

—Ahora sí que estoy asustada —respondió ella—; porque, si me quedo, papá estará triste; y ¿cómo puedo soportar ponerlo triste cuando él..., cuando él...? ¡Señor Heathcliff, deje que me vaya a mi casa! Le prometo que me casaré con Linton. A papá le gustaría que me casara con él, y yo lo amo... ¿Y por qué quiere usted obligarme a hacer lo mismo que estoy dispuesta a hacer por voluntad propia?

—¡Que se atreva a obligarte! —grité yo—. En este país hay justicia, ¡la hay, gracias a Dios!, aunque estemos en un lugar retirado. Lo denunciaría aunque fuera mi propio hijo, ¡y esto es una felonía sin eximentes!

—¡Silencio! —dijo el bandido—. ¡Al demonio con tus chillidos! No quiero que hables tú. Señorita Linton, me causará notable placer pensar que su padre estará triste. No dormiré de gusto. No se le podría haber ocurrido a usted una manera más segura de establecer su residencia bajo mi techo durante las veinticuatro horas siguientes que informándome de que se seguiría esa consecuencia. En cuanto a su promesa de casarse con Linton, ya me encargaré yo de que la mantenga; pues no saldrá usted de este lugar hasta que se cumpla.

—¡Entonces, envíe a Ellen para que diga a papá que estoy a salvo! —exclamó Catherine, llorando con amargura—. O que se case conmigo ahora mismo. ¡Pobre papá! Ellen, creerá que nos hemos perdido. ¿Qué haremos?

—¡No creerá eso! Creerá que estás cansada de cuidar de él y que te has escapado para divertirte un poco —respondió Heathcliff—. No podrás negar que entraste en mi casa por voluntad propia, despreciando sus órdenes en sentido contrario. Y es muy natural que quieras divertirte a tu edad y que te canses de cuidar de un hombre enfermo, sobre todo cuando ese hombre es sólo tu padre. Catherine, sus días felices terminaron cuando comenzaron los tuyos. Me atrevo a decir que te maldijo por haber venido a este mundo (al menos, yo sí te maldije). Y sería oportuno que te maldijera al salir él. Yo me sumaría a él. ¡No te quiero! ¿Cómo voy a quererte? Llora cuanto quieras. Por lo que veo, ésta será tu diversión principal de aquí en adelante..., a no ser que Linton compense otras pérdidas. Y parece que tu padre, previsor, se imagina que puede hacerlo. Sus cartas, llenas de consejos y consuelo, me divirtieron enormemente. En la última recomendaba a mi prenda que cuidara de la suya, y que fuera amable con ella cuando la alcanzara. Cuidadoso y amable: esto es ser paternal. Pero Linton se guarda para sí mismo toda su provisión de cuidados y amabilidad. Linton puede ejercer bien el papel de tiranuelo. Es capaz de torturar a todos los gatos que haga falta si les han sacado los dientes y les han cortado las uñas. Cuando vuelva usted a su casa, podrá contar a su tío bonitas anécdotas acerca de su amabilidad, se lo aseguro.

—¡En eso hace bien! —convine—. Exponga el carácter de su hijo. Muestre cuánto se parece a usted; ¡y espero que después la señorita Cathy se lo piense dos veces antes de aceptar a ese basilisco!

—No me importa gran cosa hablar ahora mismo de sus amables cualidades —contestó—, pues ella deberá aceptarlo o quedarse presa, y tú con ella, hasta que muera tu amo. Puedo reteneros aquí a las dos, bien ocultas. ¡Si lo dudas, haz que se retracte de su palabra, y tendrás ocasión de juzgarlo!

—No me retractaré de mi palabra —dijo Catherine—. Me casaría con él esta misma hora si me dejaran ir después a la Granja de los Tordos. Señor

Heathcliff, usted es un hombre cruel, pero no es un diablo; y no estará dispuesto a destruir de manera irremediable toda mi felicidad por pura malicia. ¿Podría soportar yo la vida si papá creyera que lo había abandonado adrede y si se muriera antes de regresar yo? He renunciado a llorar; pero voy a arrodillarme aquí, ante sus pies; ¡y no me levantaré ni apartaré los ojos de usted hasta que me mire! ¡No, no se vuelva! ¡Míreme! No verá usted nada que lo provoque. Yo no lo odio a usted. No estoy enfadada porque me haya pegado. ¿No ha amado usted a nadie en toda su vida, tío? ¿Nunca? ¡Ah! Debe mirarme, aunque sea una sola vez; soy tan desgraciada que no podrá evitar tener lástima y apiadarse de mí.

—¡Quítame de encima esos dedos de lagartija y apártate, o te daré una patada! —exclamó Heathcliff, rechazándola con brutalidad—. Preferiría que me abrazara una serpiente. ¿Cómo diablos puedes soñar en hacerme carantoñas? ¡Te detesto!

Se encogió de hombros; de hecho, se sacudió como si sintiera en la piel un escalofrío de aversión, y echó su silla hacia atrás, mientras yo me levantaba y abría la boca para soltar todo un torrente de insultos; pero me dejó muda a mitad de la primera frase con la amenaza de que me encerraría a solas en una habitación en cuanto volviera a pronunciar una sola sílaba. Oscurecía; oímos ruido de voces ante la puerta del jardín. Nuestro huésped se apresuró a salir al instante; él tenía la cabeza en su sitio, nosotras no. Mantuvo una conversación de dos o tres minutos, y regresó solo.

—Creí que sería su primo Hareton —observé a Catherine—. ¡Ojalá llegara! ¿Quién sabe si se pondría de nuestra parte?

—Eran tres criados a los que habían enviado de la Granja a buscaros —dijo Heathcliff, que me había oído—. Deberías haber abierto una ventana y gritado; pero estoy dispuesto a jurar que esa nena se alegra de que no lo hicieras. Estoy seguro de que se alegra de verse obligada a quedarse.

Al enterarnos de la ocasión que habíamos perdido, las dos dimos rienda suelta a nuestro dolor, y él nos dejó que siguiéramos lamentándonos hasta las nueve. Después nos mandó subir, pasando por la cocina, hasta el cuarto de Zillah; y yo le dije a mi compañera en un susurro que obedeciera. Quizá pudiésemos arreglárnoslas para salir por la ventana de ese cuarto, o pasar a una buhardilla y salir por su tragaluz. Pero la ventana del cuarto era estrecha, y la trampilla de la buhardilla no cedió a nuestros intentos. Así pues, estábamos encerradas, igual que antes. Ninguna de las dos se acostó. Catherine se apostó junto a la ventana y esperó nerviosa la llegada del día. A mis recomendaciones frecuentes de que intentara descansar no respondía más que con un suspiro profundo. Yo me senté en una silla y me mecí mientras condenaba con dureza las muchas ocasiones en que había dejado de cumplir mi deber. Comprendí entonces que todas las desventuras de todos mis amos habían sido consecuencia de ellas. Soy consciente de que no era así; pero sí que lo era en mi imaginación durante aquella triste noche; y consideraba que el propio Heathcliff era menos culpable que yo.

Éste se presentó a las siete de la mañana y preguntó si se había levantado la señorita Linton. Ésta corrió de inmediato a la puerta y respondió que sí.

—Ven aquí, entonces —dijo él, abriéndola y haciéndola salir. Me levanté para seguirla, pero volvió a echar la llave. Le exigí que me liberara.

—Ten paciencia —respondió—. Te enviaré el desayuno dentro de un rato.

Di golpes en los cuarterones de la puerta y agité con rabia el picaporte. Catherine preguntó por qué seguía yo encerrada. Contestó que yo debía procurar aguantar una hora más, y se marcharon. Aguanté dos o tres horas. Al cabo, oí unos pasos que no eran de Heathcliff.

—¡Le traigo algo de comer! —dijo una voz—. ¡Abra la puerta!

Obedeciendo con impaciencia, vi a Hareton, que traía comida suficiente para que me durara todo el día.

—Tómela —añadió, poniéndome en la mano la bandeja.

—Espera un momento —empecé a decir.

—¡No! —exclamó él, y se retiró, sin atender a las súplicas que pude pronunciar para detenerlo.

Y allí me quedé encerrada, todo el día y toda la noche siguiente, y otro día, y otro. Pasé allí cinco días y cuatro noches en total, sin ver a nadie más que a Hareton, una vez cada mañana; y él era un modelo de carcelero: huraño, mudo y sordo a todos los intentos de conmover su sentido de la justicia o la compasión.

Capítulo XXVIII

En la quinta mañana, o tarde más bien, se acercó un paso diferente, más ligero y corto, y en esta ocasión otra persona entró en el cuarto. Era Zillah, vestida con su chal morado, con un sombrero negro de seda en la cabeza y una cesta de sauce colgada del brazo.

—¡Ah, querida! ¡Señora Dean! —exclamó—. ¡Vaya! Se habla mucho de usted en Gimmerton. Estaba convencida de que se había hundido usted en el pantano del Caballo Negro, y la señorita con usted, hasta que el amo me dijo que las había encontrado y les había dado alojamiento aquí. ¿Cómo fue? Debieron de quedarse en una isla, ¿no es así? ¿Y cuánto tiempo pasaron en el agujero? ¿Las salvó el amo, señora Dean? Pero no está usted tan delgada... No lo habrá pasado tan mal, ¿verdad?

—¡Su amo es un verdadero canalla! —respondí—. Pero lo pagará. No tenía por qué haber hecho correr ese cuento. ¡Saldrá a relucir toda la verdad!

—¿Qué quiere usted decir? —preguntó Zillah—. No es un cuento que haya contado él. Lo cuentan en el pueblo, que ustedes se perdieron en el pantano. Cuando entré en casa, le dije a Hareton: «Eh, señor Hareton, qué cosas tan raras han pasado desde que me marché. Es una lástima lo de esa muchacha tan hermosa y lo de la buena de Nelly Dean». Él se me quedó mirando. Yo creí que no se había enterado de nada y le conté el rumor que corría. El amo estaba escuchando y sonrió para sus adentros y dijo: «Si han estado en el pantano, ya han salido, Zillah. En estos momentos, Nelly Dean se aloja en tu habitación. Cuando subas, puedes decirle que se largue. Toma la llave. El agua del pantano se le había metido en la cabeza, y quiso volver corriendo a su casa, desalada, pero yo la retuve hasta que recobró el sentido. Puedes pedirle que vaya enseguida a la Granja, si puede, a llevar de mi parte el recado de que su señorita la seguirá a tiempo de asistir a los funerales del señor.

—¿No habrá muerto el señor Edgar? —exclamé con voz entrecortada—. ¡Oh, Zillah, Zillah!

—No, no. Siéntese, buena señora —respondió ella—. Todavía está usted muy enferma. No ha muerto. El doctor Kenneth opina que puede durar un día más. Me lo encontré por el camino y se lo pregunté.

En lugar de sentarme, tomé mis cosas de salir y me apresuré a bajar, pues el camino estaba expedito. Cuando entré en la casa, busqué a alguien que me informara acerca de Catherine. El sol inundaba toda la sala, y la puerta estaba abierta de par en par, pero al parecer no había nadie. Mientras dudaba si debía marcharme enseguida o volver a buscar a mi señorita, una leve tos me hizo mirar hacia la chimenea. Linton estaba tendido en el escaño, como único ocupante, chupando una barra de azúcar y siguiendo mis movimientos con ojos apáticos.

—¿Dónde está la señorita Catherine? —le pregunté con severidad, suponiendo que, al haberlo encontrado así, solo, podría asustarlo para que me diera información. Siguió chupando como un inocente.

—¿Se ha marchado? —le pregunté.

—No —respondió—. Está arriba. No debe marcharse. No se lo consentiremos.

—¿Que no se lo consentirá, pequeño idiota? —exclamé—. Condúzcame de inmediato a su habitación, o le haré cantar con ganas.

—Papá sí que la haría cantar a usted si intentara subir allí —respondió él—. Dice que no debo ser blando con Catherine: ¡es mi esposa, y es una vergüenza que quiera dejarme! Él dice que ella me odia y quiere que me muera, para quedarse con mi dinero; ¡pero no lo tendrá, y no se irá a su casa! ¡No se irá nunca! ¡Ya puede llorar y ponerse mala, todo lo que quiera!

Volvió a su ocupación anterior, cerrando los ojos como si tuviera intención de quedarse dormido.

—Señorito Heathcliff —proseguí—, ¿ha olvidado usted todo lo amable que fue Catherine con usted el invierno pasado, cuando usted afirmaba que la amaba, y cuando ella le traía a usted libros, y le cantaba canciones, y venía muchas veces a verlo a pesar del viento y la nieve? Cuando dejaba de venir una tarde, lloraba de pensar en la desilusión que se llevaría usted; y entonces usted sentía que era cien veces demasiado buena con usted... ¡y ahora se cree usted las mentiras que cuenta su padre, aunque usted sabe que los detesta a ambos! Y se pone usted de parte de él, en contra de ella. Bonita gratitud, ¿no es cierto?

Linton dejó caer la comisura de la boca y se quitó de los labios el azúcar.

—¿Acaso venía ella a Cumbres Borrascosas porque lo odiara a usted? —continué—. ¡Piénselo usted mismo! En cuanto al dinero de usted, ella ni siquiera sabe que usted lo tendrá. Y dice usted que está mala; ¡y la deja sola, ahí arriba, en una casa extraña! ¡Usted, que sabe lo que es estar abandonado de esa manera! Usted podía tener compasión de sus propios sufrimientos, y ella también se compadecía de ellos, ¡pero no puede usted compadecerse ahora de los de ella! Yo vertí lágrimas, señorito Heathcliff, ya ve usted; yo, que soy una mujer de edad y una simple criada. Y usted, después de fingir tal afecto, y de tener motivos casi para adorarla, se guarda para sí mismo todas sus lágrimas y se queda aquí tendido, tan tranquilo. ¡Ah! ¡Es usted un muchacho egoísta y sin corazón!

—No puedo quedarme con ella —contestó él, contrariado—. No quiero quedarme solo con ella. Llora tanto que no lo puedo soportar. Y no lo deja aunque le diga que voy a llamar a mi padre. Lo llamé una vez, y él la amenazó con estrangularla si no callaba; pero ella empezó otra vez en cuanto él hubo salido de la habitación, y pasó toda la noche sollozando y lamentándose, aunque yo gritaba de fastidio porque no me dejaba dormir.

—¿Ha salido el señor Heathcliff? —pregunté, percibiendo que la miserable criatura no tenía capacidad de compadecerse de los tormentos mentales de su prima.

—Está en el patio —respondió—, hablando con el doctor Kenneth, que dice que el tío se muere de verdad, por fin. Me alegro, pues seré el amo de la Granja después de él... Y Catherine siempre decía que era su casa. ¡No es suya! Es mía; papá dice que todo lo que tiene ella es mío. Todos sus libros bonitos son míos; ella se ofreció a dármelos, y sus pajaritos hermosos, y su poni Minny, si traía la llave de nuestro cuarto y la dejaba salir; pero yo le dije que ella no tenía nada que darme, que todo aquello ya era mío. Y entonces lloró y se quitó del cuello un pequeño medallón y dijo que me daría los dos retratos en un estuche de oro (su madre por un lado y el tío por el otro, cuando eran jóvenes). Eso fue ayer; yo le dije que los retratos también eran míos e intenté quitárselos. La muy maliciosa no me quiso dejar. Me apartó de un empujón y me hizo daño. Chillé: eso la asusta. Oyó venir a papá y rompió las bisagras, partió en dos el estuche y me dio el retrato de su madre. Trató de ocultar el otro, pero papá preguntó qué pasaba y yo se lo expliqué. Tomó el que tenía yo y le ordenó que me diera el otro. Ella se negó, y él..., él la derribó de un golpe, le arrancó la cadena y aplastó el retrato con el pie.

—¿Y le agradó a usted ver que le pegaban? —pregunté, pues tenía mis designios para animarlo a hablar.

—Cerré los ojos —contestó él—. Cuando veo a mi padre pegar a un perro o a un caballo, cierro los ojos. ¡Con qué fuerza lo hace! Pero me alegré al principio; ella se merecía un castigo por haberme empujado; pero cuando se hubo marchado papá, ella me hizo ir a la ventana y me enseñó un corte en la mejilla que se había hecho con los dientes y la boca llena de sangre. Después reunió los pedazos del retrato y fue a sentarse de cara a la pared, y no ha vuelto a hablarme desde entonces. A veces pienso que no puede hablar de dolor. ¡No me gusta pensarlo! Pero es una traviesa, por llorar continuamente. ¡Y parece tan pálida y salvaje que me da miedo!

—¿Y puede usted conseguir la llave si quiere? —le pregunté.

—Sí, cuando estoy arriba —respondió—; pero ahora no puedo subir.

—¿En qué aposento está? —pregunté.

—¡Oh! —exclamó él—. ¡No pienso decirle a usted dónde está! Es un secreto nuestro. No lo debe saber nadie, ni Hareton, ni Zillah. ¡Ya está! Ya me ha cansado. ¡Váyase, váyase!

Y apoyó la cara en el brazo y cerró de nuevo los ojos.

Me pareció más oportuno salir sin ver al señor Heathcliff y traer de la Granja una partida de rescate para mi señorita. Cuando llegué, el asombro y la alegría de los criados, mis compañeros, fueron intensos; y cuando se enteraron de que su señorita estaba a salvo, dos o tres estuvieron a punto de subir corriendo a gritar la noticia a la puerta del señor Edgar; pero fui yo quien la anuncié en persona. ¡Qué cambiado lo encontré, aun después de aquellos pocos días! Yacía como la viva imagen de la tristeza y de la resignación, esperando la muerte. Parecía muy joven. Aunque tenía en realidad treinta y nueve años, se habría dicho que era al menos diez años más joven. Pensaba en Catherine, pues murmuraba su nombre. Le toqué la mano y hablé.

—¡Viene Catherine, mi querido señor! —le susurré—. Está viva y bien, y espero que esté aquí esta noche.

Los primeros efectos de esta noticia me hicieron temblar; se incorporó a medias, recorrió el aposento con la vista, impaciente, y volvió a caer desfallecido. En cuanto se recuperó, le conté la visita que habíamos hecho a las Cumbres, obligadas, y cómo habíamos estado presas allí. Le dije que Heathcliff me había obligado a entrar, lo cual no era cierto del todo. Dije lo menos posible en contra de Linton, y tampoco describí toda la conducta brutal de su padre, pues pretendía, si me era posible, no añadir más acíbar al cáliz de mi amo, que ya rebosaba.

Éste adivinó que uno de los propósitos de su enemigo era que su hijo, o más bien él mismo, se hiciera dueño de los bienes personales, además de las fincas; pero lo que no entendía mi amo era por qué no había esperado hasta después de su muerte, ya que ignoraba la corta diferencia de tiempo con que dejarían el mundo su sobrino y él. No obstante, le pareció más conveniente modificar su testamento. En lugar de dejar la fortuna de Catherine a disposición de ésta, determinó dejarla en manos de fideicomisarios para que gozara del usufructo de ella mientras viviera y pasara después de su muerte a sus hijos, si los tenía. Así no podía recaer en el señor Heathcliff si moría Linton.

Tras recibir sus órdenes, envié a un criado a por el abogado y a otros cuatro más, provistos de armas contundentes, para que le exigieran al carcelero de mi señorita que se la entregaran. Ambas misiones se retrasaron mucho. Regresó primero el criado solo. Dijo que el abogado, el señor Green, estaba fuera cuando él había llegado a su casa y que había tenido que esperar dos horas hasta su regreso; y que el señor Green le había dicho entonces que tenía que hacer sin falta una cosilla, pero que estaría en la Granja de los Tordos antes de la mañana siguiente. Los cuatro hombres también volvieron solos. Trajeron recado de que Catherine estaba enferma, demasiado enferma como para dejar su habitación, y que Heathcliff no les había permitido verla. Les solté una reprimenda a los muy estúpidos por haber hecho caso de ese cuento, que no quise repetirle a mi amo, y tomé la decisión de llevar a las Cumbres al día siguiente toda una partida y de asaltar la casa, literalmente, si no se nos entregaba a la prisionera por medios pacíficos. ¡Hice votos repetidos de que su padre la vería aunque hubiera que matar a ese demonio en el umbral mismo de su casa si trataba de evitarlo!

Por fortuna, me ahorré el viaje y el trabajo. Bajé las escaleras a las tres para subir una jarra de agua; y pasaba por el zaguán con ella en la mano cuando me sobresaltó un golpe fuerte en la puerta principal.

«¡Ah! Es Green, nada más que Green», me dije, tranquilizándome, y seguí adelante, pensando mandar abrir a otro; pero se repitió el golpe, no con fuerza, pero sí con insistencia. Dejé la jarra sobre la baranda y me apresuré a abrirle yo misma. La luna de agosto brillaba con fuerza fuera. No era el abogado. Se me echó al cuello mi señorita querida en persona, sollozando:

—¡Ellen! ¡Ellen! ¿Vive papá?

—¡Sí! —exclamé—. Sí, ángel mío, vive. ¡Ya estás otra vez a salvo con nosotros, gracias a Dios!

Ella quiso subir corriendo al cuarto del señor Linton, sin aliento como estaba; pero yo la obligué a sentarse en una silla, y le hice beber agua, y le lavé la cara, que tenía pálida, dándole un leve color frotándola con mi delantal. Después le dije que yo debía adelantarme y avisar de su llegada, y le imploré que dijera que sería feliz con el joven Heathcliff. Ella me miró fijamente, pero, una vez hubo comprendido por qué le aconsejaba decir aquella falsedad, me aseguró que no se quejaría.

No me atreví a estar presente en su reunión. Esperé de pie un cuarto de hora ante la puerta de la habitación, y después apenas osé acercarme a la cama. Pero todo estaba sereno; la desesperación de Catherine era tan silenciosa como la alegría de su padre. Ella lo sostenía, aparentando calma, y él le clavaba en sus rasgos los ojos, que parecían dilatados de éxtasis.

Murió dichoso, señor Lockwood. He aquí cómo murió. Besando a Catherine en la mejilla, murmuró:

—Voy a reunirme con ella. Y tú, niña querida, vendrás con nosotros.

Y no volvió a moverse ni a hablar; pero mantuvo esa mirada embelesada y radiante hasta que el pulso le cesó imperceptiblemente y se le fue el alma. Su muerte fue tan apacible que nadie podría haber advertido el momento exacto en que murió.

O bien Catherine se había quedado sin lágrimas, o bien su dolor era demasiado fuerte para dejarlas salir; el caso fue que se quedó allí sentada con los ojos secos hasta que salió el sol. Se quedó hasta el mediodía, y se habría quedado más tiempo, meditando junto al lecho mortuorio, si no hubiera insistido yo en que se retirara y reposara algo. Fue oportuno que consiguiera apartarla de allí, pues a la hora del almuerzo apareció el abogado, que se había pasado por Cumbres Borrascosas a pedir instrucciones. Estaba a sueldo del señor Heathcliff, y por eso se había retrasado en obedecer la llamada de mi amo. Por suerte, después de la llegada de su hija, éste no había pensado en cuestiones terrenales que lo inquietaran.

El señor Green se arrogó la autoridad de ordenarlo todo y de mandar a todos en la casa. Despidió a todos los criados menos a mí. Quiso llevar su autoridad delegada hasta el punto de empeñarse en que a Edgar Linton no lo enterraran junto a su esposa, sino en la capilla, con su familia. No obstante, lo impidieron las disposiciones del testamento y mis sonoras protestas ante cualquier incumplimiento de sus cláusulas. Los funerales se celebraron de manera precipitada. A Catherine, que ya era la señora Linton Heathcliff, le permitieron quedarse en la Granja hasta que salió de allí el cuerpo de su padre.

Me contó que su angustia había animado a Linton por fin a correr el riesgo de liberarla. Oyó a los hombres que había enviado yo disputando en la puerta y comprendió el sentido de la respuesta de Heathcliff. Aquello la llevó a tomar medidas desesperadas. Aterrorizó a Linton, al que habían subido al saloncito poco después de marcharme yo, para que le llevara la llave antes de que volviera a subir su padre. Linton tuvo la astucia de abrir la puerta y de volver a echar la llave sin cerrarla. A la hora de acostarse, pidió dormir con Hareton y, por una vez, se lo concedieron. Catherine salió a hurtadillas antes del alba. No se atrevió a probar las puertas, por miedo a que los perros dieran la alarma. Recorrió los cuartos vacíos y examinó sus ventanas; y, por suerte, al llegar al de su madre, pudo salir fácilmente por la ventana y bajar a tierra por el abeto que está cerca. Su cómplice sufrió las consecuencias de la parte que había tenido en la fuga, a pesar de sus tímidas excusas.

Capítulo XXIX

Después de los funerales, por la noche, mi joven señora y yo nos sentamos en la biblioteca, ora reflexionando tristemente (con desesperación, una de nosotras) sobre nuestra pérdida, ora aventurando conjeturas acerca del oscuro futuro.

Acordamos que el mejor destino que podía esperar Catherine era el permiso de seguir residiendo en la Granja, al menos durante la vida de Linton. A éste se le permitiría acudir allí con ella y a mí, quedarme de ama de llaves. Aquella disposición parecía demasiado favorable como para contar con ella. Yo albergaba esperanzas, y empezaba a alegrarme con la perspectiva de conservar mi hogar y mi empleo, y, sobre todo, a mi joven señora. En eso que irrumpió de manera apresurada un criado (uno de los despedidos, que no se había marchado todavía) y dijo que entraba por el patio «ese demonio de Heathcliff», y preguntó si debía cerrarle la puerta en las narices.

Aunque hubiéramos sido lo bastante locas como para ordenar que se hiciera tal cosa, no tuvimos tiempo. No se entretuvo en las ceremonias de llamar a la puerta ni de anunciar su nombre. Era el amo, y aprovechó su privilegio de amo para entrar directamente, sin decir palabra. El sonido de la voz de nuestro informador lo condujo hasta la biblioteca. Entró y, después de expulsarlo con un gesto, cerró la puerta.

Era la misma habitación en que lo habían hecho entrar como huésped dieciocho años atrás. Brillaba la misma luna por la ventana, y en el exterior estaba el mismo paisaje de otoño. Aún no habíamos encendido ninguna vela, pero toda la estancia era visible, hasta los retratos de la pared: la espléndida cabeza de la señora Linton y la airosa de su marido. Heathcliff avanzó hasta la chimenea. El tiempo tampoco había cambiado mucho su persona. Allí estaba el mismo hombre, con la cara morena algo más cetrina y serena; con el cuerpo con media arroba más de peso o una entera, quizá, y sin otra diferencia. Catherine se había levantado al verlo, con intención de huir.

—¡Quieta! —dijo él, sujetándola del brazo—. ¡Se acabaron las fugas! ¿Adónde quieres ir? He venido a llevarte a casa, y espero que seas una hija sumisa y no vuelvas a incitar a mi hijo a desobedecerme. Cuando descubrí el papel que había desempeñado en el asunto, no supe cómo castigarlo; es tan esmirriado que lo aniquilaría de un pellizco; ¡pero ya verás, por su aspecto, que ha recibido su merecido! Lo bajé una tarde, anteayer, y lo puse en una silla, y desde entonces no he vuelto a tocarlo. Mandé salir a Hareton, y nos quedamos solos. Al cabo de dos horas, llamé a Joseph para que volviera a subirlo; y, desde entonces, mi presencia es tan terrorífica para sus nervios como un fantasma, y creo que me ve con frecuencia, aunque yo no esté cerca. Hareton dice que se despierta de noche y se pasa horas enteras chillando. Debes venir, te guste o no esa prenda de cónyuge; ahora te ocuparás tú de él. Te cedo todo lo que me corresponde.

—¿Por qué no consiente que se quede aquí Catherine y envía al señorito Linton con ella? —le supliqué—. Como odia a los dos, no los echaría de menos. No es posible sino que sean un tormento constante para su corazón desnaturalizado.

—Busco un arrendador para la Granja —respondió—, y quiero que mis hijos estén conmigo, desde luego. Además, esta moza debe servirme para ganarse el pan. No estoy dispuesto a criarla entre lujos y ociosidad cuando falte Linton. Date prisa y prepárate. Y no me fuerces a obligarte.

—Lo haré —prometió Catherine—. Ahora, lo único que me queda que amar en el mundo es Linton, y, aunque usted ha hecho todo lo que ha podido por hacérmelo odioso y por hacerme odiosa a mí, ¡no puede conseguir que nos odiemos! Le desafío a que le haga daño cuando yo esté delante y le desafío a que me asuste.

—Eres un paladín jactancioso —respondió Heathcliff—; pero no te aprecio lo bastante como para hacerle daño a él. Tú recibirás el tormento en toda su intensidad mientras dure. No seré yo quien te lo haga odioso; será su propio dulce espíritu. Está amargado como la hiel por tu abandono y sus consecuencias. No esperes que te agradezca esta noble devoción. Oí que le trazaba a Zillah un cuadro ameno de lo que haría si tuviera tanta fuerza como yo. Tiene la inclinación, y su debilidad misma le agudizará el ingenio para encontrar algo que sustituya en él a la fuerza.

—Ya sé que tiene mal carácter, como hijo suyo que es —dijo Catherine—. Pero me alegro de tenerlo yo mejor, para perdonárselo. Y sé que me ama, y yo lo amo por ese motivo. Señor Heathcliff, usted no tiene a nadie que lo ame. Por muy desgraciados que nos haga, tendremos todavía la venganza de pensar que su crueldad es consecuencia de que su desgracia es mayor que la nuestra. Usted es desgraciado, ¿verdad? ¿No está solo como el demonio y es envidioso como él? Nadie lo ama, ¡nadie llorará por usted cuando muera! ¡No querría yo estar en su lugar!

Catherine hablaba con una especie de tono triunfal sombrío. Al parecer, se había decidido a asimilar el espíritu de su nueva familia y complacerse en el dolor de sus enemigos.

—Lamentarás enseguida estar en tu lugar si te quedas aquí un momento más —dijo su suegro—. Vete, bruja, y llévate tus cosas.

Ella se retiró con desprecio. Durante su ausencia, empecé a suplicar que me dejara el puesto de Zillah en las Cumbres, ofreciéndome a cederle a ella el mío; pero él no lo quiso consentir de ninguna manera. Me mandó callar, y después, por primera vez, se permitió echar una ojeada al cuarto y una mirada a los retratos. Después de estudiar el de la señora Linton, dijo:

—Me llevaré éste a casa. No es que lo necesite, pero...

Se volvió bruscamente hacia la lumbre y prosiguió con lo que debo describir como una sonrisa, a falta de una palabra mejor:

—¡Te diré lo que hice ayer! Hice que el sepulturero, que estaba cavando la tumba de Linton, retirara la tierra del ataúd de ella, y lo abrí. Cuando volví a verle la cara (todavía es la suya), pensé por un momento que quería quedarme allí. A él le costó trabajo apartarme, pero me dijo que se descompondría si le daba el aire; de manera que yo aflojé un lado del ataúd y lo cubrí (¡no el que queda del lado de Linton, maldito sea! Ojalá lo hubieran enterrado en un ataúd de plomo sellado), y he sobornado al sepulturero para que lo retire cuando me entierren allí y abra también mi lado. Haré que lo dispongan así, ¡y cuando Linton llegue hasta nosotros, no nos podrá distinguir al uno del otro!

—¡Ha cometido una maldad muy grande, señor Heathcliff! —exclamé—. ¿No le da vergüenza molestar a los muertos?

—No he molestado a nadie, Nelly —respondió—, y me he aliviado un poco. Ahora estaré mucho más tranquilo, y vosotras tendréis más posibilidades de que me quede bajo tierra cuando llegue allí. ¿Que la he molestado? ¡No! Ha sido ella la que me ha molestado a mí, noche y día, durante dieciocho años..., sin cesar..., de manera implacable..., hasta anoche; y anoche me quedé tranquilo. Soñé que dormía mi último sueño junto a aquella durmiente, con el corazón detenido y mi mejilla helada contra la suya.

—¿Y si ella se hubiera deshecho en polvo o algo peor? ¿Qué habría soñado usted entonces? —le pregunté.

—¡En disolverme con ella y ser más feliz todavía! —contestó—. ¿Crees que temo algún cambio de esa especie? Esperaba ver tal transformación cuando se levantara la tapa, pero me agrada más que no comience hasta que yo la comparta. Además, si yo no hubiera recibido una impresión clara de sus rasgos impasibles, no me habría librado de esa sensación extraña. Empezó de una manera rara. Ya sabes que me volví loco cuando murió y que pedía constantemente, día y noche, que volviera a mí... su espíritu... Creo con firmeza en los fantasmas. ¡Estoy convencido de que pueden estar y están entre nosotros! El día en que la enterraron nevó. Por la noche fui al cementerio. Soplaba un viento frío, como de invierno. Todo estaba desierto; no temía que el necio de su marido subiera la cuesta tan tarde, y nadie más tenía nada que hacer allí. Estando solo como estaba, y consciente de que sólo nos separaban dos varas de tierra suelta, me dije a mí mismo: «¡Volveré a tenerla en mis brazos! Si está fría, pensaré que es este viento del norte el que me está helando a mí, y si está inmóvil, que está dormida». Saqué una pala de la caseta de las herramientas y me puse a cavar con todas mis fuerzas. La pala raspó el ataúd. Me puse a trabajar con las manos. La madera empezó a crujir por los tornillos. Estaba a punto de alcanzar mi objetivo cuando me pareció oír un suspiro de alguien que estaba arriba, agachado cerca del borde de la tumba. «¡Si puedo levantar esto, me da igual que nos echen tierra encima a los dos!», murmuré, y seguí tirando con más desesperación. Hubo otro suspiro cerca de mi oído. Me pareció sentir que su aliento caliente apartaba el viento cargado de aguanieve. No sabía que hubiera cerca ningún ser vivo de carne y hueso; pero sentí, con esa misma certeza con que se percibe en la oscuridad la llegada de un cuerpo sólido, aunque no sea posible verlo, que Catherine estaba allí, no debajo de mí, sino por encima de la tierra. Me recorrió todo el cuerpo un sentimiento repentino de alivio que me salía del corazón. Abandoné mi labor angustiosa y me sentí enseguida consolado, consolado de una manera indescriptible. La presencia de ella estaba conmigo; siguió allí mientras yo volvía a rellenar la tumba, y me acompañó a casa. Ríete si quieres, pero yo estaba seguro de que la vería allí. Tenía la seguridad de que estaba conmigo y de que yo no podría menos que hablar con ella. Al llegar a las Cumbres, corrí con ansia hasta a la puerta. Estaba cerrada; y recuerdo que ese maldito de Earnshaw y mi mujer se opusieron a que yo entrara. Recuerdo que me detuve a dejarlo sin aliento de una patada y que me apresuré después a subir las escaleras, a mi habitación y a la de ella. Miré con impaciencia; la sentí junto a mí; casi podía verla, ¡pero no podía! ¡En esos momentos debí de sudar sangre por la angustia de mi anhelo, por el fervor de mis súplicas de alcanzar un solo atisbo! No tuve ninguno. ¡Se manifestó tal como había solido ser en vida: un demonio para mí! ¡Y desde entonces, unas veces más y otras menos, he sido el juguete de ese tormento intolerable! Es infernal…, me tiene los nervios tan tensos que, si no fueran como cuerdas de violín, haría mucho tiempo que se me habrían aflojado hasta quedar tan débiles como los de Linton. Cuando estaba sentado en casa con Hareton, me parecía que me la encontraría si salía; cuando caminaba por los páramos, que me la encontraría al entrar en casa. Cuando salía de casa, me apresuraba a volver; ¡estaba seguro de que tenía que estar en alguna parte de las Cumbres! Y cuando yo dormía en el cuarto de ella (tuve que dejarlo, dándome por vencido), no podía reposar allí; pues en el momento en que cerraba los ojos, ella aparecía ante la ventana, o corría los paneles, o entraba en la habitación, o incluso apoyaba su cabeza querida en mi misma almohada, como hacía de niña. Y yo tenía que abrir los párpados para verla. Y así los abría y los cerraba un centenar de veces cada noche..., ¡para llevarme un desengaño cada vez! ¡Aquello me torturaba! Me he quejado muchas veces en voz alta, hasta hacer creer, sin duda, a ese viejo bribón de Joseph que mi conciencia estaba haciendo dentro de mí el papel de diablo. Ahora que ya la he visto, estoy un poco más tranquilo. ¡Extraña manera de matar, no ya poco a poco, sino pelo a pelo, engañándome con el espectro de una esperanza durante dieciocho años!

El señor Heathcliff hizo una pausa y se secó la frente, a la cual se le pegaba el pelo, mojado de sudor; tenía los ojos fijos en las ascuas de la lumbre; las cejas, no fruncidas, sino levantadas junto a las sienes, lo que reducía el aspecto torvo de su semblante, pero le impartía un aspecto peculiar de turbación y una apariencia dolorosa de tensión mental dirigida a un único objeto absorbente. Sólo a medias se dirigía a mí, y yo guardaba silencio: ¡no me gustaba oírlo hablar! Al cabo de una breve pausa, volvió a su meditación sobre el retrato, lo descolgó y lo apoyó en el sofá para contemplarlo mejor; y mientras se ocupaba en esto, entró Catherine y anunció que estaba dispuesta cuando estuviera ensillado su poni.

—Envía eso mañana —me dijo Heathcliff. Y, volviéndose hacia ella, añadió—: Podrás arreglártelas sin tu poni: hace buena tarde, y no necesitarás ponis en Cumbres Borrascosas. Para los viajes que harás te bastarán los pies. Vamos.

—¡Adiós, Ellen! —me susurró mi señorita querida. Cuando me besó, tenía los labios como el hielo—. ¡Ven a verme, Ellen, no lo olvides!

—¡Guárdese de hacer tal cosa, señora Dean! —dijo su nuevo padre—. ¡Cuando quiera hablar con usted, vendré aquí! ¡No quiero que ande fisgando en mi casa!

Le indicó con un gesto que pasara delante de él, y ella obedeció, echándome una mirada que me partió el corazón. Los vi caminar por el jardín desde la ventana. Heathcliff sujetaba bajo su brazo el de Catherine, aunque ella se había resistido claramente a ello al principio; y la llevó a pasos rápidos hasta el sendero, cuyos árboles los ocultaron.

Capítulo XXX

Hice una visita a las Cumbres, pero a ella no la he visto desde que se marchó; cuando pasé a preguntar por ella, Joseph sujetó la puerta con la mano y no me quiso dejar entrar. Alegó que la señora Linton estaba ocupada y que el amo no estaba en casa. Zillah me ha contado algo de la vida que hacen. De lo contrario, yo apenas sabría siquiera quiénes viven y quiénes han muerto. A ella le parece que Catherine es altanera, y por lo que dice me parece que no le agrada. Cuando llegó mi joven señora, le pidió a Zillah que le ayudara un poco, pero el señor Heathcliff le dijo que se ocupara de sus asuntos y dejara que su nuera se las arreglara sola. Zillah obedeció de buena gana, ya que es una mujer egoísta y estrecha de miras. Catherine dio muestras de un enfado infantil por este abandono. Respondió a él con desprecio, y con esto consiguió que mi informante se pasara al bando de sus enemigos con tanta seguridad como si le hubiera hecho una tremenda afrenta. Hace cosa de seis semanas, poco antes de llegar usted, tuve una larga conversación con Zillah, con la que me encontré en el páramo; y he aquí lo que me dijo.

—Lo primero que hizo la señora Linton cuando llegó a las Cumbres —me contó— fue subir corriendo al primer piso sin darnos siquiera las buenas tardes ni a Joseph y a mí. Se encerró en el cuarto de Linton y se quedó allí hasta la mañana siguiente. Entonces, mientras Earnshaw y el amo desayunaban, entró en la casa y preguntó muy temblorosa si podían mandar llamar al médico, pues su primo estaba muy enfermo.

»—Eso ya lo sabemos —respondió Heathcliff—; pero su vida no vale un cuarto, y no voy a gastarme un cuarto en él.

»—¡Pero yo no sé qué hacer —repuso ella—, y se va a morir si nadie me ayuda!

»—¡Sal de la habitación, y no quiero oír una sola palabra más de él! —gritó el amo—. Aquí no le importa a nadie lo que le pase. Si te importa a ti, haz de enfermera; si no, enciérralo con llave y déjalo.

»Entonces se puso a fastidiarme a mí, y le dije que ya había aguantado bastante a ese cargante; que todos teníamos nuestros quehaceres, y que el de ella era cuidar de Linton, pues el señor Heathcliff me había mandado que le dejara a ella ese trabajo.

»No sé cómo se las arreglaron juntos. Me imagino que él rezongó mucho y que pasaba los días y las noches gimiendo. Al ver lo pálida que tenía ella la cara y lo cargados que tenía los ojos se podía imaginar una que descansaba poco. A veces acudía a la cocina, como muy extraviada, y parecía querer suplicar que la ayudásemos; pero yo no estaba dispuesta a desobedecer al amo. Jamás oso desobedecerlo, señora Dean, y, aunque me parecía mal que no mandasen llamar a Kenneth, tampoco era asunto mío dar consejos ni protestar, y siempre me negaba a entremeterme. En un par de ocasiones, después de habernos retirado, he abierto mi puerta por casualidad y la he visto sentada, llorando, en lo alto de las escaleras; y después me he vuelto a encerrar aprisa, por miedo a que me conmoviera y me hiciera intervenir. Entonces sentía lástima por ella, desde luego... ¡si bien no quería perder mi empleo, ya sabe usted!

»Por fin, una noche entró resuelta en mi cuarto y me dio un susto tal que me dejó el alma en un hilo, diciendo:

»—Dígale al señor Heathcliff que su hijo se muere. Esta vez estoy segura de ello. ¡Levántese al instante y dígaselo!

»Y, dicho esto, desapareció de nuevo. Yo me quedé acostada un cuarto de hora, escuchando y temblando. No se movía nada; la casa estaba en silencio.

»“Se habrá equivocado —me dije—. Se habrá recuperado. No hace falta que los moleste.” Y empecé a quedarme dormida. Pero mi sueño se interrumpió otra vez por el ruido fuerte de la campanilla, de la única campanilla que tenemos, que se puso a propósito para Linton. El amo me gritó que fuera a ver qué pasaba y les informara de que no toleraría que se repitiera aquel ruido.

»Le comuniqué el recado de Catherine. Él maldijo para sus adentros, y al cabo de unos minutos salió con una vela encendida y se dirigió al cuarto de ellos. Lo seguí. La señora Heathcliff estaba sentada junto a la cama con las manos cruzadas sobre las rodillas. Su suegro se acercó, pegó la luz a la cara de Linton, lo miró y lo tocó; después, se dirigió a ella.

»—Ahora, Catherine, ¿cómo te sientes? —le preguntó.

»Ella estaba muda.

»—¿Cómo te sientes, Catherine? —repitió él.

»—Él está a salvo y yo soy libre —respondió ella—: debería sentirme bien... Pero... —prosiguió con una amargura que no pudo ocultar—, ¡usted me ha dejado que luche sola tanto tiempo contra la muerte que únicamente siento y veo muerte! ¡Me siento como muerta!

»¡Y bien que lo parecía! Le di un poco de vino. Hareton y Joseph, a los que habían despertado la campanilla y el ruido de pasos, y que nos habían oído hablar desde fuera, entraron entonces. Creo que Joseph se alegró de quitarse de en medio al muchacho; Hareton parecía levemente impresionado, aunque se ocupaba más en mirar a Catherine que en pensar en Linton. Pero el amo le mandó volver a la cama, diciéndole que no nos hacía falta su ayuda. Después, mandó a Joseph que llevara el cadáver a su cuarto y me dijo que volviera al mío, y la señora Heathcliff se quedó a solas.

»A la mañana siguiente, el amo me mandó a decirle que debía bajar a desayunar. Ella se había desvestido y se disponía a acostarse, y pretextó que estaba enferma, lo cual no me extrañó nada. Se lo dije al señor Heathcliff, y él respondió:

»—Bueno, déjala en paz hasta después del entierro. Y sube de vez en cuando a llevarle lo que le haga falta. En cuanto parezca que está mejor, avísame.

Cathy se quedó arriba quince días, según Zillah, que la visitaba dos veces al día y quiso estar más afable. Pero sus intentos de ser más amable fueron rechazados inmediatamente con dignidad.

Heathcliff subió enseguida a mostrarle el testamento de Linton. Éste le había legado a su padre todos los bienes muebles de él y los que habían sido de ella. Heathcliff había obligado o convencido a la pobre criatura a otorgar aquel testamento durante la semana de ausencia de Catherine, cuando había muerto su tío. Como era menor de edad, no había podido disponer de las tierras. Pero el señor Heathcliff las ha reclamado y las ocupa en nombre de su esposa y del suyo propio. Supongo que tiene la ley a su favor. En cualquier caso, Catherine, sin dinero ni amigos, no puede disputarle la posesión.

—Nadie más que yo se acercó a aquella puerta salvo esa única vez... —contó Zillah—; y nadie preguntó por ella. La primera vez que bajó a la sala fue una tarde de domingo. Cuando le subí el almuerzo, había exclamado que ya no soportaba más estar pasando frío. Le repliqué que el amo iba a la Granja de los Tordos y que Earnshaw y yo no teníamos por qué impedirle que bajara; de modo que, en cuanto oyó el trote del caballo de Heathcliff, que se alejaba, apareció vestida de negro y con los rizos rubios atados detrás de las orejas, tan sencilla como una cuáquera; no podía alisárselos.

»Joseph y yo solemos ir a la capilla los domingos. (En este punto, la señora Dean me explicó que en la capilla no había pastor en ese momento y que al templo de los metodistas o de los baptistas de Gimmerton, no tenía claro de quiénes era, lo llamaban "capilla".) Joseph se había marchado —prosiguió Zillah—; pero a mí me pareció más conveniente quedarme en casa. Siempre es mejor que a los jóvenes los vigile una persona mayor, y Hareton, con todo lo vergonzoso que es, no es un modelo de conducta delicada. Le dije que su prima acudiría a sentarse con nosotros, con toda probabilidad, y que estaba acostumbrada de siempre a que se respetara el día del Señor; de modo que más le valía a él dejar sus escopetas y sus tareas caseras mientras estuviera ella. Él se sonrojó al oír la noticia y se miró las manos y la ropa. Retiró en un instante el aceite de engrasar las armas y la pólvora. Vi que pretendía ofrecerle su compañía, y me figuré, por su conducta, que quería estar presentable. Así que, riéndome de un modo en que no me atrevo a reírme cuando está cerca el amo, me brindé a ayudarlo si quería, y me tomé a broma su confusión. Él se puso hosco y empezó a maldecir.

»—Ahora bien, señora Dean —prosiguió cuando advirtió que a mí no me agradaba su manera de hablar—, resulta que usted piensa que su joven señora es demasiado fina para el señor Hareton. Y resulta que tiene usted razón; pero reconozco que a mí me gustaría bastante bajarle un poco los humos. ¿Y de qué le servirán ahora todos sus estudios y sus melindres? Es tan pobre como usted o yo; más pobre, estoy segura: usted ahorra, y yo también voy guardando mis dinerillos.

Hareton consintió que Zillah lo ayudara, y ella lo puso de buen humor a base de halagos; de modo que, cuando llegó Catherine, medio olvidándose de sus anteriores insultos, intentó ser agradable con ella, según contó el ama de llaves.

»—Entró la señora —dijo ésta—, fría como un carámbano y altiva como una princesa. Me levanté y le ofrecí mi asiento en el sillón, pero ella despreció mi cortesía. Earnshaw también se levantó y le pidió que acudiera al escaño y se sentara cerca del fuego, pues estaba seguro de que estaría helada.

»—Me han dejado helada[5] desde hace un mes y más —respondió ella, recalcando la palabra con todo el desprecio que pudo.

»Y tomó ella misma una silla y la puso a cierta distancia de nosotros dos. Después de permanecer sentada hasta calentarse, empezó a mirar de un lado a otro y vio algunos libros en el aparador. Se puso enseguida de pie otra vez e intentó alcanzarlos empinándose; pero estaban demasiado altos. Su primo, después de observar sus esfuerzos durante un rato, acopió por fin bastante valor para ayudarla; ella tendió la falda y él se la llenó con los primeros que le vinieron a la mano.

»Aquello representó un gran paso para el muchacho. Ella no le dio las gracias, a pesar de lo cual él se sintió satisfecho por que ella hubiera aceptado su ayuda, y se aventuró a quedarse de pie tras ella mientras los examinaba, e incluso a agacharse y señalar algo que le llamó la atención en

5 Al parecer, hay un juego de palabras, pues *starved* significa 'helada' (sólo en el inglés de la época) y 'muerta de hambre'. *(N. del T.)*

ciertas estampas antiguas que contenían. Tampoco lo desanimó el modo insolente en que ella le arrancó del dedo la página. Se contentó con retirarse un poco para mirarla a ella en vez de al libro. Ella siguió leyendo o buscando algo que leer. Él centró la atención de manera paulatina en el estudio de los rizos espesos y sedosos de ella. No le veía la cara, ni ella a él. Y, quizá sin ser consciente del todo de lo que hacía, atraído como atrae una vela a un niño, pasó finalmente de mirar a tocar; extendió la mano y acarició un rizo, con tanta delicadeza como si fuera un pájaro. Ella se volvió con tanta brusquedad como si le hubiera clavado un cuchillo en el cuello.

»—¡Apártate ahora mismo! ¿Cómo te atreves a tocarme? ¿Qué haces aquí plantado? —exclamó ella con tono de asco—. ¡No te soporto! Si te acercas a mí, volveré a subir a mi cuarto.

»El señor Hareton retrocedió, con el aspecto más estúpido que podía adoptar; se sentó en el escaño, muy callado, y ella siguió hojeando sus volúmenes durante otra media hora; por fin, Earnshaw se acercó a mí y me susurró:

»—¿Quieres pedirle que nos lea en voz alta, Zillah? Me aburro de no hacer nada; y me gusta... ¡Podría gustarme oírla! No le digas que lo quiero yo, sino como cosa tuya.

»—Al señor Hareton le gustaría que usted nos leyera en voz alta, señora —dije yo de inmediato—. Lo tomaría a bien... Le estaría muy agradecido.

»Ella frunció el ceño y, levantando la vista, respondió:

»—¡El señor Hareton y todos ustedes tendrán la bondad de entender que rechace toda apariencia de amabilidad que tengan la hipocresía de presentar! ¡Los desprecio, y no tengo nada que decirle a ninguno! Cuando yo habría dado la vida por una palabra amable, o incluso por ver una cara, ninguno se acercó a mí. ¡Pero no me quejaré de ustedes! He bajado aquí por el frío, no para divertirlos ni para disfrutar de su compañía.

»—¿Qué podía haber hecho yo? —empezó a decir Earnshaw—. ¿Qué culpa he tenido?

»—¡Ah! Tú eres la excepción —respondió la señora Heathcliff—. No he echado en falta las atenciones que pudieras brindarme tú.

»—Pero me ofrecí más de una vez, y lo pedí —dijo él, irritándose ante la insolencia de ella—. Le pedí al señor Heathcliff que me dejara velar por usted...

»—¡Silencio! ¡Saldré al campo, o iré a cualquier parte con tal de no tener que oír tu voz desagradable! —dijo mi señora.

»Hareton masculló que podría irse al infierno y, descolgando su escopeta, dejó de abstenerse de sus ocupaciones habituales de los domingos. Siguió hablando con bastante libertad, y a ella le pareció oportuno retirarse a su soledad. Pero habían empezado las heladas y se vio obligada a soportar nuestra compañía cada vez más. No obstante, me ocupé de que no volviera a despreciar mi buena intención. Desde entonces, he estado tan tiesa como ella, y no tiene ni amigo ni amante entre nosotros; ni tampoco se lo merece, pues basta con que le digan la mínima palabra para que ella se encalabrine sin respetar a nadie. Replica al mismo amo, y prácticamente lo reta a que la golpee. Y, cuanto más dolida está, más ponzoña destila.

Cuando oí esta relación de boca de Zillah, pensé al principio dejar mi empleo, tomar una casita y hacer venir a Catherine para que viviera conmigo. Pero el señor Heathcliff no lo consentiría, como no consentiría instalar a Hareton en una casa independiente. Ahora no veo ningún remedio, a no ser que ella pudiera casarse otra vez; y éste no es asunto que pueda organizar yo.

Así terminó el relato de la señora Dean. A pesar de las predicciones del médico, estoy recuperando las fuerzas rápidamente; y, aunque sólo estamos en la segunda semana de enero, me propongo salir a caballo de aquí a un día o dos e ir a Cumbres Borrascosas para informarle a mi casero de que pasaré los seis meses siguientes en Londres y de que puede buscarse otro arrendador para la finca si quiere, a partir de octubre. Yo no pasaría otro invierno aquí por mucho que me ofrecieran.

Capítulo XXXI

Ayer hizo un día luminoso, en calma y helado. Fui a las Cumbres, tal como me había propuesto; mi ama de llaves me suplicó que llevara un billete suyo a la joven señora, y no me negué, pues la buena mujer no era consciente de que su petición tuviera nada de raro. La puerta principal estaba abierta, pero el portón receloso estaba cerrado como en mi última visita; llamé, e hice venir a Earnshaw de entre los planteles del huerto. Retiró la cadena y entré. El sujeto es el rústico mejor parecido que uno se pueda echar a la cara. En esta ocasión me fijé bien en él; pero también es verdad que, al parecer, él procura deslucir cuanto puede sus buenas prendas.

Le pregunté si el señor Heathcliff estaba en casa. Me respondió que no, pero que iría a almorzar. Eran las once, y anuncié mi intención de entrar a esperarlo, al oír lo cual él dejó de inmediato sus herramientas y me acompañó en el papel de perro guardián, no de sustituto del anfitrión.

Entramos juntos. Allí estaba Catherine, quien se mostraba útil preparando unas verduras para la siguiente comida. Parecía más hosca y menos animada que cuando la vi por primera vez. Apenas levantó los ojos para mirarme, y retomó su tarea con el mismo desprecio que antes a las normas comunes de la cortesía, sin corresponder con la menor señal a mi reverencia ni a mis buenos días.

«No parece tan amable como quiere hacerme creer la señora Dean —pensé—. Es una belleza, cierto; pero no es un ángel.»

Earnshaw le pidió de mal humor que llevara sus cosas a la cocina.

—Llévalas tú —dijo ella, apartándoselas de delante en cuanto hubo terminado y retirándose a un taburete que estaba junto a la ventana, donde se puso a tallar las mondaduras de nabo que tenía en el regazo en forma de figuras de aves y animales. Me acerqué a ella, fingiendo que quería contemplar el jardín, y dejé caer hábilmente, o así me pareció a mí, el billete de la señora Dean en su rodilla, sin que lo advirtiera Hareton. Pero ella preguntó en voz alta: «¿Qué es esto?», y se lo quitó de encima.

—Una carta de su vieja conocida, el ama de llaves de la Granja —respondí, molesto porque había desvelado mi obra de misericordia, y temeroso de que supusieran que era una misiva mía. Ella, al oírlo, la habría prendido de buena gana; pero Hareton se le adelantó. La tomó y se la guardó en el chaleco, diciendo que antes debía verla el señor Heathcliff. Catherine, al oír esto, desvió en silencio la cara y sacó con mucho disimulo su pañolito de bolsillo y se lo llevó a los ojos. Su primo, tras esforzarse un rato por reprimir sus sentimientos más benignos, sacó la carta y la tiró en el suelo junto a ella de la manera menos amable que pudo. Catherine la tomó y la leyó con interés; después, me hizo algunas preguntas acerca de los habitantes de su antiguo hogar, tanto los racionales como los irracionales, y, mirando hacia las colinas, murmuró para sí:

—¡Cómo me gustaría bajar allí, montando a Minny! Me gustaría subir allí... ¡Oh! Estoy cansada... ¡Estoy hastiada, Hareton!

Y recostó su hermosa cabeza sobre el alféizar, con una mezcla de bostezo y suspiro, y adoptó un aspecto de tristeza abstraída, sin saber ni importarle si nos fijábamos en ella.

—Señora Heathcliff —dije yo, después de haber pasado cierto rato sentado en silencio—, ¿no es consciente usted de que yo soy conocido suyo? Tan íntimo que me parece extraño que no venga usted a hablar conmigo. Mi ama de llaves no se cansa nunca de hablar de usted y de alabarla, ¡y se llevará una gran desilusión si regreso sin noticias de usted ni de su parte, salvo la de que recibió usted su carta sin decir nada!

Pareció sorprenderse de estas palabras y me preguntó:

—¿Lo aprecia Ellen a usted?

—Sí, mucho —respondí sin dudarlo.

—Le dirá usted que yo querría responder a su carta —prosiguió—, pero que no tengo recado de escribir, ni siquiera un libro del que pueda arrancar una hoja.

—¡Que no tiene libros! —exclamé—. ¿Cómo se las arregla usted para vivir aquí sin ellos, si puedo tomarme la libertad de preguntárselo? En la Granja suelo estar muy aburrido, a pesar de que cuento con una biblioteca abundante. ¡Si me quitaran los libros, estaría desesperado!

—Yo leía constantemente, cuando los tenía —dijo Catherine—; y el señor Heathcliff no lee nunca; de modo que se le metió en la cabeza destruir mis libros. Llevo varias semanas sin ver uno. Sólo una vez repasé los de teología que guarda Joseph, con gran irritación por parte de éste; y otra vez, Hareton, encontré un depósito secreto en tu cuarto..., algunos en latín y griego, y otros de cuentos y de poesía; todos viejos amigos... Yo había traído aquí estos últimos, ¡y tú los tomaste como una urraca que toma cucharillas de plata, por puras ganas de hurtar! A ti no te sirven de nada. Seguramente los ocultaste con mala intención, pensando que, ya que tú no puedes disfrutar de ellos, no disfrutaría nadie. ¿Pudo ser tu envidia la que aconsejó al señor Heathcliff que me despojara de mis tesoros? ¡Pero la mayoría los tengo escritos en el cerebro e impresos en el corazón, y no podéis despojarme de ellos!

Earnshaw se puso de color carmesí cuando su prima desveló que atesoraba obras literarias en secreto y, balbuciendo indignado, negó sus acusaciones.

—El señor Hareton desea aumentar sus conocimientos —dije yo, acudiendo en su auxilio—. No envidia la cultura de usted, sino que la emula. ¡Será un buen erudito de aquí a pocos años!

—Y, mientras tanto, quiere que yo me hunda en la estupidez —respondió Catherine—. Sí, ya lo oigo, intentando deletrear y leer solo; ¡y vaya gazapos que comete! Me gustaría que repitieras la balada de *Chevy Chase* como la leíste ayer. ¡Era graciosísima! Te oí... ¡y te oí hojear el diccionario para buscar las palabras difíciles, y maldecir después porque no sabías leer las definiciones!

El joven dio muestras evidentes de que le parecía abusivo que se rieran de él por su ignorancia y que se volvieran a reír de él por intentar remediarla. Yo pensé lo mismo, y, recordando la anécdota que me había relatado la señora Dean acerca de su primer intento de iluminar la oscuridad en que lo habían criado, observé:

—Pero, señora Heathcliff, todos hemos tenido que empezar, y todos hemos tropezado y vacilado en el umbral. Si nuestros maestros se hubieran burlado de nosotros en vez de ayudarnos, seguiríamos tropezando y vacilando.

—¡Oh! —respondió ella—. No quiero impedirle que adquiera conocimientos, ¡pero tampoco tiene derecho a apropiarse de lo que es mío y de ridiculizarlo a mis ojos con sus burdos errores y faltas de pronunciación! ¡Esos libros, tanto los de prosa como los de versos, me traían recuerdos sagrados, y me repugna que se degraden y se profanen en su boca! ¡Además, ha elegido, entre todos, aquellos pasajes que más me gusta a mí repetir, como si lo hiciera con maldad deliberada!

Hareton respiró hondo durante un minuto. A duras penas podía reprimir su intensa sensación de mortificación e ira. Me levanté y, con la idea caballeresca de aliviar su incomodidad, me situé en la puerta y me puse a contemplar de pie el paisaje. Él siguió mi ejemplo y salió de la habitación; pero apareció a poco trayendo en las manos media docena de volúmenes, que arrojó al regazo de Catherine, exclamando:

—¡Quédatelos! ¡No quiero oír hablar de ellos, ni leerlos, ni pensar en ellos nunca más!

—Ahora ya no los quiero —respondió ella—. Los asociaré contigo y los odiaré.

Ella abrió uno que tenía claras señas de haberse hojeado mucho y leyó un pasaje con la voz despaciosa del que aprende a leer. Después, se rio y lo tiró.

—¡Y escucha! —insistió, provocadora, y empezó a leer del mismo modo una estrofa de un romance antiguo.

Pero el amor propio de él no le permitió soportar más tormentos. Oí, sin desaprobarlo del todo, que él le aplicaba la mano para frenarle la lengua insolente. La muy pícara había hecho todo lo posible por herir los sentimientos de su primo, delicados a pesar de estar poco cultivados, y él había tenido que recurrir al argumento físico para ajustar cuentas y desquitarse de la que le había producido aquel efecto. Después, Earnshaw tomó los libros y los arrojó al fuego. Leí en su semblante la congoja que le producía ofrecer aquel sacrificio en aras del mal humor. Me imaginé que, mientras se consumían, él recordaba el placer que le habían causado ya, y la superación y el placer crecientes que había esperado recibir de ellos; y también creí adivinar cuál era el acicate de sus estudios en secreto. Él se había conformado con el trabajo diario y con los placeres rudos y animales hasta que se había cruzado ella en su camino. Lo primero que lo había impulsado a emprender ocupaciones más elevadas había sido la vergüenza por el desprecio de ella y la esperanza de recibir su aprobación; y sus esfuerzos por elevarse, en vez de protegerlo de la primera y de valerle la segunda, habían producido precisamente el resultado opuesto.

—¡Sí, a un bruto como tú sólo le pueden servir para eso! —exclamó Catherine, chupándose el labio herido y contemplando la quema con ojos de indignación.

—¡Ahora, más te vale contener la lengua! —replicó él con ferocidad.

E, incapaz de decir más por la agitación, se dirigió aprisa a la puerta, donde me aparté para dejarle paso. Pero antes de que hubiera pasado del umbral se lo encontró el señor Heathcliff, que subía por el camino empedrado, y éste, sujetándolo del hombro, le preguntó:

—¿Qué pasa ahora, muchacho?

—¡Nada, nada! —dijo él; y se retiró bruscamente para gozar a solas de su dolor y su ira.

Heathcliff se lo quedó mirando y suspiró.

—¡Cosa rara será si frustro mi propio intento! —murmuró, sin advertir que yo estaba a su espalda—. ¡Pero cuanto más busco a su padre en su cara, más la encuentro a ella! ¿Cómo demonios se parece tanto? Apenas soporto verlo.

Bajó los ojos al suelo y entró, meditabundo. Tenía en el semblante una expresión inquieta, angustiada, que yo no le había visto hasta entonces. Y parecía más delgado de cuerpo. Su nuera, al verlo por la ventana, había huido de inmediato a la cocina, y yo me había quedado solo.

—Me alegro de verlo salir otra vez, señor Lockwood —dijo en respuesta a mi saludo—. En parte por motivos egoístas, creo que no podría suplir fácilmente su falta en esta comarca tan despoblada. Más de una vez me he preguntado qué lo ha traído a usted aquí.

—Me temo que fue un capricho frívolo, señor mío —respondí—. O bien será un capricho frívolo el que se me va a llevar. Saldré camino de Londres la semana próxima; y debo avisarle de que no tengo disposición de conservar la Granja de los Tordos más de los doce meses que acordé arrendarla. Creo que ya no viviré allí más.

—¡Ah, en verdad! Conque se ha cansado usted de estar desterrado del mundo, ¿eh? —se mofó—. Pero si ha venido con la pretensión de no pagar una finca que no va a ocupar, ha hecho el viaje en balde. Yo nunca dejo de cobrarle lo que es mío a nadie.

—¡No he venido con ninguna pretensión de ese género! —exclamé, preso de una irritación considerable—. Si usted lo desea, saldaré mis cuentas con usted ahora mismo —añadí, y me saqué la cartera del bolsillo.

—No, no —respondió él con tranquilidad—; aunque no vuelva, deja aquí lo suficiente para cubrir sus deudas. No tengo tanta prisa. Siéntese y almuerce con nosotros. En general, se puede dar buena acogida a un huésped que no amenaza con repetir su visita. ¡Catherine! Trae las cosas. ¿Dónde estás?

Catherine volvió a aparecer con una bandeja de cuchillos y tenedores.

—Tú puedes almorzar con Joseph —murmuró Heathcliff en un aparte—, y quédate en la cocina hasta que se haya ido éste.

Ella obedeció sus órdenes con mucha puntualidad. Quizá no sintiera ninguna tentación de transgredirlas. Viviendo como vive entre patanes y misántropos, es probable que no sea capaz de apreciar a las personas de mejor categoría cuando las ve.

Con el señor Heathcliff, severo y saturnino, a un lado, y Hareton, absolutamente mudo, al otro, hice una comida más bien triste y me despedí pronto.

Quise salir por la puerta trasera para echarle una última mirada a Catherine y para molestar al viejo Joseph; pero Hareton recibió órdenes de traerme el caballo, y mi anfitrión me acompañó en persona a la puerta, de manera que no pude cumplir mi deseo.

«¡Qué melancólica se vuelve la vida en esa casa! —reflexioné mientras cabalgaba por la carretera—. ¡Cuánto más romántico que un cuento de hadas habría sido para la señora Linton Heathcliff que ella y yo hubiésemos estrechado unos lazos, tal como deseaba su buena niñera, y hubiésemos emigrado juntos al ambiente bullicioso de la ciudad!»

Capítulo XXXII
1802

En este mes de septiembre me invitaron a devastar los páramos de un amigo,[6] en el norte; y, en el viaje a su residencia, me encontré inesperadamente a quince millas de Gimmerton. El mozo de cuadra de una posada del camino sostenía un cubo de agua para refrescar a mis caballos cuando pasó un carro cargado de avena muy verde, recién segada, y él observó:

—¡Eso es de Gimmerton, vaya! Siempre llevan tres semanas de retraso a las demás gentes con la cosecha.

—¿Gimmerton? —repetí. Mi residencia en aquella localidad ya se había convertido en un recuerdo apagado y desvaído—. ¡Ah! ¡Ya recuerdo! ¿A qué distancia está de aquí?

—Pues a catorce millas por el monte y con mal camino —respondió él.

Se apoderó de mí un impulso repentino de visitar la Granja de los Tordos. Apenas era mediodía, y me pareció que, ya que había de pasar la noche en una posada, bien podía pasarla bajo mi propio techo. Además, podía perder un día para arreglar las cosas con mi casero y ahorrarme así el trabajo de volver a invadir la comarca. Después de descansar un rato, dije a mi criado que

6 Es decir, humorísticamente, a cazar. *(N. del T.)*

se enterara del camino que conducía al pueblo; y, con gran fatiga de nuestras caballerías, conseguimos cubrir la distancia en cosa de tres horas. Lo dejé allí, y seguí solo por el valle. La iglesia gris parecía más gris y el cementerio solitario, más solitario. Distinguí una oveja de la raza de los páramos que pastaba la hierba corta que crecía sobre las tumbas. Hacía un tiempo suave y templado, demasiado templado para viajar; pero el calor no me impedía disfrutar del paisaje delicioso de arriba y abajo; estoy seguro de que, si lo hubiera visto en fecha más próxima al mes de agosto, me habría tentado a perder un mes entre sus soledades. Nada más triste en invierno, nada más divino en verano, que esas vaguadas encerradas entre colinas y esas ondas de brezo audaces y enhiestas.

Llegué a la Granja antes de la puesta del sol y llamé a la puerta para que me dejaran pasar; pero la familia se había retirado a los aposentos del fondo, según juzgué al ver un penacho delgado y azul que subía en espiral de la ventana de la chimenea, y no me oían. Entré a caballo en el patio. Bajo el porche, estaba sentada una niña de nueve o diez años haciendo punto y sobre las gradas de montar estaba recostada una vieja que fumaba una pipa, meditabunda.

—¿Está dentro la señora Dean? —pregunté a la mujer.

—¿La señora Dean? ¡No! —contestó ella—. No habita aquí, está en las Cumbres.

—¿Es usted el ama de llaves, entonces? —proseguí.

—Sí, llevo la casa —respondió.

—Pues bien, soy el señor Lockwood, el amo. Quisiera saber si hay algún cuarto en que pueda alojarme. Deseo quedarme aquí toda la noche.

—¡El amo! —exclamó ella con asombro—. ¿Cómo, quién iba a saber que vendría? ¡Debería haber mandado recado! No hay nada seco ni decente en la casa. ¡Eso sí que no lo hay!

Dejó la pipa y entró con prisa. La niña la siguió, y yo entré también. Y percibí enseguida que lo que había dicho era cierto y que, además, casi la había puesto fuera de sí con mi aparición poco deseada. Le pedí que se tranquilizara y le dije que saldría a dar un paseo y que, mientras tanto, procurara prepararme el rincón de una sala para que cenara en él y un dormitorio para que durmiera. No hacía falta que barriera ni quitara el polvo, sólo buenas lumbres y sábanas secas. Ella parecía dispuesta a hacer todo lo que pudiera, aunque metió entre las brasas la escobilla de barrer la lumbre confundiéndola con el atizador y utilizó inadecuadamente otros varios instrumentos de su oficio. Me retiré, confiando que su energía me depararía un lugar de descanso a mi vuelta. La meta de la excursión que me proponía hacer era Cumbres Borrascosas. Después de haber salido del patio, se me ocurrió algo que me hizo volver.

—¿Todo va bien en las Cumbres? —le pregunté a la mujer.

—¡Sí, que yo sepa! —respondió ella, corriendo con una pala llena de cenizas calientes.

Le habría preguntado por qué había dejado la Granja la señora Dean, pero era imposible detenerla en un momento tan crucial, de manera que me volví y salí, paseándome tranquilamente con el brillo de un sol poniente a mi espalda y la gloria suave de una luna naciente ante mí, apagándose el uno e iluminándose la otra, mientras salía del parque y ascendía el pedregoso camino secundario que lleva a la vivienda del señor Heathcliff. Antes de que yo hubiera llegado a su vista, no quedaba del sol más que una luz ambarina, sin rayos, por el oeste; pero aquella luna espléndida me permitía ver cada guijarro del camino y cada brizna de hierba. No tuve que escalar el portón ni llamar. Cedió a mi mano. «¡He aquí una mejora!», pensé. Y observé otra por medio de mi nariz: una fragancia de alhelíes que flotaba en el aire por entre los frutales de la casa.

Estaban abiertas las puertas y las ventanas, a pesar de lo cual, como suele suceder en las regiones carboneras, una bonita lumbre roja iluminaba la chimenea; el calor añadido resulta soportable a cambio de la comodidad que aporta a la vista. Pero la casa de Cumbres Borrascosas es tan grande que sus habitantes tienen bastante espacio para apartarse de su influencia. En consecuencia, los habitantes que allí estaban se habían situado no lejos de una de las ventanas. Los vi y los oí hablar antes de entrar, y en consecuencia miré y escuché, impulsado por un sentimiento entremezclado de curiosidad y envidia, que aumentó mientras yo me demoraba.

—*¡Contrario!* —dijo una voz dulce como una campana de plata—. ¡Por tercera vez, so bruto! No voy a decírtelo una vez más. ¡Recuérdalo, o te tiro del pelo!

—*Contrario,* entonces —respondió otra de tonos graves pero suavizados—. Y, ahora, dame un beso por habérmelo aprendido tan bien.

—No, léelo bien primero, sin cometer un solo error.

La voz masculina empezó a leer. Pertenecía a un hombre joven, vestido de manera respetable y sentado ante una mesa, con un libro delante. Sus rasgos hermosos brillaban de placer, y los ojos se le desviaban con impaciencia de la página a una manita blanca que tenía sobre el hombro y que le recordaba su tarea con un cachete en la mejilla siempre que su propietaria advertía tales indicios de falta de atención. La propietaria de la mano estaba de pie detrás de él; sus bucles ligeros y relucientes se fundían a veces con los mechones castaños de él cuando ella se inclinaba a vigilar sus estudios; y su cara... Por suerte, él no podía verle la cara. De lo contrario, no habría podido estar tan firme. Yo sí se la vi, y me mordí el labio de despecho por haber desaprovechado la oportunidad que podría haber tenido de hacer algo más que mirar su belleza hechicera.

El alumno cumplió la tarea, no sin nuevos errores, pero exigió un premio, y recibió al menos cinco besos. Sin embargo, tuvo la generosidad de devolverlos. Después fueron a la puerta, y entendí por su conversación que se disponían a salir a dar un paseo por los páramos. Supuse que Hareton Earnshaw me condenaría en su corazón, si no con la boca, al pozo más profundo de las regiones infernales si yo me presentaba en sus proximidades en esos momentos. Así que, sintiéndome muy maligno y malvado, rodeé la casa a hurtadillas para refugiarme en la cocina.

También por esa parte se podía entrar sin obstáculos; y ante la puerta estaba sentada mi vieja amiga Nelly Dean, cosiendo y cantando una canción, que interrumpían con frecuencia desde el interior con palabras ásperas de desprecio e intolerancia, pronunciadas con acentos nada musicales.

—¡Antes querría, con mucho, que me blasfemaran en los oídos día y noche que oírte a ti de ningún modo! —dijo el ocupante de la cocina en respuesta a unas palabras de Nelly que no se oyeron—. ¡Es una gran desvergüenza que yo no pueda abrir el Santo Libro sin que tú eleves preces a Satanás y a cuantas sucias maldades han nacido en el mundo! ¡Oh! Eres toda una perdida, y ella es otra; y vais a perder a ese pobre mozo entre las dos. ¡Pobre mozo! —añadió con un suspiro—. ¡Está hechizado, estoy seguro de ello! ¡Oh, Señor, júzgalos, pues no hay ley ni justicia entre los que nos gobiernan!

—¡No! —replicó la cantante—, pues de lo contrario debíamos estar ardiendo en la hoguera, me figuro. Pero calla, viejo, y lee tu Biblia como buen cristiano, y no hagas caso de mí. Ésta se llama *Las bodas del hada Annie,* una canción muy bonita; es bailable.

La señora Dean se disponía a empezar de nuevo, cuando yo avancé; y, reconociéndome al instante, se levantó de un salto exclamando:

—¡Vaya, bendito sea Dios, señor Lockwood! ¿Cómo se le ha ocurrido volver de esta manera? En la Granja de los Tordos está todo cerrado. ¡Debería habernos dado aviso!

—He dispuesto las cosas para acomodarme allí mientras me quede —respondí—. Mañana me marcho de nuevo. ¿Y cómo es que se ha trasladado usted aquí, señora Dean? Dígamelo.

—Zillah se marchó y el señor Heathcliff me mandó venir poco después de que se fuera usted a Londres y que me quedara hasta su regreso. Pero ¡haga el favor de pasar! ¿Ha venido usted a pie desde Gimmerton esta noche?

—Desde la Granja —respondí—; y quería terminar de arreglar mis asuntos con su amo mientras me preparan acomodo allí, pues no creo que vuelva a tener ocasión de ello de aquí a poco.

—¿Qué asuntos, señor? —preguntó Nelly, haciéndome pasar a la casa—. De momento, ha salido, y no volverá pronto.

—El alquiler —respondí yo.

—¡Ah! Entonces deberá arreglar usted las cuentas con la señora Heathcliff —observó—; o, más bien, conmigo. Ella no ha aprendido todavía a llevar sus asuntos, y yo la represento. No tiene a nadie más.

Puse cara de sorpresa.

—¡Ah! ¡Veo que usted no se ha enterado de la muerte de Heathcliff! —prosiguió ella.

—¿Que Heathcliff ha muerto? —exclamé, atónito—. ¿Cuánto tiempo hace de ello?

—Hace tres meses. Pero siéntese usted y deje que le guarde el sombrero, y se lo contaré todo. Espere, no ha comido usted nada, ¿verdad?

—No quiero nada. He encargado que me preparen de cenar en mi casa. Siéntese usted también. ¡Jamás soñé que muriera! Dígame cómo pasó. ¿Dice usted que no espera que los jóvenes vuelvan hasta dentro de un rato?

—No; tengo que reñirles todas las noches por pasearse tan tarde; pero ellos no me hacen caso. Al menos, tome usted una jarra de nuestra cerveza añeja. Le sentará bien, parece usted cansado.

Se apresuró a traerla antes de que yo tuviera tiempo de rechazarla, y oí que Joseph decía:

—¿Acaso no es un escándalo que tenga galanes a sus años? ¡Y sacarles jarras de la bodega del amo! ¡Me avergüenza quedarme aquí mirándolo!

Ella no se quedó a replicar, pero volvió al cabo de un minuto trayendo una jarra de plata de una pinta, llena a rebosar, cuyo contenido alabé yo con la sinceridad que merecía. Y después me hizo saber el final de la historia de Heathcliff. Éste tuvo un final «raro», como dijo ella.

—A los quince días de haberse marchado usted, me llamaron a Cumbres Borrascosas —contó—; y yo obedecí alegremente, por Catherine. La primera conversación que tuve con ella me afligió y me impresionó. ¡Cómo había cambiado desde nuestra separación! El señor Heathcliff no explicó los motivos por los que había cambiado de opinión acerca de que yo estuviera allí; sólo me dijo que me quería allí y que estaba cansado de ver a Catherine. Debía convertir el saloncito en mi cuarto de estar, y tenerla allí conmigo. Para él ya era suficiente tener que verla una o dos veces al día. A ella pareció agradarle esta disposición; y yo fui introduciendo de contrabando, de manera paulatina, un gran número de libros y otros artículos que habían servido para entretenerla en la Granja. Albergaba la esperanza de que saldríamos adelante en circunstancias razonablemente cómodas. Esta ilusión no duró mucho tiempo. Catherine, que estaba satisfecha al principio, se volvió irritable e inquieta al poco tiempo. Para empezar, le tenían prohibido salir del jardín, y a ella la enfadaba mucho verse confinada en sus límites estrechos, al ir entrando la primavera. En segundo lugar, yo estaba obligada a abandonarla con frecuencia para ocuparme de la casa, y ella se quejaba de su soledad. Prefería reñir con Joseph en la cocina a sentarse en paz sola. A mí no me importaban las escaramuzas de los dos;

pero también Hareton se veía obligado a refugiarse en la cocina cuando el amo quería quedarse solo en la casa; y, aunque, al principio, ella salía o se sumaba en silencio a mis ocupaciones cuando llegaba él, evitando hacer observaciones o dirigirse a él (y aunque él estaba tan adusto y silencioso como podía), al cabo de un tiempo ella cambió su conducta y se volvió incapaz de dejarlo tranquilo. Le hablaba; comentaba su estupidez y pereza; manifestaba su asombro porque él fuera capaz de soportar aquella vida que hacía; porque fuera capaz de pasarse toda una velada sentado, mirando al fuego y dormitando.

—¿No es verdad que es ni más ni menos que un perro o un caballo de tiro, Ellen? —observó ella en cierta ocasión—. ¡Trabaja, come y duerme, invariablemente! ¡Qué mente tan vacía y tan desolada debe de tener! ¿Sueñas alguna vez, Hareton? Y, si es así, ¿en qué sueñas? Pero ¡no puedes hablarme!

Y ella lo miró entonces; pero él no quiso abrir la boca ni mirarla a su vez.

—Puede que esté soñando ahora mismo —prosiguió ella—. Se le ha contraído el hombro, tal como le pasa a Juno. Pregúntaselo, Ellen.

—¡El señor Hareton le pedirá al amo que la mande a usted al piso de arriba si no se comporta usted! —dije yo. A Hareton no sólo se le había contraído el hombro, sino que había cerrado el puño como si estuviera tentado de usarlo.

En otra ocasión, ella exclamó:

—Ya sé por qué no habla nunca Hareton cuando yo estoy en la cocina. Tiene miedo de que me ría de él. ¿Qué te parece, Ellen? Una vez empezó a aprender a leer él solo; y quemó los libros y lo dejó, porque yo me reí. ¿No es verdad que fue tonto?

—¿No es verdad que fue usted mala? —repliqué—. Respóndame a eso.

—Puede que lo fuera —convino—; pero no me esperaba que él fuera tan bobo. Si te diera ahora un libro, Hareton, ¿lo tomarías? ¡Haré la prueba!

Le puso en la mano uno que había estado hojeando ella; él lo tiró y murmuró que le partiría el cuello si no lo dejaba en paz.

—Bueno; lo dejaré aquí, en el cajón de la mesa —dijo—; y me voy a acostar.

Acto seguido, me encargó en voz baja que observara si lo tocaba, y se marchó. Pero él no se acercó a él siquiera. Así se lo hice saber a ella a la mañana siguiente, con gran desilusión por su parte. Advertí que ella lamentaba que él perseverase en su hosquedad y en su indolencia; le remordía la conciencia haberle hecho rehuir la labor de ilustrarse, pues esto había conseguido ella en la práctica.

Pero ella aplicó su ingenio para remediar aquel daño; mientras yo planchaba o hacía alguna otra labor estática que no podía realizar fácilmente en el salón, ella traía algún volumen agradable y me lo leía en voz alta. Cuando estaba presente Hareton, Catherine solía interrumpir la lectura en algún pasaje interesante y dejaba el libro por allí. Hizo esto varias veces; pero él era terco como una mula y, en vez de morder el anzuelo que ella le tendía, tomó la costumbre de fumar con Joseph cuando hacía tiempo lluvioso, y los dos se quedaban sentados como autómatas, uno a cada lado de la lumbre; el más anciano, felizmente, demasiado sordo para comprender los disparates malvados de ella, como los habría llamado él; el más joven, haciendo todo lo que podía por aparentar que no les prestaba atención. Las tardes de buen tiempo, el segundo seguía saliendo de caza, y Catherine bostezaba y suspiraba, y me incitaba a que le hablara, y huía corriendo al patio o al jardín en cuanto empezaba a hablar yo; y, como último recurso, lloraba y decía que estaba cansada de vivir, que su vida era inútil.

El señor Heathcliff, que iba teniendo cada vez menos inclinación a la vida social, casi había desterrado a Earnshaw de su aposento. A principios de marzo, éste se convirtió en inquilino constante de la cocina durante varios días, a causa de un percance que tuvo. Una vez en que hubo salido solo a las colinas le reventó la escopeta; una astilla le hirió el brazo y perdió mucha sangre hasta que pudo llegar a casa. La consecuencia fue que se vio condenado a la tranquilidad y a quedarse junto a la lumbre hasta que se recuperó. A Catherine le convenía tenerlo allí, o, por lo menos, aquello le hizo odiar su cuarto de arriba más que nunca, y me obligaba a buscarme tareas abajo para acompañarme en ellas.

El lunes de Pascua, Joseph fue a llevar ganado a la feria de Gimmerton, y por la tarde yo me ocupaba en tender ropa blanca en la cocina. Earnshaw estaba sentado en el rincón de la chimenea, taciturno como siempre, y mi joven señora mataba el rato dibujando en los cristales de la ventana, alternando su entretenimiento con trozos de canciones ahogados y exclamaciones entre susurros, y echando rápidas ojeadas de fastidio e impaciencia a su primo, que fumaba imperturbable, mirando la lumbre. Cuando le advertí que ya no podía soportar que me siguiera quitando la luz, ella se colocó junto a la chimenea. No presté gran atención a lo que hacía; pero oí al poco rato que empezaba a decir:

—Hareton, he descubierto que quiero..., que me alegro..., que ahora me gustaría que fueras mi primo, si no estuvieras tan enfadado conmigo y tan grosero.

Hareton no respondió.

—Hareton, Hareton, ¡Hareton! ¿Me oyes? —insistió ella.

—¡Apártate de mí! —gruñó él, con brusquedad inflexible.

—Déjame que te quite esa pipa —dijo ella, adelantando la mano con cautela y quitándosela de la boca.

La pipa ya estaba rota y en la lumbre antes de que él pudiera intentar recuperarla. Soltó un juramento y tomó otra pipa.

—¡Basta! —exclamó ella—. Antes debes escucharme, y no puedo hablarte mientras me flotan en la cara esas nubes.

—¡Haz el favor de irte al diablo y dejarme en paz! —exclamó él con ferocidad.

—¡No! —insistió ella—. No te dejaré en paz. No sé qué hacer para que me hables, y tú te has empeñado en no entenderlo. Cuando te llamo estúpido, no lo digo con ninguna intención, no lo digo con intención de despreciarte. Vamos, Hareton, tendrás que prestarme atención; eres mi primo, y tendrás que reconocerme.

—¡No quiero tener nada que ver contigo, ni con tu sucio orgullo, ni con tus mañas malditas y burlonas! —contestó él—. ¡Prefiero irme al infierno en cuerpo y alma, antes que volver a mirarte aunque sea de reojo! ¡Ahueca el ala de aquí ya, ahora mismo!

Catherine frunció el ceño y se retiró al asiento de la ventana, mordiéndose el labio y tarareando una melodía sin pies ni cabeza para disimular sus deseos crecientes de sollozar.

—Debería usted ser amigo de su prima, señor Hareton —intervine—, en vista de que ella se arrepiente de su insolencia. Le haría a usted mucho bien; tenerla por compañera haría de usted un hombre nuevo.

—¿Por compañera? —exclamó él—. ¡Pero si me odia y considera que no le llego ni a la suela de los zapatos! No; ni aunque me hicieran rey volvería a consentir que se burlase de mí por haber querido ganarme su estimación.

—No soy yo quien te odia: ¡eres tú quien me odia a mí! —replicó Cathy con voz llorosa, sin ocultar más tiempo su sufrimiento—. Me odias tanto como el señor Heathcliff, y más.

—Eres una maldita mentirosa —empezó a decir Earnshaw—. Entonces, ¿por qué lo he enfadado un centenar de veces poniéndome de tu parte? Y eso mientras tú te burlabas de mí y me despreciabas, y... ¡Si me sigues molestando, entraré allí y diré que me has echado de la cocina a picotazos!

—No sabía que te habías puesto de mi parte —respondió ella, secándose los ojos—; y era muy desgraciada y estaba resentida con todos; pero ahora que te doy las gracias y te pido que me perdones, ¿qué más puedo hacer?

Ella regresó junto a la lumbre y le tendió la mano con franqueza. Él frunció el ceño, y el gesto se le ensombreció como una nube de tormenta, y siguió con los puños firmemente cerrados y con la mirada clavada en el suelo.

Catherine debió de adivinar por instinto que aquella conducta obstinada se debía a una obcecación terca y no a una antipatía, ya que, después de un instante de indecisión, se inclinó y le estampó en la mejilla un beso delicado. La picaruela se creyó que yo no la había visto, y, retirándose, volvió a su puesto anterior junto a la ventana, muy modosa. Sacudí la cabeza en señal de desaprobación, y entonces se sonrojó y me dijo en voz baja:

—¡Bueno! ¿Qué iba a hacer yo, Ellen? Él no quería darme la mano, ni quería mirarme; tuve que mostrarle de alguna manera que lo aprecio, que quería que fuésemos amigos.

No sé si el beso convenció a Hareton. Procuró con mucho cuidado que no le viésemos la cara durante varios minutos, y cuando la levantó por fin, estaba absolutamente perplejo, sin saber adónde dirigir la vista.

Mientras tanto, Catherine se dedicaba a envolver cuidadosamente con papel blanco un hermoso libro; y después de atarlo con balduque y de ponerle el sobrescrito de «Señor Hareton Earnshaw», me pidió que le hiciera de emisaria y entregara el presente a su destinatario.

—Y dile que si lo recibe, iré a enseñarle a leerlo bien —me dijo—, y si lo rechaza, subiré a mi cuarto y no volveré a molestarlo más.

Lo llevé y repetí el recado mientras mi patrona me observaba con aprensión. Como Hareton no quiso abrir los dedos, yo se lo dejé en las rodillas. Tampoco lo tiró. Volví a mi tarea; Catherine apoyó en la mesa la cabeza y los brazos hasta que oyó el leve rumor del envoltorio al retirarse; entonces se escabulló y se sentó en silencio junto a su primo. Éste temblaba y tenía la cara radiante; había perdido toda la rudeza y toda la brusquedad arisca. Al principio no pudo armarse de valor para decir una sola sílaba como respuesta a la mirada interrogadora de ella y a la petición que le hizo en voz baja.

—¡Di que me perdonas, Hareton, dilo! Puedes hacerme muy feliz con sólo decir esa palabrita.

Él murmuró algo inaudible.

—¿Y serás amigo mío? —le preguntó Catherine a continuación.

—¡No! —respondió—. Te avergonzarías de mí todos los días de tu vida. Y tanto más cuanto más me conocieras; y yo no podría soportarlo.

—Entonces, ¿no quieres ser amigo mío? —preguntó ella, sonriendo melosa y acercándose mucho a él.

No capté más conversación perceptible; pero, cuando volví a mirar hacia allí, vi dos semblantes radiantes que contemplaban las páginas del libro aceptado, y no me cupo duda de que el tratado había sido ratificado por ambas partes ni de que los dos enemigos quedaban desde entonces como firmes aliados.

La obra que estudiaban estaba llena de estampas costosas; y tanto éstas como la postura de ambos tenían tal encanto que ninguno de los dos se movió hasta que llegó a casa Joseph. Éste, el pobre, se quedó absolutamente pasmado por el espectáculo de Catherine sentada en el mismo banco que Hareton Earnshaw y con la mano en su hombro, y disgustado al ver que su favorito soportaba la proximidad de ella. Aquello lo afectó tanto que no fue capaz de hacer ninguna observación sobre la cuestión aquella noche.

Sólo manifestó su emoción con unos suspiros inmensos que soltó mientras abría solemnemente sobre la mesa su gran Biblia y la cubría de billetes de banco sucios que sacó de su cartera, fruto de las transacciones de aquel día. Al cabo, hizo venir a Hareton de su asiento.

—Llévale esto al amo, muchacho, y quédate allí —le dijo—. Yo subiré a mi cuarto. Este agujero no es decente ni conveniente para nosotros. ¡Deberemos escurrir el bulto y buscarnos otro!

—Vamos, Catherine —dije—; también nosotras debemos «escurrir el bulto»; ya he terminado de planchar. ¿Está usted dispuesta para retirarse?

—¡No son ni las ocho! —respondió ella, levantándose de mala gana—. Dejaré este libro sobre la repisa de la chimenea, Hareton, y traeré más mañana.

—Todos los libros que deje los llevaré yo a la casa —dijo Joseph—; y mucho será que los vuelva a encontrar, ¡usted verá lo que hace!

Cathy amenazó a Joseph con vengarse en la biblioteca de éste de los menoscabos que sufriera la suya, y, sonriendo al pasar ante Hareton, subió las escaleras cantando; yo me atrevería a decir que nunca había tenido el corazón tan alegre bajo aquel techo, salvo quizá en sus primeras visitas a Linton.

Aquella intimidad que había comenzado de aquel modo se desarrolló rápidamente, aunque sufrió interrupciones pasajeras. A Earnshaw no le bastaba con querer civilizarse para conseguirla; y mi joven señora no era ningún dechado de filosofía ni de paciencia; pero teniendo en cuenta que las voluntades de ambos apuntaban al mismo sitio (la una amaba y quería estimar; el otro amaba y quería ser estimado), acabaron por arreglárselas para alcanzarlo.

Ya ve usted, señor Lockwood, era bastante fácil ganarse el corazón de la señora Heathcliff. Pero ahora me alegro de que no lo intentara usted. La unión de estos dos será la culminación de todos mis deseos. El día de su boda no envidiaré a nadie. ¡No habrá en toda Inglaterra una mujer más feliz que yo!

Capítulo XXXIII

El día que siguió a aquel lunes, como Earnshaw seguía incapaz de realizar sus tareas habituales y se quedó por ello en casa, no tardé en descubrir que me resultaría imposible permanecer al lado de mi protegida como hasta entonces. Bajó antes que yo y salió al jardín, donde había visto a su primo, que se ocupaba de tareas ligeras; y cuando salí a decirles que vinieran a desayunar, vi que lo había convencido para que despejara de groselleros un espacio amplio de tierra, y que los dos trazaban planes juntos para traer plantas de la Granja.

Me aterroricé al ver la devastación que habían conseguido en media hora corta; ¡Joseph cuidaba aquellos groselleros como la niña de sus ojos, y a ella se le había ocurrido poner un arriate de flores precisamente entre ellos!

—¡Ya está! Joseph se lo enseñará al amo en cuanto lo descubra —exclamé—; ¿y qué excusa tendrán ustedes para haberse tomado tales libertades en el jardín? ¡Buena tormenta tendremos a costa de esto; ya lo verán! ¡Señor Hareton, me extraña que usted no haya tenido más juicio, en lugar de hacer este estropicio porque ella se lo haya pedido!

—Había olvidado que eran de Joseph —respondió Earnshaw, bastante desconcertado—; pero le diré que he sido yo.

Siempre comíamos con el señor Heathcliff. Yo desempeñaba el puesto de señora de la casa, haciendo el té y trinchando; por ello, mi presencia era indispensable en la mesa. Catherine solía sentarse a mi lado; pero aquel día se situó más cerca de Hareton; y advertí al instante que no tendría mayor discreción en su amistad que la que había tenido en su hostilidad.

—Ahora bien, procure no hablar demasiado con su primo ni fijarse mucho en él —le recomendé en voz baja mientras entrábamos en la habitación—. Eso molestaría al señor Heathcliff, desde luego, y se pondría furioso contra los dos.

—No lo haré —respondió ella.

Al cabo de un minuto se había acercado furtivamente a él y le echaba prímulas en el plato de gachas.

Él no se atrevió a hablar con ella allí; apenas se atrevía a mirarla; si bien ella siguió provocándolo, hasta que en dos ocasiones él estuvo a punto de echarse a reír, y yo fruncí el ceño; y entonces ella miró hacia el amo, que tenía la cabeza ocupada en cosas ajenas a su compañía, como daba a entender su semblante; y Catherine se puso seria un instante, escrutándolo con seriedad profunda. Después se volvió y se puso de nuevo a hacer tonterías, hasta que, por fin, Hareton soltó una carcajada ahogada. El señor Heathcliff dio un respingo y echó una rápida ojeada a nuestras caras. Catherine la recibió con su aspecto acostumbrado, nervioso y de desafío al mismo tiempo, que Heathcliff aborrecía.

—Menos mal que no te tengo a mi alcance —exclamó—. ¿Qué diablo te posee para que me estés mirando constantemente con esos ojos infernales? ¡Bájalos! Y no vuelvas a recordarme tu existencia. ¡Creía haberte curado del vicio de reír!

—He sido yo —murmuró Hareton.

—¿Qué dices? —preguntó el amo.

Hareton bajó la vista al plato y no repitió su confesión. El señor Heathcliff se quedó un rato mirándolo y reemprendió en silencio su desayuno y las meditaciones que había interrumpido. Casi habíamos terminado, y los dos jóvenes se habían distanciado prudentemente, de modo que yo esperaba que la sesión terminara sin más alteraciones; y entonces apareció en la puerta

Joseph, cuyos labios temblorosos y cuyos ojos de furia desvelaban que había descubierto el ultraje que se había cometido contra sus preciados arbustos. Debía de haber visto a Cathy y a su primo por allí antes de examinarlos, pues, mientras se le movía la mandíbula como la de una vaca que rumia, lo que hacía difícil comprender sus palabras, empezó a decir:

—¡Que me den mi soldada, que me marcho! ¡Yo que quería morirme en la casa donde he servido sesenta años y que había pensado subir mis libros a la buhardilla, y todas mis cosillas, para que tuvieran la cocina a sus anchas, y todo por mor del sosiego! ¡Duro se me hacía dejar mi propia lumbre, pero creía que podría hacerlo! Pero, ahora, ella me ha quitado mi huerto; ¡y le digo de corazón, amo, que no lo soporto! Sométase usted al yugo si quiere; yo no estoy hecho a él, y un viejo no se acostumbra fácilmente a cargas nuevas. ¡Antes preferiría ganarme el sustento y la cena picando piedra como peón caminero!

—¡Bueno, bueno, so idiota! ¡Abrevia! —lo interrumpió Heathcliff—. ¿De qué te estás quejando? No pienso intervenir en ninguna disputa entre Nelly y tú. Por mí, puede tirarte a la carbonera.

—¡No es Nelly! —respondió Joseph—. Yo no me iría a causa de Nelly; ¡con todo lo mala e inútil que es, ésa no es capaz de robarle a nadie el alma, gracias a Dios! Nunca ha sido tan hermosa como para encandilar al que la mirara. Es esa moza malvada, desgraciada, la que ha embrujado a nuestro muchacho, con sus ojos desvergonzados y sus modales descarados; hasta que... ¡No! ¡Se me parte el corazón! Se le ha olvidado todo lo que he hecho por él y todo lo que lo he cuidado, ¡y ha ido y ha arrancado toda una hilera de los groselleros mejores del huerto!

Y dio rienda suelta a sus lamentaciones, hundido de pesar por los terribles agravios que había sufrido, y por la ingratitud y el carácter peligroso de Earnshaw.

—¿Está borracho este hombre? —preguntó el señor Heathcliff—. ¿Se está quejando de ti, Hareton?

—He arrancado dos o tres arbustos —contestó el joven—; pero voy a plantarlos otra vez.

—¿Y por qué los has arrancado? —dijo el amo.

Catherine tuvo la prudencia de intervenir.

—Queríamos plantar allí unas flores —exclamó—. Yo soy la única culpable, pues fui yo quien le pedí que lo hiciera.

—¿Y quién demonios te ha dado permiso para que toques un solo palo de esta casa? —le preguntó su suegro, muy sorprendido—. ¿Y quién te manda obedecerla? —añadió, dirigiéndose a Hareton.

Este último quedó sin habla. Su prima respondió:

—¡No debería usted negarme unas cuantas varas de tierra para que yo las adorne, después de haberme despojado de todas mis tierras!

—¿De tus tierras, mujerzuela insolente? ¡Jamás las has tenido! —dijo Heathcliff.

—Y de mi dinero —prosiguió ella, devolviéndole la mirada furibunda a la vez que mordía un trozo de corteza de pan, lo que le quedaba del desayuno.

—¡Silencio! —exclamó él—. ¡Termina y lárgate!

—Y las tierras de Hareton y su dinero —insistió la muy temeraria—. ¡Hareton y yo ya somos amigos, y le contaré todo lo que ha hecho usted!

El amo pareció desconcertado durante un instante; se puso pálido y se levantó, sin dejar de mirarla con una expresión de odio mortal.

—¡Si me pega usted, Hareton le pegará! —dijo ella—. Más le vale sentarse.

—Si Hareton no te expulsa de la habitación, lo mandaré al infierno de un golpe —tronó Heathcliff—. ¡Bruja condenada! ¿Osas intentar soliviantarlo contra mí? ¡Sácala de aquí! ¿Me has oído? ¡Arrójala a la cocina! ¡Ellen Dean, si consientes que le vuelva a poner la vista encima, la mato!

Hareton intentó convencerla en voz baja de que se marchara.

—¡Llévatela de aquí a rastras! —gritó Heathcliff salvajemente—. ¿Es que te quedas a charlar?

Y se acercó con intención de ejecutar su propia orden.

—¡Ya no le obedecerá más, malvado —grito Catherine—, y pronto lo detestará tanto como lo detesto yo!

—¡Calla! ¡Calla! —murmuró el joven en son de reproche—. No estoy dispuesto a oír que le hables así. Basta.

—¿Pero no le consentirás que me pegue? —exclamó ella.

—¡Ven, pues! —susurró él con ansia.

Era demasiado tarde; Heathcliff la sujetó.

—¡Ahora, vete tú! —dijo a Earnshaw—. ¡Bruja maldita! Esta vez me ha provocado cuando no podía soportarlo; ¡y haré que se arrepienta para siempre!

Tenía la mano puesta en el pelo de ella; Hareton intentó soltarle los rizos, suplicándole que no le hiciera daño por aquella vez. Los ojos negros de Heathcliff echaban chispas; parecía dispuesto a hacer pedazos a Catherine; y yo acababa de hacer acopio del valor suficiente para arriesgarme a acudir a rescatarla cuando, de pronto, él aflojó los dedos, le soltó la cabeza, la asió del brazo y la miró atentamente a la cara. Después, se pasó la mano sobre los ojos, se quedó inmóvil un momento, al parecer para dominarse, y volviéndose de nuevo hacia Catherine le dijo con calma aparente:

—Debes aprender a no enfurecerme. ¡De lo contrario, te mataré de verdad en otra ocasión! Ve con la señora Dean, y quédate con ella, y limita tus insolencias a sus oídos. En cuanto a Hareton Earnshaw, si veo que te escucha, lo enviaré a que se gane el pan donde pueda. Tu amor lo convertirá en paria y en mendigo. ¡Llévatela, Nelly, y dejadme en paz todos! ¡Dejadme!

Saqué de allí a mi joven señora. Ésta se alegraba tanto de huir que no se me resistió; el otro nos siguió, y el señor Heathcliff se quedó solo en la habitación hasta el almuerzo. Yo había aconsejado a Catherine que almorzara arriba; pero en cuanto él vio su asiento vacío, me mandó que fuera a llamarla. El señor Heathcliff no nos dirigió la palabra a ninguno, habló muy poco y salió inmediatamente después, indicando que no volvería hasta la caída de la tarde.

Los dos nuevos amigos se establecieron durante su ausencia en la sala, donde oí que Hareton hizo callar con severidad a su prima cuando ésta se brindó a desvelarle la conducta que había tenido su suegro con el padre de él. Dijo que no consentía que nadie hablara una palabra en menoscabo de él; aunque Heathcliff fuera el demonio, aquello no significaba nada; él se pondría de su parte, y prefería que ella lo insultara a él, como hacía antes, a que empezara a atacar al señor Heathcliff. Esto estaba enfadando a Catherine, pero él encontró el modo de hacer que contuviera la lengua preguntándole si le gustaría a ella que él hablara mal de su padre. Y entonces ella comprendió que Earnshaw tomaba la reputación del amo como cosa personal; y que estaba apegado a él por vínculos más fuertes de los que podía romper la razón; unas cadenas forjadas por la costumbre, que sería una crueldad intentar aflojar. A partir de entonces, ella dio muestras de tener buen corazón, al evitar tanto las quejas como las expresiones de antipatía hacia Heathcliff; y me confesó cuánto lamentaba haber intentado suscitar desavenencias entre Hareton y él; de hecho, creo que desde entonces ella no ha pronunciado una sola sílaba en contra de su opresor que pudiera oír Hareton.

Cuando se hubo resuelto esta leve desavenencia, volvieron a ser íntimos, y se pusieron a trabajar todo lo que podían en sus funciones respectivas de alumno y maestra. Yo iba a sentarme con ellos después de haber hecho mis labores, y me sentía tan aliviada y consolada de verlos que no notaba el paso del tiempo. Los dos parecían en cierta medida hijos míos, ¿sabe usted? Yo había estado orgullosa de una desde hacía mucho y ahora estaba segura de que el otro me daría las mismas satisfacciones. Su carácter honrado, cálido e inteligente disipaba rápidamente las nubes de ignorancia y de degradación en que lo habían criado; y las felicitaciones sinceras de Catherine servían de acicate a su aplicación. Al iluminársele la mente se le iluminaban las facciones, dando espíritu y nobleza a su aspecto; yo apenas podía imaginarme que aquél era el mismo individuo que había contemplado el día que descubrí a mi señorita en Cumbres Borrascosas, después de la expedición de ésta a las peñas.

Mientras yo los admiraba y ellos trabajaban, cayó la noche y regresó con ella el amo. Apareció entre nosotros de manera muy inesperada; entró por la parte delantera y nos vio claramente a los tres antes de que tuviésemos tiempo de levantar la cabeza para mirarlo. La luz roja de la lumbre brillaba sobre las dos lindas cabezas y revelaba sus rostros, animados por el interés ansioso de los niños; pues, aunque él tenía veintitrés años y ella dieciocho, ambos tenían tantas novedades que sentir y aprender que ninguno de los dos experimentaba ni daba muestras de los sentimientos propios de la madurez sobria y desencantada.

Levantaron los ojos juntos para encontrarse con el señor Heathcliff; quizás usted no haya observado nunca que los ojos de ambos son exactamente iguales, y son los de Catherine Earnshaw. La Catherine actual no tiene ninguna otra semejanza con ella, si no es la extensión de la frente y un cierto arco de las aletas de la nariz que la hace aparecer más bien altanera, lo quiera ella o no. La semejanza llega más lejos en Hareton; siempre ha sido singular, pero entonces era especialmente notable, ya que tenía los sentidos despabilados y las facultades mentales despiertas ante una actividad desacostumbrada. Supongo que esta semejanza desarmó al señor Heathcliff. Éste se llegó a la lumbre con una agitación evidente, que se pasó enseguida cuando miró al joven, o más bien diría yo que su agitación cambió de carácter, pues la seguía teniendo. Tomó el libro de la mano de Earnshaw, echó una ojeada a la página abierta y lo devolvió después sin hacer ningún comentario. Sólo indicó con un gesto a Catherine que se marchara. Su compañero no quedó atrás mucho tiempo, y yo también me disponía a marcharme, pero él me mandó que siguiera sentada.

—Es una conclusión deficiente, ¿no es así? —observó, después de haber meditado un rato sobre la escena que acababa de presenciar—. ¿Acaso no es un remate absurdo de mis esfuerzos violentos? Allego piquetas y mandarrias para derribar las dos casas, y me adiestro para ser capaz de trabajar como un Hércules, ¡y cuando todo está dispuesto y en mi poder, descubro que se ha esfumado mi deseo de quitar una sola teja de sus tejados! Mis viejos enemigos no me han vencido; ésta sería la ocasión precisa para vengarme en sus representantes; podría hacerlo sin que nadie me lo estorbara. Pero ¿de qué serviría? No me interesa dar el golpe; ¡no soy capaz de tomarme la molestia de levantar la mano! Dicho así, parece como si yo hubiera estado trabajando todo este tiempo con el único fin de dar muestras de un bonito rasgo de magnanimidad. No es así, ni mucho menos; es que he perdido la capacidad de disfrutar de su destrucción, y estoy demasiado perezoso para destruir por nada.

»Nelly, se avecina un cambio extraño. Estoy ahora mismo en su sombra. Me intereso tan poco por mi vida diaria que apenas me acuerdo de comer y beber. Esos dos que acaban de salir de la habitación son los únicos objetos que mantienen una apariencia material bien determinada ante mis ojos; y esa apariencia me provoca un dolor que llega al tormento. De ella no voy a hablar ni quiero pensar; pero deseo fervientemente que fuera invisible;

su presencia no me evoca más que sensaciones enloquecedoras. Él me conmueve de un modo diferente; ¡a pesar de lo cual, quisiera no volver a verlo, si pudiera hacerlo sin parecer loco! Puede que tú considerases que tiendo más bien a volverme tal —añadió, haciendo un esfuerzo por sonreír—, si intentase describirte las mil formas de recuerdos y de ideas del pasado que él me despierta o que representa... Pero tú no dirás lo que te cuente; y mi mente está encerrada en sí misma de una manera tan constante que tengo la tentación de abrirla por fin ante otra persona.

»Hace cinco minutos, Hareton no me parecía un ser humano, sino la personificación de mi juventud. Yo albergaba tal variedad de sentimientos hacia él que me habría resultado imposible hablarle a él de manera racional.

»En primer lugar, su semejanza sorprendente con Catherine lo relacionaba con ella de un modo espantoso. Pero éste, que tú podrías suponer el factor más potente para apoderarse de mi imaginación, es en realidad el menor de todos; pues ¿qué hay que yo no asocie con ella? ¿Y qué hay que no me la recuerde? ¡No puedo mirar este suelo sin ver sus rasgos en las losas! ¡En todas las nubes, en todos los árboles..., llenando el aire de noche y atisbada en todos los objetos de día, me rodea su imagen! Los rostros más corrientes de los hombres y mujeres..., mis propios rasgos se burlan de mí con su semejanza. ¡El mundo entero es una colección terrible de recuerdos de que ella existió y yo la he perdido!

»Pues bien, el aspecto de Hareton era el fantasma de mi amor inmortal, de mis intentos desesperados por defender mis derechos, mi degradación, mi orgullo, mi felicidad y mi angustia...

»Pero referirte a ti estos pensamientos es una locura; sólo servirá para que sepas por qué, aunque no me gusta estar siempre solo, su compañía no me beneficia; más bien agrava el tormento constante que padezco, y contribuye en parte a dejarme indiferente ante las relaciones entre su prima y él. Ya no soy capaz de prestarles atención.

—Pero, señor Heathcliff, ¿de qué cambio habla usted? —le pregunté, alarmada por sus palabras, aunque no corría peligro de perder el juicio ni de morir; a mí me parecía muy fuerte y sano; y, en cuanto a su razón, ya desde la infancia se había complacido en pensar cosas siniestras y albergar fantasías extrañas. Puede que tuviera una monomanía acerca de su ídolo desaparecido; pero en todo lo demás tenía la cabeza tan bien como yo.

—No sé qué será hasta que llegue —dijo—. Ahora mismo sólo soy consciente de él a medias.

—No se siente enfermo, ¿verdad? —le pregunté.

—No, Nelly —respondió.

—Entonces, ¿no teme usted la muerte? —insistí.

—¿Temerla? ¡No! —repuso—. No tengo miedo, ni presentimientos, ni esperanzas de morir. ¿Por qué iba a tenerlos? Con mi constitución recia, mi modo de vivir morigerado y mis ocupaciones poco peligrosas, debería quedarme, y probablemente me quedaré, en efecto, sobre la tierra hasta que apenas me quede un cabello negro en la cabeza. ¡A pesar de lo cual, no puedo seguir de esta manera! Tengo que recordarme a mí mismo que debo respirar; ¡casi tengo que recordar a mi corazón que siga latiendo! Y es como contraer un fuerte resorte; si hago el menor acto que no está inspirado en un único pensamiento, es a la fuerza; y si observo cualquier cosa, viva o muerta, que no esté asociada con una única idea universal, es a la fuerza. Tengo un único deseo, y todo mi ser y mis potencias ansían alcanzarlo. Lo han ansiado tanto tiempo, y de un modo tan incansable, que estoy convencido de que se alcanzará... y pronto... porque ha devorado mi existencia; me devora la impaciencia de verlo cumplirse. Mis confesiones no me han aliviado, pero pueden explicar algunas fases del humor que manifiesto, inexplicables de otro modo. ¡Ay, Dios! La lucha es larga. ¡Ojalá hubiera concluido ya!

Empezó a pasearse por la habitación murmurando cosas terribles para sí, hasta que me sentí inclinada a creer, como decía él que creía Joseph, que la conciencia le había convertido el corazón en un infierno en la tierra. Sentí gran incertidumbre acerca de cómo acabaría. Aunque él no había desvelado más que rara vez aquel estado de ánimo, ni siquiera con miradas, a mí no me cabía duda de que era su talante habitual; así lo afirmó él, pero nadie lo habría deducido de su porte acostumbrado. Usted no lo dedujo cuando lo vio, señor Lockwood; y en la época de la que hablo, él estaba igual que entonces, sólo que más aficionado a la soledad continua, y quizá más lacónico todavía cuando estaba acompañado.

Capítulo XXXIV

Desde aquella noche, el señor Heathcliff evitó verse con nosotros en las comidas durante varios días. Sin embargo, no quiso excluir formalmente ni a Hareton ni a Cathy. Le producía aversión ceder de una manera tan absoluta a sus sentimientos, y optaba más bien por ausentarse él; y parecía que comer una sola vez cada veinticuatro horas le aportaba sustento suficiente.

Una noche, cuando la familia estaba ya acostada, lo oí bajar las escaleras y salir por la puerta principal. No lo oí volver a entrar, y a la mañana siguiente descubrí que seguía ausente. Estábamos en abril. Hacía un tiempo apacible y templado; la hierba estaba tan verde como podían ponerla el sol y las lluvias, y los dos manzanos enanos que están cerca de la fachada que da al sur estaban en flor. Después del desayuno, Catherine se empeñó en que yo llevara una silla y me sentara con mis labores bajo los abetos que están al extremo de la casa; y engatusó a Hareton, que ya se había recuperado perfectamente de su percance, para que cavara y dispusiera su jardincillo, que se había trasladado a aquel rincón a causa de las quejas de Joseph. Yo estaba gozando cómodamente de la fragancia primaveral que me rodeaba y del azul suave y hermoso del cielo, cuando mi joven señora, que había corrido hasta cerca del portón a reunir unas raíces de prímulas para el arriate, volvió con sólo la mitad de su carga y nos hizo saber que entraba el señor Heathcliff.

—Y me ha hablado —añadió ella con perplejidad en el semblante.

—¿Qué ha dicho? —preguntó Hareton.

—Me dijo que me marchara tan aprisa como pudiera —contestó ella—. Pero tenía un aspecto tan distinto del habitual que me quedé mirándolo un momento.

—¿En qué modo? —preguntó Hareton.

—Pues estaba casi animado y alegre. No, nada de «casi»: ¡estaba muy emocionado, animoso y contento! —respondió ella.

—Eso es que pasearse por la noche lo divierte —observé, fingiendo despreocupación, pero en realidad tan sorprendida como ella, y deseosa de asegurarme de la verdad de su afirmación, pues ver al amo contento no era espectáculo de todos los días; tracé una excusa para entrar. Heathcliff se hallaba de pie ante la puerta abierta. Estaba pálido y temblaba; no obstante, era cierto que tenía en los ojos un extraño brillo de gozo que alteraba todo el aspecto de su cara.

—¿Quiere desayunar usted? —le pregunté—. ¡Debe de tener hambre después de andar toda la noche paseándose!

Yo quería descubrir dónde había estado, pero no se lo pregunté directamente.

—No, no tengo hambre —contestó él, apartando la cabeza y hablándome con cierto desdén, como si se hubiera figurado que yo intentaba adivinar la causa de su buen humor.

Me sentí perpleja. No supe si sería el momento oportuno de ofrecerle algunos consejos.

—No me parece bueno rondar al aire libre en lugar de estar en la cama —observé—. En todo caso, no es prudente en esta estación húmeda. Yo diría que va a sufrir usted un fuerte resfriado o unas calenturas. ¡Ahora mismo ya le pasa algo!

—Nada que no pueda soportar —respondió—, y con mucho gusto, con tal de que me dejen en paz. Entra, y no me fastidies.

Obedecí; y observé al pasar que respiraba tan aprisa como un gato.

«Sí, tendremos una enfermedad —reflexioné para mis adentros—. ¡No sé qué habrá estado haciendo!»

Al mediodía se sentó a almorzar con nosotros, y recibió de mis manos un plato bien lleno, como si se propusiera compensar sus ayunos anteriores.

—No tengo ni resfriado ni calentura, Nelly —observó, aludiendo a mis palabras de aquella mañana—; y estoy dispuesto a hacer los honores a la comida que me das.

Tomó su cuchillo y su tenedor, y se disponía a empezar a comer, cuando pareció que se le extinguía de pronto el deseo. Los dejó de nuevo en la mesa, miró hacia la ventana con pasión y acto seguido se levantó y salió. Lo vimos pasearse por el jardín mientras terminábamos nuestra comida, y Earnshaw dijo que iría a preguntarle por qué no quería almorzar. Creyó que lo habíamos ofendido de alguna manera.

—Y bien, ¿viene? —dijo Catherine cuando regresó su primo.

—No —respondió éste—; pero no está enfadado; parecía raro, y muy contento; sólo que lo impacienté hablándole dos veces, y me mandó que volviera contigo; dijo que no entendía cómo podía desear yo la compañía de otra persona.

Dejé su plato en la repisa de la chimenea para que no se enfriara; y él volvió a entrar al cabo de una hora o dos, cuando ya estaba desocupada la habitación, en absoluto más calmado: con la misma apariencia anormal (era anormal) de regocijo bajo las cejas negras; con la misma tez pálida, y con una especie de sonrisa que le dejaba visibles de cuando en cuando los dientes; el cuerpo le temblaba, no como tiembla uno de frío o debilidad, sino como vibra una cuerda tensa, con una agitación fuerte, más que con un temblor.

«Le preguntaré qué le pasa; ¿quién se lo va a preguntar si no?», pensé. Y exclamé:

—¿Ha recibido usted alguna buena noticia, señor Heathcliff? Parece usted animado de modo extraordinario.

—¿De dónde me van a venir a mí las buenas noticias? —dijo—. Lo que me anima es el hambre; y, al parecer, no debo comer.

—Tiene usted aquí el almuerzo —repuse—. ¿Por qué no lo toma?

—Ahora no lo quiero —se apresuró a murmurar—; esperaré hasta la cena. Y, Nelly, te suplico de una vez por todas que adviertas a Hareton y a la otra que no se acerquen a mí. No quiero que me moleste nadie. Quiero quedarme solo en este sitio.

—¿Tiene alguna causa este destierro? —le pregunté—. Señor Heathcliff, dígame por qué está usted tan raro. ¿Dónde estuvo usted anoche? No se lo pregunto por curiosidad ociosa, sino...

—Me lo preguntas por curiosidad muy ociosa —me interrumpió él, riéndose—. Pero te contestaré. Anoche estuve en los umbrales del infierno. Hoy estoy a la vista de mi cielo. Tengo puestos en él los ojos; ¡sólo me separa de él una vara! Y ahora más vale que te vayas. Si te abstienes de espiar, no verás ni oirás nada que te asuste.

Después de haber barrido la chimenea y limpiado la mesa, me marché más perpleja que nunca.

Aquella tarde no volvió a salir de la casa, y nadie interrumpió su soledad hasta que, a las ocho de la noche, me pareció oportuno llevarle una vela y su cena, a pesar de que no me había llamado.

Estaba apoyado en el antepecho de una ventana abierta, pero sin asomarse. Tenía la cara vuelta hacia la oscuridad del interior. El fuego se había reducido a cenizas. La habitación estaba llena del aire húmedo, benigno, de aquella tarde nublada, y tan silencioso que no sólo se oía el murmullo del arroyo de Gimmerton, sino también sus borboteos sobre los guijarros o alrededor de las piedras grandes que no podía superar. Solté una exclamación de descontento al ver el estado lastimoso de la lumbre, y empecé a cerrar las ventanas, una tras otra, hasta que llegué a la suya.

—¿Debo cerrar ésta? —le pregunté para atraer su atención, pues no se movía.

Mientras yo hablaba, le dio la luz en la cara. ¡Ay, señor Lockwood, no puedo expresarle el susto tan terrible que me dio esa imagen de un momento! ¡Esos ojos negros, profundos! ¡Esa sonrisa y esa palidez espectral! A mí no me pareció el señor Heathcliff, sino un duende; y, aterrorizada, incliné la vela hacia la pared y me quedé a oscuras.

—Sí, ciérrala —respondió él con su voz familiar—. ¡Mira qué torpeza más absoluta! ¿Por qué has puesto la vela en horizontal? Trae otra, aprisa.

Salí corriendo, en un necio estado de temor, y dije a Joseph:

—El amo quiere que le lleves una luz y reavives la lumbre —pues yo no me atrevía a volver a entrar en esos momentos. Joseph echó unas brasas en la pala y se marchó; pero volvió inmediatamente con ella y con la bandeja de la cena en la otra mano, explicando que el señor Heathcliff se iba a acostar y no quería comer nada hasta la mañana siguiente. Lo oímos subir las escaleras acto seguido. No fue a su cuarto habitual, sino que entró en el de la cama de paneles; la ventana de éste, tal como ya he dicho, es lo bastante grande para que pase por ella cualquiera, y se me ocurrió que pensaba hacer otra excursión nocturna sin que nosotros lo sospechásemos.

«¿Será un *ghoul* o un vampiro?», pensé para mí. Yo había leído acerca de esos demonios horribles de forma humana. Y después me puse a reflexionar, recordando que yo lo había criado de niño, que lo había visto crecer hasta que fue mozo y que lo había seguido casi durante toda su vida, y comprendí lo absurdo que sería dejarse dominar por esas ideas horribles. «Pero ¿de dónde salió ese ser pequeño y oscuro al que crió un hombre bueno para que fuera su perdición?», murmuraba la superstición, mientras yo me iba adormeciendo. Y, medio soñando, empecé a cansarme imaginándole una ascendencia adecuada; y, repitiendo las meditaciones que había tenido despierta, repasé de nuevo su existencia, con variaciones lúgubres; representándome por fin su muerte y su entierro, del cual lo único que recuerdo es que me mortificó enormemente la tarea de dictar un epitafio para su tumba, y que lo consulté con el sepulturero; y que, como no tenía apellido ni sabíamos su edad, tuvimos que contentarnos con poner una sola palabra: «Heathcliff». Eso se cumplió de verdad, así lo hicimos. Si entra usted en el camposanto, sólo leerá en su lápida esa palabra y la fecha de su muerte.

El amanecer me hizo recuperar el sentido común. Me levanté y salí al jardín en cuanto hubo luz, para comprobar si había huellas bajo su ventana. No había ninguna.

«Se ha quedado en casa —pensé—, y hoy se pondrá bueno.»

Preparé el desayuno para toda la casa, como tenía por costumbre, pero dije a Hareton y a Catherine que tomaran el suyo antes de que bajara el amo, pues se iba a quedar acostado hasta tarde. Ellos prefirieron tomarlo al aire libre, bajo los árboles, y yo dispuse una mesita para acomodarlos.

Al entrar, me encontré abajo con el señor Heathcliff. Joseph y él conversaban de asuntos de la granja; el amo daba instrucciones claras y minuciosas sobre la cuestión que se debatía, pero hablaba con rapidez, torcía constantemente la cabeza a un lado y tenía la misma expresión de agitación, más exagerada todavía. Cuando salió Joseph de la habitación, él tomó asiento en el lugar que solía ocupar, y le puse delante un tazón de café. Él se lo acercó, apoyó después los brazos en la mesa y miró a la pared de enfrente, observando, según me pareció a mí, una parte determinada de ésta, arriba y abajo, con ojos inquietos, relucientes, y con un interés tan ansioso que dejó de respirar durante medio minuto seguido.

—Vamos —exclamé, metiéndole en la mano algo de pan—. Cómase y bébase esto antes de que se enfríe. Lleva casi una hora esperándolo.

No se fijó en mí, aunque sonrió. Yo habría preferido verlo rechinando los dientes que sonriendo de esa manera.

—¡Señor Heathcliff! ¡Amo! —grité—. En nombre de Dios, no se quede mirando así, como si estuviera viendo una visión de ultratumba.

—En nombre de Dios, no grites tan fuerte —replicó él—. Vuélvete y dime: ¿estamos solos?

—Claro. ¡Claro que sí! —contesté.

A pesar de ello, le obedecí de manera involuntaria, como si no estuviera segura del todo. Él apartó las cosas del desayuno con un movimiento de la mano, dejando ante sí un espacio vacío, y se inclinó hacia delante para mirar con más comodidad.

Entonces percibí que no miraba la pared, pues, al mirarlo sólo a él, parecía precisamente que tenía la mirada clavada en algo que estaba a dos varas de distancia. Y, fuera lo que fuese, le producía, al parecer, grados extraordinarios de placer y de dolor a un tiempo; al menos, esto era lo que daba a entender la expresión de angustia y a la vez de éxtasis de su semblante. El objeto imaginado tampoco estaba inmóvil; sus ojos lo seguían con una atención incansable, y no los apartaba de él ni siquiera al hablarme a mí. En vano le recordé que llevaba mucho tiempo sin comer; si se movía para tocar alguna cosa, atendiendo a mis súplicas, si extendía la mano para tomar un pedazo de pan, se le contraían los dedos antes de alcanzarlo, y se le quedaban en la mesa, olvidando su objetivo.

Me quedé sentada, hecha un dechado de paciencia, intentando atraer su atención absorta para sacarla de las especulaciones en las que estaba sumida; hasta que se volvió irritable y se levantó, preguntándome por qué no lo dejaba comer a su aire, y diciéndome que la próxima vez no me quedara a servirle, que podía dejar las cosas y marcharme. Después de decir estas palabras, salió de la casa, se paseó despacio por el sendero del jardín y desapareció por el portón.

Transcurrieron las horas con inquietud; llegó otra noche. Yo no me retiré a acostarme hasta tarde, y cuando lo hice no podía dormir. Él volvió después de la medianoche y, en vez de irse a la cama, se encerró en el cuarto de abajo. Me puse a escuchar y di vueltas en la cama sin poder dormir, y, por fin, me vestí y bajé. Era demasiado fastidioso quedarme allí acostada, atormentándome el cerebro con mil temores ociosos.

Distinguí los pasos del señor Heathcliff, que medían el suelo de manera incansable. Interrumpía con frecuencia el silencio con una inspiración profunda que parecía un gemido. También murmuraba palabras sueltas; la única que pude entender era el nombre de Catherine, asociado a algún término extravagante de cariño o de sufrimiento, y pronunciado como si hablara a una persona presente, en voz baja y seria, y arrancada de lo más hondo de su alma. No tuve valor para entrar directamente en la estancia; pero quise distraerlo de su ensueño; y, por ello, me quedé ante el fuego de la cocina, lo revolví y empecé a avivar las brasas. Aquello lo hizo salir antes de lo que yo esperaba. Abrió la puerta enseguida y dijo:

—Nelly, ven aquí... ¿Ya es de día? Entra aquí con la luz.

—Están dando las cuatro —contesté—. Le hará falta una vela para subir; se puede encender una en esta lumbre.

—No, no quiero subir —dijo él—. Pasa, y enciéndeme una lumbre a mí, y haz lo que haya que hacer en el cuarto.

—Tendré que avivar las brasas antes de llevarlas —respondí, tomando una silla y el fuelle.

Mientras tanto, él rondaba de aquí para allá, en un estado al borde de la enajenación; sus hondos suspiros se sucedían con tanta rapidez que no le dejaban tiempo para respirar con normalidad entre ellos.

—Cuando sea de día, haré llamar a Green —dijo—. Quiero hacerle algunas consultas legales mientras pueda pensar en estas cuestiones y mientras pueda hacerlo con calma. No he escrito todavía mi testamento; ¡y no soy capaz de determinar cómo legar mis propiedades! Ojalá pudiera aniquilarlas de la faz de la tierra.

—Yo en su lugar no hablaría así, señor Heathcliff —repuse—. Deje su testamento un rato; ¡todavía vivirá usted para arrepentirse de sus muchas injusticias! Jamás esperé que a usted se le destemplaran los nervios. Sin embargo, ahora los tiene increíblemente destemplados, y casi por completo por culpa suya. Ha pasado estos tres días de una manera que bastaría para derribar a un titán. Coma algo y repose. Le basta con mirarse al espejo para ver que necesita las dos cosas. Tiene las mejillas hundidas y los ojos inyectados en sangre, como una persona que se muere de hambre y se está quedando ciega por falta de sueño.

—Si no puedo comer ni descansar, no es por culpa mía —respondió él—. Te aseguro que no es por ningún designio intencionado. Haré las dos cosas en cuanto me resulte posible. ¡Pero ahora es como si pidiera usted a un hombre que se debate en el agua que descanse cuando tiene la orilla al alcance de la mano! Primero llegaré a la orilla, y después descansaré. Bueno, dejemos al señor Green; en lo que respecta a arrepentirme de mis injusticias, no he cometido ninguna injusticia y no me arrepiento de nada; soy demasiado feliz, y al mismo tiempo no soy lo bastante feliz. La dicha de mi alma me está matando el cuerpo, pero no se queda satisfecha.

—¿Feliz, amo? —exclamé—. ¡Extraña felicidad! Si estuviera dispuesto usted a escucharme sin enfadarse, podría ofrecerle algunos consejos que lo harían más feliz.

—¿Cuáles son? —preguntó él—. Dilos.

—Señor Heathcliff, usted es consciente de que desde que tenía trece años ha hecho usted una vida egoísta y poco cristiana —le dije—; y es probable que no haya tenido una Biblia en las manos durante todo ese tiempo. Se le debe de haber olvidado el contenido del libro, y puede que ahora no tenga tiempo de investigarlo. ¿Acaso podría hacerle daño mandar llamar a alguien, a algún pastor religioso de la secta que fuera, no importa cuál, para que se lo expusiera y le hiciera ver cuánto se ha apartado usted de sus preceptos, y lo mal dispuesto que estará usted para su cielo, a menos que cambie antes de morir?

—Más que enfadarme, te lo agradezco, Nelly —dijo—; pues me has recordado el modo en que quiero que me entierren: que me lleven al cementerio al caer la tarde. Hareton y tú podéis acompañarme, si queréis; ¡y cuida, especialmente, de procurar que el sepulturero obedezca mis instrucciones acerca de los dos ataúdes! No es preciso que venga ningún pastor religioso, ni que digan ninguna oración por mí; ¡ya te digo que casi he llegado a mi cielo y que el de los demás ni lo valoro ni lo deseo!

—¿Y si usted persevera en su ayuno obstinado, y muere por ello, y se niegan a enterrarlo en el recinto de la iglesia? —repliqué, consternada por su indiferencia atea—. ¿Qué le parecería a usted?

—No lo harán —repuso él—. Si lo hicieran, deberás hacerme trasladar en secreto. Y si no lo cumples, ¡sabrás por experiencia que los muertos no desaparecen!

En cuanto oyó moverse a los demás miembros de la familia, se retiró a su guarida y yo respiré un poco más tranquila. Pero, por la tarde, mientras Joseph y Hareton trabajaban, volvió a entrar en la cocina y, con la mirada extraviada, me mandó que fuera a sentarme en *la casa;* quería que lo acompañara alguien. Yo me negué; le dije claramente que sus palabras y su comportamiento extraños me asustaban, y que no tenía valor ni voluntad de hacerle compañía yo sola.

—¡Me parece que me tomas por un diablo! —dijo, con su risa lúgubre—; ¡por un ser demasiado horrible para vivir bajo el techo de una casa decente!

Después, dirigiéndose a Catherine, que estaba presente y se había refugiado tras de mí al acercarse él, añadió con un tono medio de burla:

—¿Quieres venir tú, pajarilla? No te haré daño. ¡No! Para ti me he vuelto peor que el demonio. ¡Bueno, hay uno que no rehuirá mi compañía! ¡Por Dios! Ésta es inflexible. ¡Oh, maldita sea! Es indeciblemente excesivo para que lo soporte la carne y la sangre..., ni siquiera las mías.

No pidió la compañía de nadie más. Al crepúsculo, entró en su cuarto. Lo oímos gemir y murmurar para sí durante toda la noche y hasta bien entrada la mañana. Hareton estaba deseoso de entrar, pero yo le dije que fuera a por el señor Kenneth, y que éste entraría a verlo.

Cuando llegó, y pedí permiso para entrar e intenté abrir la puerta, me la encontré cerrada con llave. Heathcliff nos mandó al infierno. Dijo que estaba mejor y que quería que lo dejaran solo; de modo que el médico se marchó.

La noche siguiente fue muy lluviosa; de hecho, estuvo lloviendo a cántaros hasta el alba; y cuando me daba mi paseo diario alrededor de la casa, observé que la ventana del amo estaba abierta y que entraba la lluvia a raudales.

«No es posible que esté en la cama —pensé—; ¡este chaparrón lo habría dejado empapado! Estará levantado o habrá salido. ¡Pero tendré valor e iré a verlo, sin más dilaciones!»

Conseguí entrar por medio de otra llave y corrí a abrir los paneles, pues el cuarto estaba desocupado; los aparté rápidamente y miré dentro. Allí estaba el señor Heathcliff, tendido de espaldas. Sus ojos me miraron de manera tan penetrante y fiera que di un respingo; y después me pareció que sonreía.

No pude creer que estuviera muerto; pero tenía la cara y el cuello empapados de lluvia, y estaba completamente inmóvil.

La hoja de la ventana, que se agitaba de un lado a otro, le había rozado una mano que tenía apoyada en el alféizar. No le salía sangre de la piel herida, y cuando la toqué con los dedos, ya no pude dudarlo más: ¡estaba muerto y rígido!

Cerré la ventana y eché el pestillo; le retiré de la frente los cabellos largos y negros; intenté cerrarle los ojos, apagar si era posible aquella mirada espantosa de regocijo, que parecía viva, antes de que la contemplase nadie más. No se cerraban, era como si se burlaran de mis intentos; ¡y sus labios entreabiertos y sus dientes blancos y agudos también se burlaban!

Dominada por un nuevo arrebato de cobardía, llamé a Joseph a gritos. Joseph subió arrastrando los pies y haciendo ruido, pero se negó tajantemente a tener nada que ver con él.

—El demonio se ha llevado su alma —exclamó—, ¡y por mí puede llevarse el cuerpo de propina! ¡Agh! ¡Qué malo parece, riéndose de la muerte!

Y el viejo pecador hizo burla de él, remedando su sonrisa. Me pareció que se disponía a dar zapatetas alrededor de la cama; pero recobró de pronto la compostura, cayó de rodillas, levantó las manos y dio gracias al cielo porque el amo legítimo y la antigua familia hubieran recuperado sus derechos.

Aquel suceso terrible me había dejado aturdida; y mis recuerdos volvieron ineludiblemente a los tiempos pasados con una especie de tristeza opresiva. Pero el pobre Hareton, el que había padecido mayores injusticias, fue el único que sufrió mucho en realidad. Se pasó toda la noche sentado junto al cadáver, llorando sincera y amargamente. Le apretaba la mano y le besaba la cara sarcástica y salvaje que todos los demás rehuíamos mirar; y lloraba con ese dolor fuerte que brota de manera natural de un corazón generoso, aunque sea duro como el acero templado.

Kenneth no supo dictaminar de qué trastorno había muerto el amo. Le oculté el hecho de que llevaba cuatro días sin comer nada, temiendo que nos acarrease dificultades; y, por otra parte, estoy convencida de que no se abstuvo de comer a propósito; aquello fue una consecuencia de su extraña enfermedad, y no la causa de ésta.

Lo enterramos tal como había querido él, para escándalo de todo el vecindario. No hubo más asistentes que Earnshaw y yo, el sepulturero y seis hombres que portaron el ataúd. Los seis hombres se retiraron cuando lo hubieron depositado en la tumba. Nosotros nos quedamos a verlo enterrar. Hareton, con la cara cubierta de lágrimas, arrancó pedazos verdes de césped y los puso en persona sobre el montículo pardo; ahora ya está tan igualado y cubierto de vegetación como los montículos que lo acompañan; y yo espero que su habitante duerma tan bien como los de éstos. Pero si pregunta a las gentes del campo, le dirán, jurándoselo sobre la Biblia, que anda. Hay quienes dicen que se lo han encontrado cerca de la iglesia, y en el páramo, e incluso dentro de esta casa. Consejas vanas, dirá usted; y yo digo lo mismo. Sin embargo, ese viejo que está junto a la lumbre de la cocina afirma que ha visto a los dos, asomados a la ventana de su cuarto, todas las noches de lluvia desde la muerte de él; y a mí me sucedió una cosa rara hace cosa de un mes. Me dirigía a la Granja una noche, una noche oscura que amenazaba tormenta, y en el recodo mismo de las Cumbres me encontré a un muchachito que llevaba por delante una oveja y dos corderillos; lloraba terriblemente, y yo me figuré que los corderos eran juguetones y no se dejaban conducir.

—¿Qué te pasa, hombrecito? —le pregunté.

—Ahí están Heathcliff y una mujer, bajo el risco —sollozó—, y yo no me atrevo a pasar por delante de ellos.

Yo no vi nada; pero ni las ovejas ni él querían seguir adelante; de modo que le dije que tomara el camino de más abajo. Seguramente habría suscitado los fantasmas él mismo, al cruzar los páramos solo, pensando en los disparates que había oído repetir a sus padres y a sus compañeros; aunque, con todo, a mí ya no me gusta salir de noche; y no me gusta estar sola en esta casa triste; no puedo evitarlo. ¡Me alegraré cuando la dejen y se muden a la Granja!

—¿Se van a la Granja, entonces? —le pregunté.

—Sí —respondió la señora Dean—; en cuanto se casen, que será el día de Año Nuevo.

—¿Y quién vivirá aquí, entonces?

—Pues Joseph cuidará la casa y tendrá quizás a un mozo para que le haga compañía. Vivirán en la cocina, y el resto estará cerrado.

—Para que lo disfruten los fantasmas que quieran habitarlo —observé.

—No, señor Lockwood —dijo Nelly, negando con la cabeza—. Creo que los muertos están en paz, pero no está bien hablar de ellos con ligereza.

En ese momento se abrió el portón del jardín; volvían los paseantes.

—Ésos no tienen miedo a nada —gruñí, observando su llegada por la ventana—. Juntos plantarían cara a Satanás y a todas sus legiones.

Cuando llegaron al umbral y se detuvieron a echar una última mirada a la luna (o, más precisamente, a mirarse el uno al otro a su luz), sentí el impulso irresistible de huir de ellos otra vez; y dejando un obsequio en la mano de la señora Dean, y sin atender a sus amonestaciones por mi grosería, desaparecí por la cocina mientras ellos abrían la puerta principal. Habría confirmado con ello la opinión que tenía Joseph en cuanto a las indiscreciones livianas de su compañera de servidumbre, si no hubiera tenido la fortuna de reconocer en mí a un personaje respetable al oír el dulce son de un soberano que le cayó a los pies.

Mi paseo de vuelta a casa se alargó con un rodeo por la iglesia. Cuando estuve entre sus muros, observé los avances de su deterioro, aunque sólo habían transcurrido siete meses; en muchas ventanas se veían agujeros negros desprovistos de vidrio; y había tejas que asomaban aquí y allá, fuera de la línea del borde del tejado, y que irían cayendo poco a poco con las tormentas del próximo otoño.

Busqué las tres lápidas en la ladera contigua al páramo y no tardé en encontrarlas; la central, gris, estaba semienterrada entre brezos; la de Edgar Linton, sólo adornada por el césped y el musgo que le subía por la base; la de Heathcliff, aún desnuda.

Pasé un rato junto a ellas, bajo aquel cielo benigno; vi aletear las mariposas entre el brezo y las campánulas; escuché el viento suave que soplaba entre la hierba, y me pregunté cómo era posible que nadie pudiera atribuir sueños agitados a los que dormían en aquella tierra tan tranquila.